KATE HIGH

Die Katze und die Leiche in der Scheune

Über die Autorin:

Kate High hat Bildende Kunst studiert. Ihre Arbeiten wurden bereits international ausgestellt und verkauft. Sie engagierte sich für die RSPCA, die königliche Gesellschaft zur Verhütung von Grausamkeiten an Tieren, eine Tierschutzorganisation in England und Wales, und sie ist Mitbegründerin einer Wohltätigkeitsorganisation, die sich um ältere Tiere kümmert. Kate High lebt in der Nähe von Boston, Lincolnshire. Weitere Bände mit Clarice Beech sind in Vorbereitung.

KATE HIGH

Die Katze und die Leiche in der Scheune

EIN FALL FÜR CLARICE BEECH

Kriminalroman

Aus dem Englischen übersetzt von
Rainer Schumacher

lübbe

Dieser Titel ist auch als Audio-Ausgabe und E-Book erschienen

MIX
Papier aus verantwortungsvollen Quellen
FSC® C014496

Vollständige Taschenbuchausgabe

Deutsche Erstausgabe

Für die Originalausgabe:

Titel der englischen Originalausgabe: »The Cat and the Corpse in the Old Barn«

Für die deutschsprachige Ausgabe:

Textredaktion: Dr. Frank Weinreich, Bochum
Umschlaggestaltung: Kirstin Osenau unter Verwendung von Motiven von © shutterstock: Kmannn | VikaSuh | Yeti studio | Pavlo S | lookus | Nikiparonak | Steve Heap | © Andrew Roland | Photographee.eu | Jones M | Alesikka | eryvall | yarmrtsnk | Jan Martin Will | Galina Grebenyuk | Elenamiv
Satz: hanseatenSatz-bremen, Bremen
Gesetzt aus der Bembo Std
Druck und Verarbeitung: GGP Media GmbH, Pößneck
Printed in Germany
ISBN 978-3-404-18422-4

2 4 5 3

Sie finden uns im Internet unter
www.luebbe.de
Bitte beachten Sie auch: www.lesejury.de

Kapitel 1

Der erste Hund schoss wie Limonade aus einer frisch geschüttelten Flasche zur Tür hinaus, noch bevor sie ganz geöffnet war. Ein zweiter, wesentlich größerer folgte ihm dichtauf, und dann, deutlich gemesseneren Schrittes, kam Clarice.

Es war halb sieben in der Früh, und nach nächtlichen Temperaturen von bis zu vier Grad minus war der Garten noch immer weiß. Der gefrorene Boden knirschte unter ihren Füßen, als Clarice die Grenzen des zwei Morgen großen Grundstücks abging.

Der erste Hund, Jazz, war braun und weiß, eine langhaarige Hündin, die man keiner Rasse zuordnen konnte. Ihre Beine waren kurz, ihre Ohren groß, und ihr Schwanz, der sich aufgeregt im Kreis drehte, wirkte viel zu lang für ihren Körper. Hinter ihr versuchte Blue, ein kräftiger schwarzer Labradormischling mit einem weißen Fleck auf der Brust, mit ihr mitzuhalten, fest entschlossen, bloß nicht den roten Gummiknochen fallen zu lassen, den er zwischen den Zähnen hielt.

Clarice kam hinter ihnen. Schlank und größer als eins achtzig marschierte sie zielstrebig vorwärts. Ihre langen, behandschuhten Finger hatte sie tief in die Jackentaschen gesteckt und das rotbraune Haar in einen beigefarbenen Wollhut gestopft, der mit seiner Farbe gut zu den fellbesetzten

Stiefeln passte. Trotz des dicken Schals, den sie um Hals und Kinn geschlungen hatte, war ihr Atem deutlich zu sehen.

Die Geschichte des Anwesens reichte bis ins Jahr 1885 zurück, und im Laufe der Jahre war es von den unterschiedlichen Eigentümern immer weiter vergrößert worden. Inzwischen war ein Großteil des Gartens verwildert. Dazu kamen Bäume und Hecken sowie ein Gemüse- und ein Kräutergarten nah beim Haus. Dahinter lagen die Nebengebäude: Clarices Werkstatt, die wie ein kleiner Bungalow aussah; eine alte Scheune, die man in eine Garage verwandelt hatte; eine weitere alte, allerdings recht heruntergekommene Scheune und ein langes, niedriges Gebäude, das von einem Gehege umgeben war, das vorübergehend wilden Katzen als Heim diente.

Vor einem Jahr war Clarice die Grenzen des Gartens noch mit Rick abgegangen. Sie waren erst drei Wochen miteinander ausgegangen, als er zum ersten Mal fürs Wochenende zu Besuch gekommen war, und nachdem sie dann geheiratet hatten, war er für dreizehn Jahre hiergeblieben. Rick war Clarices Vertrauter gewesen, ihr Ehemann und ihr Liebhaber. Gespräche begannen, kaum dass einer von ihnen einen Raum betrat, wo der andere schon war. Konsequent hangelten sie sich an einem endlosen Faden entlang, denn sie wollten, dass nichts zwischen sie kam. Und dann, vor einem Jahr, hatte sich alles verändert. Dass Clarice, die eigentlich für ihre Aufmerksamkeit und Intuition bekannt war, nicht sofort erkannt hatte, was los war und wie schnell das alles vonstattenging, das verwirrte sie noch heute. Sie waren zu einer sich entwickelnden Spezies geworden, einem lebenden Organismus, der irgendwann giftig wurde und sich teilen musste, um zu überleben. Seit sechs Monaten hatten sie sich nun immer mehr entfremdet.

Die Hunde rannten verspielt hin und her. Nachdem sie das Grundstück dreimal abgegangen war, stapfte Clarice in ihre Werkstatt, um die Heizung aufzudrehen. Dann ging sie wieder hinaus, ließ die Hunde in der Werkstatt zurück und marschierte zu dem Gehege.

Auf halber Strecke blieb sie stehen, um sich die alte Weide anzuschauen. Einsam und von den Wintergöttern ihres Laubs entkleidet streckte sie flehentlich die kahlen Arme aus. Die Schönheit des Baums verstärkte Clarices Kummer noch. Für den Bruchteil einer Sekunde verzerrte sich ihr Gesicht, und sie zog die schwere Regenjacke enger um den Leib, als wollte sie die Wärme festhalten und könne den Kummer so vertreiben.

Als Clarice das Gehege erreichte, schloss sie auf und nahm das Sicherheitsschloss ab, um durch das erste Tor zu gehen, einen Holzrahmen mit einer Gitterfüllung. Das zweite folgte keine fünf Fuß entfernt. Dieses Doppeltorsystem stellte eine Barriere dar, durch die die wilden Katzen nicht entkommen konnten. Das niedrige Ziegelgebäude wiederum befand sich gut dreißig Fuß vom zweiten Tor entfernt, sodass das Gehege wie ein kleiner, mit Draht abgesperrter Garten wirkte. Als Clarice die Tür öffnete, wurde sie von einem Zischen begrüßt.

»Guten Morgen, Lucy.«

Die rote Schildpattkatze schlenderte langsam an ihr vorbei nach draußen. Die Beziehung zwischen Frau und Katze wurde von Kompromissen bestimmt: Clarice fütterte Lucy und ihren Wurf, und Lucy hatte im Gegenzug aufgehört zu knurren. Sie erlaubte es Clarice sogar, ihre Jungen anzufassen. Clarice wartete, bis Lucy kehrtmachte, um wieder reinzugehen. Sie wusste, dass der Instinkt der Katze es ihr noch nicht erlaubte, jemanden mit ihrem Wurf allein zu lassen.

Clarice stand in der Mitte des Raums und schaute sich um. Regale und Schränke standen an kahlen Ziegelwänden, dazu noch ein Abtropfständer, ein Kessel neben einer Dose mit Instantkaffee und ein kleiner Kühlschrank. Auf dem Fliesenboden waren Holzkisten verteilt, die den Tieren als Versteck dienten, jede mit einem runden Loch, durch das die Katzen hineinklettern und sich sicher fühlen konnten. Ein Radio, ein wichtiger Teil für den Lernprozess der kleinen Kätzchen, um sie mit den unterschiedlichsten Geräuschen vertraut zu machen, war an die Wand geschraubt, damit die Tiere es nicht umwerfen konnten. Clarice drückte einen Schalter, und das Radio erwachte mit dem Piepen zum Leben, das die Sieben-Uhr-Nachrichten ankündigte.

Als Clarice sich auf einen Plastikstuhl am Tisch setzte, wurde sie sofort angesprungen. Die vier Kätzchen waren jetzt fünf Wochen alt, und da sie spielerisch von einem Menschen sozialisiert worden waren, waren sie bis auf eines nun selbstbewusst genug, um demnächst adoptiert zu werden.

»Hallo, Lula, was für ein aufdringliches Mädchen du doch bist«, gurrte Clarice zu der kleinen Kreatur, während sie ihr mit den Fingern über den Rücken strich. Lärm aus einer der Kisten erregte Clarices Aufmerksamkeit, und kurz darauf stürmte ein rotes Fellknäuel heraus, dicht gefolgt von einem zweiten. Das waren Larry und Lenny, Zwillinge, die kaum voneinander zu unterscheiden waren. Obwohl sie natürlich wusste, dass die neuen Besitzer die Kätzchen vermutlich umbenennen würden, hatte Clarice die Angewohnheit, jedes Mitglied einer Familiengruppe zu taufen, wobei sie dem Alphabet folgte. So bestand diese Familie hier aus Lucy, der Mutter, und ihren Kätzchen Lula, Larry, Lenny und Liza – Letztere auch bekannt als Miss Shy Boots.

Eine halbe Stunde lang plauderte und spielte Clarice mit den Kleinen, bevor sie sich auf die Suche nach dem vermissten Kätzchen machte. Sie fand es hinter einer Kiste, nahm es auf den Arm, setzte sich wieder und streichelte es, bis die Stille einem Schnurren wich. Und die ganze Zeit über hatte

Lucy Clarice verfolgt. Jetzt saß das Muttertier in der Nähe und ließ die Frau keine Sekunde aus den Augen.

Lucy war mithilfe einer Katzenfalle gefangen worden und zu Jonathan Royal in der örtlichen Tierarztpraxis gebracht worden. Clarice mochte Jonathan. Er hatte einen guten Sinn für Humor und liebte Gerüchte. Oft versah er sie mit einem eigenen cleveren Spin, bevor er sie weitererzählte. Er war ein kantiger Mann, klein, aber breit, und sein auffälligstes Merkmal war ein Wust an schneeweißem Haar. Und er hatte die peinliche Angewohnheit, nur hinter vorgehaltener Hand mit Clarice zu sprechen, als hätte er Angst, belauscht zu werden. »Ich kenne ja deinen Ruf als Spürhund«, pflegte er stets zu sagen, wenn er ihr wieder einmal ein Gerücht erzählt hatte, das er für besonders reizvoll hielt. »Geh der Sache auf den Grund!«

Als er Clarice gebeten hatte, Lucy aufzunehmen, da hatte er die Katze als ›ein wenig frech‹ bezeichnet. Clarice kannte ihn allerdings gut genug, um solche Bezeichnungen deuten zu können. ›Frech‹ hieß in diesem Fall ›asozial‹ und ›grantig‹. Und das Hinzufügen von ›ein wenig‹, während er gleichzeitig die Arme vor der Brust verschränkte und dramatisch die Augenbrauen hob, bedeutete, dass das Tier ihm eine Heidenangst einjagte. Lucy war im wahrsten Sinne des Wortes eine *wilde* Katze. Im Laufe der letzten Wochen hatte Clarice jedoch Fortschritte bei ihr gemacht, aber auch wenn Lucy nicht länger die fauchende Bestie war, die Clarice aus Jonathans Praxis geholt hatte, so würde sie doch nie ein echtes Haustier werden. Nachdem sie kastriert worden war, würde sie ein neues Leben als Hofkatze beginnen.

Clarice setzte sich mitten zwischen die Kätzchen auf den Boden. Während sie gedankenverloren Tischtennisbälle hierhin und dorthin rollen ließ, damit die Tierchen sie jagen konnten, schaute sie zu den Kisten hinüber und rief sich das Wochenende ins Gedächtnis zurück, als Rick sie gebaut hatte. Es war just das Wochenende gewesen, da sie erkannt hatte, dass ihre Beziehung in Schwierigkeiten steckte. Eine feindselige Atmosphäre hatte zwischen ihnen geherrscht, und anstatt Rick zu helfen, hatte Clarice sich in ihre Werkstatt zurückgezogen. Später an diesem Abend hatten sie sich dann gestritten. Die unterschwelligen Probleme in ihrer Beziehung waren wie eine eitrige Wunde gewesen. Sie hatten jede noch so kleine Kleinigkeit ihres Lebens infiziert. Clarice hatte sich über seine arbeitsbedingte Unzuverlässigkeit beschwert, und dass er mehr Zeit mit seinen Freunden und mit Sport als mit ihr verbrachte. Rick wiederum hatte seinem Ärger darüber Luft gemacht, dass ihre Töpferei für sie immer als Erstes kam und dass sie sich mehr um das Retten von Tieren sorgte, statt ihre Zeit mit ihm zu teilen. »Ich stehe ganz unten in der Nahrungskette«, hatte er sich beschwert. Clarice wiederum hatte daraufhin übertriebene und boshafte Dinge gesagt, und Rick hatte dementsprechend reagiert.

Anschließend war die Beziehung noch mehrere Monate so dahingesiecht, während sie sich gegenseitig kritisch beäugt hatten. Sie hatten immer weniger miteinander gesprochen, und wenn, dann übertrieben höflich, um jedem Konflikt aus dem Weg zu gehen. Auch die körperliche Seite ihrer Beziehung war in dieser Zeit immer mehr zum Erliegen gekommen, bis schließlich gar nichts mehr gelaufen war. Infolge Tausender Nadelstiche und beiderseitiger Nachlässigkeit war ihre Ehe einen langsamen Tod gestorben. Jetzt hatte Rick sich ein kleines, modernes Haus in Castlewick gemietet. Da er sechs Monate im Voraus bezahlt hatte, nahm Clarice an, dass er es entweder renovieren wollte oder es nur als Übergang betrachtete, bis er etwas Neues gefunden hätte. In jedem Fall wartete da eine Entscheidung am Horizont.

Jetzt dachte Clarice mit schlechtem Gewissen an die

plötzliche Erkenntnis zurück, die sie kurz nach seinem Weggang gehabt hatte, nämlich wie sehr er sie immer bei der Tierrettung unterstützt hatte. In den letzten sechs Monaten hatte sie immer wieder Freiwillige suchen müssen, um einige ihrer Aufgaben abgeben zu können. Wie war sie nur auf die Idee gekommen, das alles allein schaffen zu können? Und, tadelte sie sich selbst, Rick war von Anfang an Polizist gewesen. Sie hatte gewusst, was das in Bezug auf seine Arbeitszeiten bedeutete, und ihr war auch klar gewesen, dass es just diese unchristlichen Arbeitszeiten waren, die viele Ehen von Polizisten in die Brüche gehen ließen. Also … was hatte sich verändert?

Ein Tischtennisball, der klappernd über den Boden rollte, verriet Clarice, dass Liza sich ihrer Geschwisterbande angeschlossen hatte und mit ihnen im Zimmer Amok lief.

Clarice kehrte zu ihrer Werkstatt zurück, ließ die Hunde raus, und gemeinsam gingen sie wieder zum Haus. Am Nachmittag würden sich Sandra und Bob um die Kätzchen kümmern, Clarices alte Freunde. Bis dahin war sie allein.

Es war schon spät am Morgen, als Clarice einen Anruf von Rex erhielt, einem Bekannten, der in der Nähe der Stadt lebte.

»Hi, Rex«, sagte sie. »Alles okay bei dir?«

»Jaja. Alles gut«, antwortete er. »Ich habe Neuigkeiten für dich … gute, wie ich glaube.«

Clarice schwieg und wartete darauf, dass er fortfuhr.

»Dein Kater, der dreibeinige rote …«

»Jaaa«, sagte Clarice gedehnt und wagte zu hoffen.

»Ich hab ihn letzte Nacht gesehen. Ich bin auf dem Heimweg an ihm vorbeigefahren.«

»Schade, dass du nicht früher angerufen hast. Jetzt ist Walter vermutlich schon weg.«

»Tut mir leid, Clarice, ich wollte ja, aber die Zeit ist einfach so verflogen.«

Clarice nahm an, dass Rex bis spät am Abend trinken gewesen war. Vermutlich war er über Schleichwege gefahren, um nicht in eine Verkehrskontrolle zu geraten, wo er hätte pusten müssen. Wahrscheinlich war er jetzt gerade erst aufgewacht und hoffte, dass die Information ihm ein Pint bescheren würde. Rex machte nie etwas umsonst.

»Bist du sicher, dass er es war?«

»Ja. Wir hatten Vollmond. Ein roter Kater, drei Beine. Wie lange wird er schon vermisst?«

»Seit drei Wochen. Er gehört Vita in Winterby Hall.«

»Lady Vita! Du treibst dich wahrlich in feinen Kreisen rum. Aber er war doch von dir, oder?«

»Ja. Vita hat ihn aber vor Jahren schon adoptiert. Wo hast du ihn denn gesehen?«

»Vor der Galgenscheune. Weißt du, wo das ist?«

»Ja. Ich fahre sofort hin … und danke, Rex … Ich schulde dir ein Pint.«

»Toll! Das sind dann ja gute Neuigkeiten für uns beide.« Er lachte.

Lord Roland Fayrepoynt und seine Frau hatten Walter ein Heim gegeben. Clarice und Lady Vita verband das Interesse an der Töpferei, und Vita hatte gleich mehrere von Clarices Stücken in ihrer riesigen Sammlung.

Clarice legte auf und schrieb eine Nachricht für Sandra und Bob.

Für den Fall, dass ich noch nicht wieder zurück bin, wenn ihr kommt … Rex Cook hat Walter in der Nähe der Galgenscheune gesehen. JIPPIE! Ich fahre mal rüber, um ihn zu holen, solange er noch da ist. Unter der Tortenhaube ist Kirschkuchen. Bis später. Clarice.

Kapitel 2

Nachdem sie die klapperige Leiter hinaufgestiegen war, drückte Clarice mit den Händen fest zu, um den Balken zwischen den beiden Plattformen zu prüfen. Er fühlte sich fest an, aber gehen konnte man darüber nicht, egal ob stehend oder auf allen vieren. Was vom Dach übrig war, ragte nur drei Fuß höher als der Balken. Clarice schwang ihr Bein hinauf und zog sich in die Höhe. Erst dann schaute sie nach unten. Da ging es fünfzehn Fuß hinab.

Das verfallene Gebäude am Rande von Lincolnshire Wolds war gemeinhin als Galgenscheune bekannt. Allerdings war es zum letzten Mal im August 1752 zu diesem Zweck genutzt worden, als man einen gewissen William Thomas wegen Pferdediebstahls hier gehängt hatte. Davor hatte es noch zwei weitere Hinrichtungen im selben Jahrzehnt gegeben. Einen Mann hatte man als Schafsdieb aufgeknüpft, einen anderen wegen Einbruchs.

Der Geruch verschlug einem den Atem. Es war jedoch nicht nur der typische Gestank von Verfall. Clarice war das schon aufgefallen, als sie hereingekommen war, aber hier oben war es noch viel, viel schlimmer. Der Gestank erinnerte sie an ein tödlich verletztes Tier, das an diesen ruhigen Ort zum Sterben gekommen war und jetzt irgendwo im Heu verfaulte.

Die Scheune besaß noch drei Wände. Dort, wo die vierte hätte sein sollen, war schlicht nichts. Das Mauerwerk und die Hälfte des Dachs waren schon vor Urzeiten eingefallen. Alles hier war dreckig und faulte vor sich hin. Verrottende Paletten, einst vermutlich sorgfältig aufgestapelt, waren an der Ecke eingebrochen. Der Haufen erinnerte Clarice an eine Skulptur, eine unbesungene Hommage an die Vergänglichkeit.

Eisregen prasselte durch das Loch im Dach und die fehlende Wand. Aber auch, wenn das reichte, um alles zu durchnässen, den Gestank vertrieb es nicht. Äste einer riesigen Weide ragten nach unten und klapperten jedes Mal, wenn der Wind sie gegen das Gebäude schlug.

Auf dem Weg zu dem Balken hatte Clarice sich die Jeans an einem vorspringenden Nagel aufgerissen. Schmerz hatte ihr verraten, dass er seinen Weg bis in ihr Fleisch gefunden hatte. Kurz hielt sie inne und starrte den Kater an, der ihren Blick ohne zu blinzeln erwiderte.

»Walter, willst du wirklich, dass ich auch noch einen Splitter in den Arsch bekomme?« Auch wenn Clarice sich ärgerte, ihre Stimme klang beruhigend.

Der dürre rote Kater musterte sie trotzig, ohne seine Position zu verändern. Zehn Jahre zuvor war er als Streuner zu Clarice gekommen, nachdem er von einem Auto angefahren worden war. Sein linkes Hinterbein war amputiert worden. Nur ein kleiner Stumpf war davon übrig geblieben. Er bewegte sich zwar ganz geschickt auf den drei verbliebenen Beinen, aber mit seinen sechzehn Jahren und den fehlenden Vorderzähnen hatte niemand geglaubt, dass er lange überleben würde, nachdem er vor drei Wochen ausgerissen war. Doch jetzt verriet sein Blick, dass er sich keinesfalls verloren fühlte oder der Rettung bedurfte.

Vorsichtig kroch Clarice über den Balken, um näher an den Kater heranzukommen. Plötzlich hörte sie unter sich ein

Geräusch wie ein Stöhnen. Sie kniff die Arschbacken zusammen, und sofort sah sie vor ihrem geistigen Auge das Bild von zwei großen, weichen Orangen, die versuchten, ein Stück Holz festzuhalten, und schließlich fielen. Einen Augenblick lang hing sie mitten in der Luft, dann krachte sie zusammen mit dem Balken nach unten.

Später, im Krankenhaus, stellte ihr jeder Arzt die gleiche Frage: War sie bewusstlos gewesen, und falls ja, wie lange? Und jedes Mal antwortete sie dasselbe: Sie wusste es nicht. In einem Augenblick hatte sie oben auf dem Heuboden noch mit dem Kater gesprochen, und im nächsten hatte sie unten auf dem Rücken im Heu gelegen.

Der Gestank war übel, nahezu überwältigend. Selbst in ihrem benommenen Zustand musste Clarice mit jedem Atemzug würgen. Irgendjemand stupste sie auf die Brust, und in der Ferne donnerte es. Mit geschlossenen Augen lag sie da und versuchte, sich daran zu erinnern, wo sie war. Als sie ihre Finger im Heu bewegte, wurde ihr klar, dass sie nicht in ihrem Bett lag.

Clarice öffnete die Augen. Walter saß auf ihrer Brust. Ein Silberfaden hing aus seinem Maul, der Kater schnurrte fröhlich, wobei ihm der Sabber aus dem zahnlosen Maul lief.

Clarice schaute an dem Kater vorbei in die Richtung, in die eine ausgestreckte Hand deutete. Die Hand war grau und hatte lange rote Fingernägel. Zwei Finger waren abgebrochen, hingen aber noch am Rest.

War das eine weggeworfene Schaufensterpuppe?

Clarices Kopf pochte vor Schmerz. Gleiches galt für ihren Rücken und den linken Knöchel. Mit aller Kraft versuchte sie, sich auf ihre Umgebung zu konzentrieren.

Trotz ihrer seltsamen grauen Farbe wirkte die Hand sehr authentisch, und es dauerte ein paar Minuten, bis Clarice verstand. Der Geruch kam von unter ihr, und die Hand gehörte zu einem Arm, der wiederum mit einem Körper verbunden war. Sie lag auf einer verrottenden Leiche.

Kapitel 3

Clarice lag auf einer Trage in einer mit Vorhängen abgetrennten Kabine. Ihren Knöchel hatte man geschient und auf ein Stützkissen gelegt. Sie wartete darauf, auf eine Station verlegt zu werden, doch das dauerte, denn offenbar war noch kein Platz frei, und sie fühlte sich wie ein ungewolltes Paket, das niemand haben wollte.

Schritte waren zu hören, Stimmen, Telefone, Maschinen und das Schreien eines Kindes. Am meisten störte Clarice jedoch der typische Krankenhausgeruch nach Desinfektionsmittel, Urin, Schweiß und Angst. Für sie war das immer mit dem Tod verbunden.

In der Scheune, nach dem Sturz, als der Nebel in ihrem Kopf sich weit genug verzogen hatte, da hatte sie ihr Handy benutzt. Sandra und Bob konnte sie nicht erreichen, und so rief sie Georgie Lowe an, eine Freundin und Nachbarin. Ihr zweiter Anruf galt der Polizei. Georgie war zu Clarices Haus gefahren, um den Katzenkorb, eine Jogginghose, ein T-Shirt und einen Pullover zu holen, damit sie sich umziehen konnte. Sie hatte auch darauf bestanden, Clarice ins Krankenhaus zu begleiten, aber die hatte entschieden abgelehnt, denn sie wusste, dass ihre Freundin eigentlich ihre Kinder von der Schule holen musste. Als man ihr in den Krankenwagen half, den die Polizisten gerufen hatten, hatte sie Georgie versichert, sie würde auch allein zurechtkommen. Widerwillig fuhr Georgie also mit Walter wieder weg, nachdem sie versprochen hatte, den Kater zu füttern, sollten Sandra und Bob noch nicht eingetroffen sein.

Clarice kämpfte mit der Versuchung, ihr Haar glatt zu streichen. Es war schulterlang, rotbraun, stets gut frisiert und glänzte für gewöhnlich. Jetzt war es nur noch ein Gestrüpp. Clarice hatte versucht, es zu waschen, doch sie hatte sich nicht über das Waschbecken beugen können. Tatsächlich konnte sie noch nicht einmal aufrecht stehen. Die Krankenschwester, die anfangs bei ihr gewesen war – blond, klein und brüsk –, hatte sie nachdrücklich ermahnt, sich als Erstes um ihre Gesundheit zu sorgen. *Die Frau ist der reinste Terrier, klein, aber bissig*, dachte Clarice. In der Notaufnahme sei es viel zu hektisch, als dass ihr wirklich jemand helfen könne, hatte die Krankenschwester erklärt, aber später, auf der Station, würde das anders aussehen. Clarice war sich auch deutlich bewusst, dass sie einen üblen Gestank aus der Scheune mitgebracht hatte, den Gestank der Leiche. Tatsächlich, so erkannte sie, hatten sie sogar Teile des Kadavers begleitet. Winzige Stücke Fleisch, Blut und Knochen der Frau hingen noch in ihren Haaren. Clarice schauderte und versuchte, die Erinnerung an das zerstörte Gesicht zu verdrängen.

Ihr Kopf pochte. Widerwillig dachte sie erneut an das tote Fleisch und die graue Hand mit den rot lackierten Fingernägeln, die an Klauen erinnerten … Wie hatte sie nur glauben können, das wäre kein Mensch? Und warum war sie nicht sofort durchgedreht? Hatte sie so dämlich reagiert, weil sie auf den Kopf gefallen war?

»Dieser verdammte Walter!«, flüsterte sie und lächelte.

»Du hättest dich umbringen können!«

Clarice hob den Blick. Rick, ihr Mann, stand über ihr.

Sein Gesicht war knallrot. Er funkelte sie wütend an und deckte sie mit einer Flut von Vorwürfen ein.

»Wie dämlich kann man eigentlich sein? Du bist nicht mehr so jung, wie du mal warst. Du bist nicht mehr so agil und mit Sicherheit nicht fit. Ganz zu schweigen davon … Was, wenn du Walter wirklich erreicht hättest und er einfach runtergesprungen wäre? Weg von dir? Er mag ja nur drei Beine haben, aber die weiß er zu benutzen. Was hast du dir nur dabei gedacht?«

Rick war groß, 1,98 m, fast zwanzig Zentimeter größer als sie; ein ehemaliger Rugbyspieler, der sowohl für das County als auch in der Polizeiauswahl gespielt hatte. Mit seiner Größe und Breite war er wahrlich imposant. Tatsächlich war das eines der Dinge, warum Clarice sich zu ihm hingezogen gefühlt hatte. Rick war der größte Mann, mit dem sie je ausgegangen war. Ihre eigene Größe gab sie anderen gegenüber nur ungern zu. Maximal sprach sie von 1,75 m.

Wie immer war Clarices erster Instinkt, sich zu korrigieren. Rick war nicht ihr Mann; er war ihr *entfremdeter* Mann.

»Alles gut«, sagte sie in dem Versuch, ihn zu besänftigen.

»Sprich nicht mit mir wie mit einer deiner verdammten Katzen!«, schnappte Rick. »Eines der Viecher hat dich hierhergebracht, und du bist nicht okay. Du hast einen kaputten Knöchel und eine Gehirnerschütterung!«

»Jetzt beruhig dich mal und setz dich«, sagte Clarice. »Ich bin nicht ernsthaft verletzt. Zuerst haben sie geglaubt, ich hätte eine Hirnblutung, doch das hat sich nicht bestätigt. Natürlich habe ich immer noch ekelhafte Kopfschmerzen, und ich bin richtig angepisst, weil ich die Nacht hier verbringen muss. Aber das ist nur eine Vorsichtsmaßnahme.«

»Du warst bewusstlos.« Rick sprach schon ruhiger. Er war wie ein Ballon, aus dem man die Luft herausgelassen hatte, und er setzte sich. »Das ist ernst, *und* …«, fügte er hinzu,

»… du hast dich erst um die verdammte Katze gekümmert, bevor du die Polizei gerufen hast.«

»Ich musste Georgie anrufen, damit sie Walter abholt. Immerhin habe ich mir solche Mühe gegeben, ihn zu fangen. Ich wette, deine Freundin, Sergeant ›die Ratte‹ Daisy, hat dir nur Geschichten erzählt.«

»Daisy mag dich. Sie mag dich zumindest genug, um mir Bescheid zu geben, wenn du auf den Kopf gefallen bist.« Rick hatte die Stimme gesenkt.

»Und ich mag Daisy auch.« Clarice lächelte ihn an. »Detective Inspector Beech, man könnte fast glauben, du wärst immer noch mit mir verheiratet«, neckte sie Rick.

Rick beugte sich zu ihr. »Wie es der Zufall will, bin ich das auch – wenn auch nur auf dem Papier.«

Aber er denkt das Gleiche wie ich, dachte Clarice und schaute ihn an. Beide hatten sie für sich beschlossen, sich nicht in diesem Kreislauf gegenseitiger Schuldzuweisungen gefangen halten zu lassen. Kein ›dein Job, meine Katzen‹, ›wir wären noch zusammen, wenn‹, ›getrennt ist besser …‹ und so weiter.

»So …«, sagte Clarice. »War es Rose Miller?«

»Daisy hat mir erzählt, dass du ihr das gesagt hättest … natürlich, nachdem du den Tatort durcheinandergebracht hast. Und das war gut geraten. Ihr Gesicht war immerhin nur noch ein Klumpen Fleisch, und du hast sie kaum gekannt.«

»Ich bin doch nicht absichtlich auf ihr gelandet. Das war ein Unfall.« Clarice lenkte das Gespräch wieder auf die Identität der Toten. »Diese Fingernägel hätte ich überall wiedererkannt.«

»Da muss doch noch was anderes gewesen sein.«

»Ich habe also recht.«

Rick erwiderte nichts darauf.

»Das waren mehr Krallen als Nägel«, bemerkte Clarice nachdenklich. »Diese Form ist längst aus der Mode. Heute geht der Trend mehr in Richtung eckig. Sie war die Einzige, die ich kannte, die sie noch so trug. Sie war zwar erst Ende vierzig, aber sie liebte die Fünfziger-Jahre. Damals haben die Frauen sie gerne lang und spitz getragen. Und sie mochte auch die Kleidung aus den Fünfzigern. Keine Ahnung warum. Stilistisch gesehen war das ein furchtbar langweiliges Jahrzehnt. Da sind die Sechziger viel interessanter.«

Rick schwieg weiter.

»Du hast recht«, fuhr Clarice fort. »Ihr Gesicht war nicht mehr zu erkennen, aber der blaue Bleistiftrock war ein weiteres Indiz. Manchmal nennt man die Dinger auch ›Humpelrock‹, weil sie das Gehen erschweren. Wenn man die trägt, watschelt man so durch die Gegend. Früher einmal – also noch weit vor den Fünfzigern – galt das als elegant für die reife Frau.«

»Du kannst mich tatsächlich noch immer zum Staunen bringen. Wem, bitte schön, fällt denn so etwas auf wie die Form der Fingernägel?« Rick lächelte zum ersten Mal seit seiner Ankunft. »Und noch dazu bei einer Person, die diejenige nur ein-, zweimal getroffen hat?«

»Viermal.« Clarice erwiderte sein Lächeln. »Aber ich nehm das mal als Kompliment.«

»Bis jetzt hat man noch nicht offiziell bekannt gegeben, dass es sich bei dem Opfer um Rose Miller handelt. Sie muss erst von einem nahen Verwandten identifiziert werden, bevor man Einzelheiten veröffentlicht«, erklärte Rick. »Daisy ist mit Rob zu ihrem Haus gefahren. Irgendjemand ist dort gewesen und hat alles auseinandergenommen.«

»DC Rob Stanley?«

»Ja. Er gehört zum Team.«

»Wisst ihr auch, wonach der Eindringling gesucht hat?«

»Noch nicht, aber das war kein gewöhnlicher Einbruch. Da lag jede Menge Schmuck herum, und der Einbrecher hat ihn nicht angerührt.«

»Ist sie da oder in der Scheune umgebracht worden?«

Rick hob die Augenbrauen. »Diese Information ist noch nicht für die Öffentlichkeit freigegeben. Außerdem wäre das alles in diesem Stadium ohnehin nur Spekulation.«

»Ich bin aber nicht die Öffentlichkeit. Ich bin deine Frau.«

»Meine entfremdete und bald Ex-Frau.«

Bei dem Zusatz ›Ex‹ zuckte Clarice unwillkürlich zusammen, doch sie fuhr fort: »Du bist Profi, Rick. Du hast an diesem Punkt der Ermittlungen schon immer eine gute Vorstellung von den Ereignissen gehabt, auch wenn noch nicht alles bestätigt war. In der Scheune war nicht viel Blut. Also nehme ich an, dass sie nicht dort gestorben ist. Und …«

»Na gut, na gut …« Rick hob die Hand, um sie zu unterbrechen. »Aber vergiss nicht: kein Wort zu irgendjemandem.«

»Das musst du mir nicht extra sagen.«

»Ich weiß ja, dass du mich ohnehin bequatschen würdest, bis ich es dir sagte.«

Clarice war beleidigt. »Ich *bequatsche* niemanden!«

»Ja, ja. Schon gut. Ich weiß. Tut mir leid.«

Clarice nickte. *Wie sind wir nur so geworden?*, fragte sie sich. Sie waren gute Freunde gewesen, und jetzt waren sie Gegner, Erzfeinde sogar, die alle Stärken und Schwächen des Gegenübers kannten.

»Sie wurde weder in der Scheune noch in ihrem Haus getötet, sondern irgendwo anders. Wir arbeiten daran.«

Clarice dachte darüber nach.

»Du darfst dich da nicht einmischen. Das weißt du doch, oder?« Rick schaute sie eindringlich an.

»Ja, natürlich«, antwortete Clarice wohlwissend, dass sie das nicht so meinte. Und Rick wusste das auch.

»Was hast du von ihr gehalten? Hast du sie gemocht?« Rick verschränkte die Arme vor der Brust und lehnte sich auf dem harten Plastikstuhl zurück.

»Nein«, erklärte Clarice deutlich. »Sie war nicht sonderlich sympathisch. Ein schwieriger Mensch. Ich bezweifle, dass sie enge Freunde hatte. Rose war eine dieser Typen, die ich auch nicht besser kennen würde, wenn ich sie jahrelang jeden Tag gesehen hätte. Wirklich warm geworden wäre ich nie mit ihr. Als ich jung war, da habe ich bei solchen Leuten immer gedacht, das liege nur an mangelnder Kommunikation oder wäre gar meine Schuld. Jetzt, da ich älter bin, weiß ich, dass da einfach nichts ist, was sich kennenzulernen lohnt.«

»Dann hatte sie auch keine Freunde in der Stadt, oder?«

Clarice dachte an Castlewick. Das hier war eine ländliche Kleinstadt. Oft dachte sie bei sich, der Ort wäre in den Vierzigern stehen geblieben. Ihre Mutter hatte ihr erzählt, wie Castlewick in ihrer Kindheit gewesen war, und Clarice erkannte die Beschreibungen der Vergangenheit in der Gegenwart wieder. Es schien, als würde hier jeder jeden kennen und wäre übertrieben interessiert an den Angelegenheiten und dem Privatleben seiner Nachbarn. Positiv war allerdings, dass es in Castlewick noch viele kleine, unabhängige Geschäfte gab, einschließlich einer Fischhandlung und zwei altmodischen Eisenwarenläden, wo man noch immer nur ein paar Nägel oder Schrauben kaufen konnte und nicht gleich zwanzig nehmen musste. Und wenn Clarice über den Samstags- oder Mittwochsmarkt im Stadtzentrum ging, nickten ihr selbst flüchtige Bekannte zu oder sagten Hallo.

»Zumindest keine echten Freunde, würde ich sagen«, erwiderte Clarice. »Sie ist vor gut zwei Jahren nach Castlewick gezogen. Sie ist auch zu meinen beiden ersten Sechswochenkursen für Töpferei gekommen. Sie war gerade erst in die Stadt gezogen und hat überall mitgemacht. Allerdings habe ich sofort gesehen, dass das nicht ihr Ding war. Aber das macht man halt so, um neue Leute kennenzulernen. Sie hat nicht wirklich was zustande gebracht, sondern einfach nur mit den anderen geplaudert.«

»Und sie vom Arbeiten abgehalten.« Rick lächelte.

»Ja, genau.« Clarice nickte. »Ich habe sie auch bei Jane Masons Morgenkaffee getroffen und als Clare Robbins jede Menge Leute zum Lunch eingeladen hat. Bei beiden Gelegenheiten und bei meinen Kursen habe ich die Leute sagen hören, dass Rose im alten Pfarrhaus lebt. Offenbar hat sie richtig damit angegeben. Schließlich ist es ein großes Haus, und sie hat es komplett modernisieren lassen. Ständig hat sie gestöhnt, wie teuer die Handwerker seien. Es war, als müsste sie den Leuten unter die Nase reiben, dass *sie* sich das leisten könne. Dass sie reich und wichtig war. Menschen, die schon immer Geld hatten, tun so was nicht. Deshalb bin ich davon ausgegangen, dass sie zu den Neureichen gehört. Es hieß, ihr Mann sei gestorben und habe gut für sie gesorgt. Trotzdem hat sie zwar stets jede Einladung angenommen, sich aber nie revanchiert.«

»Sonst noch was?«

»Sie hat mich immer an Brenda Prescott erinnert. Weißt du noch?«

»Vage. Ist die nicht nach Norfolk gezogen?«

»Ja, genau. Brenda hat andauernd aus allem einen Wettbewerb gemacht, und das auf üble Art.«

Rick nickte.

»Sie hat mir einmal erzählt, jemand habe sie nach einem Rezept für einen Dattel- und Walnusskuchen gefragt, den sie auf dem Pfarrfest verkauft hat. Sie war als gute Bäckerin bekannt. Ich habe gesagt, das sei doch ein nettes Kompliment, und sie hat mir auf hysterisch-mädchenhafte Art geantwortet, dass sie *nie* ein komplettes Rezept herausgeben würde. Sie hielt immer ein paar Zutaten zurück oder veränderte die Menge von Mehl und Zucker, denn sie wollte nicht, dass jemand genauso gut backte wie sie.«

Rick schnaubte verächtlich. »Und was hast du darauf erwidert?«

»Ich habe ihr gesagt, es sei vielleicht besser, zu sagen, dass sie alte Familienrezepte nicht einfach so weitergeben könne, anstatt falsche rauszugeben. Und«, fuhr Clarice fort, »das konnte ich mir auch bei Rose vorstellen. Sie hat Lügen verbreitet, zwar nur kleine, dumme, aber sie haben meinen Eindruck von ihr bestimmt. Beim zweiten Kurs hat sie immer Parfüm getragen, einen Lilienduft. Eine andere Frau hat ihr deswegen ein Kompliment gemacht und sie gefragt, wie das heiße. In kindlichem Tonfall hat Rose geantwortet, das wisse sie gar nicht mehr, aber es sei von Estée Lauder.«

»Und?«

»Es war Diorissima, ein Parfüm von Dior, eingeführt in den Fünfzigern. Meine Mutter hat es eine Zeitlang benutzt. Deshalb wusste ich, dass Rose gelogen hatte.«

»Und hast du was gesagt?«

»Nein. Ich mische mich eigentlich nie in die Gespräche meiner Schüler ein. In meinen Kursen ist immer viel los. Dann, bei Clares Lunch, hat Rose gesagt, sie habe in St. Albans gelebt, in Hertfordshire, zusammen mit ihrem verstorbenen Mann.«

»Du kennst die Gegend doch gut, oder? Da wohnt doch deine Tante.«

»Stimmt.« Clarice nickte. »Das habe ich Rose auch gesagt und habe sie nach ihrer Meinung zu verschiedenen bekannten Orten gefragt. Einfach nur Smalltalk.«

»Und lass mich raten: Sie hat *nicht* da gelebt.«

»Keine Ahnung.« Clarice hielt kurz inne. »Rick, darf ich dich mal was fragen?«

»Und was?«

»Stinke ich?«, flüsterte Clarice.

»Äääh …«

»Also ja.«

»Du riechst nach der Scheune. Das ist mir schon aufgefallen, als ich reingekommen bin. Da wäre mir noch Katzenpisse lieber.« Rick lachte über seinen eigenen Scherz. Doch dann, als er Clarices verzweifelten Gesichtsausdruck sah, verstummte er sofort.

»Tut mir leid«, sagte er schließlich. »Das war dumm und gemein. Du stinkst nicht. Nie.«

Clarice schaute ihn an. Ihr standen die Tränen in den Augen.

»Ich weiß, ich weiß … Alles für eine kleine Stichelei.«

Sie nickte. »Meine verdammten Katzen, dein verdammter Job.«

Sie lächelten sich schwach an. Beide waren sich schmerzlich bewusst, dass sie einander noch immer zu verletzen vermochten.

»Ich wollte mir die Haare waschen, aber ich kann nicht richtig stehen«, sagte Clarice. »Die Krankenschwester sagt, sie sei zu beschäftigt, um mir zu helfen, und ich gehe davon aus, dass sie auch auf der Station nicht mehr Zeit haben werden.«

Rick nahm ihre Hand und drückte sie.

»Sei bloß nicht zu lieb.« Clarice zog die Hand weg. »Sonst muss ich noch weinen. Ich glaube immer noch, dass ich Teile von Roses Leiche im Haar habe, und allein bei dem Gedanken könnte ich kotzen.«

»Noch ungefähr eine Stunde, Clarry.« Eine Stimme ließ Clarice zusammenzucken. »Dann verlegen wir Sie in ein Bett auf Station 3.« Die Krankenschwester war klein, dunkelhaarig und rund. Sie schaute auf ihr Klemmbrett.

»Clarice«, korrigierte Rick sie, stand auf und baute sich vor der Schwester auf.

»Was?«

»Meine Frau heißt Clarice, nicht Clarry. Clarice Beech.«

Die Krankenschwester schaute in die Akte. »Entschuldigung. Ja. Clarice ... Ein Name, an den man sich erinnert. Es gab da eine Clarice in diesem Film ... *Hannibal Lecter* ... der mit dem Serienkiller.«

»Der heißt *Das Schweigen der Lämmer*«, korrigierte Rick sie wieder. »Hannibal ist eine Figur da drin. Von 1991.«

»Ja, genau den meine ich.«

»Clarice war der Name der Lieblingstöpferin meiner Schwiegermutter. Haben Sie schon mal von ihr gehört? Clarice Cliff? Da kommt ihr Name her.« Rick sprach in freundlichem Tonfall. Clarice sah, wie die Frau ihn anstrahlte. *Er wickelt sie mit seinem Charme um den kleinen Finger*, dachte sie.

»Ursprünglich habe ich Clarence statt Clarice verstanden, sie also für einen Kerl gehalten. Ich habe Tassen und Teller in diesem Antiquitätenprogramm gesehen. Das kommt davon, wenn man nicht richtig zuhört. Beim nächsten Mal werde ich mich daran erinnern.« Die Krankenschwester lachte. »Aber jetzt habe ich ja eine echte Clarice kennengelernt.«

»Meine Frau ist auch Töpferin und Künstlerin, aber ihre Arbeiten sind eher zeitgenössisch, sehr modern.«

»Toll.« Die Krankenschwester lächelte Clarice an.

»Könnten Sie mir einen kleinen Gefallen tun?« Rick senkte die Stimme zu einem verschwörerischen Flüstern, und die Krankenschwester hob neugierig die Augenbrauen. »Es dauert ja noch eine Stunde ... Könnten Sie mir einen

Rollstuhl besorgen und den Weg zum Badezimmer zeigen?« Rick beugte sich zu der kleinen Frau hinunter. »Und kann man hier vielleicht auch Seife, Shampoo und Handtücher bekommen?«

Die Krankenschwester öffnete den Mund, um etwas darauf zu erwidern, doch Rick kam ihr zuvor.

»Ich weiß, das entspricht nicht den Regeln, und ich weiß auch, wie beschäftigt Sie alle sind. Wir wollen auch niemanden von der Arbeit abhalten. Aber meine Frau muss sich wirklich mal waschen. Es dauert auch nicht lange. Es macht sie einfach verrückt, sich nach dem Unfall nicht säubern zu können. Da können wir doch sicher eine Lösung finden.« Er lächelte charmant.

Clarice schaute ihn an. Wie gesagt war Rick groß, breit und imposant. In seinem kurz geschorenen dunklen Haar waren erste graue Flecken zu sehen, und am Hinterkopf dünnte es bereits ein wenig aus. Er hatte einen Dreitagebart, und seine Rugbynase war platt und seltsam krumm. Er sprach mit dem Akzent von Süd-London. Alles in allem betrachtet entsprach Rick ganz dem Klischee aus einem Kriminalroman, und entweder war er der Bösewicht oder ein Cop. Aber für was auch immer sein Gegenüber sich entschied, er konnte sie mit seinem Charme bezirzen.

»Das darf ich eigentlich nicht«, sagte die Krankenschwester, verschränkte die Arme vor der Brust und straffte die Schultern. Dann lächelte sie. »Eigentlich ist das die Aufgabe des Stationspersonals.«

Rick legte die Finger auf die Lippen und lachte. Die Krankenschwester kicherte, als wäre Rick ein alter Freund.

Die Krankenschwester führte Rick zum Krankenhausladen, wo er Zitronenseife, Shampoo, eine Haarbürste, Zahnpasta und eine Zahnbürste kaufte. Zehn Minuten später wartete eine andere Krankenschwester auf seine Rückkehr. Ein junger Mann mit einem netten Lächeln beugte sich über einen Rollstuhl und plauderte freundlich mit Clarice. Auf dem Sitz lagen zwei Handtücher, viel benutzt und rau, aber groß, dazu ein frischer Krankenhauskittel.

Sie fuhren mit dem Aufzug in den dritten Stock, der sich in drei Stationen aufteilte, wo man sich um unterschiedliche medizinische Probleme kümmerte. Als die Krankenschwester sie vor dem Badezimmer verließ, erklärte sie ihnen, dass sie anschließend auf Station 3 gehen sollten, um dort vor dem Empfang zu warten.

Beim Betreten des Badezimmers kam Clarice sich vollkommen hilflos vor, und das war ihr schier unendlich peinlich. Zehn Minuten später saß sie nackt auf einem Plastikhocker in der Dusche. Ihr verletzter Knöchel steckte in dem wasserdichten Plastikbeutel, in dem Rick die Einkäufe transportiert hatte, und das Bein lag ausgestreckt auf einem weiteren Hocker. Rick zog seine Krawatte aus und faltete sie, um sie wegzustecken. Dann zog er das Jackett aus, hing es hinter die Tür und krempelte die Hemdsärmel hoch. Unter warmem Wasser aus der Dusche rieb er von oben das Shampoo in Clarices Haare, und während sie es einmassierte – vielleicht, um sich von ihrer Verlegenheit abzulenken –, begann er, über Blutspritzer zu reden.

Einiges davon wusste Clarice bereits. Sie hatten schon ähnliche Gespräche geführt, aber vieles war ihr auch unbekannt. Rick sprach über die Analyse solcher Spritzer, ihre Größe, Form und Verteilung. Er erzählte von der Physik, der Blutzusammensetzung in den verschiedenen Adern und der Geschwindigkeit solcher Tropfen. Er erklärte Clarice, wie man mit Hilfe von Mathematik – oder genauer Geometrie, um Entfernung und Winkel zu bestimmen – die Richtung herausfinden konnte, aus der die Spritzer gekommen waren. So ließ sich ermitteln, wie die Wunde verursacht worden war. Daraus wiederum ließ sich schließen, wie Opfer und Täter zueinander gestanden hatten und wie sie sich bewegt hatten, nachdem das Blut vergossen worden war. Er hatte gerade begonnen, die drei Grundtypen eines Flecks zu erklären – passiv, übertragen und durch Aufprall verursacht –, als Clarice erkannte, dass sie auf Autopilot lief. Mit Ricks Hilfe wusch sie sich und trocknete sich ab. Dann half er ihr in den Krankenhauskittel und zog schließlich die Tüte ab, in der ihr Fuß steckte. Zu guter Letzt half er ihr in den Rollstuhl.

Nichts von alledem hatte einen sexuellen Unterton gehabt. Für eine kurze Zeit hatten sie sich wieder genauso verhalten wie früher: entspannt und die besten Freunde. Rick hatte kein Wort über die Verletzungen an Clarices Beinen und Rücken verloren oder die blauen Flecken am ganzen Leib. Allerdings hatte Clarice deutlich gesehen, wie er die Lippen zusammengepresst und welche Willenskraft es ihn gekostet hatte, das nicht zu kommentieren. Und sie war ihm dankbar dafür. Außerdem hatte er ihr ja schon die Meinung gesagt, als er in die Notaufnahme gekommen war. Sie verstand auch, wie er sich fühlte. Auch sie hatte sich die eine oder andere vorwurfsvolle Bemerkung verkniffen: Warum siehst du schon wieder so müde aus? Wie ernährst du dich eigentlich? Clarice nahm an, dass Rick größtenteils Burger und Pommes aß. Sein Hemd war zerknittert, und die Hose hatte anscheinend länger keine Waschmaschine mehr gesehen. Aber sie waren kein Paar mehr. Es war nicht an ihr, das zu kommentieren.

Nachdem er sich das Jackett wieder an- und die Krawatte

festgezogen hatte, hockte Rick sich hin, um mit Clarice auf Augenhöhe zu sein.

»Danke, Rick«, sagte Clarice in schüchternem Ton. »Das hättest du nicht tun müssen.«

»Wir beide waren mal ein gutes Team«, erwiderte er. »Stimmt doch, oder?«

»Ja«, antwortete Clarice. »Ja, das waren wir.«

Kapitel 4

Die abendliche Besuchszeit hatte um sechs begonnen. Jede der drei Frauen, die in den Betten lagen, hatten einen oder mehrere Besucher, und mit so vielen Leuten wurde es allmählich eng. Als sie hereinkamen, senkte sich Schweigen über den Raum. Die Krankenschwester ging voraus, gefolgt von Clarice, deren Rollstuhl von Rick geschoben wurde. Alle drehten sich zu den Neuankömmlingen um, und alle nickten sie zur Begrüßung oder lächelten, bevor sie sich wieder ihren eigenen Gesprächen zuwandten.

Als Clarice sich ins Bett gelegt hatte, setzte Rick sich neben sie. »Ich schaue morgen wieder vorbei«, sagte er.

»Ich vertraue darauf, dass ich morgen wieder nach Hause komme!« Clarice hoffte es zumindest. Sie hatte viel zu tun.

»Wir werden sehen. Morgen reden wir weiter.« Rick beugte sich vor und küsste sie auf die Wange.

»Es gibt da noch etwas, das mir einfach nicht aus dem Kopf gehen will.«

»Ja?«

»Walter.« Clarice sprach so leise wie möglich. »Allein wegen seines Alters ist er ziemlich dünn, aber er sah richtig gut aus, wenn man bedenkt, dass er sich gut drei Wochen lang selbst hat versorgen müssen. Vorne hat er zwar keine Zähne mehr, hinten und an der Seite aber schon.«

»Daran habe ich auch schon gedacht.« Rick verzog das Gesicht zu einer hämischen Maske. »Seine eigene Speisekammer mit jeder Menge rohem Fleisch.«

Clarice nickte.

»Mach dir keine Sorgen. Schlaf jetzt erst einmal.« Rick gab ihr noch einen Wangenkuss. Dann war er weg.

Clarice legte sich auf das Kissen. Rick war über zwei Stunden bei ihr gewesen. Das war eine verdammt lange Zeit, besonders, wenn man bedachte, dass er gerade in einem Mord ermittelte. Sie hatte auch sein Handy nicht klingeln hören, und ihr kam der Gedanke, dass er es ausgeschaltet hatte. Normalerweise tat er das nicht.

Zwanzig Minuten später kam Georgina Louise Lowe, Georgie für ihre Freunde.

»Ich habe ewig gebraucht, um dich zu finden. Ich weiß, ich weiß … Du hast gesagt, ich soll nicht kommen.« Georgie setzte sich an den Fuß des Betts und hielt eine Reisetasche hoch, die Clarice als die ihre erkannte. »Toilettenartikel, eine Jeans, ein Top, ein Bademantel und ein Schlafanzug. Slipper habe ich nicht gefunden. Aber die trägst du auch nicht, oder? Im Haus läufst du doch immer barfuß rum.«

Wie es ihre Art war, sprach Georgie, ohne Luft zu holen. Sie war fünfundvierzig Jahre alt, sah aber bedeutend jünger aus. Sie war klein, hatte braunes, jungenhaft geschnittenes Haar und genug Sommersprossen in ihrem herzförmigen Gesicht, um selbst Clarice zu übertreffen.

Doch schließlich gingen Georgie die Worte aus, und sie sagte: »In jedem Fall siehst du schon besser aus. Ich habe mir große Sorgen gemacht.«

»Ich fühle mich auch viel besser.«

»Ich kann nicht so ganz lange bleiben, aber wenn du morgen noch hier bist, komme ich noch mal.«

»Es ist wirklich schön, dass du überhaupt gekommen bist.«

»Tatsächlich«, Georgie lächelte, »muss ich sagen, dass Alan mal nicht so grummelig war wie sonst. Ich soll dir sogar ›Gute Besserung‹ von ihm ausrichten, und er hat sich freiwillig dazu bereit erklärt, sich um die Kinder zu kümmern. Vielleicht ist ja der Pub abgebrannt, und ich habe nur nichts davon mitbekommen.« Sie warf den Kopf zurück und lachte, ein lautes, unerwartetes Geräusch in einem Raum voller Flüstern. »Ich habe Rick auf dem Parkplatz gesehen, er mich aber nicht. War er lange bei dir?«

»Ungefähr zwei Stunden.«

»Oooh, zwei Stunden?« Georgie schaute ihre Freundin mit wissendem Blick an.

Clarice spielte die Überraschte. »Jetzt fahr aber mal heim.« Sie drohte mit dem Finger.

»Okay, okay … Ich bin ja schon weg.« Georgie beugte sich vor, küsste Clarice und legte den Arm um sie. »Pass auf dich auf. Wir reden morgen weiter. Ich hab Bob erzählt, was passiert ist. Er und Sandra wollen noch länger bei dir bleiben und sich um die Viecher kümmern. Die Hunde nehmen sie über Nacht zu sich, und morgen Früh fahren sie wieder zurück, um die Katzen zu füttern. Sie wünschen dir alles Gute.«

»Danke. Vielen, vielen Dank.« Clarice erwiderte die Umarmung.

Als sie sicher war, dass Georgie verschwunden war, rollte Clarice sich auf ihrem Bett zu einem Ball zusammen. Sie hatte bemerkt, dass die anderen Patienten im Raum sie anschauten, um sie in ein Gespräch zu verwickeln. Aber sie wollte, wenn irgend möglich, vermeiden, Fragen darüber beantworten zu müssen, wie sie hierhergekommen war.

Später, nachdem sie sich den Schlafanzug übergezogen hatte, den Georgie ihr gebracht hatte, und das Licht im Zimmer ausgeschaltet worden war und ihre Mitpatienten schliefen, lag Clarice vollkommen regungslos auf dem Rücken. Sie lauschte den leisen Stimmen zweier Krankenschwestern im Stationszimmer nebenan sowie dem Geräusch von Türen, die geöffnet und geschlossen wurden, während das Pflegepersonal seinen Rundgang machte. Gelegentlich war auch ein Piepen zu hören, wenn ein Tropf erneuert werden musste. Dann folgten leise Schritte, und schließlich verstummte das Infusionsgerät wieder. Die Frau im Bett gegenüber schnarchte, was beinahe wie ein langgezogenes, gegrunztes Wort klang.

Das leise, aber unvertraute Geräusch machte Clarice geradezu schwindelig. Sie fühlte sich hier vollkommen fremd. Ihr Laken war leicht, dabei war sie eine schwere Wolldecke gewöhnt. Es gab auch nur ein Kissen, und es war viel zu heiß im Zimmer. Die Schwestern hatten Clarice Medikamente gegen ihre Kopfschmerzen gegeben, ihr ein Schlafmittel aber verweigert. Sie sagten, das würde sie nur verwirren und nervös machen. Verzweifelt versuchte Clarice, im Nichts zu versinken. Sie wollte, dass die Nacht vorüberginge, doch der Schlaf kam einfach nicht, und so grub sie sich tiefer in ihr Bett und drehte sich auf die Seite. Um sich abzulenken, füllte sie ihren Geist mit Gedanken.

Neben dem Englischen sprach Clarice noch Französisch und Italienisch. Sie konnte ihr eigenes Brot backen. Sie verstand sich darauf, eine Sicherung und einen Stecker auszutauschen, und war in der Lage dazu, ihre eigenen Regale zu bauen und anzupassen. Sie wusste, wie man eine Wand verputzte, strich oder tapezierte. Sie erschuf Dinge in Ton, abstrakte Stücke, groß und klein; die Art der Glasur war dabei ihr Markenzeichen. Sie beherrschte die Fiedel, zwar nicht besonders gut, aber gut genug, um Leute zu unterhalten. Sie war gut darin, ausgesetzte und wilde Katzen zu fangen und die fauchenden, um sich schlagenden Kreaturen in liebevolle, einmalige Wesen zu verwandeln und ihnen ein langes, besseres Leben zu bescheren. Sie konnte einen Hund aufnehmen, der an furchtbaren Erfahrungen zerbrochen war, und ihn wieder ganz machen.

Und Clarice verstand die menschliche Natur genauso gut wie das tierische Verhalten. Erstere faszinierte sie in gleichem Maße, wie sie sie abstieß. Als eifrige Beobachterin des Menschentiers konnte sie das Denkmuster einer Person genauso schnell entschlüsseln wie das einer vierbeinigen Kreatur. Und für gewöhnlich war ihre Einschätzung ausgesprochen akkurat. Der größte Unterschied zwischen Zwei- und Vierbeinern war, dass Letztere nicht zum Vergnügen töteten. Clarice hatte schon oft gehört, dass es grausam sei, wenn eine Katze mit ihrer Beute spielte, doch in Wahrheit war das nur Instinkt, ein wesentlicher Bestandteil ihres Überlebens. Dass eine domestizierte Katze einen vollen Bauch hatte, schaltete diesen Instinkt nicht einfach aus.

Und dann war da das, was Clarice *nicht* vermochte: Sie konnte ihre Ehe nicht flicken. Auf einem Regal in ihrer Werkstatt stand eine Clarice-Cliff-Vase, die ihrer Mutter gehört hatte. Einst war sie zerbrochen worden, aber nicht – wie viele Leute vermuteten – von einer Katze, sondern vom Kind einer Freundin. Clarice hatte sie professionell reparieren lassen, und aus der Ferne sah sie wieder durchaus akzeptabel aus. Nur war sie das nicht. Die Risse würden bleiben. Einmal entstandenen Schaden konnte man nicht ungeschehen machen. Wann immer sie sich nun die Vase ansah, grübelte Clarice über Leid und Tod ihrer Ehe. Dieser Gedanke hatte sich wie eine Made in ihrem Hirn festgesetzt, wo er weiter schwärte.

Clarice versuchte, sich abzulenken. So dachte sie stattdessen an Rose. Diese dumme Frau mit den schmalen Lippen. Warum war sie ermordet worden? Natürlich könnte es eine Zufallstat gewesen sein, doch das war eher unwahrscheinlich. Rose hatte keine Kinder gehabt. Ihr Mann war gestorben. Oder? Zurück zum Anfang … Rose war eine notorische Lügnerin gewesen. Clarice ging noch einmal all die kleinen, sinnlosen Unwahrheiten durch, die die Frau von sich gegeben hatte. Falls es wirklich einen Ehemann gegeben haben sollte, so war der vielleicht gar nicht tot. Und Rose könnte auch Kinder gehabt haben. Hatte sie es sich vielleicht mit einem Einheimischen verscherzt? Aber für einen Mord hätte da schon etwas wirklich Extremes passiert sein müssen.

Clarice erkannte, dass sie nach diesem blöden Tag noch nicht wieder klar denken konnte. Und da sie nicht daheim schlafen konnte, stellte sie sich das Meer vor, die Wellen, die Geräusche, den Geruch und den salzigen Geschmack. Sie dachte an Rick und wie sie beide als Frischvermählte Hand in Hand am Strand entlanggewandert waren. Es war der Erste Weihnachtstag gewesen, vor elf Jahren, der menschenleere Strand lag nur eine Autostunde von ihrem Haus entfernt. Möwen hatten über ihnen gekreischt. Der Himmel war fast vollkommen weiß gewesen, ebenso der Schaum der Wellen, die immer wieder an den Strand schwappten, immer und immer wieder …

»Wie du mir fehlst, Frau, wie du mich rufst, rufst nach mir.
Und sagst, dass du nicht mehr bist, wie du warst.«

Die Stimme war die von Rick, die Worte stammten von Thomas Hardy. Es war eine Elegie, die Hardy nach dem Tod seiner Frau verfasst hatte.

Nein, nein, nein … Emma, Hardys Frau, ist tot. Nicht ich. Die Verzweiflung brandete heran wie die Wellen und drohte, sie zu verschlingen. *Warum denke ich das …?*

»Als du zu einer wurdest, die so anders war, als was wir

einander waren, oder so, als du zuerst mich trafst.«

Clarice sah sich und Rick von hinten. Sie sah, wie sie stehen blieb und sich umdrehte, doch das war nicht ihr Gesicht. Es war so zerstört, dass es nicht mehr zu erkennen war. Das war Rose Miller.

»Nein, das bin ich nicht. Ich bin nicht tot.« Als sie das aussprach, wachte sie auf.

Es war noch immer Nacht. Draußen waren die Krankenschwestern nicht mehr zu hören. Die Frau auf der anderen Seite schnarchte nach wie vor. Clarice war klatschnass geschwitzt, der Schlafanzug klebte an ihrem Körper.

Beinahe sofort schlief Clarice wieder ein. Erst um sechs wachte sie wieder auf, als sie Bewegung um sich herum registrierte.

Kapitel 5

Über zehn Stunden später, um 16:45 Uhr, saß Clarice in ihrer eigenen Küche am Tisch, in der Hand einen Becher Tee.

Wie versprochen hatte Rick sie nach Hause gebracht. Nachdem er bereits früh angerufen hatte, um sich bei den Krankenschwestern zu erkundigen, wie Clarice die Nacht verbracht hatte, hatte er sich kurz nach neun Uhr morgens auf dem Handy gemeldet, um ihr die gleiche Frage zu stellen. Anschließend wollte er noch einmal bei den Schwestern nachhorchen, wann sie würde gehen können. Am Morgen wurde Clarice von einem Arzt untersucht, der ihr mit einer kleinen Lampe in die Pupillen leuchtete und ihr Fragen zu ihren Augen, ihrem Erinnerungsvermögen und dem Gleichgewichtssinn stellte. Am Nachmittag kam dann Dr. Dixon, der Oberarzt. Er trug einen smarten braunen und, wie Clarice dachte, teuren Anzug, und ihm folgte ein ganzer Schwarm Studenten. Alle waren sie in identische weiße Kittel gehüllt und hingen förmlich an seinen Lippen. Nachdem Dr. Dixon Clarice die gleichen Fragen gestellt hatte wie der Stationsarzt, sprach er mehr über sie als mit ihr.

»Eine Gehirnerschütterung ist eine traumatische Hirnverletzung, und Bewusstlosigkeit, egal, wie kurz sie auch sein mag, ist die Reaktion des Körpers darauf. Er schützt sich vor dem Trauma, indem er einfach abschaltet. Sie …« Er deutete mit dem Stift auf einen kleinen Mann mit dünnem Haar und einer silbernen Brille. »Symptome?«

»Also …«, begann der Student. »Übelkeit, Schwindel, Gleichgewichtsverlust, verschwommene Sicht.«

»Und was noch?«

»Lallen.«

»Danke, Mr. Grey. Ich denke, wir stimmen alle darin überein, dass diese Patientin keines dieser Symptome zeigt. Was sonst noch?«

»Emotionale Ausbrüche und Stimmungsschwankungen«, meldete sich eine kleine Asiatin.

»In allen Fällen?«

»Nein«, antwortete die Frau. »Die Symptome einer Gehirnerschütterung variieren von Patient zu Patient. Es können auch noch weitere Probleme im Laufe der nächsten Tage oder Wochen auftauchen.«

Dr. Dixon nickte und ließ seinen Blick über die Gruppe schweifen.

»Hat dem jemand noch etwas hinzuzufügen?«

»Erweiterte Pupillen.« Das war wieder der Mann mit dem dünnen Haar. »Erweiterte Pupillen sind ebenfalls ein Hinweis auf eine Gehirnerschütterung.«

»Genau«, bestätigte Dr. Dixon. »Jetzt berichten Sie mir von Mrs Beechs anderen Verletzungen.«

Clarice hörte aufmerksam zu, während die Studenten über Frakturen diskutierten. Tibia und Fibula im Bein waren mit dem Talus im Fuß verbunden. Clarice hatte sich den Knöchel verstaucht, aber auch eine proximale Fraktur am fünften Mittelfußknochen davongetragen. Das war der Knochen, der mit dem kleinen Zeh verbunden war, und offenbar war es auch derjenige im Fuß, der am häufigsten brach. Clarice dachte bei sich, dass die Studenten schon verdammt viel wussten, und während sie sie beobachtete, überlegte sie, wie alt sie wohl waren.

Bevor sie wieder gingen, sprach Dr. Dixon mit einer Krankenschwester über eine elastische Bandage, einen Stützschuh sowie Krücken. Er stimme mit der Diagnose des Stationsarztes überein, und Clarice dürfe nun wieder nach Hause gehen. Zum Schluss nickte er ihr zu, als wollte er ihr so versichern, dass er sie keineswegs übersehen hatte, dann ging er, gefolgt von seinem jugendlichen Rattenschwanz in weißen Kitteln.

Schließlich, um 16:00 Uhr, nachdem alle Formalitäten erledigt waren und nach einem kurzen Besuch in der Krankenhausapotheke, konnten Clarice und Rick endlich die Klinik verlassen.

Clarice fühlte sich vollkommen steif. Überall, wo sie blaue Flecken hatte, tat es ihr auch weh. Sie hatte krumm und schief in einem unbekannten Bett geschlafen, und jetzt schmerzte auch ihr Nacken. Außerdem fühlte sie sich unsicher, da sie nur auf Krücken laufen konnte und den verletzten Fuß nicht aufsetzen durfte. Ihre Angewohnheit, stets entschlossen vorwärtszumarschieren, stand in absolutem Gegensatz zu ihren aktuellen Möglichkeiten. Erst als sie das Krankenhausgebäude verließen und draußen unter einem dunklen, von Regen kündendem Himmel standen, besserte sich ihre Laune wieder. *Alles ist besser als da drin*, dachte sie. Selbst Regen konnte ihre Laune nicht verderben, so erleichtert war sie, endlich raus zu sein.

Rick ging langsam neben ihr her. Er trug die Tasche, die Georgie am Tag zuvor gebracht hatte.

»Und? Gibt es schon etwas Neues zu dem Mord?«, fragte Clarice, kaum dass sie vom Parkplatz fuhren.

Rick lächelte sie schief an. »Was denn? Kein Smalltalk? Kein Vorspiel?«

Clarice ignorierte die Bemerkung. »Habt ihr schon ein Autopsieergebnis?«

»Offiziell nicht. Die Gerichtsmediziner wollen so gründlich wie möglich sein.«

»Aber was hat Steve dir erzählt?«

»Ergibt es überhaupt Sinn, wenn ich sage, wir sollten eigentlich über dich sprechen? Wie fühlst du dich?«

»Scheiße.« Clarice fuhr sich mit den Fingern durchs Haar. Sie hatte das Gefühl, als wäre ihr Kopf noch immer wund.

»In jedem Fall siehst du schon tausendmal besser aus als gestern.«

»Danke. Schlimmer hätte ich ja auch nicht aussehen können. Aber hör auf, mir Honig um den Mund zu schmieren. Was hat Steve gesagt? Inoffiziell, meine ich. Ich kenne eure Spielchen doch.«

»Er hat gesagt, sie hat einen Schlag abbekommen, und zwar einen heftigen. Der Hieb hat ihr den Kiefer gebrochen. Dann ist ihr der Schädel zertrümmert worden, und zwar in der Absicht, sie ein für alle Mal zu erledigen.«

»Und mit was?«

»Steve glaubt, mit so was wie einem Hammer.«

»Kam der Schlag von hinten oder vorne?«

»Von vorne.«

»Interessant. Du hast ein für alle Mal gesagt.«

»Sie ist erstickt.«

»Ich nehme an, wenn sie durch den Schlag das Bewusstsein verloren hätte, dann hätte sie wenigstens nicht gewusst, was als Nächstes kommt.«

»Ja, wenn.«

Clarice verstummte und dachte über die Hölle nach, die Rose durchlitten haben musste, als sie gesehen hatte, wie ihr Mörder das schwere Ding geschwungen hatte, um sie zu erledigen. Und dann? Als es sie *nicht* erledigt hatte? Was dann?

»Steve hat gesagt, sie hätte eine Art Getreidestaub in der Lunge.« Ricks Worte rissen Clarice aus ihren Gedanken.

»Dann hat sie in der Scheune noch gelebt?«

»Nicht notwendigerweise. Da drin wird schon seit Jahren kein Korn mehr gelagert, und sie ist definitiv nicht dort getötet worden.«

»Sonst noch was?«

»Ein, zwei Kleinigkeiten.«

»Wie klein?« Clarice wartete darauf, dass Rick fortfuhr.

»Rose Miller war nicht Rose Miller, sondern Sharon Cocker. Vor zwei Jahren hat sie ihren Namen offiziell geändert.«

»Wie habt ihr das denn rausgefunden?«

»Ihre Fingerabdrücke waren im System. Sie ist zweimal wegen Erpressung angeklagt worden, einmal davon auch noch in Tateinheit mit Nötigung. Verurteilt wurde sie jedoch nicht. Ein paar Jahre später hat sie dann doch gesessen, wegen Betrugs. Sie ist zusammen mit ihrer Schwester und ihrem Schwager verurteilt worden, Pete und Jackie Smith. Wenn man sich ihre Akte anschaut, könnte man meinen, sie wäre stets mit allem durchgekommen. Nichts ist je vor Gericht gekommen. Doch dann hat sie ihr Glück verlassen, und der Betrug flog auf. Sie hat auch noch eine zweite Schwester: Maggie. Die haben wir aber noch nicht gefunden.«

»Was für eine Art von Betrug war das denn?«

»Sie hat ein Ferienhaus vermietet, das es gar nicht gab. Die Leute zahlten im Voraus, doch als sie an dem Haus ankamen, wusste der Besitzer von nichts.«

Clarice schwieg.

»Du scheinst nicht überrascht zu sein.«

»Nein«, antwortete Clarice. »Menschen, die kleine, sinnlose Lügen erzählen, verlieren irgendwann das Gefühl für die Wahrheit. Da ist es kein Problem, sich auch große auszudenken. Sonst noch was?«

»Wir wissen noch immer nicht, *wo* sie getötet worden ist.«

»Oder warum. Was ist mit ihrem Haus? Gibt es da was Neues?«

»Die Kriminaltechniker sind noch immer da und gehen alles Zoll für Zoll durch. Es wird mindestens noch bis morgen Abend dauern. Wir haben fast dreitausend Pfund im Haus gefunden, in 20-Pfund-Scheinen, in einer Schublade im Schlafzimmer. Und laut ihren Kontoauszügen sind in den letzten Jahren große Summen in bar auf ihr Konto eingezahlt worden … Einen Job hatte sie aber nicht.«

»Meinst du, sie hat sich wieder als Erpresserin versucht?«

»Sieht zumindest danach aus«, antwortete Rick. »Und was das andere betrifft, da haben wir beide recht.«

»Walter?« Clarice schluckte. Allein die Vorstellung widerte sie noch immer an.

»Ihr Gesicht ist von Tieren angefressen worden, aber das schließt Ratten und Füchse mit ein.«

»Und Katzen?«

Rick nickte.

Sie brauchten fünfunddreißig Minuten, um vom Lincoln Hospital zum Haus zu kommen. Als sie über den Weg zu dem einsam gelegenen Anwesen mit seinem Cottage fuhren, empfand Clarice einfach nur Erleichterung. Schließlich kam ihr Heim in Sicht: die roten Dachziegel, die weiß getünchten Ziegelwände und die grünen Fensterrahmen. Eine dünne Rauchfahne stieg aus dem Kamin. Clarice lächelte. Sie stellte sich Bob und Sandra vor, wie sie vor dem Kamin saßen, und sie roch den Holzrauch.

Clarice hatte das Geld aus der Lebensversicherung ihrer Mutter zur Modernisierung des Cottages benutzt. Es lag vier Meilen von Castlewick entfernt, wo das platte Land von Lincolnshire in die Wolds überging. Wie so oft, wenn sie den sanften Hang hinunterkam, so dachte Clarice auch diesmal, dass das Haus und die umliegenden zwei Morgen Land sie an eine Insel erinnerten. Nur dass diese Insel nicht von Wasser, sondern von grün-braunen Feldern voller Schlamm und Getreide umgeben war.

Als sie näher kamen, bemerkte Clarice ihren eigenen dunkelblauen Range Rover, der neben Bobs und Sandras silbernem Mazda parkte. »Du hast meinen Wagen heimgeholt?« Überrascht hob sie die Augenbrauen.

»Natürlich. Ich konnte ihn doch nicht an der Galgenscheune lassen. Nicht nur, dass dort alles voll mit unseren Autos war, die Presse hat auch noch herumgeschnüffelt. Und es hat mit Sicherheit nicht lange gedauert, dann waren auch die ersten Gaffer da.«

»Danke, Rick.« Clarices Stimme nahm einen formellen Tonfall an. »Ich weiß das wirklich zu schätzen.«

»Nun, wenn dem tatsächlich so ist … Könntest du was für mich tun?«

Clarice schwieg. Sie wusste, was Rick sagen würde.

»Bitte, misch dich nicht ein. Ich weiß, dass du eine gute Schnüfflerin bist und es dir schwerfällt, dich rauszuhalten. Aber Rose – oder Sharon – ist tot! Ich meine das ernst. Wer auch immer sie getötet hat, hat mit Sicherheit kein Problem damit, auch dir den Kiefer zu brechen und den Schädel mit einem Hammer einzuschlagen, wenn du deine Nase in Dinge steckst, die dich nichts angehen. Die letzten achtundvierzig Stunden waren doch schon beschissen genug.«

Rick hatte neben den anderen Autos angehalten und den Motor abgeschaltet, sodass er Clarice jetzt direkt in die Augen schauen konnte.

»Ja, es war ziemlich verrückt und auch beängstigend«, gestand Clarice.

»Und wie verrückt und beängstigend? Von eins bis zehn?«

»Zwölf.«

»Puh.« Rick schaute zur Decke und wischte sich über die Stirn. »Dann wirst du also auf mich hören und es erst einmal ruhig angehen lassen?«

»Schau mal ...« Clarice hielt mitten im Satz inne und zeigte dem älteren Mann, der gerade aus dem Cottage gekommen war, den erhobenen Daumen.

»Hast du mir eigentlich zugehört?«

»Ja, ja.« Sie drehte sich wieder zu Rick um. »Habe ich. Und noch mal: Danke, dass du meinen Wagen zurückgebracht hast.«

Rick sog zischend die Luft ein. Clarice wusste, dass er im Geiste langsam bis zehn zählte.

Als Bob Todd sich dem Wagen näherte, rief er Clarice zu: »Na, endlich! Sandra und ich, wir haben uns schon Sorgen gemacht, dass sie dich für eine weitere Nacht dabehalten würden.«

Klein und rundlich, mit rotem Gesicht und federndem Schritt sah Bob mit seinen zweiundsiebzig Jahren wie ein typischer Farmer in Rente aus, obwohl er in Wahrheit den Großteil seines Lebens als Sozialarbeiter verbracht und in einem Büro gehockt hatte. Er hatte Sandra vor fast fünfzig Jahren kennengelernt, als sie in derselben Abteilung gearbeitet hatten, und so wie Sandra es erzählte, war es zwar keine Liebe auf den ersten Blick gewesen, aber nach ein paar Verabredungen war es geschehen.

»Komm. Sandra will einfach alles wissen, jedes noch so kleine grausige Detail.«

Bob öffnete die Wagentür für Clarice und half ihr heraus. Rick folgte ihnen. Als sie sich der Hintertür näherten, begrüßte sie das hartnäckige Bellen der Hunde.

Clarice ging hinein, und wie immer war Jazz die Erste, die aufsprang und nach Aufmerksamkeit verlangte. Hinter ihr wartete Blue darauf, dass sie an der Reihe war. Jazz hatte eine braune Socke im Maul, die Clarice als eine der ihren erkannte. Vermutlich hatte Jazz sie aus dem Wäschekorb gestohlen, um sie ihrem Frauchen als Geschenk zu überbringen. Jazz wedelte wie wild mit dem Schwanz, und sie bebte am ganzen Körper, während sie leise jaulte.

»Braves Mädchen, Jazz, braves Mädchen.« Clarice hockte sich auf den Boden und gestattete es der Hündin, sie zu begrüßen. Und das tat das Tier auch und rieb den Kopf an dem seines Frauchens.

Dann kamen auch die Katzen in den Raum, bis schließlich zwei schwarz-weiße, eine rote, zwei Tabbys und eine graue einen Halbkreis um das Paar bildeten.

»Und du, Blue … meine Schöne …« Jetzt trat auch die größere der beiden Hündinnen mit ihrem Geschenk vor und ließ es Clarice in den Schoß fallen, als diese sie in die Arme nahm.

Rick stand in der Tür und schaute zu.

»Sie hat auf dich gewartet«, meinte Sandra, als Clarice mühsam wieder aufstand. Die Lange und die Kurze – Sandra, gut einen Kopf kleiner als Clarice, umarmte sie. Mit dem Kopf reichte sie nur bis zu Clarices Kinn. Eine Minute lang hielt Sandra sie fest umschlungen und drückte sie sanft an sich.

Nachdem Clarice wieder aufgestanden war, rannten die beiden Hunde aufgeregt zu Rick. Auch er begrüßte beide überschwänglich.

»Jetzt brauchen wir nur noch Ena, und die Bude ist voll«, bemerkte Bob.

Die Küche war groß und Rot die dominante Farbe mit den Ziegelwänden und dem roten Ölofen, der den Raum heizte. Auf zahlreichen Kiefernholzregalen standen Töpfe in allen Größen, Formen und Farben; Beweise für Clarices Arbeit als Kunsthandwerkerin und Designerin. An den Wänden hingen gerahmte Plakate von Ausstellungen in ganz Großbritannien und im Ausland. Die metallene Wendeltreppe in der Ecke war passend zum Ofen leuchtend rot gestrichen. Am einen Ende des Raums stand eine Doppelspüle, am anderen eine viktorianische Kommode, die Clarice und Rick im ersten Jahr ihrer Ehe in einem der zahlreichen Trödel- und Antiquitätenläden gekauft hatten, für die Castlewick berühmt war. Ein ganzer Wald von Fotos zierte sie: Clarice mit ihrer Mutter, Clarice und Rick an ihrem Hochzeitstag, Freunde und gerettete Katzen und Hunde, die ein neues Heim gefunden hatten.

Clarice sah, wie Rick kurz dort hinschaute, bevor er sich wieder abwandte.

»Schön, dich zu sehen, Rick.« Sandra lächelte.

»Ich habe ihn gestern schon gesehen«, sagte Bob. »Er ist mit Daisy gekommen … Detective Sergeant Bodey sollte ich wohl sagen. Nettes Mädchen. Er hat deine Ersatzschlüssel geholt.« Bob schaute zu Clarice.

»Ja, ich hab schon gesehen, dass der Wagen wieder hier ist.«

»Und Lady Vita ist vorbeigekommen, um Walter abzuholen.«

»Gut. Ich wette, sie hat sich gefreut, ihn wiederzusehen.«

»Und wie«, bestätigte Sandra.

Clarice lächelte. Sie ließ ihren Blick über die kleine Ansammlung von Menschen und Tieren schweifen, über all die, die sie auf dieser Welt am meisten liebte. Sie war so verlegen, dass es schon schmerzte.

Bob und Sandra waren schon mit Clarices Mutter befreundet gewesen. Sie kannte sie ihr ganzes Leben lang, und sie waren stets zur Stelle, wenn sie Hilfe mit den Tieren brauchte. Als Hund wäre Bob wohl ein robuster, freundlicher Springer Spaniel und Sandra ein kleiner, wuseliger Whippet.

Die Beziehung zwischen den beiden Paaren war stets hervorragend gewesen. Sie waren die besten Freunde. Im Laufe der Jahre hatten sie oft in dieser Küche am Tisch gesessen, bei einem Glas Wein geplaudert oder gemeinsam Geburtstage, Weihnachten und Jubiläen gefeiert. Seit Rick und Clarice sich getrennt hatten, hatten sie zwar versucht, ihre Freundschaft so zu erhalten, wie sie gewesen war, doch das hatte sich als unmöglich erwiesen. Bob und Sandra sahen Clarice zwar häufig, doch Rick eher selten. Wem dann schlussendlich ihre Loyalität gelten würde, war klar.

»Ich sollte besser wieder zurückfahren.« Rick ging zu Sandra und küsste sie auf die Wange. Er und Bob wiederum klopften einander im Vorbeigehen kumpelhaft auf die Schultern. Bob folgte ihm. Schließlich kam Rick zu Clarice. Kurz umarmte er sie. Jazz rieb den Kopf an seinem Bein.

»Lass uns bald wieder reden.«

»Ja«, erwiderte sie. »Lass uns bald wieder reden.«

Kapitel 6

»Du siehst verdammt scheiße aus«, bemerkte Sandra, kaum dass sie allein waren, während sie aufmerksam Clarices Gesicht musterte.

»Du hättest mich mal gestern sehen sollen!« Clarice lachte, doch Sandra schaute einfach weg und füllte den Kessel.

Clarice humpelte zum Tisch und ließ sich auf einen der Kiefernholzstühle fallen. Jazz folgte ihr, sprang auf ihren Schoß und schaute sie mit ihren braunen Augen an. Blue kam ebenfalls und schmiegte sich an Clarices Bein.

»Ich wollte dich im Krankenhaus besuchen«, sagte Sandra. Sie sprach schnell, und ihre kratzige Eastender-Stimme stand kurz davor, zu brechen. »Aber Bob hat gesagt, dass Rick und Georgie schon da seien und dass es dir gut gehe. Also sei es besser, hierzubleiben und sich um die Tiere zu kümmern.« Sie drehte den Kopf von Clarice weg, als wollte sie sich voll und ganz aufs Teekochen konzentrieren.

»Und da hat Bob auch recht gehabt. Ich bin euch wirklich dankbar, dass ihr euch so gut um die Viecher gekümmert habt.«

Schuldbewusst bemerkte Clarice, wie müde Sandra wirkte. Ihr Unfall hatte offensichtlich Stress für ihre Freundin bedeutet. Mit ihren dreiundsiebzig Jahren war Sandra ein Jahr älter als ihr ›Toy Boy‹ Bob, und sie war fest entschlossen, sich dem Alter niemals zu ergeben. Ihr Haar war schwarz gefärbt, und sie trug dunklen Mascara in ihrem perfekt geschminkten Gesicht. In der Gesäßtasche der Hose, die sie immer trug, wenn sie Clarice mit den Tieren half, hatte sie stets einen pinkfarbenen Lippenstift. Und sie hatte die Angewohnheit, damit ihre Lippen nachzuziehen, wann immer sie in Gedanken versunken war. Das konnte sie sogar ohne Spiegel. Clarice lächelte und beobachtete, wie Sandra mit der linken Hand Teebeutel in den Kessel hing, während sie mit rechts geistesabwesend Lippenstift auftrug.

Bob kehrte wieder zurück und schloss die stabile Kieferntür hinter sich, um die kalte Luft auszusperren, die ihm folgte. Sie gingen mit ihren Teebechern ins Wohnzimmer und setzten sich vor das Kaminfeuer, das Bob vorhin geschürt hatte. Anstatt ihre typischen, recht ›robusten‹ Gerichte hatte Sandra Räucherlachs-Sandwiches gemacht: Weißbrot ohne Kruste, ein Spritzer Zitrone und eine Fingerspitze frisch gemahlenen Schwarzen Pfeffer … Clarices Lieblingsspeise. Sandra wollte ihre Freundin verwöhnen, und die lächelte sie dafür dankbar an.

Während Clarice die Einzelheiten ihres Unfalls durchging und ein wenig von dem berichtete, was die Ärzte ihr gesagt hatten, knabberte sie an dem Sandwich und versuchte, sich nicht anmerken zu lassen, wie groß ihr Appetit wirklich war. Sie erwähnte jedoch nicht, wie aufgewühlt sie gewesen war, als sie das Gefühl gehabt hatte, den Gestank der Scheune ins Krankenhaus mitgebracht zu haben. Oder wie Rick ihr beim Waschen geholfen hatte. Auch erzählte sie nicht in allen Einzelheiten von dem Mord oder verriet, was Rick ihr dazu gesagt hatte.

»Ich hatte nie viel Zeit für sie«, sagte Sandra und aß das letzte Sandwich.

»Meinst du Rose?«, hakte Clarice nach. »Du hast sie doch gar nicht gekannt.«

»Doch, doch. Ich hab sie auf einer Veranstaltung des Tierschutzvereins in Castlewick getroffen.«

»Sie kam zur Tombola und hat sich die Preise angeschaut, aber kein Los gekauft«, fügte Bob hinzu.

»Ich glaube, die Preise waren ihr einfach nicht gut genug. Keine Ahnung, was sie sich vorgestellt hat. Für ein Pfund das Los bekommt man halt nicht allzu viel.« Sandra stapelte die leeren Teller. »Trotzdem … das hat die arme Kuh nicht verdient.«

»Vergesst nicht. Sonntag ist es nur noch eine Woche bis zum nächsten CAW Tabletop in der Stadthalle«, wechselte Clarice das Thema.

»Wissen wir, Liebes. Wir haben das nicht vergessen. Aber eines noch …«

»Und was?«

»Platzier uns nicht neben dieser Paula. Bei der bekomme ich Kopfschmerzen. Sie ist zwar nur die Haushälterin in Winterby Hall, aber sie hält sich für die Lady des Hauses und glaubt, alle müssten sich vor ihr verbeugen.«

»Damit habe ich nichts zu tun«, erwiderte Clarice. »Georgie organisiert das alles, auch, welcher Stand wo hinkommt. Paula hat immer den Kuchenstand gemacht.«

»Also, du bist wirklich eine kleine Giftspritze, Sandra!«, rief Bob in scharfem Ton. »Erst redest du schlecht über die arme Rose, und jetzt hast du dich auch noch auf Paula eingeschossen!«

»Ich verstehe sie«, warf Clarice ein. »Paula kann schon verdammt anstrengend sein.«

»Ja, das stimmt wohl.« Bob nickte kleinlaut. »Sie reibt den

Leuten ständig unter die Nase, wie wohltätig sie doch ist.« Er klang reumütig.

»Ja, *und* dass sie jeden verdammten Kuchen höchstpersönlich backt, ohne Hilfe. *Und* sie läuft immer rum und fragt, wie viel jeder im Vergleich zu ihr mit seinem Stand verdient hat. Dabei wissen wir alle, dass Georgie am nächsten Tag einen Rundruf startet, um allen Beteiligten zu sagen, wie viel insgesamt zusammengekommen ist.«

»Ja, sie ist wohl kein Teamplayer, eher eine Einzelkämpferin«, fügte Bob weise hinzu. »Ihre Kinder, Laura und Jack, sind jedoch das genaue Gegenteil.«

»Georgie wird in ein paar Tagen auf einen Becher Tee vorbeikommen«, sagte Clarice. »Dann werde ich sie mal diskret fragen, ob sie euch nicht näher am Haupteingang platzieren kann. Paula mag den Stand in der Ecke. Deshalb ist es leichter, euren zu verlegen. Vielleicht sagt sie Nein, aber ich werde in jedem Fall mal fragen … Wie klingt das?«

»Danke, Liebes. Das ist toll.« Sandra beugte sich vor und gab Clarice einen Kuss auf die Wange.

»Wir sollten jetzt gehen«, sagte Bob. »Clarice braucht Ruhe.«

Als Clarice den beiden für alles dankte, was sie für sie getan hatten, fühlte sie, dass Sandra auch die Nacht über geblieben wäre, um sich um sie zu kümmern. Aber nachdem sie dem Paar aus der Küchentür zum Abschied zugewinkt und die Tür wieder geschlossen hatte, humpelte sie zum Feuer zurück und war froh, endlich allein zu sein. Zehn Minuten, nachdem Sandra und Bob gegangen waren, rief eine fröhliche Georgie an. Nach dem Gespräch zog Clarice sicherheitshalber den Telefonstecker aus der Wand, denn sie wusste: Sollte es klingeln, würde sie auch drangehen.

Clarice humpelte zur Wendeltreppe. Das versprach eine Herausforderung zu werden. Während sie langsam die Stufen hinaufstieg und sich daran gewöhnte, sich am Geländer festzuhalten, um den verletzten Fuß nicht zu belasten, hörte sie ein leises Rasseln. »Ena, ich bin's«, rief Clarice, als sie die Schlafzimmertür öffnete. Sie wurde von einer verknöcherten schwarzen Pfote mit erschreckend langen Klauen begrüßt, nur ein Fuß von ihrem Gesicht entfernt. Dann erschien der Kopf der Besitzerin. Ena hockte in Schulterhöhe auf der Kommode neben der Tür. Lässig leckte sie sich die Pfote, anstatt damit nach dem Eindringling zu schlagen. Das Rasseln, das an eine Klapperschlange erinnerte, erzeugte sie mit der Zunge am Gaumen. Es war ihr Kriegsschrei.

Ena, deren Alter unbekannt war, hatte Clarice vor fünfzehn Jahren von Jonathan bekommen. Ihr ehemaliger Besitzer hatte sie bei dem Tierarzt zurückgelassen, weil er mit der Aggressivität des Tiers nicht zurechtgekommen war. Jonathan benannte all seine Katzen nach Figuren aus *Coronation Street*, das er in seiner Jugend immer geschaut hatte. Einst war Enas Fell seidig und glänzend gewesen, doch jetzt war es nur noch mattschwarz und grau mit ein paar weißen Punkten dazwischen. Ihre Schnauze und ihre Ohrenspitzen waren sogar vollkommen weiß. Irgendwann war Clarice klar geworden, dass die Katze unvermittelbar war, und irgendwie hatten die beiden eine Verbindung zueinander aufgebaut. Oft tapste die dürre, alte Mieze im Garten ein paar Fuß hinter ihr her. Jazz, Blue und die anderen Tiere machten einen großen Bogen um sie, denn Ena mochte zwar schon eine alte Dame sein, aber sie hatte ohne Zweifel noch immer das Sagen.

Clarice zog den alten, weiten Pullover über, den sie so sehr liebte. Er reichte ihr bis zu den Knien. Sie krempelte die Ärmel bis zu den Ellbogen hoch, dann verließ sie das Schlafzimmer wieder. Vier Türen führten vom Flur in zwei Schlaf-, ein Arbeits- und ein Badezimmer. Kurz stand Clarice einfach nur da und starrte die Wendeltreppe hinunter. Sie beschloss, eine andere Technik nach unten zu versuchen. Sie benutzte nur eine Krücke, verlagerte ihr ganzes Gewicht auf das Metallgeländer und hüpfte auf dem gesunden Fuß die Stufen hinunter.

Unten angekommen schaltete sie das Hauptlicht aus. Nur noch das Glühen aus dem Kamin erhellte das Wohnzimmer. In Clarices Kindheit waren das noch zwei kleine Zimmer gewesen. Nach dem Einreißen der Zwischenwand war ein langer rechteckiger Raum entstanden mit einem großen Fenster an einem Ende, das im Augenblick jedoch hinter schweren blau-weißen Wollvorhängen verborgen war. Neben der Tür stand ein großer Ohrensessel, der einst Clarices Großmutter mütterlicherseits gehört hatte, und an den Wänden hingen gerahmte Drucke, die verschiedenen Jazzmusikern gewidmet waren. Clarice schob eine CD in den Player, und der Sound von Bill Withers ›Ain't No Sunshine‹ erfüllte den Raum.

Zwei Katzen – die diabetische BB, eine große Schwarz-Weiße, und die asthmatische Ella, eine anmutige Tabby, beide wie alle ihre adoptierten Katzen mit Ausnahme von Ena nach Jazz- und Bluesmusikern benannt – gesellten sich zu ihr.

Clarice und Rick hatten häufig so zusammengesessen – sie auf dem langen braunen Sofa gegenüber dem Kamin, die Beine unter sich geschoben und von bunten Kissen umgeben, und er in dem Sessel links von ihr, die langen Beine ausgestreckt. Dann hatten sie über Clarices neueste Kreationen gesprochen, woran sie gerade arbeitete oder über die Katzen und Hunde. Anschließend waren sie stets auf den Fall gekommen, an dem Rick gerade gearbeitet hatte. Er wusste, dass Clarice diskret, fasziniert und nützlich war. Häufig hatte sie ein Problem aus einem anderen Winkel gesehen und ihn so auf neue Ideen gebracht.

»Fang mit den Eckpunkten an«, hatte sie stets zu sagen

gepflegt, wenn ihm die Worte ausgegangen waren, und dann hatte sie genau das selbst getan. Rick hatte ihr immer wieder gesagt, dass sie eine gute Zuhörerin und Beobachterin sei. In Verbindung mit ihrem scharfen Verstand fielen Clarice oft Kleinigkeiten auf, die andere übersehen hatten. Manchmal hatte er sie auch eine ›gute Frau‹ genannt, eine Phrase, die Clarice immer recht altmodisch vorgekommen war.

Clarice hatte Rick an einem kalten, nassen Novembertag kennengelernt, als sie zwei Männer im offenen Strafvollzug in die Haftanstalt zurückgebracht hatte. Darren Wren und sein Zellengenosse sollten vor ihrer Entlassung wieder in die Gesellschaft eingegliedert werden, und deshalb durften sie das Gefängnis tagsüber verlassen. Allerdings mussten sie zu einer bestimmten Zeit auch wieder zurück. An diesem speziellen Tag hatten sie Möbel für eine Wohltätigkeitsauktion transportiert. Da Clarice so viele Tiere zu füttern hatte – nicht nur die, um die sie sich persönlich kümmerte, sondern auch die in anderen Pflegefamilien –, war Clarice auf das Geld solcher Wohltätigkeitsveranstaltungen angewiesen. Sie veranstaltete sie regelmäßig für ihren Verein, Castlewick Animal Welfare, von den Einheimischen schlicht CAW genannt.

Als sie das Büro der Gefängnisleitung betraten, sagte der diensthabende Beamte zu Darren, dass er Besuch habe, und ein Mann trat aus den Schatten hinter ihnen, den Clarice bis jetzt nicht bemerkt hatte. Er war groß und hatte kurz geschorenes Haar, einen Dreitagebart sowie eine Nase, die offensichtlich mindestens einmal gebrochen worden war.

»Hallo, Darren.« Der Mann sprach mit einem leichten Londoner Akzent, und ein Hauch von Humor lag in seiner Stimme. »Wir müssen reden.« Clarice hatte sofort gewusst, dass das ein Polizeibeamter war.

Sie riss sich von der Erinnerung los und ermahnte sich, nicht in der Vergangenheit zu leben. Stattdessen genoss sie das erleichternde Gefühl, wieder daheim zu sein. Ihr Körper mochte ja erschöpft sein, doch ihr Geist war wach.

So wie Rick es beschrieben hatte, musste Rose – Clarice dachte noch immer von ihr als Rose, nicht Sharon – einen furchtbaren Tod gestorben sein. Sie erinnerte sich an die unpassende Kleidung der Frau, als sie an den Töpferkursen teilgenommen hatte. Alle anderen hatten Jeans, T-Shirts oder Jogginganzüge getragen, doch Rose war in High Heels und einem 50er-Jahre-Kleid erschienen. Und sie hatte alles getan, um nur ja keinen Staub abzubekommen oder sich einen ihrer teuren Fingernägel abzubrechen. Rose und die Töpferei hatten einfach nicht zusammengepasst.

Dem Wenigen nach zu urteilen, was Clarice wusste, war es mehr als unwahrscheinlich, dass Rose auch in Castlewick als Erpresserin gearbeitet hatte. Aber ihre Ermordung war keine Zufallstat gewesen. Erst war ihr der Kiefer gebrochen worden, dann hatte sie einen schweren Schlag auf den Kopf bekommen, und schließlich hatte man sie erstickt. Interessant war, dass die Schläge von vorne gekommen waren, was hieß, dass der Mörder keine Angst gehabt hatte, seinem Opfer in die Augen zu schauen. Vielleicht hatte er es sogar genossen?

Plötzlich wusste Clarice, was sie wirklich gerne tun würde: sich in Roses Haus umschauen und mehr über das verborgene Leben der Frau herausfinden. Da musste doch etwas sein … eine Spur, eine Verbindung zu ihrer Vergangenheit, die sie erkennen würde, während andere sie übersahen …

Ein Hinweis, der zu Roses Mörder führte.

Kapitel 7

Auch wenn Clarice dagegen protestiert hatte, als sie am vorhergehenden Abend gefahren waren, hatten Sandra und Bob darauf bestanden, früh am nächsten Morgen wiederzukommen, um ihr zur Hand zu gehen.

»Ich komme schon zurecht«, hatte Clarice zu ihnen gesagt. »Es muss doch weitergehen.«

»Ja, aber nicht sofort«, hatte Bob erwidert. »Lass uns morgen Früh mal rüberkommen, so gegen sieben. Vielleicht auch für die nächsten Tage. Ich verspreche dir auch, dass wir dich dann in Ruhe lassen werden.«

Clarice erinnerte sich an diese Abmachung, als sie am nächsten Morgen durch das Knirschen von Autoreifen draußen in der Einfahrt geweckt wurde. Sie hatte doch tatsächlich vergessen, den Wecker zu stellen.

Einmal im Haus, bestand das Paar darauf, dass Clarice sofort wieder ins Bett gehen sollte, mindestens für ein paar Stunden. Obwohl Clarice versuchte, sich dagegen zu wehren, nahm sie einen Becher Tee von den beiden an und kehrte ins Schlafzimmer zurück, um ihn zu trinken. Danach schlief sie sofort wieder ein.

Über zwei Stunden später, im Badezimmer, stellte Clarice einen Plastikhocker in die Dusche, entfernte die elastische Bandage von ihrem Fuß und setzte sich unter das fließende

Wasser. Obwohl sie schon wieder klarer im Kopf war als gestern, fühlte sie sich noch immer leicht benommen. Doch sie war froh, dass es ihr wesentlich leichter fiel, Haare und Leib zu waschen sowie sich auf einem Bein abzutrocknen, als sie erwartet hatte.

Bevor Clarice sich anzog, betrachtete sie ihren Körper in dem großen Wandspiegel und erschrak über ihr Spiegelbild. Sie hatte überall Blutergüsse, die inzwischen fast schwarz geworden waren. Clarice schnappte sich ihre Kleider und zog sich so schnell an, wie die Verletzungen es zuließen. Sie wollte das Bild so rasch wie möglich verstecken, sowohl körperlich als auch geistig. Blue, die Clarice immer ins Badezimmer begleitete, setzte sich aufrecht hin, legte den Kopf auf die Seite und schaute sie fragend an. Eine einsame blaue Socke baumelte in ihrem Maul.

Blue war ein Gewohnheitstier, und so verfolgte sie diese neue Routine mit großem Interesse. Jede noch so kleine Änderung musste aufmerksam studiert und absorbiert werden. Blue war im Alter von zwei Jahren zu Clarice gekommen, eine haarlose, dürre Angsthäsin, die vor Menschen und jedem unbekannten oder lauten Geräusch hochschreckte. Jetzt war sie fünf, und da sie in diesem Haus nur Liebe erfahren hatte, hatte sie deutlich an Gewicht zugelegt und ein dichtes Fell bekommen. Auch war sie stark und selbstbewusst geworden. Blue war äußerst wählerisch, wenn es darum ging, jemandem zu vertrauen – vor allem Männern –, und sie hasste die Walpurgisfeuer. Aber sie war ein guter Wachhund, besonders für Clarice und Jazz.

Clarice lächelte und schaute zu Blue, die sie weiter beobachtete. Gedankenverloren dachte sie an Rick und wie er ihr im Krankenhaus geholfen hatte. Es war ihr nicht im Mindesten peinlich gewesen, noch nicht einmal unter der Dusche. Vielleicht hatte das ja an dem Schlag auf den Kopf gelegen, doch sie empfand noch immer so. Dennoch kämpfte sie mit der seltsamen Erinnerung, und sie fragte sich, ob Rick rückblickend auch so dachte.

In der Küche saß Sandra mit einem Becher Kaffee am Tisch. Auf ihrem Schoß lagen die Zeitung, die sie mitgebracht hatte, sowie Jazz mit den Pfoten nach oben. Die Hündin genoss es sichtlich, am Bauch gekrault zu werden. Als Clarice und Blue hereinkamen, rollte Jazz sich herum, sprang von Sandras Schoß und lief zu ihnen. Dabei ließ sie den langen Schwanz kreisen wie ein Lasso.

»Hast du mir was in den Tee getan?« Clarice lachte. »Ich war sofort weg.«

»Das ist gut, Liebes.« Sandra lächelte. »Hör immer brav auf Tanta Sandra.«

Sandra stand auf, ging zum Perkolator, nahm einen Becher und schaute Clarice fragend an.

»Ja, bitte.« Clarice lächelte ebenfalls. »Ist Bob wieder nach Hause gefahren?«

»Nein.« Sandra ließ den Kaffee in den Becher laufen. »Er wollte noch mal mit Miss Shy Boots knuddeln. Sie hat sich wirklich verändert. Wir sollten sie in Pushy Pants umtaufen.«

Clarice nickte.

»Brauchst du irgendetwas außer Milch und Brot?«, fragte Sandra. »Wir wollen nachher einkaufen gehen.«

»Was anderes fällt mir nicht ein. Ich hab auch Bargeld hier. Die Dose mit dem Kleingeld ist kurz vor dem Unfall übergelaufen.«

»Lady Vita hat vor gut einer halben Stunde angerufen.«

»Ich habe das Telefon gar nicht gehört!«

»Sie hat gesagt, sie wolle vorbeikommen und dich abholen. Später bringe sie dich dann wieder zurück. Sie möchte dich zum Lunch einladen.«

»Klingt, als wäre schon alles abgemacht. Hat sie dir auch gesagt, wie es Walter geht?«

»Vermutlich wirst du dir Walter selbst anschauen können, wenn er denn da ist … Du weißt ja, wie Katzen sind …« Sandra brachte ihr den Kaffee.

Clarice nickte. »Ich wollte sowieso mit ihr reden. Vita ist erst vor ein paar Tagen aus Italien zurückgekommen. Sie war nicht hier, als Walter ausgerissen ist.«

»Und wirst du auch Paula am Hals haben?« Sandra griff nach ihrem eigenen Becher. Sie hatte ein schelmisches Funkeln in den Augen.

»Es dürfte schwer sein, ihr aus dem Weg zu gehen. Immerhin arbeitet sie da.«

»Du solltest Mylady aber vorher anrufen, um eine genaue Zeit auszumachen«, sagte Sandra im selben Moment, da Bob wieder hereinkam. Er trug einen langen Mantel und hatte sich einen Schal um den Hals gewickelt.

»Sprecht ihr über Lady Vita?«, fragte er. »Ist noch Kaffee da?«

Clarice schaute Sandra an. »Ja und Ja«, antworteten beide im Chor.

Vita holte Clarice später am Morgen ab.

»Ich will alles über den Urlaub wissen. Hast du die Zeit mit deiner Schwester und der Familie genossen?«, fragte Clarice, als der Land Rover sich in Bewegung setzte.

»Es war einfach toll. Aber vergiss den Urlaub. Das ist einfach nur langweilig verglichen mit dem, was du erlebt hast. Leichen, gebrochene Knochen …«

»Es war nur eine Leiche. Und ja, ich werde dir davon erzählen.«

»Sehr gut, aber erst beim Lunch. Es geht doch nichts über verrottende Leichen, damit einem so richtig das Wasser im Mund zusammenläuft.«

»Iiih.« Clarice verzog das Gesicht. »Wie ich sehe, hat Italien deinen makabren Sinn für Humor nicht zu ändern vermocht.«

Beide lächelten.

»Wie viele Jungs hat deine Schwester jetzt?«, fragte Clarice.

»Fünf … Sie glaubt zwar immer noch, dass das nächste ein Mädchen werden würde, aber ich denke, fünf war ihr Limit.«

»Das klingt vernünftig.«

Vita nickte. »Wir sind mit unserem Harry mehr als glücklich. Habe ich dir eigentlich mal erzählt, dass er mit richtigem Namen Horace heißt? Nach seinem Großvater? Aber sehr zu Rolands Ärger will er Harry genannt werden. Sarahs Jungs heißen Stephen, Matthew, Robert, Donald und Michael. Ich glaube, das lief irgendwie so wie bei dir, wenn du dir Namen für deine Katzen und Hunde ausdenkst. Mädchennamen hatte sie schon immer jede Menge, doch bei den Jungs hat sie einfach aufgegeben, als ihr keiner mehr einfiel, der ihr gefiel.«

»Für jemanden in Harrys Alter gehört es vermutlich zum guten Ton, dem Vater auf den Schlips zu treten«, bemerkte Clarice. »Kannst du dir das vorstellen? Fünf Jungs im selben Haus? Stell dir nur mal vor, wie das ausgegangen wäre, hätte sie es wirklich so gemacht wie ich mit den Katzen.«

Vita dachte kurz nach. »Matthew, Michael, Martin, Max und Marvin.«

»Das Spiel kann ich besser«, erwiderte Clarice. »Stephen, Shane, Saul, Simon und Santa. Dank meiner Viecher habe ich viel Übung.«

»*Santa!*« Vita warf den Kopf zurück und brüllte vor Lachen.

Clarice schaute sie an. Selbst mit offenem Mund und grölend sah Vita einfach nur atemberaubend aus. Sie war schlank und zierlich, hatte wunderschöne blaue Augen und eine elegante, blasse Haut. Ihr dunkles Haar hatte sie ähnlich wie Clarice zu einem Dutt gebunden, doch der Schnitt, den Vita sich jeden Monat bei einem bekannten Coiffeur in Knightsbridge angedeihen ließ, war tausendmal besser als der von Jake in Lincoln.

»Harry geht jetzt ja für sein letztes Jahr nach St Andrews«, bemerkte Clarice.

»Äääh …«

»Nicht?«

»Eigentlich schon, aber zu unserer großen Überraschung hat er das Studium geschmissen. Er sagt, er wisse, was die Zukunft für ihn bereithalte. Die Uni sei nur Zeitverschwendung.«

»Aber beim Studium geht es doch nicht nur um den Abschluss. Es ist ein Initiationsritus, ein Übergang. Es geht darum, selbstständig zu werden und eigenständiger Teil der großen, weiten Welt!«, erklärte Clarice voller Leidenschaft. Ein Teil von ihr war entsetzt, dass Harry etwas derart Wertvolles einfach so wegwarf. Außerdem hatte er damit jemandem den Platz weggenommen, der ihn zu schätzen gewusst hätte.

»Genau das habe ich auch gesagt. Und noch viel mehr!« Vita seufzte resigniert. »Harry hat einen starken Willen. Das hat er von mir. Wenn er erst einmal einen Entschluss gefasst hat, kann ihn nichts und niemand davon abbringen.«

Vita schwieg ein paar Minuten lang. Dann sagte sie: »Das mit Walter tut mir leid. Du vertraust mir deine Katzen an, und ich verliere sie.«

»Du hast ihn nicht verloren. Die beiden Male davor war er ein blinder Passagier in jemandes Auto. Und wir reden von *einer* Katze, nicht von mehreren.«

»Wenigstens war er in den beiden Fällen nach einer Stunde wieder zurück. Zum Glück waren seine ›Entführer‹ Einheimische. Kaum hatten sie ihn entdeckt, da haben sie ihn mir auch schon zurückgebracht.«

»Glaubst du, er wollte mich besuchen?«

»Was?« Vita dachte kurz nach. »Nun, du lebst fünf Meilen von Winterby Hall entfernt. Den halben Weg hat er also geschafft.«

»Glaubst du, er hat wieder den Autotrick versucht?«, fragte Clarice in ernstem Ton. »Dass jemand die Tür hat offenstehen lassen und man ihn diesmal nicht bemerkt hat? Ein Lieferant vielleicht?«

»Ich weiß nicht.« Vita seufzte. »Wir wissen doch alle, wie er ist. Deshalb versuchen wir ja auch, ihn im Auge zu behalten. Aber natürlich war ich mit Sarah und der Familie in Italien. Roland hat mir erst etwas gesagt, als ich wieder zu Hause war.«

»Und das war vermutlich auch gut so. Was hättest du auch tun können? Es hätte dir nur den Urlaub verdorben.«

»Ja, das stimmt wohl.«

»Wer hat sein Fehlen eigentlich bemerkt? Roland?«

»Nein, Tom.«

»Rolands Bruder?«

»Ja, aber …« Vita sprach in gemessenem Tonfall, um ihren Punkt zu verdeutlichen. »Die Leute sagen zwar immer ›Bruder‹, aber weißt du, dass er eigentlich Rolands Halbbruder ist?«

»Ja, natürlich.« Mehr sagte Clarice nicht dazu. Wie vermutlich jeder in der Gegend war auch sie sich durchaus bewusst, dass Vitas verstorbener Schwiegervater, Lord Horace Fayrepoynt, drei Kinder gehabt hatte. Seine Erstgeborene war eine Tochter, Miranda, Vitas Schwägerin, die jetzt in New York lebte. Thomas Lyme, von allen Tom genannt, war sein zweites Kind. Seine Mutter war Haushälterin in Snarebrook Hall gewesen, dem Wochenendsitz der Fayrepoynts in Hunstanton bei Norfolk. Obwohl er unehelich geboren war, hatte Horace nie ein Geheimnis aus seiner Affäre gemacht und hatte Tom und seine Mutter finanziell unterstützt. Roland, der heiß ersehnte männliche Erbe, war fünf Jahre nach Tom geboren worden. Vita sprach nur selten über die Beziehung ihres Mannes zu seinem Halbbruder.

Clarice schaute auf die hügelige Parklandschaft, die das Anwesen der Fayrepoynts umgab, und dachte darüber nach, wie schwierig die Situation für Tom sein musste. Roland hatte den Titel und das damit verbundene Vermögen seines Vaters geerbt, und obwohl Tom das Anwesen verwaltete, so war er doch nur ein Angestellter und würde auch nie mehr sein. Hätte Horace keinen männlichen Erben gezeugt, wäre alles an seinen ältesten, männlichen Cousin gegangen. Trotzdem schien das Verhältnis innerhalb der Familie nach außen hin gut zu sein. Es sah aus, als wären alle mit ihrer Position zufrieden. Clarice kannte Paula, Toms Frau, zwar besser als ihn, denn sie kam häufig zu ihren Spendenaktionen, aber sie sah auch Tom häufig, wenn sie Vita besuchte. Er war stets hilfsbereit, freundlich und höflich zu ihr gewesen. Doch Tom war ein Mensch, der selbst dann noch einen professionellen Gesichtsausdruck bewahren würde, wenn sein Haus in Flammen stünde. Seine wahren Gefühle zeigte er nie. Clarice nahm an, dass ihm das von Kindesbeinen an so beigebracht worden war.

Sie wechselte das Thema. »Wie geht es eigentlich Toms Kindern? Dass Laura sich scheiden lassen will, weiß ich.«

»Gut«, antwortete Vita. »Jack arbeitet noch immer für uns. Er kümmert sich jetzt um die Fischteiche und Jagdhütten. Er ist vor Kurzem dreißig geworden. Laura ist wieder bei ihren Eltern und geht in Castlewick auf die Berufsschule. Nach ihrer gescheiterten Ehe will sie noch mal neu anfangen.«

»Was lernt sie denn?«

»Floristik«, sagte Vita. »Die Alternative wäre Friseurin gewesen. In Castlewick hat man nicht die große Wahl.«

»Floristik … Das könnte nützlich sein«, sinnierte Clarice. »Ich kenne Laura vom Bücherclub in Castlewick, aber ich habe ein paar Treffen verpasst und sie auch. Deshalb sind wir uns schon länger nicht mehr begegnet.«

»Sie hat mit kleinen Arrangements fürs Haus begonnen.« Vita rümpfte ihre freche Nase. »Ihre Mutter hat das vorgeschlagen, aber ich fürchte, die arme Laura ist nicht wirklich künstlerisch begabt.«

»Aha«, murmelte Clarice in Richtung Windschutzscheibe.

»Aber ich gebe ihr noch sechs Monate. Mal sehen, ob es besser wird.« Vita lächelte gedankenverloren, während sie durch den zu Winterby gehörenden Wald fuhren.

Nach einer halben Meile markierte ein Wegweiser eine Abzweigung zum ersten der acht großen, künstlichen Teiche, der Heimat von Karpfen, Barben, Brassen, Schleien und Rotaugen. Gäste konnten hier einen Tag lang angeln, doch die meisten blieben gleich eine komplette Woche in einer der fünfunddreißig Hütten, die im ganzen Wald verteilt lagen. Es gab auch einen Laden für Angelzubehör und nicht weit davon ein Restaurant, das auch als Coffee Shop fungierte und nicht nur bei Touristen, sondern auch bei den Einheimischen beliebt war.

Clarice wusste, dass die Fischteiche die Haupteinnahmequelle des Guts waren, auch wenn man hier noch Jagdgesellschaften veranstaltete, Rolands und Harrys Lieblingsbeschäftigung. Überdies hatte man die Orangerie hinter dem Haupthaus vor Kurzem im Sommer für Hochzeiten geöffnet. Die Parkanlagen bildeten einen hervorragenden Hintergrund für Hochzeitsfotos. Vita hatte Clarice einmal erzählt, mit all diesen Aktivitäten würden sie genug Einkommen generieren, um das Haupthaus nicht für die Öffentlichkeit öffnen zu müssen, und das wäre völlig inakzeptabel gewesen.

Kurz darauf ging der Wald in die breite Einfahrt von Winterby Hall über. Birken bildeten ein Ehrenspalier, und dahinter ragte das prachtvolle Haupthaus mit seinem Säuleneingang und den Sprossenfenstern empor. Gebaut Ende des 17. Jahrhunderts, wies es die besten Elemente georgianischer Architektur auf. Design und Handwerkskunst waren fantastisch. Die Räume im Inneren waren elegant und dank der großen Fenster auch hell.

»Habe ich dir eigentlich schon erzählt, dass Tom einen Unfall gehabt hat? Ihr beide … Was für ein Paar!«, sagte Vita und deutete auf Clarices Fuß mit dem Stützschuh.

»Nein. Das habe ich nicht gewusst. Was ist denn passiert?«

»Der Teppich in seinem Büro hatte einen Riss. Sein Fuß hat sich darin verfangen, und er ist gestolpert und hat sich den Arm gebrochen.«

»Der arme Mann. Wann war das denn?«

»Während ich weg war. Ich glaube, das ist direkt am Tag nach meiner Abreise passiert. Er war den ganzen Tag in der Notaufnahme. Wäre der Unfall nicht gewesen, wäre ihm vielleicht früher aufgefallen, dass Walter weg war. Er ist ziemlich gut darin, alles im Auge zu behalten. Roland hätte es sicher nicht bemerkt. Er kann nicht viel mit Tieren anfangen.«

»Tom aber schon?«

»Ich würde ihn nicht wirklich als Tierfreund bezeichnen, aber er ist eben sehr gewissenhaft. Wenn er sagt, er kümmert sich für mich um sie, dann vertraue ich ihm auch. Schau! Da ist er.«

Als der Land Rover sich dem mit Kies befestigten Parkplatz näherte, sahen sie, dass Tom lächelnd zu ihnen schaute. Er stand betont aufrecht, wie es jemandem in seiner Stellung gebührte, und alles an ihm war makellos: ordentlich gekämmtes Haar, schwarzes Jackett, weißes Hemd und graue Bundfaltenhose. Die schwarzen Schuhe waren blankpoliert. Clarice dachte an die Familienporträts im Salon. Genau wie Roland hatte Tom das typische Kinn der Fayrepoynts – was hieß, er hatte überhaupt keines. Auch Harry und Jack hatten dieses Merkmal geerbt, ein anscheinend unausweichliches aristokratisches Klischee. Toms rechter Arm lag in einer Schlinge, was so gar nicht zu der sonst perfekten Erscheinung passte.

Tom hatte gerade mit einer kleinen, blassen Frau gesprochen, die Clarice als seine Ehefrau erkannte, Paula, die Haushälterin. Sie war genauso makellos gekleidet wie ihr Mann. Clarice hatte schon öfter beobachtet, wie sie die anderen Angestellten getadelt hatte. Paula nutzte jedes noch so kleine bisschen Macht aus, das man ihr gab. Selbst Gästen und Besuchern begegnete sie mit einer gewissen Griesgrämigkeit. Clarice erinnerte sich an Bobs und Sandras Worte, auch wenn sie selbst noch nicht erlebt hatte, wie kompetitiv Paula sein konnte, doch sie war sicher, dass die Aussagen der beiden es auf den Punkt brachten.

Als sie näher kamen, hob Paula zum Gruß die Hand, dann drehte sie sich um und ging wieder ins Haus zurück.

»Er hat auf dem Rasen einen Krocket-Kurs aufgebaut.« Vita grinste.

»Mag er Krocket?«, fragte Clarice und drehte den Kopf, um sich das Gras neben dem Parkplatz anzuschauen. Sie sah aber nichts.

»Ja, aber nicht auf meinem Rasen«, erklärte Vita. »Ich würde doch nicht zulassen, dass er ihn mit seinem dämlichen Schläger kaputthaut. Das macht er in seinem eigenen Garten.«

Tom kam zum Wagen, doch bevor er ihn erreichte, blieb Vita stehen, sprang heraus und marschierte strammen Schrittes auf Clarices Seite.

»Hallo, Clarice. Schön, dich zu sehen.«

»Dich auch, Tom. Wie ich gehört habe, warst du im Krieg.« Vorsichtig schwang Clarice die Beine heraus.

»Und du wohl auch«, entgegnete Tom. »Du armes Ding. Vita hat mir erzählt, dass du gestürzt bist.«

»Im Augenblick scheint das ja Mode zu sein.« Clarice lächelte.

»Falls ja, dann sind wir beide wohl up to date.«

»Du bist nicht zufällig Linkshänder, oder?« Clarice schaute auf die Schlinge um Toms rechten Arm.

»Ich fürchte, nein.«

»Das ist Pech.«

Vita, die die Tür hinter Clarice geöffnet hatte, holte die Krücken heraus und reichte sie ihr.

»Danke.« Clarice positionierte sich so, dass sie vorwärts aufstehen konnte, und beugte das linke Knie.

»Brauchst du etwas?«, fragte Tom Vita.

»Nein, geht schon. Wir werden in meinem privaten Wohnzimmer zu Mittag essen. Mrs Ray macht uns was Warmes und bringt es uns dann.«

Tom nickte.

»Schau!« Vita deutete nach vorne. »Da ist ja der Bengel, der auf Wanderschaft gegangen ist.«

Das fehlende Hinterbein tat der Arroganz seines Gangs nicht den geringsten Abbruch, als Walter langsam auf sie zukam.

»Walter!« Clarice hüpfte auf ihn zu. »Lass dich mal anschauen.«

Der Kater blieb stehen, hob den Schwanz und krümmte ihn zu einem Fragezeichen. Eingehend betrachtete er Clarice und ihre Krücken, dann hob er verächtlich den Kopf, drehte sich um und marschierte wieder davon.

»Das war deutlich«, lachte Clarice.

»Ha! Vielleicht hat er die Scheune ja vorgezogen«, sagte Vita und drehte sich zu Tom um. »Wo ist Roland?«

»Ich glaube, im Salon. Mit einem Polizeisergeant.«

Vita schaute zu Clarice.

»Es geht um Walter«, fuhr Tom fort.

»Mein Gott!«, rief Vita. »Was hat er denn jetzt schon wieder getan?«

»Ich nehme an, der Sergeant ist Daisy Bodey«, sagte Clarice. »Das ist nur Routine. Keine Sorge. Walter war ja in der Galgenscheune … Du weißt schon … Da, wo ich die Leiche gefunden habe.«

»Dann ist er also kein Verdächtiger?«, erwiderte Vita und setzte ein schalkhaftes Gesicht auf. »Komm. Gehen wir. Lass uns dem armen Rolly helfen. Du weißt ja, wie hilflos er ist, wenn plötzlich etwas Unvorhergesehenes passiert. Und er weiß nichts über meinen Terminplan … oder über Walter.«

Clarice hüpfte, so schnell sie konnte, auf ihren Krücken und erreichte tatsächlich rasch die Tür. Tom ging vor, um sie für sie aufzuhalten. Wie schon so oft, so stellte Clarice sich auch diesmal vor, wie viele berühmte Persönlichkeiten im Laufe der Jahrhunderte wohl durch diese reich verzierte Tür getreten waren und über den edlen Marmorfußboden defiliert sein mussten. Weit über ihren Köpfen spannte sich eine aufwendige Stuckdecke, und vor ihnen erhob sich die große Treppe mit ihrem Mahagonigeländer und den dekorativen Eisenpfosten, die in die oberen Stockwerke führte.

Tom reihte sich hinter Clarice ein, während Vita ihren Schritt beschleunigte und schnurstracks auf den Salon links von der Treppe zuhielt.

Kapitel 8

Als sie die Schwelle überquerte, wurde Clarice wieder einmal daran erinnert, wie sehr ihre und Vitas Welt sich voneinander unterschieden. Der Geruch von Bienenwachs und Mandeln durchdrang jeden Winkel des eleganten Raums. Alles war perfekt proportioniert und farblich genau aufeinander abgestimmt. An den blassgelben Wänden hingen die Porträts von Familienmitgliedern, eine Linie, die über Jahrhunderte reichte. Über dem Mittelpunkt des Raums, einem antiken Marmorkamin, hing ein großer Spiegel aus dem 18. Jahrhundert in einem vergoldeten Chippendale-Rahmen. Die Sessel, die Roland und Vita benutzten, bildeten ein Paar aus geschnitztem Mahagoni. Sie wurden viel genutzt. Das Leder war gerissen, oder, wie Vita sich mit ihrem trockenen Humor auszudrücken pflegte: Sie waren ein Haufen Schrott. Clarices Lieblingsstück hier war ein Bücherregal im chinesischen Stil.

»Wo warst du denn?«, verlangte Roland von seiner Frau zu erfahren. »Die Dame hier ist eine Polizeibeamtin, Vita. Sie möchte wissen, wann dieser dreibeinige Kater verschwunden ist.«

»Du meinst Walter. Du weißt, wie er heißt, Roland.«

Roland schaute verwirrt drein. Obwohl er nur acht Jahre älter war als seine Frau, schienen sie weiter auseinanderzuliegen. Rein äußerlich passten sie nicht so recht zusammen. Roland war durchschnittlich groß und hatte einen kleinen Bierbauch sowie dünnes Haar, das er sich immer in die Stirn kämmte, was zu seinem roten, fleischigen Gesicht passte. Das Einzige, worin er seinem ranken und schlanken Halbbruder ähnelte, war das fehlende Kinn. Er trug seine typische Uniform, bestehend aus grüner Kordhose, kariertem Hemd und brauner Weste.

Als sie ihn nun anschaute, dachte Clarice, würde sie Roland aus der Ferne sehen, sie würde ihn für einen Landstreicher oder Clown halten.

Detective Sergeant Daisy Bodey, eine hübsche Frau mit schlankem, sportlichem Körper und kurzem braunen Haar, nickte Clarice zu.

»Ich kann mir die Namen der Katzen einfach nicht merken«, sagte Roland und kratzte sich nachdenklich die Brust. »Bei den Mädels ist das anders. Die vergesse ich nicht.«

»Er meint seine Jagdhunde. Alles Springer Spaniel«, erklärte Vita Daisy.

»Ja, das hat er mir schon gesagt, bevor Sie gekommen sind, Lady Fayrepoynt.« Daisy sprach Vita formell an.

»Die Katze gehört meiner Frau. Tom könnte auch etwas wissen. Er hat ein Auge auf so ziemlich alles, was hier passiert.«

»Das stimmt. Mein Mann wird Ihnen nicht helfen können, und bei mir sind Sie auch nicht besser dran.« Vita schaute zu Tom, während sie sprach. »Ich war verreist, habe meine Schwester in Italien besucht. Tom hat auf Walter aufgepasst und ihn gefüttert.«

Alle Blicke richteten sich auf Tom.

»Walter, so heißt der Kater«, Tom sprach Daisy direkt an. »Walter hat eine recht unglückliche Angewohnheit. Wenn jemand seine Autotür offen lässt, dann steigt er ein und geht auf Spritztour. Das ist schon häufig passiert. Dabei ist ihm auch egal, wem der Wagen gehört. Er fährt wohl einfach nur gern. Es ist durchaus möglich, dass er in einen Wagen gehüpft ist, und als die Tür am Ende der Fahrt wieder geöffnet wurde, ist er ausgestiegen, ohne dass ihn jemand bemerkt hätte.«

»Ja, DI Beech hat das schon erwähnt. Und Lady Fayrepoynt war verreist?«, hakte Daisy nach.

»Lady Fayrepoynt ist am siebzehnten aufgebrochen«, antwortete Tom. »Ich habe sie zum Flughafen Stansted gefahren. Mrs Ray, die Köchin, hat auf Walter aufgepasst. Sie hat ihn am siebzehnten noch gefüttert, doch am nächsten Tag nicht mehr gefunden, also am achtzehnten.«

»Und Sie haben ihn an diesem Tag auch nicht gesehen?«

»Unglücklicherweise hatte ich am achtzehnten einen Unfall und bin in der Notaufnahme gelandet. Ich war gar nicht hier, und ich fürchte, deshalb habe ich sein Fehlen erst am Tag darauf bemerkt.«

»Erst als ich von einem dreiwöchigen Urlaub bei meiner Familie in Italien zurückgekommen bin, habe ich erfahren, dass Walter wieder einmal auf Wanderschaft gegangen ist«, fügte Vita hinzu. »Doch am Tag danach hat Clarice ihn gefunden ... Aber darüber wissen Sie sicher mehr als ich.«

»Ja.« Daisy nickte und drehte sich wieder zu Tom um. »Haben Sie eine Liste von Leuten, die an jenem Tag mit ihren Autos hier waren? Lieferanten vielleicht?«

»Das dürfte schwierig werden.« Tom schaute zu Roland.

»Wir hatten eine Treibjagd im Norden des Anwesens«, erklärte Roland. »Das heißt jede Menge Leute und jede Menge Autos. Eigentlich hätte der Kater für die Zeit weggesperrt sein sollen.«

»Du hast ihn doch wohl nicht rausgelassen, wenn draußen geschossen wird!«, rief Vita.

»*Ich* habe ihn weder rausgelassen, noch habe ich ihn eingesperrt«, erwiderte Roland. »Das ist doch nur eine verdammte Katze.«

Vita funkelte ihn durchdringend an und hob die eleganten Augenbrauen.

»An dem Tag lief es jedoch nicht so glatt wie sonst, vor allem wegen Tom. Er war ja im Krankenhaus. Verdammt unangenehm das Ganze«, polterte Roland und lief rot an.

»Ja, ja.« Vita wandte sich an ihren Schwager. »Tom, wo ist die Liste der Gäste, die zu der Jagd eingeladen waren?«

»Im Aktenschrank, im Büro.«

»Gut. Aber die Schranktür bekommst du mit einer Hand nicht auf.« Sie drehte sich zu Daisy um. »Ich gehe kurz mit Tom ins Büro, um die Liste zu suchen. Roland kann sich in der Zwischenzeit ja einen kleinen Drink holen. Zum Lunch gibt es pochierten Lachs, Liebling! Und vergiss das Wort *klein* nicht, wenn du dir den Whisky eingießt!«

»Ich werde mit euch zwei Schönheiten zu Mittag essen?« Roland schaute hoffnungsvoll zu Clarice, die ihn mit einem Lächeln belohnte.

»Ja, du kannst dich zum Essen zu uns gesellen, aber mach dich anschließend vom Acker und gib uns ein wenig Zeit für Frauengespräche.«

Roland strahlte. Seine schlechte Laune war wie weggeblasen. »Klar.« Er wandte sich zum Gehen, gefolgt von Tom und Vita.

»Bring die Dame von der Polizei in die Eingangshalle, Clarice«, rief Vita über die Schulter hinweg. »Da kann sie dann warten, bis Tom die Liste kopiert und ihr gebracht hat.« Das war keine Bitte, sondern ein Befehl.

Nachdem sie gegangen waren, humpelte Clarice langsam durch den großen Raum zur Tür. Daisy folgte ihr vorsichtig. Sie kannten einander gut. In der Zeit, da sie mit Rick zusammengearbeitet hatte, war Daisy vom Constable zum Sergeant befördert worden. Sie war geschieden und meinte oft, sie sei mit dem Job verheiratet. Nach dem Ende ihrer Ehe und bevor Rick und Clarice sich getrennt hatten, war Daisy ein paarmal zum Abendessen bei ihnen gewesen. Manchmal hatte sie Clarice auch allein besucht, denn die hatte immer ein offenes Ohr gehabt, wenn Daisy sich über Jerry auslassen musste, ihren untreuen Ex.

»Wie geht es dir?« Daisy berührte Clarice sanft an der Schulter.

»Es geht mir gut … Nun, nicht wirklich *gut*, aber schon viel besser.«

»Das war ein verdammt übler Sturz.«

»Danke, dass du dich in der Scheune um mich gekümmert hast. Ich hatte Glück. Es hätte noch viel schlimmer kommen können.«

»Das kann ich nur unterschreiben. Als Rick gehört hat, was dir passiert ist, ist er mit neunzig Meilen die Stunde losgerast!«

Vor der großen Mahagonitür des Salons blieben sie stehen, die sich inzwischen wieder geschlossen hatte. »Ja, er hat dir sicher erzählt, dass er im Krankenhaus war.«

Daisy nickte.

»Ich habe über Walter nachgedacht«, sagte Clarice. »Die Scheune liegt fünf Meilen von hier entfernt. Er mag ja wackelig aussehen, aber er war schon immer ein Wanderer, und es ist durchaus möglich, dass er dorthin gelaufen ist. Aber wenn er einen Wagen zur Verfügung hatte …«

»Danke, aber wir werden trotzdem jeden überprüfen, der an dem Tag mit dem Auto hier gewesen ist.«

»Natürlich. Habt ihr was in Roses Haus gefunden?«, fragte Clarice.

Daisy schaute sie eindringlich an.

»Rick hat mir erzählt, das Haus sei verwüstet worden. Er

hat gesagt, dass ihr es Zoll für Zoll untersucht«, erklärte Clarice in beiläufigem Ton.

»Ah …«, sagte Daisy. »Ich wusste nicht, dass er dir das erzählt hat.«

»Wir reden schon noch miteinander«, erwiderte Clarice, doch als sie den Zweifel in Daisys Gesicht sah, fügte sie hinzu: »Manchmal.«

Sie lachten beide.

»Wir haben zumindest nichts gefunden, was uns weiterbringen würde«, sagte Daisy. »Wir sind heute Morgen fertig geworden, und heute Nachmittag sollten die Kriminaltechniker wieder gepackt haben. Nur diese Frau – du kennst sie – macht einen Aufstand im Revier.«

»Wer?«, hakte Clarice nach.

»Offenbar hat sie zur gleichen Zeit deine Kurse besucht wie Rose … Jean Whittle?«

»Ja, ich kenne Jean. Eine nette Frau. Ich wusste gar nicht, dass sie eine Verbindung zu Rose hatte.«

»Offenbar erst in jüngster Zeit.« Daisy zog die Mundwinkel nach unten. »Rose scheint sich in Jeans Freundeskreis eingeklinkt zu haben. Sie wurde zum Lunch eingeladen, zum Mädelstag … sowas eben. Sie hat sich Geld von Jean geliehen, zweitausend Pfund, und ist dann anscheinend andauernd ausgewichen, als Jean es zurückverlangt hat. Jean wollte wissen, wie sie jetzt an ihr Geld kommt, nun da Rose – alle nennen sie immer noch so – tot ist.«

»Jean ist weich und wohl auch ein wenig zu nett. Und zweitausend Pfund sind eine Menge Geld für sie. Hat sie irgendeinen Beweis dafür, dass sie Rose das Geld geliehen hat?«

»Nope.«

Clarice nahm sich vor, Jean später anzurufen.

»Habt ihr denn die Schwestern gefunden?«

»Eine von ihnen.« Daisy war vorsichtig. »Jackie Smith und

ihr Mann Pete werden morgen Früh befragt, doch von der Jüngsten, Maggie, fehlt noch immer jede Spur.« Sie schaute Clarice an und trat zur Tür. »Aber das weißt du nicht von mir.«

»Was weiß ich nicht von dir?«, erwiderte Clarice in unschuldigem Ton. Als sie die Hand ausstreckte, schwang die Tür auf.

»Hallo, Clarice.«

»Jack! Was für eine nette Überraschung«, sagte Clarice.

Jack hielt die Tür auf, damit Clarice und Daisy den Raum verlassen konnten. Mit seinen langen blonden Haaren und den klaren blauen Augen sah er ausgesprochen gut aus und war etwa so groß wie Clarice. Ein Bart verbarg die Tatsache, dass auch er kein Kinn hatte, und damit, dass er ein Fayrepoynt war. Seine Stimme war melodisch und das Lächeln ehrlich. Er schien sich seiner Attraktivität gar nicht bewusst zu sein, denn er zeigte nicht die geringste Spur von Eitelkeit. Stattdessen sprach er mit selbstbewusster Stimme, und in seinen Augen lag ein Hauch von Stahl. Dies war ein Mann, der sich behaupten konnte.

»Ich habe mir gerade ein wenig Zeit für Ginny genommen«, sagte er, als Clarice den Flur betrat und die junge Frau ein Stück entfernt entdeckte.

»Ginny!«, rief Clarice freudig. »Dich habe ich ja seit Ewigkeiten nicht mehr gesehen.« Ginny Blake und ihre beste Freundin Lucy Marriot waren beide in den Zwanzigern und gehörten zu den Angestellten in Winterby, die auch auf dem Anwesen wohnten. Dank Ginnys perfekter cremefarbener Haut, den großen braunen Augen und dem langen dunklen Haar, das ihr in Zöpfen auf den Rücken fiel, fühlte Clarice sich an ein junges Reh erinnert.

»Ich bin noch immer hier«, erwiderte Ginny. »Und Lucy ist in der Küche. Sie hat Biskuit-Dienst. Vielleicht läuft sie dir ja noch über den Weg. Wir bereiten gerade alles für *Art at Winterby* am Samstag vor. Das ist ein Event von Lady Vita, mit dem sie Künstler unterstützen will.«

»Ja, ich weiß«, sagte Clarice. »Zeitgenössische Kunsthandwerker. Goldschmiede, Glaskünstler und Töpfer … Sie alle zeigen einem ausgewählten Publikum ihre Werke. Mit etwas Glück verkaufen sie auch ein paar Stücke. Vita hat mich auch gebeten, zu helfen. Was hast du denn für einen Job? Ich dachte, du würdest mit Jack an den Fischteichen arbeiten?«

»Das tue ich normalerweise auch«, antwortete Ginny. »Aber ich hab in der Orangerie alles zusammengepackt, was für Samstag nicht gebraucht wird. Hauptsächlich den Hochzeitskram. Und ich versuche, sämtliche Glaswaren zu finden, von denen Lady Vita sagt, dass wir ohne sie nicht auskommen. Das Glas stammt von zwei verschiedenen Künstlern, und die Stile passen offenbar besonders gut zueinander.«

»Wie heißen die denn?«, hakte Clarice fasziniert nach. »Die Glaskünstler, meine ich.«

»Tut mir leid. Das weiß ich nicht mehr. Aber es steht oben in meinem Pad«, sagte Ginny. »In jedem Fall soll niemand daraus trinken. Lady Vita will sie in einer Vitrine ausstellen.«

»Und das ist noch lange nicht alles, was auf dem Pad steht. Da stehen noch ein Dutzend weitere Jobs.« Jack klang mitfühlend.

Ginny nickte. »Gibt es irgendwelche neuen Hunde für Lucy und mich, mit denen wir Gassi gehen können?«

»Nein, tut mir leid«, antwortete Clarice. »Wir haben ein paar Hunde in Pflegefamilien, aber im Moment keine, die ausgeführt werden müssen. Allerdings könnte sich das jederzeit ändern.«

»Sag mir einfach Bescheid. Wir lieben das.«

»Mache ich.«

»Aber jetzt sollte ich wohl lieber wieder an die Arbeit gehen.« Ginny schaute vorsichtig über die Schulter zur Treppe zurück.

»Das sollten wir beide«, ergänzte Jack und verabschiedete sich mit einem Nicken. »Wenn der Boss merkt, dass wir die Pause überzogen haben, gibt's Ärger.«

»Roland ist runtergegangen«, sagte Clarice, »mit deinem Dad.«

Jack schaute zu Ginny und lächelte. »Roland habe ich nicht gemeint.«

»Und«, fügte Ginny hinzu und schaute Jack verschwörerisch an, »es ist auch nicht Vita … Paula ist mein Boss.«

»Ja«, ergänzte Jack, »und meine Mum ist mindestens genauso furchterregend wie Vita!«

»In jedem Fall war es schön, euch zu sehen«, sagte Clarice und schaute ihnen hinterher. Als sie die Treppe erreichten, ging Ginny nach oben und Jack nach unten.

»Der ist ja richtig heiß!«, murmelte Daisy.

»Und seine Freundin auch.«

»Hmmm«, sagte Daisy. »Das ist mir aufgefallen.«

Immer, wenn sie Vitas privates Wohnzimmer betrat, wanderte Clarices Blick automatisch zum Kronleuchter. Es war ein modernes Stück, was da in der Mitte der Decke hing. Es bestand aus Hunderten individuellen Stücken Messing, Kupfer und Silber, verlötet und verschlungen, und alle baumelten sie herunter, um das Licht einzufangen. Der Raum roch immer nach Zitrone. Im Zentrum stand eine tiefe Porzellanschüssel auf einem niedrigen Tisch, die bis zum Rand voll damit war, und die strahlend gelben Schalen bildeten einen starken Kontrast zum tiefen Blau der Glasur. Das Display war eine von Vitas kleinen Marotten. Mrs Ray hatte sogar den Auftrag, das Obst täglich zu erneuern. Daneben gab es noch große Bücherregale aus silbern und weiß gestrichenem Holz sowie moderne Glasvitrinen, die mit dem Hintergrund verschmolzen und die Werke so nicht überstrahlten, die in ihnen zur Schau gestellt wurden. Die Gegenstände waren allesamt Teil von Vitas Privatsammlung, Arbeiten von Künstlern, die noch um Anerkennung kämpften, aber auch von etablierten. Clarice hatte schon öfter das Privileg gehabt, in diesen Raum eingeladen zu werden, um ein neues Stück zu bewundern. Wie immer wanderte Clarices Blick zuerst zu einer Grayson-Perry-Vase und dann zu einem David-Burnham-Smith-Teller, bevor er schließlich an einer großen roten Vase mit minimalen Silberspuren haften blieb, einer ihrer eigenen Kreationen.

Walter und der Besuch der Polizei waren vergessen. Roland schenkte ihnen Drinks ein und begann, seine Frau und Clarice mit Anekdoten aus seiner vergeudeten Jugend zu erfreuen. Vita, die diese Geschichten vermutlich schon hundertmal gehört hatte, spielte die pflichtbewusste Ehefrau, lächelte und nickte ermutigend. Dabei war Clarice durchaus klar, dass sie nur ihretwegen so eine Show machte.

»Apfelkuchen zum Nachtisch«, sagte Roland zu Clarice. »Hmmm … Meine Lieblingsspeise«, fügte er hinzu und füllte sein Glas mit Weißwein.

Clarice war schon mehrmals nach Winterby Hall eingeladen worden, zu dem, was Vita ihren ›Mädelslunch‹ nannte. Sie fanden stets im Speisezimmer mit bis zu acht Damen statt, alle mit irgendeiner Verbindung zu Vita, sei es durch die Wohltätigkeitsorganisationen, für die sie sich engagierte, oder über den Tennisplatz. Clarice wurde immer eingeladen, wenn es um Kunst ging. Durch ihre Keramikarbeiten war sie in Lincolnshire als Künstlerin etabliert, und die Tatsache, dass sie in ganz Großbritannien und sogar im Ausland ausstellte, verlieh ihr zusätzliches Gewicht bei Vitas Kunstkumpanen.

Clarice wusste jedoch auch, dass sie für manche von ihnen ein Kuriosum darstellte, das sie nicht einordnen konnten. Jetzt schaute sie zu Vita und Roland, und sie nahm an, dass die beiden vermutlich genauso dachten. Sie war eine Künstlerin, was ihr einen gewissen Status verlieh, aber ihr Engagement für die Tierrettung biss sich mit Rolands Jagd- und Angelleidenschaft. Und Vita hatte immer wieder angedeutet, dass sie Clarices Interesse an Detektivarbeit und ihr diesbezügliches Können als äußerst seltsam empfand.

Clarices Freundin genoss es, im Mittelpunkt einer Künstlergesellschaft zu stehen. Vita hatte sich einen Ruf als Sammlerin erarbeitet, und das nicht nur für Keramik und zeitgenössische Malerei, sie unterstützte auch junge Schriftsteller. Clarice glaubte, dass Vita die Rolle der großzügigen Mäzenin genoss. Aber glücklicherweise liebte sie auch Katzen, und das zusammen mit Vitas schrägem Sinn für Humor war es, was die beiden Frauen wirklich miteinander verband.

»… also hat Pa gesagt …« Clarices Gedanken kehrten just in dem Moment zu Roland zurück, da die vertrackte Geschichte über eine Treibjagd in seiner Jugend den Höhepunkt erreichte. »*Setz deinen Hintern in Bewegung und schlepp die selber.*«

Pflichtbewusst stimmte Clarice in Vitas Lachen ein.

»Wie lange ist es jetzt her, dass du deinen Vater verloren hast, Roland?«, fragte Clarice, als das Lachen verstummt war.

»Ungefähr … Wie alt war ich da? Zwanzig? Also vor gut dreißig Jahren.«

»Du warst noch so jung?«

»Oh, ja.« Je mehr er erzählte, desto größer schien er zu werden. »All die Verantwortung, aber ich habe nicht aufgegeben.« Kurz hielt er inne. »Na ja, dafür bin ich wohl geboren worden.«

Clarice nickte mitfühlend.

»Ich habe Vita geheiratet, als ich neunundzwanzig Jahre alt war. Erst mit ihr war ich komplett.« Roland strahlte seine Frau an.

»Rolands Mutter ist an Krebs gestorben. Dann, ein Jahr später, ist sein Vater plötzlich und unerwartet bei einem Verkehrsunfall ums Leben gekommen. Er hat schlicht nicht damit gerechnet, die Verantwortung über das Anwesen schon so früh übernehmen zu müssen.«

»Das muss sehr schwer für dich gewesen sein«, bemerkte Clarice.

»Was ist mit dir, Clarice?«, wechselte Vita in freundlichem Ton das Thema. »Nach dem Tod deines Vaters hat deine Mutter allein für die Familie gesorgt, und sie ist doch auch an Krebs gestorben, als du noch jung gewesen bist.«

»Ja«, bestätigte Clarice, »aber ich war nicht so jung wie Roland. Nach dem Schulabschluss bin ich auf Reisen gegangen. Ich war ein Jahr lang in Italien und zwei in Frankreich. Als ich wieder zurückkam, habe ich in der Abendschule in Lincoln alles über Metalle, Textilien und dann Keramik gelernt, während ich gleichzeitig Vollzeit arbeitete. Ich wusste immer schon, dass ich irgendwas mit Kunst machen wollte. Es hat nur gedauert, bis ich mich entschieden habe, was.«

»Was hast du denn gearbeitet?«, fragte Vita.

»Alles Mögliche. Angefangen mit Au-pair und als Obstpflückerin in Frankreich und Italien bis hin zu ganz normaler Büroarbeit, als ich wieder zurückgekommen bin. Mit dreiundzwanzig bin ich dann in London aufs College gegangen, und im letzten Jahr dort habe ich dann herausgefunden, dass meine Mutter Krebs hat.«

»Du hast das Studium geschmissen?«, hakte Vita nach.

Clarice hoffte, dass Vita sie nicht mit Harry verglich. »Ja, als ich herausgefunden hatte, dass meine Mutter nicht mehr lange leben würde. Ich habe mich sieben Monate lang um sie gekümmert, bis zu ihrem Tod. Ich wollte immer wieder zurück ans College gehen, doch mein Leben hier ging einfach weiter.«

»Traurig.« Vita tätschelte Clarice die Hand.

»Das Anwesen zu übernehmen, hat einen Mann aus mir gemacht«, lenkte Roland das Gespräch wieder brüsk auf sich. »Und ich habe rasch herausgefunden, wer meine echten Freunde waren. Miranda, meine große Schwester, war einfach wunderbar. Als Kinder sind wir nie gut miteinander ausgekommen – sie war ja auch älter –, aber sie ist mir sofort zur Seite gesprungen.«

»Du vermisst sie sicher sehr, seit sie in Amerika lebt«, bemerkte Clarice.

»Sie hat eben einen Yankee geheiratet. Ist halt so. Und ich habe jetzt Vita«, erwiderte Roland philosophisch. »Und Tom, der sich um das Anwesen kümmert. Er hat damals mit Paula und ihrer Brut in Norfolk gelebt und für eine große Firma gearbeitet.«

»Er ist nach Horaces Tod wieder zurückgekommen?«, fragte Clarice.

»Ja. Guter Mann. Hat einen Abschluss in Betriebswirtschaft. Pa hat natürlich dafür bezahlt, deshalb war Tom mir was schuldig. Und um seine Schuld zu tilgen, hat er das Richtige getan.«

Clarice lächelte. Ihr kam der Gedanke, dass sich in Rolands Welt alles nur um ihn drehte. Die tragischen Umstände im Leben anderer zählten für ihn nur, wenn sie Auswirkungen auf sein eigenes hatten.

Roland aß das letzte Stück Apfelkuchen und leerte sein Glas. Die Weinflasche war leer. Leise öffnete sich die Tür.

»Okay, Pa, sonst noch was, das ich tun soll?«

Clarice drehte sich um und sah Harry in den Raum kommen.

»Harry«, sagte Vita. »Dein Lunch steht in der Küche. Wir wussten nicht, wann du wieder zurückkommen würdest.«

Mit Pickeln im Gesicht und unmodisch abstehendem Haar war Harry nicht im konventionellen Sinne attraktiv. Es war sein Selbstbewusstsein, das ihn für manche so anziehend machte. Vermutlich war Roland in Harrys Alter genauso gewesen, sinnierte Clarice, und vermutlich hatte Vita ihn deswegen auch geheiratet … deswegen und wegen seines Titels.

Harry strahlte eine intuitive Leichtigkeit aus, wie sie nur mit Geld und Privilegien einherging. Clarice hatte schon bei früheren Treffen festgestellt, dass er nur wenig an sich hatte, was sie hätte bewundern können. Auch hatte sie schon oft erlebt, wie launisch er sein konnte. Im einen Augenblick wirkte er charmant und interessiert, und eine Sekunde später war er gelangweilt und ging einfach. Ob er damit jemanden beleidigte oder verletzte, war ihm egal. Vielleicht lag das aber auch daran, dass er erst zwanzig war und dazu noch Einzelkind. Würde die Arroganz sich irgendwann verwachsen? Nein. Da musste man schon ehrlich sein. Harrys innere Welt war nicht viel anders als Rolands gestaltet, auch wenn er eine Intelligenz bewies, die seinem Vater fehlte.

»Hallo, Clarice«, grüßte er sie höflich und trat zu ihr.

»Wie geht es dir, Harry?«

»Gut.« Er strahlte. »Wie ich gehört habe, hast du in der Galgenscheune eine Leiche gefunden.«

»Nicht ganz. Sie hat mich gefunden«, erwiderte Clarice und verzog das Gesicht.

»Du Arme. Was für ein Mist … Und sie war ganz verfault und hat gestunken, hat Ma mir erzählt.«

»Harry!«, unterbrach Vita ihn. »Schnapp dir deinen Vater und dann raus hier.«

»Mädelszeit, ja, ja.« Harry lachte. »Okay. Ich gehe. Aber ich will alles wissen … all die ekeligen Einzelheiten.« Er sprach mit seiner Mutter, und Clarice lachte.

»Ich habe keine Ahnung, von wem er das hat.« Vita stimmte in Clarices Lachen ein, während ihr Mann sich gehorsam aus dem Sessel wuchtete und seinem schlaksigen Sohn hinaus folgte.

»Ja, von wem wohl …«, sagte Clarice.

Als Vita vor Clarices Cottage hielt, kam Sandra heraus, um sie zu begrüßen.

»Hiya!«, rief sie, winkte und ging wieder hinein.

»Was für eine komische kleine Frau!« Da lag ein Unterton in Vitas Stimme, obwohl Sandra sie unmöglich hätte hören können.

»In welcher Hinsicht?«, hakte Clarice nach.

»Sie hat eine Stimme wie ein Nebelhorn, und dann das ganze Make-up.« Vita zog die Mundwinkel nach unten und verzog das Gesicht. »Und dieses schwarz gefärbte Haar … Das macht sie doch zehn Jahre älter!«

»Sandra ist toll, ein wahres Juwel«, entgegnete Clarice brüsk. »Das ist einfach ihre Art.«

Sandra wurde von Bob ersetzt. Er lächelte freundlich und kam zum Wagen.

»Da bin ich sicher.« Vita drehte sich zu Clarice um. Vielleicht fühlte sie ja, dass sie nicht richtig verstand, wie eng die Bindung zwischen Sandra und ihrer Freundin wirklich war. »Sie ist eine tolle ehrenamtliche Helferin für unsere Sache, eine wahre Tierfreundin.«

Clarice lächelte zur Antwort, als Bob die Tür öffnete.

»Und? Hattest du einen guten Tag?«, fragte er.

»Und wie«, antwortete Clarice. »Ich bin rundherum verwöhnt worden. Samstag fahre ich zu Vitas Ausstellung wieder zu ihr.«

»Hallo!« Vita beugte sich vor, um mit Bob zu sprechen. »Die Krücken sind im Fond.«

Während sie sich aus dem Wagen quälte, kam Clarice der Gedanke, dass sie zwar viel mit Vita gemein hatte und dass sie ihre Gesellschaft genoss, sie sich aber nie wirklich nahestehen würden. Doch was Katzen und Keramik anging, war ihre Beziehung von beiderseitigem Nutzen. Und sie kannte Vita lange genug, um zu wissen, dass sie dank ihrer sozialen Fähigkeiten nie wieder schlecht über Sandra reden würde. Vita lernte schnell.

Kapitel 9

Als Bob und Sandra fahren wollten, nahm Clarice all ihren Mut zusammen, um Bob um einen besonderen Gefallen zu bitten.

»Wenn du *besonders* sagst«, erwiderte Bob, »dann nehme ich an, es ist illegal oder sonst etwas, von dem du nicht willst, dass Rick es erfährt.«

Sandra hörte aufmerksam zu und zog sich die Jacke an.

»Du kennst mich viel zu gut«, seufzte Clarice reumütig.

»Und? Was ist es?«

»Ein wenig von beidem. Allerdings weiß ich nicht so recht, warum ich mir überhaupt Sorgen mache, wie Rick darüber denkt.«

Bob und Sandra schauten einander fragend an.

»Ich muss mich mal in Roses Haus umsehen. Im alten Pfarrhaus.«

»Moooment«, schnaubte Bob. »Rick würde durch die Decke gehen, und dich würde man verhaften … mich vermutlich gleich mit.«

Sandra nickte.

»Schlaf einfach mal drüber«, bat Clarice. »Ich weiß, das ist viel verlangt. Also werde ich auch nicht beleidigt sein, wenn du Nein sagst. Aber ich bin sicher, dass ich dort einen Hinweis darauf finden werde, was mit Rose geschehen ist.«

»Wenn es da etwas zu finden gab, dann hat die Polizei das auch gefunden«, erwiderte Bob zweifelnd.

»Nicht notwendigerweise. Ich kannte Rose nicht wirklich gut, aber wenigstens *habe* ich sie gekannt. Das ist ein Vorteil. Mein einziges Problem ist, hinzukommen. So kann ich ja im Augenblick nicht fahren, auch wenn ich schon bei Jim in der Werkstatt angerufen habe. Er hat einen Automatik, den er mir leihen kann.« Clarice hielt kurz inne und sah den ungläubigen Gesichtsausdruck ihrer beiden Freunde. »Ich will ja nicht, dass du mit mir reingehst. Du kannst draußen im Wagen warten. Jim kann mir den Automatik erst morgen Nachmittag überlassen. Ich muss aber am Morgen hin. Sie befragen Jackie und Pete Smith – Roses Schwester und Schwager. Also wird niemand im Haus sein.«

»Egal, ob ich dir helfe oder nicht«, sagte Bob, »du wirst das durchziehen, korrekt?«

Clarice nickte.

»Und wie willst du ohne Schlüssel rein?«, fragte Sandra.

Es folgte ein kurzes Schweigen, und ein Grinsen erschien auf Bobs Gesicht. »*Verdammter Darren Wren!*«, versuchte Bob, Rick nachzuahmen und sprach mit einem Akzent, den er für typisch Süd-London hielt.

»Du hast's erfasst«, lachte Clarice.

»Ah.« Jetzt verstand auch Sandra. »Der alte Sack aus dem Knast, der mit dir für CAW gearbeitet hat.«

Clarice nickte.

Sandra dachte kurz nach. »Darren Wren hat dir beigebracht, wie man Schlösser knackt?«

»Jep.« Clarice lächelte. »Als ich Rick davon erzählte, war er amüsiert.«

»Jetzt wohl nicht mehr«, bemerkte Bob wissend.

»Äh … Nein«, bestätigte Clarice. »Aber damals hat er das lustig gefunden. Ja, sogar liebenswert.«

»Typisch Mann, Liebes.« Sandra verschränkte die Arme vor der Brust und schaute nachdenklich drein. »Als unsere Michelle begann, mit Ron auszugehen, da hat er geglaubt, es wäre ja so süß, wie sie sich immer mit dem Wagen verirrt hat – sie hatte einfach kein Orientierungsgefühl. Das war vor über zwanzig Jahren. Jetzt nennt er sie eine ›dumme Kuh‹, die sich sogar in ihrer eigenen Einfahrt verirren würde!«

Clarice nickte. Sandras und Bobs Töchter Michelle und Susan ähnelten beide ihrer Mutter – klein und mit dem gleichen frechen Gesicht –, aber charakterlich hatten sie nichts mit ihren Eltern gemein. Beide Kinder waren inzwischen in den Vierzigern, und laut Sandra drehte sich ihr Leben nur noch um Fertiggerichte und das Fernsehen. »Sie haben einfach kein Feuer mehr«, hatte Clarice Sandra einmal anvertraut, »bekommen die Ärsche nicht mehr hoch.« Dabei wusste Clarice ganz genau, dass Sandras größte Sorge dem Körpergewicht ihrer beiden Töchter galt, denn Michelle war Diabetikerin vom Typ 2, und Susan, die an Knieproblemen litt, hatte der Arzt geraten, mindestens zwölf Kilo abzunehmen.

»Manche Dinge ändern sich einfach nicht.« Sandra schaute Clarice an, als könnte sie ihre Gedanken lesen. »Michelle wird nie einen Orientierungssinn entwickeln, und egal, wie sehr ich sie auch nerve, keines der Mädchen wird je auf seine Gesundheit achten.«

Am Morgen rief Clarice Jean Whittle an, um sie zu bitten, am nächsten Tag vorbeizukommen. Jim hatte sich bereit erklärt, den Wagen am Nachmittag vorbeizubringen, sodass Clarice Bob nicht bitten musste, sie zu ihm zu fahren. Als sie den Hörer auflegte, überlegte sie, unter welchem Vorwand Rose

Jean die zweitausend Pfund aus dem Kreuz geleiert haben mochte. Jean war eine vernünftige Frau und sicher nicht so leicht übers Ohr zu hauen.

Als Rick anrief, bekam Clarice ein schlechtes Gewissen.

»Und? Wie kommst du zurecht?«, fragte er.

»Gut.«

»Das sagst du immer.«

»Und du glaubst mir nie. Ich will gleich mit Sandra und Bob in die Stadt.«

»Du sollst dich doch ausruhen!«

»Hast du heute Morgen noch ein paar Verhöre?« Clarice ignorierte Ricks Bemerkung.

Es folgte ein kurzes Schweigen.

»Jackie und Pete Smith vielleicht?«, hakte Clarice nach.

»Erst in einer halben Stunde. Daisy redet zu viel.«

»Das ist meine Schuld, nicht Daisys. Ich stelle zu viele Fragen.«

»Um noch mal auf das Thema ›Ausruhen‹ zu sprechen zu kommen …«

»Ich will nur mit Bob und Sandra zum Supermarkt. Dann ruhe ich mich aus.« Wieder bekam Clarice ein schlechtes Gewissen, doch sie tröstete sich mit dem Gedanken, dass sie Sandra tatsächlich am Supermarkt absetzen würden, bevor Bob sie zum alten Pfarrhaus führe. Also war das zumindest nicht völlig gelogen.

»Ich wollte später mal vorbeikommen, am frühen Abend. Ist das okay?«

»Klar. Das musst du doch nicht extra fragen.«

Erneut herrschte kurz Schweigen, und Clarice glaubte, dass er gleich sagen würde, *doch*, er *müsste* fragen, aber stattdessen sagte er: »Dann bis heute Abend.« Und legte auf.

Eine halbe Stunde später kamen Bob und Sandra, und nachdem Bob kurz in die Scheune gegangen war, um die

Kätzchen zu verwöhnen, machten sie sich auf den Weg. Clarice trug Mantel und Hut, als wollte sie mit ihren Hunden Gassi gehen. Sie saß im Fond. Bob sprach über die Schulter mit ihr und legte die Regeln für den Ausflug fest.

»Ich werde nicht draußen warten. Ich werde direkt um die Ecke sein. Wenn du in zwanzig Minuten nicht wieder auf der Straße bist, hole ich dich raus.«

Als sie vor dem Supermarkt hielten, stieg Sandra aus.

»Warte im Coffee Shop. In einer Stunde sollten wir zurück sein«, sagte Bob.

»Passt auf euch auf«, zischte Sandra und schaute sich verstohlen um, als könnten die Passanten, die ihre Einkaufswagen vor sich herschoben, ahnen, dass ihr Ehemann gleich ihrer Freundin beim Einbruch ins Haus einer Toten helfen würde.

Bob parkte in einer kleinen Gasse neben dem Pfarrhaus. »Bist du sicher, dass ich nicht mit reingehen soll?«

Clarice schüttelte den Kopf. Sie wollte nicht reden, war schon ganz und gar auf ihr Ziel konzentriert.

»Was ist mit Fingerabdrücken?«, fragte Bob besorgt, als sie ausstieg.

»Du schaust zu viel fern«, erwiderte Clarice.

Entschlossen humpelte Clarice weg vom Wagen. Das Klackern ihrer Krücken auf der Straße verhallte ungehört in der unbewohnten Gasse. Die normalerweise von Tieren bevölkerte, umzäunte Weide neben ihr war ebenfalls leer. Die Kühe waren bereits für den Winter in den Stall gebracht worden. Und das gegenüberliegende Feld war kahl. Grauschwarze Wolken hingen so tief über dem Land, dass sie fast wie die Silhouetten ferner Hügel wirkten. Der frühmorgendliche Raureif war längst getaut, und während Clarice um die Ecke bog, spürte sie die ersten Tropfen eines leichten Nieselregens.

Als sie die Veranda des Pfarrhauses erreichte, duckte Clarice sich unter dem Plastikband hindurch, auf dem stand POLIZEI KEIN DURCHGANG, dann blieb sie kurz stehen, um zu lauschen. Das einzige Geräusch war das des Regens. Clarice zog die Plastikhandschuhe an, die sie aus dem Vorrat im Katzengehege mitgenommen hatte.

Nach nur drei Minuten war sie drin, und während sie leise durch das stille Haus humpelte, holte sie eine kleine Kamera aus der Tasche, die sie sich zu ihrem letzten Geburtstag selbst geschenkt hatte. Sie war furchtbar teuer gewesen, schoss aber auch gute Fotos. Jedes noch so kleine Detail war darauf zu erkennen, und das war etwas, was Clarice ausgesprochen nützlich fand, um die Entstehung ihrer Keramiken zu dokumentieren.

Das Haus fühlte sich alt an, und das Dekor im Wohnzimmer besserte diesen Eindruck auch nicht gerade. Die Zimmer des viktorianischen Gebäudes waren groß, die Decken hoch und die Wände pastellgrün gestrichen – Clarices Meinung nach eine vollkommen emotionslose Farbe. Auf dem Parkett im Wohnzimmer lagen vier große Wollteppiche in verschiedenen Grüntönen, und auf den Stühlen, Regalen und Fensterbänken saßen Hunderte Puppen in allen möglichen Spitzenkleidern.

Auf dem Tisch wiederum lagen die Beweise für den Einbruch: Papierstapel und zerbrochene Gegenstände, eine Vase, eine Lampe und ein Bilderrahmen. Clarice nahm an, dass die Polizeibeamten sie dort hingelegt hatten, bevor sie wieder gegangen waren.

In dem Haus roch es seltsam muffig, als wäre es schon lange Zeit leer und ungeliebt. *Drei Wochen*, rief Clarice sich ins Gedächtnis, *nur drei Wochen*. Ihre Gedanken sprangen von Rose, die zum Töpferkurs unangemessen gekleidet erschienen war, zu der Person, die Sandra beschrieben hatte, versnobt und gleichgültig bei Wohltätigkeitsveranstaltungen, und schließlich zu der Frau in der Scheune, der mit dem zerstörten Gesicht. Dazu kam nun ein neues Bild, ein Bild von Rose allein, wie sie ihre Zeit damit totschlug, in diesem großen Haus lustlos von einem Raum zum anderen zu wandern. Clarice schauderte. Dann zwang sie sich, endlich damit zu beginnen, den Raum zu fotografieren.

Clarice wiederholte das in allen Räumen des Erdgeschosses, bevor sie die Treppe hochhumpelte. Ihre Krücken klapperten hörbar bei jeder Stufe, und sie schaute sich instinktiv um, als könnte plötzlich jemand aus einem der Schlafzimmer stürmen, die Treppe hinunterrennen und sie zur Rede stellen.

»Wie kann eine einzelne Frau nur so viele Puppen besitzen?«, fragte Clarice sich laut, als sie in das Hauptschlafzimmer schaute. Die Puppen hier trugen Kostüme aus aller Welt. Das blaue Tapetendesign erinnerte an William Morris. An den Wänden hingen gerahmte Teelöffelsammlungen und dazwischen Drucke aller möglichen Orte in England, Schottland und Südafrika sowie Reproduktionen der Werke berühmter Künstler: *Die Tänzerin* von Degas und Renoirs *Loge*. So wie Clarice die Polizei kannte, waren sie bei den Puppen mit Sicherheit gründlich gewesen, trotzdem fotografierte sie rasch jede einzelne.

Kurz hielt sie verwirrt inne, dann erkannte sie, dass etwas fehlte: Bücher. Im ganzen Haus lagen jede Menge Zeitschriften, hauptsächlich Klatschpresse, über Kleider und Make-up, und auch über Stil und Dekor. Aber Clarice hatte nicht ein einziges Buch gesehen.

Clarice zog die Schublade einer antiken Truhe heraus und stellte überrascht fest, dass diese noch mehrere kleinere Schubladen enthielt, eine Schicht auf der anderen, mit blauem Samt ausgelegt und voller Schmuck. Die anderen Schubladen der Truhe waren genauso gestaltet. Erstaunt starrte Clarice auf die schiere Masse an Gegenständen. In jedem Fall war das kein gewöhnlicher Einbruch gewesen. Wie bei allem im Haus, so zeigten sich auch hier die unterschiedlichsten Geschmäcker. Moderne, massenproduzierte Schmuckstücke lagen neben Designerware und Antiquitäten, Süßwasserperlen neben Plastikkugeln. Clarice holte ihre kleine Taschenlampe heraus und beleuchtete die Schmuckstücke damit von hinten, um sie eins nach dem anderen und aus verschiedenen Winkeln fotografieren zu können. Ringe hielt sie leicht schräg, sodass Punzen und Gravierungen zu erkennen waren.

Schließlich schaute Clarice auf ihre Uhr. Sie war schon fünfundvierzig Minuten hier drin. Bob war sicher längst nervös geworden.

Als sie die letzte Schublade wieder schloss, hörte sie ein Geräusch: leise Schritte. Rasch steckte sie die Kamera weg und lauschte.

Das Geräusch war fast nicht zu hören gewesen. Hatte sie sich vielleicht geirrt?

Dann hörte sie es erneut: ein bedächtiges, aber heimliches Geräusch. Irgendjemand kam die Treppe hinauf!

Ricks Worte über Roses Mörder erfüllten Clarice mit einer dunklen Vorahnung: *Wer auch immer sie getötet hat, hat mit Sicherheit kein Problem damit, auch dir den Kiefer zu brechen und den Schädel mit einem Hammer einzuschlagen.*

Vielleicht war das ja Bob. Schließlich hatte er ja gesagt, dass er kommen würde, wenn sie nach zwanzig Minuten nicht wieder draußen war. Aber das konnte nicht sein. Bob hätte ihren Namen gerufen.

Clarice verspannte sich und humpelte neben die Tür. Sie stellte sich auf ein Bein und hob die Krücke wie ein Tennisspieler den Schläger zum Aufschlag.

Wieder lauschte sie. Stille. Die Geräusche waren verstummt.

Dann, so langsam wie möglich, gab die Tür ein lang gezogenes Stöhnen von sich. Vor ihrem geistigen Auge sah Clarice den Mörder danebenstehen, in einer Haltung wie sie selbst. Sie sah einen großen Mann mit riesigen roten Händen, die Handflächen gegen das Holz gepresst und das Gesicht in Erwartung des Todesstoßes verzerrt.

Clarice erinnerte sich an Roses zerstörtes Gesicht, und sie bemerkte, dass ihr trotz der Kälte der Schweiß über den Rücken lief.

Plötzlich flog die Tür zum Flur auf. Clarice schwang die Krücke, doch der Mann war darauf vorbereitet, wich aus und wirbelte hinter sie. Der Schwung des Schlags trug Clarice vorwärts. Sie prallte gegen die Wand, und die Angst bohrte sich wie ein Dolch in ihre Eingeweide.

Clarice drückte sich an der Wand ab, um sich dem Angreifer zuzudrehen, doch Hände packten sie an der Schulter und zogen sie in die Höhe. Gleichzeitig sprach der Mann:

»Dieser verdammte Darren Wren!«

Kapitel 10

Rick drehte Clarice wütend zu sich herum, bevor er sie losließ.

»Geh!« Er spie das Wort förmlich aus.

»Red nicht so mit mir!«, zischte Clarice, aber sie tat, wie ihr geheißen. So schnell wie möglich hüpfte sie die Treppe hinab, damit Rick keinen Grund hatte, sich zu beschweren.

Sie traten vor die Tür. Als Rick abschloss, sah Clarice einen stummen, reumütigen Bob auf sie warten.

»Warum hast du Bob nicht reingehen lassen?«, murmelte Clarice. »Du hast mir eine Scheißangst eingejagt.« Rick trat so nahe an sie heran, dass ihre Gesichter sich fast berührten.

»Gut.«

Stumm funkelten sie einander an.

»Ich war schon auf halbem Weg zum Verhör von Jackie Smith, als der verdammte Penny gefallen ist. *Hast du heute Morgen noch ein paar Verhöre?*«, äffte Rick seine Frau nach und bewegte dabei den Kopf. »Ich bin echt langsam geworden.« Er schlug sich mit der flachen Hand auf die Stirn. »Willst du, dass ich gefeuert werde?«

»Nein … Das ist doch lächerlich.«

»Du bist immer noch meine Frau, und das hier ist ein offizieller Tatort.«

»Es tut mir auch wirklich leid, dass ich dich so verärgert habe, aber …«

»Das Mindeste, was passieren wird, ist, dass man mich von dem Fall abzieht. Dann ist mein Ruf dahin. Hasst du mich wirklich so sehr?«

»Sei doch nicht dumm«, schnappte Clarice. »Ich würde dir nie schaden, aber ich lasse mich nicht herumschubsen, auch nicht von dir.«

Bob starrte verlegen zu Boden und wandte sich ab.

Rick schaute ihm wütend hinterher.

»Bob hat keine Schuld«, sagte Clarice.

»Die gebe ich ihm auch nicht.« Rick zog die Worte in die Länge. »Die Schuld liegt einzig und allein bei dir.« Er starrte ihr in die Augen.

»Langsam erinnere ich mich wieder daran, warum wir uns getrennt haben.« Clarice hielt Ricks Blick stand. »Die Dinge müssen immer so laufen, wie du es willst. Alles andere lässt du nicht zu.«

»Fängst du jetzt schon wieder damit an?« Ricks Gesichtsausdruck verhärtete sich noch mehr, und seine Stimme nahm einen kalten Tonfall an. »Ich werde jetzt wieder zurückfahren und versuchen, das Verhör zu Ende zu bringen, das ich wegen dir verschieben musste. Ich seh dich dann später.«

Clarice öffnete den Mund, um etwas darauf zu erwidern, doch sie schloss ihn rasch wieder, als ihr bewusst wurde, dass sie viel zu wütend war. Stattdessen schickte sie sich an, Bob zu folgen. Sie schloss die Jacke und zog die Kapuze über den Kopf, bevor sie sich unter dem Absperrband hindurchduckte und in den Wind auf der Veranda hinaustrat. Der Himmel hatte eine tiefgraue Farbe angenommen, und der Regen kam inzwischen in Wellen, angetrieben von den scharfen Böen. Wohlwissend, dass sich Ricks Blick in ihren Rücken bohrte, steckte Clarice die Nase in die Luft, um deutlich zu sagen:

Sehe ich so aus, als würde mich das kümmern? Mit Krücken war ein würdevoller Abgang jedoch recht schwer, vor allem, wenn man gleichzeitig mit den Elementen kämpfte. Als sie durchs Tor war, warf Clarice noch einmal einen Blick zurück. Rick war weg.

Schweigend fuhren Clarice und Bob zum Supermarkt zurück. Sandra wartete vor dem Haupteingang mit einem Einkaufswagen voller Tüten. Als Bob ausstieg, um ihr dabei zu helfen, die Einkäufe in den Kofferraum zu verfrachten, beobachtete Clarice sie unauffällig und hörte ihr verstohlenes Flüstern.

Auf der Heimfahrt saß Sandra hinten. Auf halbem Weg spürte Clarice eine kleine, behandschuhte Hand auf ihrer Schulter. Wortlos legte sie ihre auf Sandras.

Später saßen sie noch immer schweigend am Küchentisch, vor sich Tee und Biskuitkuchen. Die beiden Hunde fühlten die schlechte Laune ihres Frauchens und hatten sich links und rechts von ihr auf den Boden gelegt.

»Ach, verdammt … genug mit diesem Trübsalblasen«, erklärte Sandra schließlich. »Du bist reingegangen und hast getan, was du tun wolltest. Mehr gibt's nicht dazu zu sagen.«

Vier reumütige Augenpaare richteten sich auf sie.

»Das Leben geht weiter.« Sandra zuckte mit den Schultern. »Und jetzt erzähl … Hast du was Interessantes gefunden? Einen Notgroschen? Jede Menge Bargeld? Was?«

Clarice legte nachdenklich die Hände an den Kopf.

Blue, die den Stimmungswechsel sofort bemerkte, zog Sandra unbemerkt das Geschirrtuch vom Schoß und ließ es in ihrer Schnauze baumeln.

»Nun … Ja …« Clarice war noch immer nachdenklich. »Kein Bargeld zwar, aber sie hat Schmuck gesammelt. Ich habe noch nie so viel bei einer Person gesehen. Sie scheint geradezu besessen davon gewesen sein. Es waren ein paar nette Stücke dabei – zeitgenössisch und antik –, aber auch jede Menge Müll.«

Bob nahm das Messer und schnitt in den Kuchen, während Sandra ihm drei kleine Teller reichte.

»Sie hatte auch ein paar hübsche antike Möbel«, fuhr Clarice fort, »aber auch viel Schrott. Ich glaube, ihren Stil hatte sie aus Zeitschriften. Vielleicht hat sie auch einige Sachen spontan gekauft, weil sie ihr gefallen haben. In jedem Fall hat sie gute und miese Stücke wild durcheinandergemischt. Da war nicht der Hauch von Emotion. Das Haus fühlte sich gar nicht wie ein Heim an, und auch der Schmuck hatte nichts Persönliches. Es war einfach nur eine Sammlung von willkürlich gehamsterten *Dingen*. Ich glaube allerdings, dass die meisten Stücke aus den Fünfzigern waren, sie hat ja auch immer 50er-Jahre-Kleider getragen. Aber abgesehen von den Kleidern und dem Schmuck gab es nichts im Haus, was Fünfziger geschrien hätte.«

Sandra und Bob aßen ihren Kuchen und hörten zu.

»Ich frage mich, was für eine Kindheit sie wohl gehabt hat. Es wäre sicher interessant, mit ihren Schwestern zu reden. Ob sie wohl immer genug hatten? In jedem Fall sah es so aus, als ob Rose in Geld schwamm. Nur schien sie nicht zu wissen, was sie damit anfangen sollte.«

»Im Geld anderer Leute?«, hakte Bob nach.

»Vermutlich. Richtig seltsam waren aber die vielen Puppen.«

»Die vielen Puppen?« Sandra verzog verächtlich das Gesicht.

»In jedem Raum. Offenbar hat sie sie gesammelt. Ich verstehe ja, warum Menschen eine Sammelleidenschaft entwickeln, aber diese Puppen hatten keinerlei künstlerischen, finanziellen oder sonst einen Wert, den ich erkennen konnte.« Clarice hielt kurz inne. »Ich glaube, Rose wollte Teil von etwas sein, das sie immer von außen betrachtet hat … und das voller Neid. Reiche Leute mit tollen Häusern voller wunderschöner Dinge: geerbte Antiquitäten, moderne Stücke, die sie geschmackvoll zusammengestellt haben … Leute, die etwas besaßen, das sie nicht besaß.«

»Redest du von *altem* Geld?«, fragte Bob.

»Ja.« Clarice dachte kurz nach. »Ja, ich denke schon. Also, wo kam das her? War Rose öfter in den Heimen solcher Leute? Bei Leuten von beachtlichem Reichtum?«

Bob und Sandra schauten sie fragend an und warteten darauf, dass sie fortfuhr.

»Ich glaube nicht«, beantwortete Clarice ihre eigene Frage. »Ich kann mir Rose in diesen Kreisen einfach nicht vorstellen. Aber vielleicht war sie ja bei solchen Leuten beschäftigt.« Sie breitete die Hände aus. »Und jetzt hatte sie es endlich geschafft. Sie besaß dieses große Haus und genug finanzielle Mittel, um zu *so jemandem* zu werden … zu jener Person, von der sie immer geträumt hatte. Ich nehme an, die Antiquitäten waren gekauft, nicht geerbt, und der Rest …«

»Ja, ja … Pass auf, was du dir wünschst«, bemerkte Bob.

Clarice nickte. »Ich nehme an, auch nachdem sie sich ihren Traum erfüllt hatte, war Rose nicht gerade glücklich.«

»Und was jetzt?«, fragte Bob.

»Ich muss die Bilder aus der Kamera in den Computer laden. Ich bin überzeugt, dass sich da irgendetwas finden lässt.«

Sie hörten einen Wagen in der Einfahrt, und Sandra ging zum Fenster. »Zwei Wagen. Jim aus der Werkstatt, und Fred ist hinter ihm.«

»Das wird der Automatik sein«, sagte Clarice. »Fred hat ihn sicher begleitet, um Jim wieder zurückzufahren.«

Später, als sie alleine war und nachdem sie die Kätzchen ausgiebig geknuddelt hatte, machte Clarice es sich auf einem alten Sofa bequem.

Morgen, dachte sie, nachdem sie die Tiere versorgt hatte, *werde ich erst einmal ein paar Stunden in der Werkstatt verbringen.* Sie musste noch ein paar Stücke brennen, die bereits im Ofen waren, und schrieb *Ofentimer* auf ihre To-Do-Liste. Sie würde ihn so einstellen, dass er ab fünf Uhr morgens vorwärmte, wenn sie noch im Bett war.

Jean Whittle erwartete sie morgen um zwei Uhr nachmittags, und dann würde es zu Jonathan, dem Tierarzt, gehen, bevor sie ihre Nachmittagstermine abarbeitete. Clarice brauchte Medizin für die beiden alten Katzen, und Jonathan ließ sie auch außerhalb der Sprechstundenzeiten Sachen abholen. Außerdem hatte sie seit dem Unfall nicht mehr mit ihm gesprochen und freute sich schon jetzt darauf.

Kaum saß Clarice am Computer, sprang Toots, die lange graue Katze, ihr auf den Schoß und legte sich elegant hin. Gedankenverloren kraulte Clarice dem Tier den Kopf, während sie von einem Foto zum nächsten klickte und sie so vergrößerte, dass sie jedes noch so kleine Detail erkennen konnte. Aber was suchte sie eigentlich? Eine Verbindung zwischen Rose und ihrem Mörder? So etwas *musste* doch hier sein, aber Clarice kam immer wieder der Spruch von der Nadel im Heuhaufen in den Sinn, während sie weiter die Bilder durchging.

Eine Stunde später wurde es allmählich dunkel, und Clarice sah das Scheinwerferlicht eines Wagens, der in ihre Einfahrt einbog.

Sie ging runter, öffnete die Tür und trat hinaus. Der Regen hatte aufgehört, aber der Boden war klatschnass. Die Luft roch nach einer seltsamen, aber angenehmen Mischung aus Nässe und Holzrauch, der aus dem Kamin quoll. Clarice schaute zu, wie Rick über den Hof ging, und als er sich der Tür näherte, ging sie wieder in die Küche.

Einmal drin, starrten sie einander an.

Rick sieht fix und fertig aus, dachte Clarice. Am liebsten hätte sie ihn in die Arme genommen, nicht als Geliebte, sondern als Freundin.

»Es tut mir ja so leid.« Sie sprach als Erste.

Rick zuckte mit den Schultern und lächelte schief.

»Es ist, wie es ist«, erwiderte er. »Und für was es auch immer gut sein mag … Mir tut es auch leid. Mir gefällt zwar noch immer nicht, was du getan hast, aber meine Reaktion war einfach nur mies. Ich hätte deinen Namen rufen sollen, als ich die Treppe raufgekommen bin. Ich hätte dich nicht erschrecken dürfen.«

Er beugte sich zu Jazz und Blue, die beide um seine Aufmerksamkeit buhlten.

»Ich habe ein Feuer im Kamin«, sagte Clarice. »Möchtest du einen Drink? Oder was zu essen?«

»Ein Kaffee wäre gut.« Rick ging an ihr vorbei zur Kaffeemaschine. »Funktioniert das Ding noch?«

Clarice nickte. »Da ist auch Kaffeesahne, wenn du willst.«

Kurz lächelten sie einander an. Beide wussten sie, dass Clarice nie Sahne für sich selbst kaufte. Das war ein Friedensangebot. »Frisch aus der Kühltheke«, erklärte sie.

»Aaah.« Ein nostalgisches Lächeln erschien auf Ricks Gesicht. »Aus dem bodenlosen Schwarzen Loch!«

Clarice nickte. Rick hatte sie nie in den Supermarkt begleitet. Als sie noch ein Paar gewesen waren, hatte er nicht die geringste Ahnung gehabt, was sich in einem Kühlregal befand. Deshalb hatte er auch immer gescherzt, dass das wohl so was wie der Hut eines Zauberers sein müsse, in dem sich eine schier unendliche Zahl geheimer Leckereien verberge.

Eine halbe Stunde später saß Rick in dem Sessel auf der einen Seite des Kamins, während Clarice es sich wieder auf dem Sofa bequem gemacht hatte, um das verletzte Bein ausstrecken zu können. Die Hunde leisteten ihnen Gesellschaft.

Rick hatte einen Kaffee getrunken und, nachdem er gesagt hatte, er habe keinen Hunger, einen Teller mit einer dicken Scheibe Käse und einer Tomatenquiche förmlich verschlungen. Dann hatte er sich noch einen zweiten Teller geholt, den aber langsamer gegessen. Zusammengerollt neben ihm schnurrte Muddy, der fünf Jahre alte Tabby, sein Lieblingskater.

Clarice wiederholte, was sie schon Sandra und Bob über Roses Heim erzählt hatte.

»Hast du dir die Fotos schon angesehen?«, fragte Rick.

Clarice hatte ihm zwar nichts von den Fotos erzählt, aber sie hatte gewusst, dass er sie danach fragen würde.

»Ich habe sie auf den Computer geladen. Bin sie gerade durchgegangen, als du gekommen bist.«

»Und? Irgendwelche Verbindungen?«

»Willst du nicht raufgehen und sie dir selbst ansehen?«

»Nein. Ich habe schon genug im Büro angesehen. Deine sind vermutlich identisch. Außerdem war ich ja selbst im Haus.«

»Da waren ein paar Dinge …«

Rick nickte und hörte aufmerksam zu.

»Zum Beispiel die gerahmten Drucke. Einer zeigte einen Ort im Südwesten von Schottland, dazu zwei von Norfolk, in der Nähe von King's Lynn. Vier weitere waren aus der Gegend von Whitby, und noch einmal vier aus Südafrika. Natürlich heißt das nicht zwingend, dass Rose eine Verbindung zu diesen Orten gehabt hat. Vielleicht hat sie sie auch einfach so auf dem Flohmarkt gekauft.«

»Sonst noch was?«

»Eine Reihe von Ringen war ganz interessant. Und zwei Broschen.«

»Warum?«

»In zwei Ringen waren Initialen eingraviert. Beide sahen wie Eheringe aus.«

»Die hab ich gesehen. Da waren insgesamt elf solcher Ringe. Warum findest du ausgerechnet die beiden so interessant?«

»Laut den Daten darauf sind sie in den letzten vierzig Jahren hergestellt worden.«

»Und du glaubst, das ist von Bedeutung?«

»Möglich. Und eine Brosche war wie ein M geformt. Das ist typisch Achtziger, also nicht Roses Zeit.«

»Und warum ist das jetzt interessant?«

»Die Schwester heißt Maggie.«

»Wie viele andere Leute auch. Ihre Tante hieß zum Beispiel auch Margaret. Allerdings wurde sie Peggy genannt. Sie hat in Norfolk gewohnt.«

Clarice nickte nachdenklich. »Dann könnte das ihre Brosche gewesen sein. Du hast von ihr in der Vergangenheit gesprochen. Ist sie tot?«

»Ja. Sie ist vor zwei oder drei Jahren gestorben. Die Beamtin vom Opferschutz überprüft das noch.«

»Wer ist das denn?«

»Julie Buckley.«

Clarice nickte wieder. »Die andere Brosche enthält ein menschliches Haar.«

»Eine Antiquität?«

»Ja. Das ist viktorianischer Trauerschmuck für das Haar eines geliebten Verstorbenen. Aber was, wenn das Haar von jemandem stammt, der noch lebt? Vielleicht war das ja Teil einer Erpressung. In jedem Fall ist es ein gutes Versteck.«

Rick zuckte unverbindlich mit den Schultern. »Ich werde sie morgen abholen lassen, damit wir sie untersuchen können.«

»Habt ihr auch all die Puppen überprüft?«

»Natürlich«, antwortete Rick sarkastisch. »Ich weiß nicht warum, aber seltsamerweise haben wir tatsächlich daran gedacht. Die, die du gesehen hast, sind schon von einem Kriminaltechniker überprüft worden. Es gibt aber noch jede Menge mehr, die erst auseinandergenommen werden müssen, und das kostet Zeit. Deshalb haben wir sie aufs Revier mitgenommen. Später werden sie dann wieder zurückgebracht.«

Clarice ignorierte Ricks Tonfall und fuhr fort: »Ich habe noch nicht viel Zeit gehabt, um mir die Fotos anzusehen. Morgen hätte ich vielleicht ein paar Stunden.«

Rick antwortete nicht sofort darauf, sondern trank seinen zweiten Kaffee.

»Wisst ihr schon, wie der Einbrecher ins Pfarrhaus gekommen ist?«, fragte Clarice.

»Nein.« Rick schaute sie an. »Wir gehen aber davon aus, dass es nicht Darren Wren gewesen ist.« Als Clarice nicht darauf reagierte, fuhr Rick fort: »Ich nehme an, Rose hat eine Handtasche besessen, und darin war vermutlich der übliche Kram, den ihr Frauen so dabei habt. Aber da war keine Handtasche und so auch keine Schlüssel.«

»Also hat der Mörder sich die Tasche geschnappt und ihren Schlüssel benutzt?«

»Sieht so aus. Was hast du morgen vor? Du sollst dich doch eigentlich ausruhen. Ich habe gesehen, dass du einen anderen Wagen hast.«

»Der ist von Jim. Ein Automatik.«

Rick lächelte. »Also auf diese Weise hast du vor, Sandra und Bob nicht in das hineinzuziehen, was du als Nächstes geplant hast.«

»Ich werde den Morgen in der Werkstatt verbringen, und nachmittags fahre ich auf eine Tasse Tee zu Freunden«, erwiderte Clarice verschnupft. Bis jetzt waren sie beide entspannt gewesen, doch nun hatte das Spiel begonnen.

»Stehen diese *Freunde*«, fragte er, »irgendwie mit dem Fall in Verbindung?«

»Jonathan«, antwortete Clarice, »und Jean Whittle. Du erinnerst dich vielleicht an sie. Sie hat an einem meiner Kurse teilgenommen.«

»Ja, ich erinnere mich an sie. Ist das nicht dieselbe Lady, die Rose Miller Geld geliehen hat?« Zynisch hob Rick die Augenbrauen.

»Jetzt, wo du's sagst«, rief Clarice fröhlich.

Rick runzelte die Stirn. »Wir werden wohl eine Übereinkunft treffen müssen.«

Clarice nickte.

»Ich kann dich nicht davon abhalten, dich mit Leuten zu treffen, mit ihnen zu reden und rumzuschnüffeln.«

Sie nickte erneut.

»Die Regeln sind …«

»*Deine* Regeln?«, unterbrach sie ihn.

»Die Regeln sind Folgende«, wiederholte er: »Regel Nummer eins: Du machst nichts Illegales, was dazu führen könnte, dass ich gefeuert werde. Regel zwei: Du bringst dich nicht selbst in Gefahr.« Er hielt drei Finger hoch. »Und Regel Nummer drei: Du hältst nichts vor mir geheim. Du berichtest mir alles Wichtige.«

Clarice starrte ein paar Minuten ins Feuer und dachte nach.

»Einverstanden«, sagte sie schließlich. »Aber deine dritte Regel muss in beide Richtungen gelten. *Du* musst auch *mir* alles erzählen.« Als Rick etwas darauf erwidern wollte, hob sie abwehrend die Hände. »Ich weiß, was du sagen willst. Dass du mir bestimmte Dinge nicht erzählen kannst, weil das gegen die Regeln deines Jobs verstößt. Aber du kannst mir andere Dinge erzählen.«

»Wie zum Beispiel?«

»Wie zum Beispiel: Welchen Eindruck haben Pete und Jackie Smith auf dich gemacht? Als Personen meine ich. Natürlich könnte ich auch Leute suchen, die sie kennen, aber ich vertraue deinem Urteil. Das wäre eine Abkürzung für mich, und ich müsste weniger graben.«

Rick stieß einen tiefen Seufzer aus. »Okay. Solange du dich auch an deinen Teil der Abmachung hältst.«

Clarice nickte ermutigend.

»Pete Smith ist echt übel. Er ist ein Dieb, ein Betrüger und dann auch noch Alkoholiker, zumindest fast. In seinem Strafregister findet sich auch eine Verurteilung wegen schwerer Körperverletzung. Der Typ haut dir schon eine rein, wenn er nur glaubt, du hättest ihn schief angeschaut. Dem sollte man besser aus dem Weg gehen.« Rick hielt kurz inne, als wollte er sichergehen, dass Clarice ihn auch gut verstand. »Begib dich noch nicht einmal in seine Nähe. Und seine Frau, Jackie, die ist so dämlich, wie du dir nur vorstellen kannst. Das Weib hat nicht eine funktionierende Hirnzelle. Sie tut, was auch immer er ihr sagt. Sie sagt, dass Maggie, ihre jüngere Schwester, als Teenager schwanger geworden sei, woraufhin sie geheiratet habe und mit ihrem Mann nach Schottland gezogen sei. Seitdem habe sie nichts mehr von ihr gehört, aber ich hatte ohnehin den Eindruck, als würde sie mit ihren Schwestern nicht besonders zurechtkommen.«

Clarice nickte.

»Pete Smith will unbedingt wissen, was mit seiner Schwägerin passiert ist, aber ich nehme an, das hat nichts mit Mitgefühl zu tun. Das ist so ein Typ, der von der Hand in den Mund lebt, und jetzt will er mit Sicherheit den Schmuck haben. Er will das Haus leer räumen und den ganzen Krempel verticken. Ich habe ihm gesagt, im Moment sei das leider noch unmöglich.«

»Ich nehme an, das hat ihm gar nicht gefallen.«

»Das ist untertrieben.«

»Wenn er so dringend Geld braucht, ist er sicher auch bereit, Grenzen zu überschreiten.«

»Er wird sich brav zurückhalten, bis ich ihm sage, er darf. Und das wird erst passieren, wenn dieser Fall gelöst ist.«

»Das ergibt Sinn.« Clarice schaute Rick nachdenklich an. »Danke für den Einblick. Der Typ klingt wie ein Albtraum.«

Kapitel 11

Als sie am folgenden Nachmittag zum Haus von Jean Whittle fuhr, dachte Clarice darüber nach, was Rick ihr von den Smiths erzählt hatte. Davor hatte sie einen eher wenig produktiven Morgen in ihrer Werkstatt genossen. Eigentlich hatte sie an neuen Ideen für eine Wanderausstellung arbeiten wollen, deren Planung allmählich Gestalt annahm, doch stattdessen waren ihre Gedanken immer wieder zur jüngsten Schwester der Smiths gewandert: Maggie.

Als Kind hatte Clarice nie darüber nachgedacht, wie es wohl sein würde, einen Bruder oder eine Schwester zu haben. Sie hatte gesehen, wie Rick mit seinen drei Brüdern umging, und war zu dem Schluss gekommen, dass die Gefühle zwischen Geschwistern denen zwischen Freunden ähneln mussten, dass sie vielleicht nur tiefer und intuitiver waren. Weshalb hatten sich die Smith-Schwestern dann so zerstritten? Woher rührte diese Feindseligkeit? War es vielleicht um Geld gegangen? Oder um Jungs? In jedem Fall hatte keine von ihnen ein Interesse daran gehabt, den Kontakt zu den anderen aufrechtzuerhalten. Der einzige Grund, warum die Smiths ihre Aufmerksamkeit nun wieder auf Rose richteten – oder Sharon, wie Jackie sie laut Rick noch immer nannte –, war, dass die Polizei sie kontaktiert hatte und dass es vielleicht was zu erben gab. Jackie hatte Rick erzählt, dass sie Rose seit über zwei Jahren nicht mehr gesehen habe, und von Maggie hatte sie zum letzten Mal vor ungefähr dreißig Jahren gehört.

Kurz wanderten Clarices Gedanken zu ihrer Freundin Georgie. Sie wusste, dass Georgie seit über fünf Jahren nicht mehr mit ihrer Schwester gesprochen hatte. Also war das vielleicht doch ein normales Verhalten unter Geschwistern?

Könnten eine oder beide Schwestern auch in die Erpressungsgeschichten involviert gewesen sein? Aber da die jüngste seit drei Jahrzehnten kein Teil der Familie mehr gewesen war und die mittlere nur die Wertsachen der ältesten in die Finger bekommen wollte, schien das eher unwahrscheinlich. Ausschließen konnte man es jedoch nicht. Oder könnte Rose verheiratet gewesen sein? Die Initialen in den Ringen passten jedoch nicht zu ihren Namen. Gleiches galt für ihre Schwestern. Eine Inschrift lautete recht kindisch: *MM liebt RP*. So etwas schnitzten Teenager in Bäume. Falls das tatsächlich ein Ehering sein sollte, dann wäre ein Datum neben den Initialen passender gewesen. Auf dem anderen Ring wiederum fanden sich die Buchstaben MP und RB auf der Innenseite. Und standen die Ringe irgendwie mit Südafrika, Norfolk, Schottland oder Yorkshire in Verbindung?

Die Fahrt nach Castlewick zog sich oft in die Länge, je nach Jahreszeit. Im Herbst stauten sich häufig die Traktoren auf der Straße, die die Ernte von den Feldern holten, und im Sommer war das hier die Hauptroute nach Skegness. Vor allem samstags ging es geschäftig zu, wenn die Hotels, Pensionen und Campingplätze neu belegt wurden. An diesem Tag wurde jedoch weder etwas geerntet noch waren Touristen zu sehen, und der Verkehr floss ungehindert. Es war kalt. Der Himmel war klar und vanillefarben, das Sonnenlicht wässrig. Clarice hatte rasch gelernt, wie der Automatik funktionierte. Es war ein acht Jahre alter Fünftürer von Citroën. Hier saß man zwar deutlich tiefer als in Clarices Range Rover, aber es war bequem.

Noch immer in Gedanken versunken, fuhr Clarice durch Castlewick, um zu der ruhigen Sechziger-Jahre-Siedlung am Stadtrand zu gelangen. Jeans weiß verputzter Bungalow lag in einer Sackgasse ohne Verkehr, und mit dem kurz gestutzten Rasen vorne sah er genauso aus wie alle anderen in der Straße auch. Fast alle Häuser hier gehörten älteren Leuten, die meisten im Rentenalter. Clarice fiel auf, dass die Autos hier allesamt klein und blank poliert waren. Auch die Netzgardinen an den Fenstern waren blitzblank. Sie strahlten förmlich, so weiß waren sie. Clarice nahm an, dass das ein schier unglaublich langweiliger Ort sein musste, wo die Menschen in ihren staubfreien Kisten hinter makellosen Gardinen hockten, auf die Straße starrten und die Zeit anhand der regelmäßigen Mahlzeiten und dem Fernsehprogramm maßen.

Clarice hielt neben Jeans Einfahrt am Bordstein. Ihre Freundin wartete schon an der Tür. Auf den Armen hielt sie eine ihrer beiden Katzen, einen großen, hübschen Tabby mit Namen Nigel, der erst mit über vier Jahren kastriert worden war und einen ungewöhnlich dicken Hals hatte.

Drinnen setzte Clarice sich ins Wohnzimmer und nahm Nigel auf den Schoß, während Jean in der Küche hin und her lief. Sie plauderten ein wenig über die Leute, die sie aus den Töpferkursen und dem Buchclub kannten, der sich einmal im Monat in der Bücherei traf und dessen Leseempfehlung sich Clarice später in der Stadt besorgen wollte.

»Hast du schon Nicola entdeckt?«, rief Jean.

»Ich habe ihren Schwanz gesehen«, rief Clarice zurück. Nicola war die Letzte eines größeren Wurfs gewesen und Nigel ein freundlicher, alter Streuner. Jean hatte die beiden als Paar von Clarice adoptiert. Clarice war bei dieser Gruppe beim Buchstaben N gewesen, und es hatte sie überrascht, dass Jean die Namen nicht geändert hatte. Nicola, eine schüchterne Schildpattkatze, lauerte gerade hinter dem Vorhang. Ihr großer, buschiger Schwanz, der längste, den Clarice je bei einer Katze gesehen hatte, verriet jedoch wie immer das Versteck.

Das Wohnzimmer war ganz traditionell eingerichtet, mit zwei bequemen Sesseln und einem Sofa. Auf den Regalen standen zahlreiche Figuren, meist Katzen, einschließlich einiger, die Jean selbst in Clarices Kursen gefertigt hatte. Fotos zeigten Jean mit ihrem Mann Bill. Beide waren Ende Sechzig und längst in Rente. Sie ähnelten einander sehr ... Mann und Frau hatten weiße Haare und waren von mittlerer Größe und stämmig gebaut. Clarice fragte sich, ob sie schon immer so gewesen oder erst im Laufe ihrer Beziehung so geworden waren. Andere Bilder zeigten die beiden mit ihrem Sohn Tim und den Enkeln.

»Wo ist Bill?«, fragte Clarice.

»Er ist zu Tim gefahren, um ihm bei der Einrichtung zu helfen.«

»Tim kann von Glück sagen«, bemerkte Clarice, »dass er einen Vater hat, der so was gerne macht.«

»Es ist nicht die Arbeit selbst, die Bill so genießt, sondern das Zusammensein als Vater und Sohn«, erklärte Jean. Mit ihrem eigenen Kaffee in der Hand setzte sie sich Clarice gegenüber. »Ich kann mir schon denken, warum du hier bist. Hat Rick dir von dem Geld erzählt?«

»Nein«, antwortete Clarice, »jemand anderes hat es aber erwähnt.«

»Oh ...« Jean klang verzweifelt. »Hat sich das etwa schon rumgesprochen?«

»Ich habe ehrlich keine Ahnung.«

Als Jean schwieg, fuhr Clarice fort: »Ist es wirklich so

schlimm, dass du dich schämst, wenn die Leute es herausfinden? Du hast doch nichts falsch gemacht.«

Jean starrte in ihren Kaffeebecher. »Ich komme mir so dumm vor. Wer hat es dir erzählt? Clare?«

»Clare Robbins?«, hakte Clarice nach. Aus ihren Kursen erinnerte sie sich daran, dass Clare und Jean befreundet waren.

Jean hob den Blick und schaute ihr in die Augen.

»Nein«, antwortete Clarice.

»Du wirst es mir ohnehin nicht sagen, oder?«

»Zumindest würde ich das vorziehen«, erwiderte Clarice. Sie fragte sich, wie viele Leute Rose wohl Geld geliehen hatten. »Wie denkt Bill darüber?«

Jean stellte den Kaffeebecher auf den Tisch und hob die Hände vors Gesicht. Ihre Unterlippe zitterte.

»Jean«, sagte Clarice und legte ihrer Freundin die Hand auf den Arm. »Es tut mir leid. Ich wollte dich nicht aufregen.«

»Das hat nichts mit dir zu tun.« Jean holte ein Taschentuch hervor. »Bill hat kaum ein Wort mit mir gesprochen, seit er es herausgefunden hat.«

Clarice nickte.

»Er hat gesagt, das sei illegal.«

»Geld zu verleihen ist doch nicht illegal!«

»Rose hat das einen Freundschaftsclub genannt, in den wir alle Geld gesteckt haben, aber Bill meinte, das sei nur eine andere Form von Schneeballsystem gewesen. Dabei liegt das Risiko ausschließlich bei jenen, die erst später dazukommen. Sie haben schlicht keine Chance mehr, einen Profit zu machen oder auch nur ihr Geld zurückzubekommen.«

»Da könnte er recht haben.«

»Er ist zu ihr gefahren und hat das Geld zurückverlangt.«

»Wirklich?«

»Ja.« Jean nickte. »Er ist zum Pfarrhaus gefahren, um sie

zur Rede zu stellen, aber Rose hat ihn einfach ausgelacht und erklärt, so funktioniere das nicht.« Jean beugte sich vor und brach in Tränen aus.

»Es ist, wie es ist«, sagte Clarice und streichelte Jean den Arm. »Haben die anderen auch zugegeben, dass sie Rose Geld gegeben haben?«

»Ich bin jedenfalls die Einzige, die zur Polizei gegangen ist. Bill hat gesagt, wenn ich ihnen erklären würde, ich hätte Rose das Geld geliehen, dann hätte ich vielleicht eine Chance, es wieder zurückzubekommen.«

»Nicht ohne Beweise.«

»Das hat die Polizei auch gesagt.« Jean schniefte. Inzwischen hatte sie ihr Schluchzen wieder unter Kontrolle.

»Ihr müsst *alle* die Wahrheit sagen«, sagte Clarice. »Das ist eine Mordermittlung. Bitte, sei ehrlich, und sag den anderen, sie sollen es auch sein.«

»Das dürfte schwer werden«, erwiderte Jean leise.

»Warum?«, fragte Clarice.

»Weil …« Erneut liefen Jean die Tränen über die Wangen. »Weil wir nicht länger miteinander reden. Wir waren so gute Freundinnen, und jetzt geben wir uns gegenseitig die Schuld.«

»Wovon zum Teufel plapperst du da?« Bill stand in der Tür. Er war zur Hintertür hereingekommen, ohne dass die beiden Frauen ihn gehört hätten.

»Nichts.« Jean stand rasch auf, beugte sich vor, um ihre Tasse vom Tisch zu nehmen, und versteckte ihr Gesicht.

»Ich werde dir etwas Tee holen«, murmelte sie und schlängelte sich an Bill vorbei.

»Alles okay, Clarice?«, fragte Bill und nickte Clarice zu.

»Ja, alles gut, Bill.« Clarice lächelte. Obwohl sie in der Vergangenheit stets gut miteinander ausgekommen waren, hörte sie einen Hauch von Misstrauen in seiner Stimme.

»Also ›gut‹ siehst du nicht gerade aus.« Bill schaute zu den Krücken, die neben Clarice auf dem Boden lagen.

»Ich bin gestürzt.«

»Ich habe davon gehört«, sagte Bill. »Machst du mir nun den Tee oder nicht?«, schoss er in Richtung Jean, die hinter ihm stand und zuhörte. Dann nickte er Clarice zu und folgte seiner Frau, die in die Küche schlurfte, die Lippen noch immer aufeinandergepresst.

Ihre Stimmen waren zwar zu hören, aber zu weit weg, als dass Clarice etwas hätte verstehen können. Sie nahm ihre Krücken und arbeitete sich langsam in Richtung Tür vor, wobei sie sich bückte und so tat, als wollte sie nur Nicola streicheln, die es sich dahinter bequem gemacht hatte.

»Sie mögen ja geschieden sein, aber sie ist immer noch seine Frau«, erklärte Bill.

»Sie sind nicht geschieden, sondern getrennt … seit sechs Monaten.«

»Ich sage nur, dass es illegal ist, und glaub ja nicht, dass sie ihm nichts davon erzählen wird, Ehemann hin oder her. Und wer ist dann die arme Wurst, die vor Gericht landen wird? *Du. Du* hast gelogen. *Du* hast der Polizei erzählt, du hättest ihr das Geld *geliehen.*«

»Aber …« Jeans Stimme zitterte. »Du … Du hast mir doch diktiert, was ich sagen soll. Und du warst auch derjenige, der überhaupt gewollt hat, dass ich zur Polizei gehe.«

Clarice humpelte wieder zum Sessel zurück. Zum Glück verschluckte der dicke Teppich jeden ihrer unbeholfenen Schritte.

»Jean.« Sie lächelte, als die ältere Frau ein paar Minuten später wieder zurückkam. »Ich fürchte, ich muss jetzt gehen. Ich muss bei Jonathan vorbei und Medizin holen.«

Jean folgte ihr zum Wagen. »Bitte erzähl niemandem etwas davon«, flehte sie, als Clarice sich hinter das Lenkrad zwängte.

»Du bist vollkommen unschuldig«, sagte Clarice leise und schaute in Jeans tränenverschmiertes Gesicht. »Das war alles Roses Schuld, nicht deine.«

Jean nickte.

Clarice rollte aus der Ausfahrt und warf noch einmal einen Blick zur Tür. Dort wartete Bill mit verschränkten Armen, die Lippen grimmig aufeinandergepresst.

Auf dem Weg ins Stadtzentrum beschloss Clarice, nicht zur Buchhandlung, sondern direkt zu Jonathans Haus zu fahren, das unmittelbar neben seiner Praxis lag.

Das Haus befand sich in einer Nebenstraße des Marktplatzes. Es war groß, weiß verputzt und wie viele andere in der Stadt zu Beginn des 20. Jahrhunderts gebaut worden. Die Praxis selbst wiederum lag in einem kantigen Gebäude aus den Vierzigern und nutzte die Räume einer ehemaligen Apotheke. Zusammen mit Keith Banner, seinem Lebenspartner, hatte Jonathan sowohl das Haus als auch die Praxis renoviert, als er zwei Jahrzehnte zuvor nach Castlewick gezogen war. Die Zahl seiner Patienten hatte sich im Laufe der Jahre vervielfacht, und jetzt beschäftigte Jonathan zwei weitere Tierärzte in der Praxis. Keith, ein Rechtsanwalt, war inzwischen Partner von Baines & Banner, einer der beiden Anwaltskanzleien der Stadt.

»Hi, Jonathan!«, rief Clarice durch die halbgeöffnete Hintertür ins Haus.

»Clarice! Liebes!« Jonathan kam heraus, um sie zu umarmen. »Ich wollte gerade den Müll rausbringen. Ich bin ja sooo froh, dich zu sehen«, sagte er. »Ich hatte schon Entzugserscheinungen.« Er schaute zu, wie sie auf ihren Krücken zur Küche humpelte. »Mein Gott, du kannst ja schon richtig gut damit umgehen.«

»Mir bleibt auch keine andere Wahl«, sagte Clarice lachend. Nach der Begegnung mit Jean und Bill hatte sie nun endlich wieder gute Laune. Jonathan war immer so fröhlich, da war es schwer, betrübt zu sein. Er war wie ein aufgekratzter Labrador, liebevoll und anhänglich. Clarice wusste aber auch, dass Jonathan es liebte, Gerüchte zu erzählen, doch er konnte so leicht zwischen Freundlichkeit und sarkastischem Humor hin und her schalten, dass es ihm stets gelang, ihre Laune zu heben.

»Wie geht es dir und Keith? Tut mir leid, dass ich nicht früher angerufen habe … Seit dem Unfall ging es ziemlich verrückt bei mir zu.«

»Möchtest du eine Tasse?« In Erwartung ihrer Antwort griff Jonathan nach einer Dose mit Teebeuteln.

»Ja, bitte.«

»Uns geht es toll«, sagte Jonathan. »Das mit Keith's Hüfte weißt du ja. Kann sein, dass er eine künstliche braucht … Ja, ich glaube, das habe ich dir schon vor einer Weile erzählt.«

Clarice lächelte, während Jonathan über Gesundheit und Familienangelegenheiten plauderte, bevor er zu lokalen Themen kam und sie mit den neuesten Neuigkeiten versorgte.

Die kleine Küche mit der niedrigen Decke war gemütlich. Zwei Windsor-Stühle, jeder mit einem dicken orangefarbenen Kissen versehen, standen an einem kleinen, viereckigen Eichentisch. Eine dunkle Kommode, die vom Boden bis zur Decke reichte und mehr als dreißig mit Messing beschlagene Schubladen enthielt, hatte Jonathan aus der alten Apotheke gerettet und den perfekten Platz dafür gefunden. Im starken Kontrast dazu stand der große, blank polierte orangefarbene, italienische Herd, der fast eine ganze Wand einnahm. Darüber hingen Kupferpfannen, und am Rand stand ein Messerblock. Jonathan und Keith liebten das Kochen. Clarice war hier oft mit Rick gewesen. In letzter Zeit hatte sie jedoch allein mit den beiden Männern gegessen. Beide waren erfahren und äußerst kompetitiv, und sie pflegten jedes einzelne ihrer Gerichte überschwänglich anzupreisen.

»Und? Hast du schon von dem Pyramidenspiel gehört?«, fragte Jonathan eifrig.

»Was?«

»Hier … In einer kleinen Stadt … Kaum zu glauben.«

»Erzähl«, sagte Clarice. »Pyramidenspiel? Muss man da was bauen?«

»Du weißt es schon.« Jonathan klang enttäuscht, dass irgendjemand ihm zuvorgekommen war.

»Alles weiß ich wohl noch nicht, nur dies und das.«

»Nun …« Jonathan verschränkte die Arme vor der Brust. Der Tee war vergessen. »Es war diese Frau, die Tote … Rose.«

»Ja, ich weiß.«

»Das habe ich mir schon gedacht.« Jonathan lachte leise. »Schließlich hast du sie ja auch gefunden. So … Lass mich nachdenken … Wer war sonst noch daran beteiligt?« Er zählte die Namen an den Fingern ab. »Jean Whittle, Lydia Pembroke, Clare Robbins, Martha Dickson und Pat Leach.«

»Pat Leach?«

»Ja, die graue Maus. Sie verlässt nur selten ihr Haus. Niemand hätte je gedacht, dass sie so viel Geld besitzt. Ein paar Monate lang ist alles prima gelaufen. Dann hat es – wie ich gehört habe – erste Zweifel gegeben. Schließlich dämmerte es den Frauen, dass keine von ihnen irgendwas verdienen würde. Ihr Geld war weg. Ab da ging alles den Bach hinunter. Dampfen, die, Kacke, ist, am … Bitte bring diese Worte in die richtige Reihenfolge.« Kurz hielt er inne, um die Geschichte zu verlängern. »Bill Whittle ist durchgedreht, als er davon erfahren hat. Ist schnurstracks zu Rose gelaufen, um das Geld zurückzuverlangen. Er hat ihr sogar gedroht, ihr den

Hals umzudrehen. Kurz darauf hat Frank Pembroke sie dann auf dem Markt angegriffen.«

Clarice war überrascht. »Frank Pembroke? Das hab ich nicht gewusst.«

»Er hat mit seinem Gehstock vor ihrer Nase herumgewedelt und sie eine Diebin genannt. Und jetzt rate mal, was sie darauf geantwortet hat.«

Clarice zuckte mit den Schultern.

»*Alter Mann, wenn du noch einmal mit deinem Stock vor meiner Nase wedelst, dann ramme ich ihn dir da rein, wo die Sonne nicht mehr scheint!*« Triumphierend lehnte Jonathan sich in Erwartung von Clarices Reaktion auf den Tisch.

»Von Lydia hätte ich erwartet, dass sie verbal zurückschlägt. Aber Frank? Er ist immer so gelassen«, erwiderte Clarice. »Je mehr ich über Roses Verhalten höre, desto mehr glaube ich, dass da noch mehr rauskommen wird. Das ist alles so deprimierend.«

»Weißt du eigentlich«, fragte Jonathan und sah sie listig an, »ob sie so etwas schon mal gemacht hat? In einer anderen Stadt vielleicht?«

»Das kann ich dir nicht sagen, Jonathan«, antwortete Clarice ernst. »Aber sie muss *sehr* überzeugend gewesen sein. Die fünf Ladys, die darin verwickelt sind, sind ja nicht dumm, im Gegenteil. Sie sind alle sehr vernünftig. Und sie haben sie auch nicht lang gekannt.«

»Na ja, ungefähr zwei Jahre«, erwiderte Jonathan unschuldig.

Netter Versuch, mein Freund, dachte Clarice. Sie kannte Jonathans Methoden und wusste daher, dass er hoffte, noch mehr aus ihr herauszubekommen. Diesmal wurde zwar nichts daraus, doch für ihn war es den Versuch wert. Clarice dachte über die Ironie eines Freundschaftsclubs nach, der Freundschaften zerstört hatte, die über zwanzig Jahre gewachsen waren. Wenn sie wieder zu Hause wäre, würde sie Rick anrufen. Sie war erleichtert, dass es Jonathan gewesen war, der ihr die Namen gegeben hatte, und nicht die arme Jean. So konnte sie ihr Versprechen Jean gegenüber halten, ohne wegen Rick ein schlechtes Gewissen zu haben. Aber was sie jetzt wirklich brauchte, war eine Tasse Tee.

Kapitel 12

Als Clarice schließlich oben an der Treppe ankam, um ihre Kleider gegen ein weites Sweatshirt und Baggy Pants zu tauschen, klingelte das Telefon im Arbeitszimmer.

»Wie ist es gelaufen?«, hörte sie Rick grußlos fragen, als sie es endlich bis zum Telefon geschafft hatte.

»In welcher Hinsicht?«, erwiderte Clarice, obwohl sie genau wusste, was Rick meinte.

»Komm schon. Spuck's aus.«

Da berichtete Clarice, was sie von Jean und Jonathan erfahren hatte.

»Dass Jonathan das Gleiche erzählt hat wie Jean, erleichtert die Sache sehr«, bemerkte Rick.

»Ja, genau das habe ich auch gedacht. Ich habe auch nicht das Gefühl, dass ich ihr Vertrauen missbrauchen würde. Aber war Rose wirklich eine Erpresserin? Falls ja, dann hatte sie offensichtlich Erfolg damit. Außerdem muss das eine ganze Zeitlang so gegangen sein, wenn ihr Haus und das Geld auf ihrem Konto ein Hinweis darauf sind.« Clarice seufzte frustriert. »Aber anstatt den Kopf unten zu halten, hat sie begonnen, auch die Leute hier über den Tisch zu ziehen. Soweit ich das überblicken kann, hat sie nur 10 000 Pfund aus dem Pyramidenspiel gezogen. Fünf Frauen haben 2 000 Pfund pro Nase gezahlt. Deiner Schätzung nach sind aber weit größere

Summen über ihr Konto geflossen. Warum hätte sie da riskieren sollen, diese größeren Summen zu verlieren? Das ergibt einfach keinen Sinn!«

»Sie ist eine Diebin. Offensichtlich konnte sie schlicht nicht widerstehen.«

»Ja, vielleicht hat ihr das einen Kick gegeben. Für sie war das ein Gewinn.«

Draußen wurde es langsam dunkel. Clarice hörte ein Auto und sah das Licht von Scheinwerfern. Die beiden Hunde bellten.

»Wer ist das wohl?« Sie sprach laut, als sie zum Fenster ging.

»Sandra und Bob?«

»Nein. Ich wüsste nicht warum.«

Clarice schaute hinaus und sah ein Fahrzeug, das sie nicht erkannte.

»Das ist ein verbeulter weißer Van mit einem grünen Streifen. Er sieht aus, als würde er nur noch vom Rost zusammengehalten.« Sie hielt kurz inne. »Und jetzt steigen gerade ein richtig großer Kerl und eine kleine, dürre Frau aus.«

»Hat er Tätowierungen am Hals?«

»Sie sind noch nicht nahe genug, dass ich das sehen könnte. Ich bin oben im Arbeitszimmer, und es wird langsam dunkel.«

»Das klingt nach den Smiths«, sagte Rick nervös. »Geh runter, schließ die Tür ab und lass sie ja nicht rein.«

Clarice schaute wieder nach unten und sah, dass das Paar auf dem Weg zur Tür aus ihrem Sichtfeld verschwunden war. Die Hunde bellten immer lauter. »Dafür könnte es jetzt zu spät sein.«

»Dann halt sie hin. Ich bin auf dem Weg.«

Nachdem sie aufgelegt hatte, humpelte Clarice so schnell es ging die Stufen hinunter. Ihre Krücken und die verordnete Langsamkeit waren vergessen. Instinktiv belastete sie ihren verletzten Fuß jedoch nicht, sondern hüpfte auf dem gesunden, während sie sich Arm um Arm am Geländer entlanghangelte. Als sie unten ankam, spürte sie das Herz in ihrer Brust, und Ricks besorgte Stimme hallte noch immer in ihrem Kopf wider.

Blue stand mit der Nase nur ein paar Zentimeter von der Tür entfernt. Sie hatte sich fast zu doppelter Größe aufgeplustert und das Fell gesträubt. Von dem freundlichen, liebenswerten Clown, der immer ein Geschenk in der Schnauze hatte, war nichts mehr zu sehen. Stattdessen wachte dort eine schwarze Bestie, deren Aggressivität mit jedem Knurren wuchs. Und für jedes Grollen aus Blues Maul kam ein Kläffen von Jazz, die immer wieder in die Luft sprang, als könnte sie auf diese Art genauso wild und stark wie ihre Freundin werden.

Als Clarice sich der Tür näherte, hörte sie den Ruf eines Mannes, gefolgt von einem Schlag gegen die Tür. Sie stand dicht dran und ließ die Hunde weiter bellen. Dann schob sie vorsichtig und geräuschlos den Riegel vor und legte die Türkette ein.

Die Faust schlug erneut gegen die Tür. Zweimal. Dann … Stille.

Nach einer Weile war statt Rufen plötzlich das Geräusch eines startenden Motors zu hören. Clarice ging zum Fenster und spähte durch die Vorhänge. Sie sah, wie ein Scheinwerferstrahl zur Seite schwenkte, als das Fahrzeug anfuhr.

Zehn Minuten später hörte Clarice wieder einen Motor, der das Eintreffen eines weiteren Fahrzeugs verkündete. Blue schaute kurz zu ihr und begann erneut zu knurren. Jazz tat es ihr nach. Clarice stieß einen kurzen Pfiff aus, um die Aufmerksamkeit der beiden Tiere zu erregen, dann hob sie die rechte Hand, um sie zum Schweigen zu bringen. Stille senkte sich über den Raum. Langsam nahm Clarice die flache Hand herunter, und gehorsam setzten sich die beiden Hunde, doch ihre Blicke wanderten immer wieder von ihr zur Tür.

»Ich bin's.« Das war Rick.

Clarice zog den Riegel zurück und nahm die Kette ab.

»Na los, ihr zwei«, sagte sie zu den Hunden, die freudig lossprangen, um Rick zu begrüßen. Jazz hüpfte fröhlich herum, und Blue schmiegte sich leidenschaftlich an sein Bein.

»Wie lange sind die jetzt weg?«, fragte Rick. Er war sichtlich angespannt.

»Ungefähr zehn Minuten.«

»Keine Probleme?«

Clarice schüttelte den Kopf. »Er hat dreimal geklopft und Hallo gerufen, nachdem ich runtergekommen bin. Dann sind sie gefahren. Ich glaube, Blue hat ihnen den Mumm genommen.«

»Braves Mädchen.« Sichtlich entspannt kraulte Rick Blue die Ohren. »Und du natürlich auch, Winzling«, sagte er und bückte sich zu Jazz. Dann schaute er wieder Clarice an. »Alles okay bei dir?«

Sie nickte.

»Ich wünschte, ich könnte bleiben.«

»Ich weiß«, sagte Clarice. »Ich bin okay. Ehrlich.«

»Es hat einen Vorfall gegeben, eine Messerstecherei. Da muss ich hin.«

Clarice nickte erneut.

»Warum ist er hierhergekommen? Ich versteh das einfach nicht.«

»Er will auf den Busch klopfen und sehen, was rausfällt. Er wird jedem einen Besuch abstatten, der Rose auch nur flüchtig gekannt hat.«

Clarice stand schweigend da und dachte nach.

»Ich muss jetzt los«, sagte Rick und wandte sich zum Gehen.

»Okay. Pass auf dich auf.«

Zum Abschied hauchte Rick ihr einen Kuss auf die Wange.

Clarice schauderte unwillkürlich, während sie den Scheinwerfern von Ricks Wagen hinterherschaute. Dann zog sie die Tür rasch wieder zu und schloss ab. Kurz lauschte sie noch dem Motor, bis sich erneut Stille über den Abend senkte. Clarice fühlte sich zwar nicht allein, aber … Aber was? Verwundbar? Wut keimte in ihr auf. Sie drehte sich wieder zu der verschlossenen Tür um, ballte die Faust und drückte sie dagegen. »Nein!«, rief sie so laut, dass die Hunde sie besorgt anschauten. Sie würde nie zulassen, dass ein Mann ihr in ihren eigenen vier Wänden Angst einjagte. Niemals!

Das Telefon klingelte kurz nach sechs Uhr morgens.

»Ich bin's«, meldete sich Rick.

»Das hab ich mir schon gedacht.«

»Ich dachte, ich rufe schnell an, bevor du mit den Hunden rausgehst. Alles okay bei dir?«

»Alles gut. Ich trinke gerade eine Tasse Tee. Bist du auf der Arbeit?«

»Ich fürchte, ja.«

Es folgte ein verlegenes Schweigen.

»Wie ist es letzte Nacht gelaufen?«

»Ein Todesopfer und eine Festnahme«, antwortete Rick und fügte nach einem weiteren kurzen Schweigen hinzu: »Ich sollte jetzt besser los.«

Fünf Minuten später verließ Clarice in ihrer üblichen Gassi-geh-Uniform das Haus. Nachdem sie die Tür hinter sich zugezogen hatte, blieb sie kurz stehen, bevor sie den Schlüssel im Schloss drehte. Dann starrte sie auf die Tür, als wäre das nie Teil ihrer Morgenroutine gewesen. Außerdem würde sie ja rasch wieder zurück sein, und so früh am Morgen war ohnehin niemand unterwegs. Erneut keimte Wut in Clarice auf. Vorsichtig humpelte sie über den nassen, rutschigen Untergrund im Garten. Die Hunde rannten fröhlich vor und zurück und genossen ihre Freiheit, nachdem sie eine Nacht lang eingesperrt gewesen waren. Jazz bellte, und Blue trug einen alten Tennisball im Maul, einen Schatz, den sie erst vor Kurzem wiederentdeckt hatte. Seit dem Unfall hatte Clarice die üblichen drei Runden um das Anwesen durch eine langsam gehumpelte ersetzt. Die Hunde ließ sie einfach laufen. Nachmittags würde Bob dann drei Runden mit ihnen gehen, und dafür war Clarice ihm äußerst dankbar.

Wieder begann es genau wie letzte Nacht zu regnen. Nachdem Clarice die Hunde in die Werkstatt gesperrt hatte, blieb sie kurz an der alten Weide stehen und legte die Hand auf die tröstende raue Rinde. Sie zog den Hut aus, legte den Kopf in den Nacken und ließ den Regen durch die Äste auf ihr Gesicht tropfen. Es war ein neuer Tag, und Clarice war fest entschlossen, die Ängste der letzten Nacht hinter sich zu lassen.

Sie schloss das Tor auf und betrat das Katzengehege. Dann blieb sie erneut stehen. Herz und Kopf kämpften um eine Entscheidung, doch schließlich schloss Clarice hinter sich ab.

Im Inneren folgte Clarice ihrer Routine, bestehend aus Füttern und Streicheln. Als sie schließlich die Näpfe ausspülte, hörte sie Blue bellen. Wenn die Hündin durch ein Geräusch gestört worden war, würde das Bellen nach ein paar Augenblicken aufhören, doch diesmal fand es kein Ende.

Clarice ging hinaus und zum Tor.

In dem Augenblick sah sie ihn.

Er hatte sich das Schloss genau angeschaut, und eine Hand lag auf dem Tor. Jetzt sah er sie an. Er war keine zehn Meter von Clarice entfernt. Nur der Maschendraht und das abgeschlossene Tor trennten sie voneinander.

Er war ein großer Mann mit breiten Hüften und dicken roten und blauen Adern an Nase und Wangen in einem aufgequollenen Gesicht. Sein grau-schwarzes Haar war dünn und ungekämmt, und klebte nass vom Regen am Kopf. Um den Hals war etwas, das zunächst wie ein blaues Tuch ausgesehen hatte, doch nun erkannte sie, dass es sich in Wahrheit um Tattoos handelte. Er trug Jeans, eine verschlissene schwarze Lederjacke und schmutzige Turnschuhe.

»Hallo, Süße!«, rief er Clarice zu. Er musste sich sichtlich zwingen, auch nur einen Hauch von Anstand zu zeigen.

»Kann ich Ihnen behilflich sein?«

Er lächelte und entblößte eine Reihe schwarzer, kaputter Zähne. »Ich war gestern schon hier«, sagte er.

»Komisch, dass du die Hunde nicht gehört hast.« Jetzt hörte Clarice Blues wildes Bellen aus der Werkstatt.

»So spät mache ich niemandem mehr die Tür auf«, erklärte sie. Hätte sie das Tor nicht wieder abgeschlossen, würde sie mit dem Kerl jetzt im Gehege festsitzen. Er hatte kleine Augen, blutunterlaufen und mürrisch. Blanke Wut verbarg sich hinter einem äußerst dünnen Schleier Höflichkeit.

Dann bewegte sich etwas weiter hinten, und Clarice sah eine dürre, blasse Frau in einem viel zu großen beigen Regenmantel. Sie hatte ihr Haar blondiert, doch an den Wurzeln war deutlich Grau zu sehen. Sie stand neben dem Weidenbaum und schaute zu.

»Das ist nur meine Frau«, erklärte der Kerl teilnahmslos. Er hätte genauso gut ›Das ist mein Hund‹ oder ›Das ist mein Auto‹ sagen können – Dinge, auf die er einen Besitzanspruch erhob. Während er Clarice nun von Kopf bis Fuß musterte, schrie ihr Instinkt: Das war ein Mann, der Frauen hasste, besonders, wenn sie intelligent waren.

»Und was wollen Sie?« Sie zwang sich zu einem halben Lächeln.

»Es geht um meine Schwägerin … Sharon … Du hast sie gefunden.«

Clarice schaute ihn fragend an.

»In der Galgenscheune«, fügte er hinzu.

»Aaah … Sie meinen Rose.« Sie versuchte, so unschuldig wie möglich zu klingen.

»Ja, so hat sie sich hier genannt, aber sie hieß Sharon.«

»Ja, ich habe sie gefunden. Das war's aber schon. Wenn Sie noch Fragen haben, müssen Sie sich an die Polizei wenden.« Sie starrte ihn an.

»Ja, ja, da war ich schon.« Seine Stimme nahm einen schärferen Tonfall an. »Die haben versucht, uns was in die Schuhe zu schieben. Die glauben, wir hätten was damit zu tun.«

»Darüber weiß ich nichts. Ich nehme an, die Beamten wollen nur herausfinden, was geschehen ist.« Clarice fragte sich, worauf der Mann hinauswollte.

»Ich kann noch nicht einmal in unser Haus. Wir wohnen im Pub.«

»Sind Sie hier aus der Gegend?« Clarice legte Überraschung in ihre Stimme.

»Man nennt es das alte Pfarrhaus, Süße, das Haus von ihrer Schwester.« Er nickte zu seiner Frau. »Und was ihr gehört, gehört auch mir.«

Clarice wusste genau, wie der Mann dachte: *Was ihr gehört, gehört allein mir.*

»Wie ich hörte, gibt es noch eine weitere Schwester. Also wird Ihre Frau sich das Erbe wohl teilen müssen.«

»Ja, ja.« Er schnaubte wissend. »Wenn sie sie finden können … und das wage ich zu bezweifeln.« Er legte den Kopf auf die Seite und starrte Clarice an, bis sein Blick wieder zu dem Schloss wanderte. »Du bist wohl so eine richtige kleine

Klugscheißerin.« Der Regen, der kurz nachgelassen hatte, nahm wieder an Fahrt auf. »Meine Frau und ich, wir versuchen selbst herauszufinden, was passiert ist.« Seine Stimme nahm erneut einen süßlichen Tonfall an. »Deshalb sprechen wir mit jedem, der etwas wissen könnte.« Er hielt kurz inne, um Clarice abermals zu beäugen. »Willst du uns nicht reinlassen? Es ist verdammt nass und kalt.« Er rieb sich die Hände. »Eine schöne Tasse Tee und ein netter Plausch, damit meine Frau sich beruhigt. Außerdem muss sie pissen … äh … das Badezimmer aufsuchen.«

»Tut mir leid, aber gleich kommen Freunde von mir.«

»Was denn? Um sieben Uhr morgens? Du laberst doch nur.« Von Freundlichkeit keine Spur mehr. »Ein Mann im Pub hat uns erzählt, dass du eine vorwitzige alte Kuh bist. Und er hat auch gesagt, dein Ex sei ein Haufen Dreck, der Typ, der meine Zeit verschwendet hat, um mir was anzuhängen. Hat gemeint, du wüsstest alles, was hier los ist. Er hat gesagt, er hat dich in die Scheune geschickt, um eine Katze zu fangen.« Erneut musterte er Clarice von Kopf bis Fuß und grinste dreckig. »Du bist wohl eine dieser elenden Schlampen, die Katzen Männern vorziehen, was?«

»Ich weiß nicht, was dieser Mann Ihnen erzählt hat«, Clarice sprach so ruhig wie möglich, »aber ich kann Ihnen auch nicht mehr sagen als die Polizei, denn ich weiß einfach nicht mehr.« Sie schaute zu der Frau am Baum. »Hier gibt es auch eine Außentoilette, das Gebäude da drüben. Es ist sauber.« Sie deutete in die entsprechende Richtung. »Ihre Frau kann sie gern benutzen.«

Der Kerl stand schweigend da und starrte Clarice weiter an. Er hatte die Augen zusammengekniffen und strahlte eine unheimliche Bedrohung aus. Dann, nach einer gefühlten Ewigkeit, wandte er sich ab.

»Ich komme wieder.«

Die Frau ging nicht zur Außentoilette. Stattdessen kehrten beide zu ihrem Van zurück.

Clarice dachte darüber nach, zur Werkstatt zu gehen und Blue rauszulassen, aber die Werkstatt war weiter entfernt als der Van, und sie hatte Angst, mit den Krücken zu fallen. Außerdem hätte der Kerl auch einfach lossprinten und sie abfangen können. Also kehrte Clarice wieder ins Katzenhaus zurück, um die beiden vom Fenster aus zu beobachten. Sie wünschte, sie hätte ihr Handy mitgenommen.

Die beiden saßen noch zwanzig Minuten in ihrem Van, während Clarice im Katzenhaus gefangen war und Blue endlos weiterbellte. Schließlich fuhren sie jedoch los. Ihr Einschüchterungsversuch war gescheitert … vorerst.

Kapitel 13

Keine Stunde später fuhr Daisy Bodey in ihrem unauffälligen blauen Auto vor.

»Ich habe dir doch gesagt, dass sie verschwunden sind«, sagte Clarice und bat Daisy ins Haus, wohin sie inzwischen erleichtert zurückgekehrt war.

»Rick hat sich große Sorgen gemacht.«

Sie nickte. »Ich verstehe jetzt, was Rick gemeint hat, als er sagte, Smith bedeute Ärger«, gab sie reumütig zu.

»Du hast doch gesagt, er habe dich nicht direkt bedroht, oder?«, fragte Daisy.

»Ja. Er war schlicht rüde, und ich habe ihn als bedrohlich *empfunden.*« Clarice versuchte, so präzise wie möglich zu sein. »Aber er hat mir nicht ausdrücklich gedroht … wenn man denn außen vor lässt, dass er gesagt hat, er würde noch mal wiederkommen.«

»Unglücklicherweise bist du mit deiner Verletzung im Nachteil. Wie lange, glaubst du, dauert es noch, bis sie dir den Schuh abnehmen und du wieder normal laufen kannst?« Während sie sprach, kaute Daisy an einem Biskuit und hatte die Hände dankbar um den Becher Kaffee gelegt, den Clarice vor sie hingestellt hatte.

»Wenn ich Glück habe, sechs Wochen bis zu meiner nächsten Röntgenaufnahme und dann insgesamt zwölf, bis wirklich alles verheilt ist. Das hängt von vielen Faktoren ab. Menschen heilen unterschiedlich schnell.«

»Alter, Lebensweise, allgemeine Gesundheit und sowas?«

»Ja, genau.«

»Das ist Mist.« Daisy rollte mit den Augen. »Biskuits mit Marmeladenfüllung, meine Lieblingskekse«, bemerkte sie. »Übrigens, gute Idee mit dem Automatik.«

»Ja, den habe ich Jim zu verdanken. Er ist ein wahrer Lebensretter.«

»Zahlst du Miete dafür?«

»Natürlich«, antwortete Clarice. »Die Werkstatt ist sein Geschäft. Er kann mir den Wagen ja wohl kaum für zwölf Wochen umsonst überlassen. Aber er hat mir einen guten Preis gemacht.«

Ein langer, dünner schwarz-weißer Kater schmiegte sich an Daisy und drehte das schwarze Gesicht zu ihr hinauf.

»Hallo, Howlin'. Wie geht es dir?«

Der Kater schaute sie an, dann rieb er seinen Kopf an Daisys Bein und schlich wieder davon.

»Ist das der Diabetiker?«, fragte Daisy.

»Nein.« Clarice schüttelte den Kopf. »Der Diabetiker ist BB, aber der ist auch schwarz und weiß. Sie sind leicht zu verwechseln.«

»Warum heißt der hier eigentlich Howlin' … abgesehen von der Tatsache, dass Blues zu seinem Naturell passt?«

»Du solltest ihn mal hören, wenn er gefressen hat und rundum zufrieden mit der Welt ist.«

»So gut?«

»Jep.« Clarice grinste.

»Ich habe keine Ahnung, wie du das mit einem zuckerkranken Kater schaffst. Muss der nicht jeden Tag gespritzt werden?«

»Muss er, und BB mag das auch nicht. Andere Katzen haben da weniger Probleme. Als Rick noch da war, um ihn festzuhalten, war es leichter.« Clarice zuckte mit den Schultern. »Na ja, jetzt helfen mir Bob und Sandra.«

»Ja, sie sind toll.« Daisy nickte leidenschaftlich.

Clarice schaute nachdenklich drein. »Ich frage mich, wer wohl als Nächster auf Petes Besuchsliste steht.«

»Vielleicht gibt er ja auf und fährt heim, aber irgendwie bezweifle ich das.«

»Hm, sie haben das gleiche Problem wie wir«, sagte Clarice. »Der wahrscheinlichste Kandidat für den Mord an Rose ist jemand, den sie erpresst hat – das ist nur logisch. Aber was hatte sie gegen den- oder diejenige in der Hand, was Tausende von Pfund wert war und sie am Ende das Leben gekostet hat? Das ist es, was Pete herausfinden will. Wenn das Geld aus einer Erpressung stammt, will er vermutlich da weitermachen, wo Rose aufgehört hat.«

»Aber er weiß doch, wie das für sie ausgegangen ist!«, rief Daisy sichtlich entsetzt. Biskuitkrümel flogen aus ihrem Mund.

»Aber das war Rose«, erwiderte Clarice. »Für ihn war sie *nur* eine Frau, und außerdem kann man einen Erpresser, den man nicht sieht, auch nicht umbringen. Die Smiths sind blind vor Gier.«

Als das Telefon klingelte, wusste Clarice sofort, dass das Rick war.

»Ich hab dich doch gewarnt, dass Pete Smith ein gottverdammter Bastard ist«, knurrte er, kaum dass Clarice abgenommen hatte.

»Ich würde sagen, da hast du nicht ganz falschgelegen«, erwiderte Clarice trocken. »Danach zu urteilen, was er gesagt hat, hat er mit Rex im Pub gesprochen und ihm ein paar Pints spendiert.«

»Rex würde seine Seele für ein Pint verkaufen«, seufzte

Rick resigniert. »Er hat ihm sicher auch erzählt, dass du in aller Herrgottsfrüh mit den Hunden gehst.«

»Du weißt doch, wie es hier läuft. Jeder kennt jeden und weiß, was der andere tut.«

»Das kann man positiv oder negativ sehen, je nachdem«, stimmte Rick ihr zu. »Ab jetzt schließt du doch die Türen ab, oder? Bleibst in Sicherheit? Drinnen?«

»Ja, ja, und ich werde auch immer mein Handy mitnehmen.«

»Okay«, sagte Rick. Er klang erschöpft. »Ein paar Dinge noch … Die Brosche mit dem menschlichen Haar ist zur Analyse ins Labor geschickt worden.«

»Die hätte ich fast vergessen«, murmelte Clarice.

»Und ganz im Geiste der Zusammenarbeit – obwohl die örtlichen Buschtrommeln das auch bald verkünden werden –, wir haben Bill Whittle zum Verhör einbestellt.«

»Wegen Rose?«

»Er hat ihr immerhin gedroht.«

»Was ist mit Frank Pembroke?«

»Der hat ein viel zu gutes Alibi.«

»Und was für eins?«

»Er hatte einen Herzinfarkt. Hat über eine Woche in Lincoln im Krankenhaus gelegen, genau zu der Zeit, da Rose ermordet worden ist.«

»Okay, das ist wirklich gut. Und ich weiß, warum ihr euch auf Bill konzentriert, aber ich glaube, der Auslöser für den Mord war die größere Sache … Etwas, mit dem Rose Tausende verdient hat. Verglichen damit ging es bei dem Pyramidenspiel nur um Spielgeld.« Clarice dachte kurz nach. »Aber das ist wohl relativ. Für Jean und Bill sind 2000 Pfund ziemlich viel. Und was sonst noch?«

»Wir haben von der Tante gehört, Peggy Little. Sie ist vor zwei Jahren und sieben Monaten im Krankenhaus gestorben.

Lungenentzündung. Es gibt nicht viel zu ihr zu sagen. Ihr Haus in Norfolk ist vermietet worden, und ansonsten gab es da kein großes Erbe.«

»Ist jemand zu ihrer letzten Adresse gefahren?«

»Ja.« Rick seufzte erneut. »Natürlich. Laut einem Nachbarn war sie eine nette Person, regelmäßige Kirchgängerin und ehrenamtlich engagiert. Der Nachbar hat sie nur kurz gekannt, sie aber als anständige Frau beschrieben – das genaue Gegenteil zu ihren Nichten.«

»Und wofür hat sie sich ehrenamtlich engagiert?«

»Für die Krebsforschung, aber jetzt sind da neue Helfer. Niemand konnte sich an sie erinnern.«

»Zwei der Nichten waren also nicht wie ihre Tante – Jackie und Rose. Von Maggie wissen wir aber noch nichts. Irgendeine Spur von ihr?«

»Noch nicht.«

»Sonst noch was?«

»Ja, sag Daisy, sie soll die Finger aus der Keksdose nehmen und ihren knochigen Arsch hierher zurückbewegen. Sie wird gebraucht. Aber formulier's ein wenig höflicher.«

»Okay«, erwiderte Clarice und schaute zu, wie Daisy nach einem Keks mit Cremefüllung fischte.

»Nimmst du morgen am Künstlertag in Winterby Hall teil?«, fragte Daisy beim Gehen.

»Ich habe versprochen zu helfen.«

»Und was heißt das?«

»Zwölf zeitgenössische Kunsthandwerker nehmen daran teil, nicht alles Töpfer – zwei Goldschmiede und ein Glasbläser sind auch dabei, glaube ich –, und nicht alle kommen aus Lincolnshire«, erklärte Clarice. »Die Veranstaltung findet in der Orangerie statt. Das ist eine wunderbare Umgebung für ihre Werke. Morgens zwischen neun und halb elf wird alles aufgebaut. Dann, ab elf, kommen gut fünfzig Gäste, um sich die Ausstellung anzuschauen und das eine oder andere vielleicht zu kaufen oder in Auftrag zu geben. Zum Mittagessen gibt es zwischen zwölf und halb zwei ein Buffet für die Gäste, und dann wird es vermutlich bis halb drei weitergehen.«

»Das klingt ziemlich durchgeplant … präzise.«

Clarice nickte.

»Aber du stellst nicht aus?«

»Nein, ich bin schon etabliert. Die Veranstaltung ist für Neulinge, die womöglich gerade erst ihren Abschluss gemacht haben. Oder für Ältere, die ihrem Leben eine neue Richtung geben wollen.«

»Und was hat Lady Vita davon?«, fragte Daisy, als sie gemeinsam rausgingen.

Clarice grinste spöttisch. »Hauptsächlich Anerkennung. Aber die Damen, die am Lunch teilnehmen wollen, müssen auch für das Privileg bezahlen. Das Buffet kostet vierzig Pfund pro Nase. Dabei fällt es eher mager aus. Und wenn ein Künstler etwas verkauft, bekommt Vita eine kleine Provision.«

»Aber du musst nicht für das Essen bezahlen, oder?«

»Nein.« Clarice schüttelte den Kopf. »Ich bin dort um der Sache willen. Alles für die Kunst.« Damit warf sie dramatisch den Kopf zurück und legte sich den Handrücken an die Stirn.

Daisy kicherte.

»Und um Vitas Handlanger zu spielen, nehme ich an, aber das ist mir egal. Es ist einfach interessant, neue Künstler kennenzulernen.«

»War deine Mutter auch Töpferin? Der Boss hat mir zumindest mal erzählt, dass du deinen Namen einer berühmten Töpferin zu verdanken hast.«

»Nein, Mum hat zwar viele Abendkurse besucht und das eine oder andere aus Spaß gemacht, aber nie auf professioneller Basis. Sie war die Chefbibliothekarin der Bücherei von Castlewick, als sie Dad geheiratet hat. Allerdings ist ›Chef‹ relativ. Damals haben nur drei Leute dort gearbeitet. Nach Dads Tod brauchte sie dann Geld, aber sie wollte auch immer zu Hause sein, wenn ich aus der Schule komme. Also hat sie nur noch Teilzeit in der Bücherei gearbeitet. Sie selbst hätte sich wohl als Hausfrau beschrieben, denn sobald man Kinder hatte, waren Frauen das damals ganz automatisch.«

»Klingt mittelalterlich.« Daisy lachte.

»Wir reden hier von Castlewick. Unser Städtchen steckt immer noch in den Vierzigern. Jetzt stell dir mal vor, wie das gewesen sein muss, als ich noch ein Kind gewesen bin.«

Daisy zögerte an der Tür.

»Was ist?«, fragte Clarice.

»Ich weiß, es geht mich eigentlich nichts an, aber … aber du und Rick, ihr kommt so gut miteinander aus, und da habe ich mich gefragt …«

»Zum Glück sind wir noch immer Freunde.« Clarice war das Thema peinlich.

»Ihr wart immer das perfekte Paar.«

»Das war nur Show. So etwas wie ›perfekt‹ gibt es nicht. Alle Beziehungen haben ihre Höhen und Tiefen. Vielleicht hat er inzwischen ja eine Freundin.«

»Nicht, dass ich wüsste … obwohl … Da gibt es Sarah Cane, eines der Mädchen auf dem Revier. Sie hat ein Auge auf ihn geworfen.«

»Der Name kommt mir bekannt vor«, sagte Clarice nachdenklich. »Das ist doch die Tochter des städtischen Tierschutzbeauftragten.«

»Ja, genau. Die Gerüchteküche brodelt. Wann immer sie den Raum betritt, findet Rick einen Grund zu gehen.«

»Ich hab sie mal getroffen. Rick hat mich auf eine Party mitgenommen. Irgendjemand hat seinen Abschied gefeiert.«

Plötzlich sah Clarice vor ihrem geistigen Auge eine kleine, hübsche Blondine. »Aber er ist nicht an ihr interessiert?«

»*Nicht interessiert* ist untertrieben, doch sie ist nicht gerade schüchtern. Es ist offensichtlich, dass sie in ihn verknallt ist. Sie probiert es mit jedem Trick, den man sich vorstellen kann. Ich sage dir: Wenn er irgendwann doch ihrem Charme erliegt, dann wird sie alles daransetzen, nach nur einem Monat einen Verlobungsring am Finger zu haben. Vor sechs Monaten war sie noch mit einem Sergeant verlobt. Ein Inspector wäre da wohl ein großer Sprung auf der Karriereleiter.«

»Der arme Rick.«

»Wenn er dich nicht mehr kümmert, ist das doch egal, oder?«

»Ich habe nie gesagt, dass er mich nicht mehr kümmert. Ich habe schlicht nicht das Recht, mich in sein Leben einzumischen«, erwiderte Clarice. »Rick ist frei.«

Als sie ging, schaute Daisy seltsam zufrieden.

Nachdem Daisy gefahren war, schloss Clarice das Haus wie zuvor ab. Diesmal hatte sie jedoch das Handy in der Tasche, als sie von den Hunden gefolgt in die Werkstatt humpelte. Wenn sie Pete Smith aus dem Kopf bekommen wollte, war Arbeit das Einfachste.

In der Werkstatt war es warm, und die Hunde liefen direkt zu dem kleinen Sofa. Blue kletterte auf die Decke, und Jazz legte sich neben sie.

In einer Ecke des Raums stand die Töpferscheibe. Jedes Regal in unterschiedlichen Höhen war voller Vasen, Teller und Töpfe in verschiedenen Stadien der Fertigstellung. Säcke mit Ton lagen ordentlich gestapelt unter der Werkbank, die eine gesamte Wand einnahm, und auf dem Fenstersims standen verschiedenfarbige Gläser, eines voller kleiner Muscheln.

Clarice hatte beschlossen, eine Reihe kleiner Fliesen zu fertigen, mit denen sie den Brand einer neuen Glasur testen wollte. Während des Brennvorgangs konnte Clarice jede Menge Informationen über die visuellen Effekte der Glasuren gewinnen und erkennen, wie sie auf dem Ton halten würden. Die Herstellung der Testfliesen lief fast automatisch ab, sodass ihr genügend Raum blieb, um über anderes nachzudenken.

Während sie arbeitete, rief sie sich noch mal Vitas Reaktion ins Gedächtnis, als sie Clarices Angebot angenommen hatte, die Werkstatt zu besuchen und sich die eigentliche Produktion ihrer Stücke anzusehen. Es war nur eine kurze Sitzung gewesen, und schon nach zwanzig Minuten hatte sie Langeweile in Vitas Augen erkennen können. Ihr Wissensdurst, was den Produktionsprozess betraf, war offensichtlich nur oberflächlich gewesen. Sie wollte schlicht ein bisschen lernen, worüber sie mit anderen Künstlern sprechen konnte, um ihr Interesse zu zeigen, aber eben nur ein bisschen. Offensichtlich fand sie die handwerkliche Seite des Ganzen langweilig.

Eine Stunde später war Clarice tief in ihre Arbeit versunken, als Blue plötzlich ein tiefes Knurren ausstieß. Sofort war es mit Clarices Ruhe vorbei. Blue stand neben der Tür, die Nackenhaare gesträubt.

Clarice nahm das Handy vom Regal, schnappte sich ihre Krücken und humpelte durch den Raum, um durch das kleine Fenster im oberen Teil der Tür zu spähen. Georgie Lowe ging gerade von ihrem Wagen zum Haus. Ein Gefühl der Erleichterung überkam Clarice. Sie öffnete die Tür und ließ die Hunde laufen, um ihre Freundin zu begrüßen. Blue schnappte sich auf dem Weg noch einen Stock als Geschenk.

»Ja, hallo, meine Babys.« Georgie hockte sich hin und spreizte die Arme. »Kommt zu Mama.«

Clarice humpelte ein Stück hinter den Hunden her und verzog das Gesicht. »*Babys* … *Mama* …«, sagte sie, als sie näher kam. »Du wirst ja immer schlimmer.«

Georgie stand auf und streckte die Arme nach Clarice aus. »Komm. Lass Mama dich umarmen«, lachte sie.

Als sie im Haus waren, kümmerte Clarice sich um den Kaffee, während Georgie wie immer von einem Thema zum nächsten sprang.

»Alan hat heute Morgen Frühstück gemacht. Ich sage *gemacht*, aber es waren nur ein paar Toast und ein Glas Marmelade. Doch immerhin!« Dramatisch warf sie die Arme in die Luft. »Und Jessica hat gefragt: ›Mami, macht Daddy heute auch Abendessen?‹ Die kleine Hexe. Ich weiß genau, dass sie sich nur über ihren Vater lustig machen wollte. Sie ist zwar erst elf, aber hat es schon faustdick hinter den Ohren. Sie weiß genau, welche Knöpfe sie bei ihrem Daddy drücken muss. Der Leihwagen gefällt mir übrigens. Nette Farbe. Ich mag Silber immer – Handtasche, Schuhe, Schmuck –, *und* ich liebe ein Automatikgetriebe.« Sie hielt kurz inne. »Hast du schon gehört, dass Jeans Mann Bill verhaftet worden ist? Er hat diese Rose getötet – die, auf der du in der Galgenscheune gelandet bist. Er hat ihr den Schädel eingeschlagen.«

»Das stimmt nicht, Georgie«, unterbrach Clarice sie in strengem Ton. »Wer hat dir das überhaupt erzählt?«

»Carol, die Friseurin. Hab sie im Supermarkt getroffen.« Georgie zog verärgert die Augenbrauen zusammen. »Woher willst du überhaupt wissen, dass das nicht stimmt? Hat Rick dir was erzählt?«

»Nein, hat er nicht. Aber ohne irgendwelche Fakten, um das zu untermauern, klingt es ziemlich übertrieben. Ich weiß, dass die Polizei nicht nur mit Bill, sondern auch mit anderen

Leuten gesprochen hat. Hat Carol auch gesagt, dass er ihr den Schädel eingeschlagen hat?«

»Nicht *wörtlich*, aber so was in der Art.« Georgie schaute verlegen drein. »Wer kann sich schon Wort für Wort an ein Gespräch erinnern?«

Clarice lehnte sich an die Arbeitsplatte und musterte ihre Freundin. Sie konnte sich nie so recht entscheiden, wer die größte Klatschtante in Castlewick war, aber Georgie stand ganz oben auf der Liste. Eine Klatschtante, die zudem dazu neigte, alles aufzubauschen. »Bitte, erzähl das sonst niemandem, Georgie. Wenn er unschuldig ist – und das ist er vermutlich –, dann wäre das furchtbar.«

Georgie schien das nicht zu schrecken. »Und hast du auch gehört, dass sie Geld gewaschen haben?«

»Das ist doch vollkommener Unsinn!«

»Ich wiederhole nur, was Carol mir erzählt hat. Sie hat gesagt, Pat Leach sei auch dabei!«

Clarice schaute Georgie tief in die Augen, erwiderte aber nichts darauf.

»Also ... Was ist hier so los?«, fragte Georgie fröhlich. »Bist du bereit für die Wohltätigkeitsveranstaltung am Sonntag?«

»Ja, ich werde helfen, so gut ich kann.«

»Solange du dabei sitzen kannst.« Georgie lachte lauthals auf. »Hast du Ginny und Lucy in Winterby Hall gesehen, als du deinen Mädelslunch mit Lady Vita hattest?«

»Ginny ja, Lucy nicht.«

»Besteht die Chance, dass eine oder vielleicht sogar beide bei der Veranstaltung helfen werden? Du weißt doch, wie dringend ich Unterstützung brauche.«

»Da musst du sie schon selber fragen«, antwortete Clarice. »Und du weißt, dass Ginny nur ungern an Veranstaltungen teilnimmt, an denen auch Paula mitwirkt. Lucy vielleicht schon, aber die beiden arbeiten eigentlich im Team.«

»Das kann ich Ginny nicht zum Vorwurf machen. Paula ist ein Albtraum. Kannst du dir vorstellen, so jemanden zur Schwiegermutter zu haben? Ginny und Jack wären schon längst verheiratet oder würden zumindest zusammenwohnen, wenn sie nicht wäre.«

»Das wissen wir nicht«, erwiderte Clarice.

»Wie dem auch sei – was ist hier sonst noch los? Irgendwelche aufregenden Gerüchte?«

Clarice entschied sich dagegen, Georgie von ihren Problemen mit Pete Smith und seiner Frau zu erzählen. Andernfalls wüsste morgen der ganze Ort davon, und vermutlich hätte Georgie ein Massaker daraus gemacht. Stattdessen erzählte sie von dem Kunstevent in Winterby Hall. Georgie, die sich danach sehnte, endlich auch von Vita aufgenommen zu werden, hing ihr fasziniert an den Lippen.

»Kann ich nicht auch mitkommen und helfen?«, fragte sie eifrig, nachdem Clarice erklärt hatte, wie der Tag ablaufen würde.

»Eine Assistentin für die Assistentin!«, scherzte Clarice. Als Georgie sie verwirrt anschaute, fügte sie hinzu: »Ich bin da, um Vita zu assistieren. Willst du jetzt etwa das Gleiche für mich tun?«

»Nun … Ja«, antwortete Georgie. »Das heißt, wenn ich Alan dazu bewegen kann, sich um die Kinder zu kümmern. Ich würde gerne mal ein wenig in Winterby herumschnüffeln. Das Haus ist für die Öffentlichkeit ja nicht zugänglich.«

»Du bist wirklich unglaublich!« Clarice brüllte vor Lachen. »Du weißt rein gar nichts über Keramik oder Kunstausstellungen, aber du willst trotzdem mit, um im Privathaus von jemandem herumzuschnüffeln!«

»Sooo lustig ist das auch nicht«, sagte Georgie und grinste verlegen.

»Georgie!« Clarice fiel es schwer, ihre Überraschung angesichts dieses frechen Vorschlags zu verbergen. »Vita entgeht so gut wie nichts. Sobald sie dir Fragen über deinen Geschmack und deine Erfahrung stellt, wird sie wissen, dass du keine Ahnung von Kunst hast und nur deine Nase in Dinge stecken willst, die dich nichts angehen. Dann ist mein Ruf am Arsch!«

Einen Augenblick lang starrte Georgie in ihren leeren Kaffeebecher und hob dann den Kopf. »Wenn du mir ein Buch leihen würdest, könnte ich was zu Keramik lesen.«

Clarice brach erneut in Lachen aus, und wieder konnte Georgie sich ein Grinsen nicht verkneifen. »Okay, okay«, gab sie schließlich zu. »Ich lerne nicht wirklich schnell.«

Kapitel 14

Als sie am folgenden Tag in die Orangerie von Winterby Hall kam, wurde Clarice von Chaos begrüßt. Der Inhalt offener Kisten und Säcke quoll auf den Boden und große Objekte in Luftpolsterfolie sowie Säulen und Sockel in allen möglichen Größen waren im ganzen Raum verteilt. Und im Zentrum stand Vita inmitten eines Rings von Leuten unterschiedlichen Alters und dirigierte ihre Truppen wie ein General.

Da sie ihre Werke schon zu vielen Gelegenheiten ausgestellt hatte, verstand Clarice diese Landschaft. Der Aufbau war eine Zeit angespannter Nerven. Jedes Detail musste sitzen, um die einzelnen Objekte im besten Licht darzustellen. Für den Abbau brauchte man dann stets nur einen Bruchteil der Zeit.

Die Orangerie hatte hohe Decken, die mit floralen Stuckelementen verziert waren. Durch große Fenster fiel natürliches Licht, und man hatte eine dramatische Aussicht auf die hügelige Landschaft des Anwesens. Links war ein Pfad, der in einem Korridor aus Rosen endete, und der wiederum führte zu einem französischen Garten. Im Sommer standen Glastische auf der Außenterrasse, umgeben von einer Wand von Pflanzkübeln. An warmen Sommerabenden saßen dort die Gäste und nippten an ihrem Champagner, während die untergehende Sonne den Himmel in ein tiefes Rot tauchte.

»Da ist sie ja!«, rief Vita, als Clarice in den Kreis der anderen trat. Alle drehten sich zu ihr um. »Viele von Ihnen kennen sicher Clarice Beech und ihre Arbeiten.« Mehrere Leute nickten enthusiastisch. »Clarice war so freundlich, uns heute ihre Hilfe anzubieten. Also seien Sie nicht schüchtern, wenn Sie Tipps für Ihr Display brauchen. Sie ist Ihr Mädchen.«

Clarice setzte einen Ausdruck auf, von dem sie hoffte, dass er freundlich rüberkäme.

»Und«, fuhr Vita fort, »fragen Sie sie nicht, was ihr passiert ist ... wie sie diese Krücken bekommen hat. Das ist eine wahrlich seltsame und furchterregende Geschichte!«

Na, toll!, dachte Clarice und versuchte, ihre Verärgerung zu verbergen, doch ihr Lächeln gefror zu einer Maske, als wieder alle zu ihr schauten. Vita hatte den Appetit der Leute geweckt. Das würde ein langer Tag werden.

Nachdem Clarice ihren Mantel im Anbau aufgehangen hatte, kehrte sie wieder zurück, um nacheinander mit den einzelnen Ausstellern zu sprechen. Mit den Töpfern diskutierte sie über Techniken und machte allgemeine Vorschläge, wie sie ihre Stücke präsentieren konnten. Mehrere Aussteller hatten schon an ihren Kursen oder Fragestunden teilgenommen. Sie wiederzusehen, war wie ein Treffen alter Freunde.

Kurze Zeit später kam Paula in den Raum. Sie brachte Teller voller selbst gemachter Zitronenbiskuits. »Tee und Kaffee gibt es hier drüben!«, rief sie und stellte die Teller neben eine Reihe von Thermoskannen mit Kaffee und heißem Wasser. Dazu gab es Milch, Tassen und Teebeutel. »Bitte, bedienen Sie sich.«

Paula wanderte durch den Raum, um jeden Teilnehmer noch einmal persönlich zu informieren. Als sie zu der Töpferin kam, mit der Clarice gerade plauderte und deren Mann verzweifelt versuchte, einen Sockel aufzubauen, blieb sie stehen und schaute zu. Paula war zwar nie sonderlich fröhlich, doch jetzt sah sie noch deutlich niedergeschlagener aus als sonst.

»Alles okay?«, fragte Clarice.

»Was glaubst du denn?«, flüsterte Paula.

Clarice schaute sie verständnislos an.

»Sehe ich etwa wie eine Kellnerin aus?«

»Äh … Nein.« Clarice wusste nicht, was sie sonst sagen sollte. »Es heißt wohl einfach: alle Mann an Deck.«

»Wohl kaum.« Paula schnaubte verächtlich. »Ich bin die Hausdame. Wir haben zwei Mädchen, die für solche Dinge verantwortlich sind. Aber Lucy ist krankgeschrieben – oder wenn ich richtigliege, hat sie sich einfach einen Schein besorgt, um bei ihrem Freund zu sein –, und Ginny, die kleine Madame, hat sich kurzfristig Urlaub genommen.«

»Haben sie und Jack sich getrennt?« Clarice war die Überraschung deutlich anzuhören.

»Das zu sagen, ist nicht an mir.« Paula schaute sich um. »Ihre Hoheit hat mir jedenfalls aufgetragen, Erfrischungen zu servieren, und das habe ich jetzt getan.« Sie drehte sich um und ging.

Clarice schaute ihr hinterher. Paula machte eine schnippische Bemerkung über Vita? Das war noch nie vorgekommen. Sie war sonst stets der Schatten von Mylady, lernte von ihr und imitierte sie. Was war geschehen? Verwirrt richtete Clarice ihre Aufmerksamkeit wieder auf das Paar, das noch immer mit dem Sockel kämpfte.

Wie geplant kamen die ersten Gäste um elf Uhr. Der Stress des Aufbaus lag nun hinter den Ausstellern und Helfern, und die Künstler standen oder saßen neben ihren Displays und lächelten nervös. Der Raum sah atemberaubend aus. Der Müll war außer Sicht geräumt worden, und die Vitrinen und Sockel waren im Kreis angeordnet. Außerdem hatte man noch acht große Lorbeerbäume hereingebracht, um das Ganze üppiger aussehen zu lassen, als es in Wirklichkeit war. Die Luft roch nach Honig, süß, aber nicht übertrieben oder künstlich. Clarice nahm an, dass der Duft von den warmen Getränken stammte, die die Gäste bei ihrer Ankunft überreicht bekamen.

Clarice beobachtete, wie Vita von einem Künstler zum nächsten ging, ausführlich mit allen sprach und ihnen intelligente Fragen zu ihren Arbeiten stellte. Kleine Gruppen von Gästen folgten ihr wie Schulkinder.

Es war an der Zeit für ein wenig frische Luft, entschied Clarice. Sie holte sich ihren Mantel aus dem Anbau und ging raus. Draußen war es zwar trocken, aber eiskalt. Auf der Seite der Terrasse, wo Vita einen großen Pflanzentopf gefüllt mit Erde hatte aufstellen lassen, brannten bereits ein paar Kohlebecken. Die Leute zogen ihre Kaschmirmäntel und -schals enger, um die Kälte draußen zu halten, während sie an ihren Zigaretten saugten und gesellig miteinander plauderten.

Clarice ging an der Terrasse vorbei und beschloss, sich vom Gras fernzuhalten, da sie Angst hatte, mit den Krücken auszurutschen. Stattdessen nahm sie den Kiespfad, der zum französischen Garten führte.

Obwohl sie den Tag genoss, hatte sie ein Gefühl, das ihr im Laufe der letzten sechs Monate nur allzu vertraut geworden war. Sie hatte das Gefühl, Teil von etwas zu sein, aber auch wieder nicht. Sie fühlte sich wie losgelöst. In der Gesellschaft enger Freunde war sie zwar keineswegs in sich gekehrt, aber in ihrem weiteren Umfeld, mit flüchtigen Bekannten, da war sie nicht länger sicher, wo genau sie reinpasste. Vielleicht war sie ja wirklich diese komische, traurige Frau, wie Pete Smith suggeriert hatte. Oder hatte sie einfach nur ihr Selbstbewusstsein verloren? Als Clarice den Laubengang mit den Rosen erreichte, blieb sie kurz stehen und rief sich ins Gedächtnis zurück, wie schön es hier war, wenn die Blumen blühten. Jetzt schlief jedoch alles und wartete auf den Jahreszeitenwechsel. Clarice blieb fünf Minuten hier, dann wurde ihr kalt, und sie kehrte auf demselben Weg wieder zurück.

Als sie sich dem Eingang näherte, sah sie zwei Raucher, die ebenfalls hineinwollten. Kurz vor der Tür der Orangerie blieben sie stehen und lauschten. Versteckt neben der Tür, außer Sicht und ohne von den Lauschern zu wissen, stritten sich zwei Männer.

»Wenn ich sage ›Spring‹, dann fragst du ›Wie hoch?‹ Verstanden?«

Es folgte ein kurzes Schweigen.

»So funktioniert das nicht. Du bist nicht der Boss.«

»Noch nicht, aber Pa wird nicht ewig da sein, und dir ist doch klar, wer dann der Chef ist, oder?«

Clarice erkannte Harrys Stimme.

»Ich bin kein Treiber, aber im Ort gibt es sicher genügend Jungs, die dir für ein paar Pfund zu Diensten sein werden.«

Das ist Jack, dachte Clarice, *dem Harry da droht.*

»Ich rede doch gerade mit einem Dorfjungen. Mit dir. Das sollte eine Ehre für dich sein.«

»Mein Job sind die Fischteiche und die Hütten. Weißt du eigentlich, wie viel Zeit ich da reinstecke?« Jack sprach in ruhigem Ton. Er ließ sich nicht von Harry provozieren.

»Willst du dich etwa beschweren?«, knurrte Harry. »Viele Leute würden sich für deinen Job den Arm ausreißen. Du wirst gut bezahlt und darfst in einem hübschen Haus auf dem Anwesen wohnen. Lockerer kannst du's doch gar nicht haben.«

»Niemand wird sich einen Arm ausreißen, Harry, nicht

für dich. Du hast nämlich gar nichts zu sagen, wenn es darum geht, wer hier angestellt wird und wer nicht«, erwiderte Jack kühl.

»Nun, vielleicht sollte ich mal mit Pa darüber reden.«

»Ja«, Jacks Stimme nahm einen spöttischen Tonfall an, »lauf zu Daddy. Na, los.«

»Sprich nicht so mit mir.«

»Ich werde sagen, was immer ich will, und wenn dein Vater beschließt, mich zu feuern, dann ist das eben so.«

Clarice humpelte näher an die Raucher heran, stupste sie an und forderte sie mit einem bedeutungsschwangeren Blick auf, reinzugehen. Sie selbst blieb jedoch mit der Hand auf dem Glas stehen.

»Wo willst du hin?«, schnappte Harry. »Ich bin noch nicht fertig mit dir!«

»Ich aber schon.«

»Wenn ich sage, ich brauche einen zusätzlichen Treiber, und wenn ich sage, dass du das machst, dann tust du das auch.«

»Das werden wir ja sehen«, erwiderte Jack in scharfem Ton.

»Du bist doch nur so angepisst, weil Ginny dich sitzengelassen hat«, sagte Harry verächtlich.

»Sie hat mich nicht sitzengelassen. Ginny hat nur ihren Resturlaub genommen.« Es folgte eine kurze Stille, dann fuhr Jack fort: »Aber Ginny ist nicht hier und kann nicht für sich selbst sprechen. Ist schon ein wenig komisch, dass ich bis jetzt nie gezwungen worden bin, an einer Treibjagd teilzunehmen. Aber hey … du hast es ja bei Ginny versucht, und sie hat dich eiskalt abblitzen lassen. Versuchst wohl, dich zu revanchieren. Nur dass du damit deine Position missbrauchst!«

»Mich hat sie nicht abgeschossen. Sieht so aus, als wollte sie schlicht was Besseres als den Bastard einer Dienerin.«

Kurz herrschte Schweigen, dann sagte Jack: »Lass Ginny

aus deinen Spielchen raus. Wenn du ihr wehtust, wirst du dafür bezahlen.« Diesmal klang seine Stimme bedrohlich.

Clarice öffnete die Tür zur Orangerie. Sie hatte genug gehört. Vor ihrem geistigen Auge sah sie Laster mit offenen Ladeflächen, die Männer und Jungen von einem Feld zu einem anderen brachten, nicht weit entfernt von ihrem Haus. Die Treibjagden, die die hiesigen Bauern veranstalteten, waren zwar nicht so beeindruckend wie die von Winterby Hall, aber sie waren genauso gut organisiert. Die Treiber bekamen ihre Vergütung nicht in Form von Geld, sondern in Form eines Lunches nach der Jagd. Allein daran teilnehmen zu dürfen galt schon als Privileg. Clarice nahm an, dass Harry Jack demütigen wollte, indem er ihn degradierte – von dem Mann, der für die Fischteiche verantwortlich war, zu einem unter vielen einheimischen Jungs, die zusammengepfercht auf der Ladefläche eines Trucks hockten, während er selbst mit den VIPs durch den Wald schlenderte. Das sollte ihre Rollen in Winterby Hall definieren. Herr und Knecht, das war, was Harry wollte.

Nach dem Lunch war Clarice noch einmal zurückgegangen, um den Künstlern anzubieten, ihnen beim Abbau zu helfen. Jetzt saß sie auf dem Eichenparkett in der Orangerie und wickelte wertvolle Stücke in Schutzfolie. Sieben von zwölf Ausstellern hatten Verkäufe gemacht, aber alle hatten sie ihre Kontaktdaten verteilen können, zusammen mit Postkarten, auf denen ihre Werke zu sehen waren. Clarice versicherte ihnen aus eigener Erfahrung, dass der eigentliche Profit solcher Events sich erst Wochen oder Monate später einstelle. Hier sei es nur um den Eindruck gegangen, und die Kontakte, die man bei solchen Gelegenheiten knüpfen könne, seien schier unbezahlbar.

»Trink noch einen Kaffee mit mir, bevor du fährst.« Die letzten Aussteller gingen gerade, und Vita schien mit dem Tag zufrieden zu sein. »Lass uns in den Salon gehen.«

Während Clarice in gleichmäßigem Tempo über den Marmorboden der Eingangshalle humpelte, überholte Vita sie und schob die schon halbgeöffnete Tür auf.

»Pa!«, jammerte Harry. »Du musst mir helfen! Feuer den Arsch, wenn nötig!«

»Sei doch nicht so ein verdammter Hitzkopf!«, erwiderte Roland wütend. »Ich werde niemanden feuern, nur damit du dessen Freundin ficken kannst. Das ist doch lächerlich!«

Die beiden Männer drehten sich zu Vita und Clarice um. Roland hielt sein übliches Glas Whisky in der Hand. Sein Gesicht war noch stärker gerötet als sonst, und Harry, der seinem Vater gegenüberstand, hatte die Hände zu Fäusten geballt.

»Was ist hier los?«, verlangte Vita in scharfem Ton von Harry zu wissen. »Ich habe gehört, dass du dich vor der Orangerie gestritten hast wie ein gewöhnlicher Bauer, und jetzt kann man dich sogar schon draußen in der Halle hören.«

»Nichts Wichtiges.« Roland schaute von Vita zu Clarice. »Probleme mit den Angestellten.«

Clarice fühlte, dass ihre Gegenwart für eine peinliche Situation sorgte. »Ich sollte jetzt besser gehen«, sagte sie und lächelte Vita an. »Ich muss noch meine Tiere füttern.«

»Ja …« Vita hielt kurz inne. »Komm doch im Laufe der Woche noch mal zum Kaffee vorbei. Ich würde gerne Bilder von deinen neuen Arbeiten sehen. Heute hatten wir ja keine Zeit.«

»Klingt gut.« Clarice nickte.

»Wäre Donnerstag okay?«

»Da findet die Jagd statt«, warf Roland ein.

»Perfekt«, sagte Vita und funkelte ihren Mann an. »Das ist das Letzte, womit ich was zu tun haben will. Wäre zehn okay?« Sie drehte sich wieder zu Clarice um.

»Ja, zehn Uhr, Donnerstag. Bis dann.« Als Clarice ging, wurde die Tür hinter ihr fest verschlossen.

Nachdem sie ihren Mantel geholt hatte, ging sie langsam raus. Sie spürte die kalte Luft bis in den Rachen hinein. Das Licht ließ allmählich nach, und als Clarice zum Wagen ging, wurde sie vom schrillen Schrei eines einsamen Fasans verabschiedet.

»Clarice!«

Clarice drehte sich um. »Laura … Wie geht es dir?«

Mit ihrem dunkelblonden Haar, den grünen Augen und dem runden, engelsgleichen Gesicht ähnelte Tom und Paulas Tochter ihren Eltern nicht im Mindesten. Sie hatte sich einmal bei Clarice über die Last beschwert, die sie seit der Trennung von ihrem Mann tragen musste, und damit auch die Schokoladensucht begründet, die seit Kurzem von ihr Besitz ergriffen hatte. Aber sie war stets gepflegt, ganz die Tochter ihres Vaters.

»Es geht mir gut. Ich wollte Dad gerade seine Sandwiches bringen. Du bist ziemlich fix mit den Dingern da.« Laura deutete auf Clarices Krücken.

»Ich gewöhne mich langsam dran.« Clarice lächelte.

»Das ist mir nie gelungen, als ich mal mit den Teilen rumlaufen musste. Ich bin ständig über Bordsteinkanten gestolpert. Das war vor gut vier Jahren. Sowas konnte nur mir passieren.«

Clarice wurde daran erinnert, dass Laura eine Aussage oft mit etwas Negativem beendete. Aber sie war nicht nur jemand, für die das Glas stets halb leer war. Bei ihr war das Glas immer vollständig leer. Und irgendjemand stahl es dann auch noch.

»Ich hab Tom heute gar nicht gesehen«, bemerkte Clarice.

»Er arbeitet im Büro.«

»Jetzt lass mich raten.« Clarice legte den Finger auf die Lippen, als müsste sie sich konzentrieren, während sie auf die Supermarkttüte starrte, von der sie wusste, dass sie eine Plastikdose mit Toms Snack enthielt. »Käse und Tomate?«

»Warm.« Laura lachte.

»Okay … Käse und Gurke, Käse und Schinken, Käse und Zwiebeln, Käse und …«

»Krautsalat.«

»Aaah … Knapp daneben ist auch vorbei.« Clarice stimmte in Lauras Lachen ein. »Isst er eigentlich überhaupt irgendwas ohne Käse?«

»Nicht nachmittags. Vermutlich hat er das Mittagessen wieder einmal versäumt oder nur darin herumgestochert. Erst heute Abend wird er wieder richtig zulangen.«

»Wie geht es seinem Arm?«

»Ach … Du kennst Dad doch. Er zieht das Unheil förmlich an.«

»Ja, das hatte ich ganz vergessen … Letztes Jahr hatte er ein blaues Auge.«

»Ja, das ist mein Dad.« Laura zuckte mit den Schultern. »Er wollte irgendetwas von einem hohen Regal holen, und das ist dann auf ihn drauf gefallen. Ich glaube ein dickes Buch über Schottland.«

»Der arme Tom.« Clarice lächelte. »Kommst du nächste Woche in den Buchclub?«

»Ja. Ich habe das neue fast durch.«

»Das freut mich. Wir haben uns in letzter Zeit viel zu oft verpasst.«

»Weißt du schon das Neueste?« Laura verzog unwillkürlich das Gesicht.

»Was ist passiert?«

»Ginny hat sich Urlaub genommen, ohne Mum vorher um Erlaubnis zu bitten.«

»Vielleicht hat sie ja Vita gefragt.«

»Nein, das war Jacks Idee. Er hat gesagt, er sei schließlich der Chef der Fischteiche und damit mehr als fünfzig Prozent ihr Boss. Also könne er ihr den Urlaub auch genehmigen.«

»Deine Mutter sieht das offenbar anders.«

»Du kennst doch Mum. Ihr geht es nur um Kontrolle. Ginny ist übrigens zu ihren Eltern gefahren.«

»Die haben doch eine Bar in Spanien, oder?«, fragte Clarice.

Laura nickte. »Und Mum glaubt, Ginny wollte sich nur drücken.«

»Und was glaubst du?«

Laura zuckte mit den Schultern. »Ich weiß es wirklich nicht. Ginny hat sich noch nie vor irgendwas gedrückt. Wahrscheinlich ist Mum einfach sauer, weil Ginny sich so plötzlich freigenommen hat.«

»Warum, glaubst du, hat sie das gemacht?«, hakte Clarice nach.

Laura verzog ihr Engelsgesicht. »Harry hat wieder mit seinen alten Tricks angefangen. Er ist so ein Stänkerer. Er flirtet nur mit Ginny, weil er weiß, dass sie Jacks Freundin ist. Er will es ihnen einfach so schwer wie möglich machen … und das hat er geschafft. Sollte Ginny tatsächlich irgendwann auf ihn eingehen, wird er sie einfach fallenlassen. Für ihn ist das Ganze nur ein Witz.«

»Aber sie ist nicht an ihm interessiert, korrekt?«

»Ich glaube nicht.« Laura hob die Schultern. »Harry ist genau wie sein Großvater: übel. Jeder weiß, was für ein Arsch der alte Horace war, in vielerlei Hinsicht. Und jetzt heißt es, seine Persönlichkeit habe einfach eine Generation übersprungen. Harry kommt ganz und gar nicht auf seinen Dad, unseren schusseligen Lord Fayrepoynt.«

»Ja, ich hab auch gehört, dass Horace recht schwierig gewesen sein muss«, sagte Clarice, »aber ich habe ihn nie kennengelernt. Ich kenne nur sein Porträt im Salon.«

»Ja, wir sollten uns da wohl kein Urteil erlauben. Ich hab ihn auch nicht gekannt.« Laura lächelte. »Und das, obwohl er mein Großvater war, wenn auch von der eher unchristlichen Seite.«

»Wann ist Ginny denn gefahren?«, fragte Clarice.

»Jack hat sie heute Morgen zum Bahnhof gebracht. Sie fliegt von Luton.« Laura schaute auf ihre Tüte hinunter. »Aber jetzt sollte ich Dad lieber sein Sandwich bringen.«

»Ja, das solltest du … Aber wie sieht es eigentlich bei dir an der Ehefront aus?«

»Vermutlich genau wie bei dir, Clarice: noch immer getrennt, Scheidung eingereicht, und beide fragen wir uns, wann das eigentlich alles aus dem Ruder gelaufen ist. Und ob wir etwas hätten anders machen können.«

»Ja, dieses ständige Was-wäre-wenn macht einen verrückt.«

»Es ist nicht leicht, nicht wahr?« Laura legte Clarice die Hand auf den Arm.

»Nein, das ist es sicher nicht.« Clarice lächelte und legte ein wenig Humor in die Worte, während sie Lauras Hand wegschob. »Wir sollten uns mal auf einen Drink treffen. Dann können wir richtig reden. Ich will alles über den Floristikkurs erfahren. Ich weiß ja, wie sehr du es gehasst hast, in der Buchhaltung zu arbeiten.«

»Und über das Joggen.«

»Du? Joggen?«

»Ja. Jeden Morgen und bei jedem Wetter. Wenn wir uns treffen, werde ich dir alles erzählen. Wie wäre es nach dem Buchclub? Wir könnten in das neue Thai-Restaurant gehen.«

»Klingt nach einem Plan«, erwiderte Clarice. »Pass auf dich auf.«

Die beiden umarmten einander.

»Du auch«, sagte Laura.

Nachdem Laura gegangen war, stieg Clarice in den Wagen und rief Lucy Marriot an.

Kapitel 15

»Tut mir wirklich leid, dich zu stören.« Clarice saß Lucy in einem Sessel gegenüber, die sich wiederum auf einem Sofa ausgestreckt hatte, eingehüllt in eine rosa Tagesdecke. Angesichts ihres blassen, ausgemergelten und Make-up-freien Gesichts zweifelte Clarice keine Sekunde daran, dass Lucy krank war. Auf dem Tisch neben ihr standen ein Glas Wasser, Glukoselösung und Paracetamol.

Im Raum roch es nach einer Mischung von verbranntem Toast und Feuchtigkeit. An der Decke waren ausgeblichene braune Kreise zu sehen, und obwohl sie genauso dick gestrichen waren wie die Fensterrahmen, ließen sich die Schäden nicht verbergen.

»Ich freue mich immer, dich zu sehen.« Lucy meinte das offenbar ernst.

»Das ist sehr lieb von dir, aber ich bezweifele, dass du überhaupt jemanden sehen willst, wenn es dir so schlecht geht.«

»Heute Morgen war es ziemlich schlimm, aber jetzt geht's mir schon besser.« Lucy kuschelte sich unter die Decke, während sie sprach. »In vierundzwanzig Stunden soll das vorbei sein. Ist so ein Virusding. Vermutlich bin ich schon morgen so gut wie neu.«

»Das hoffe ich.«

»Ich auch. Du bist übrigens mein zweiter Besuch«, sagte

Lucy. »Du hast Daniel knapp verpasst. Er war aber auch nur kurz da.«

»Ah, der neue Freund. Und dann ist er nicht geblieben?«

»Typisch Kerl. Er will wohl einfach nicht an einem Krankenbett herumlungern.«

Die Mietwohnung lag im ersten Stock über einem Trödelladen, der so tat, als würde er Antiquitäten verkaufen. Er gehörte zu einer ganzen Reihe von Läden, direkt am River Bain, der sich durch Castlewick wand und die Alt- von der Neustadt trennte.

»Willkommen in meinem Reich«, hatte Lucy gesagt, als sie Clarice hereingelassen hatte. Sie trug einen übergroßen Pyjama. Das Ding war schwarz-weiß gestreift und sah wie ein Zebrakostüm aus. Lucys hellbraunes Haar fiel ihr auf die schmalen Schultern, und wenn man ihre Gesichtszüge beschrieb, so entstand rasch der Eindruck außergewöhnlicher Unscheinbarkeit: Ein viel zu breiter Mund saß unter einer Nase mit kleinem Höcker und einer ausladenden Stirn. Aber wenn sie sprach, dann erwachte ihr Gesicht zum Leben und verwandelte sich in etwas, das man bereits als ›schön‹ bezeichnen konnte.

»Sieht so aus, als hättest du dir eine Menge neuer Sachen gekauft.« Clarice ließ ihren Blick durch den muffigen Raum schweifen. Sie hatte die Wohnung schon einmal besucht, und da war ihr bereits die seltsame Mischung aufgefallen, die Lucys Geschmack ausmachte: lange Pfauenfedern in Vasen und Kissen mit roten Schleifen, die Seite an Seite auf alten, schweren Möbeln lagen, die der Vermieter in seinem Laden unten nicht hatte verkaufen können. Jetzt war die Wohnung sogar noch voller als bei Clarices erstem Besuch. Nirgends schien auch nur eine Oberfläche frei zu sein. Dann fiel ihr Blick auf eine an der Wand lehnende akustische Gitarre.

»Spielst du?«

»Soll das ein Scherz sein?« Lucy schaute zu dem Instrument. »Ich treffe nicht einen Ton. Die gehört Daniel.«

»Ist er nett?«

»In welcher Hinsicht?«

»Ist er lustig? Bist du gerne mit ihm zusammen? Macht er dich glücklich?«

»Absolut.« Lucys Gesicht strahlte. »Aber wenn du wissen willst, ob er der Eine ist, dann lautet die Antwort vermutlich nein … Aber er ist einer, bis ich den Einen treffe, wenn du weißt, was ich meine. Und ich weiß, dass die Wohnung hier das reinste Dreckloch ist. Die Unterbringung der Dienstboten in Winterby Hall war im Vergleich dazu ein Palast. Trotzdem lebe ich lieber hier.«

»Weil du hier mehr Freiheit hast.« Clarice nickte verständnisvoll.

Lucy zuckte mit den Schultern. »Drüben war es einsam. Alle waren alt. Ich hatte niemanden in meinem Alter, mit dem ich reden konnte. Ganz zu schweigen von Paulas Regelkatalog, und die meisten dieser Regeln sind nicht verhandelbar.« Kurz hielt sie inne und dachte nach. »Ginny ist jetzt zwanzig. Sie ist dort, seit sie achtzehn ist, aber bei ihr hat es sofort Klick mit Jack gemacht. Es gibt zwar einen Altersunterschied von zehn Jahren zwischen ihnen, aber sie arbeiten zusammen, als wären sie schon immer ein Paar gewesen.«

Clarice nickte und erinnerte sich an das erste Mal, da sie Ginny in Winterby Hall gesehen hatte. Sie war in die Küche gegangen, um ein Buch zu holen, das Vita dort zurückgelassen hatte. An diesem Tag hatte sie wieder einmal einen Ladys Lunch veranstaltet. Die Köchin, Mrs Ray, hatte einen Topf mit Wachtelsuppe fallen gelassen. Die Suppe hatte sich rasch verteilt, und Clarice hatte zugeschaut, wie Lucy und eine andere junge Frau mit Wischlappen hin und her gelaufen waren, während Mrs Ray herumgebrüllt und jedem die Schuld in die Schuhe geschoben hatte, nur nicht sich selbst. Währenddessen war Clarice das neue Mädchen aufgefallen, das vollkommen in seine Arbeit versunken war. Es stand in der Küche und war voll und ganz darauf konzentriert, ein Stück Käse einzupacken. Das lange Haar war zu einem Zopf geflochten und fiel dem Mädchen über den Rücken, und die Ärmel der weißen Bluse waren hochgekrempelt. Inmitten all des Chaos strahlte die junge Frau eine fast unheimliche Ruhe aus. Sie war der Fels in der Brandung. Gemütlich faltete sie das Wachspapier um den Käse, strich es glatt und richtete die Ecken. Schließlich steckte sie den perfekt verpackten Käse in einen kleinen, durchsichtigen Beutel und versiegelte ihn. Ginny und Lucy waren das exakte Gegenteil voneinander. War das vielleicht der Grund, warum sie so gut miteinander auskamen? War Ginnys Selbstbeherrschung das perfekte Gegenstück zu Lucys Ausgelassenheit?

»Ich kannte Jack schon, bevor ich Ginny kennengelernt habe«, erzählte Lucy. »Er ist ziemlich attraktiv, aber ich war nicht sein Typ, doch wir sind gute Freunde. Es hat mich gefreut, als Ginny gekommen ist. Sie ist meine beste Freundin. Sie mag ja ungewöhnlich ernst wirken, aber meine Verrücktheit kümmert sie nicht. Wir lachen viel zusammen.«

Deutet Lucy da etwa eine Beziehung mit Jack an, bevor Ginny aufs Anwesen gekommen ist?, fragte sich Clarice. Sie hatte gesagt, sie sei nicht sein Typ. Hieß das, dass er jedoch ihrer war? Clarice beschloss, nicht weiter darauf einzugehen. »Es ist immer schön, mit jemandem zusammenzuarbeiten, den man wirklich mag«, bemerkte sie.

»Attraktive junge Männer sind in Winterby allerdings nicht sehr gefragt«, fuhr Lucy fort. »Der einzige andere junge Kerl ist Harry, und abgesehen von der Tatsache, dass er jünger ist als ich und der Sohn vom Boss, ist er auch ein Idiot!« Als

Clarice nichts darauf erwiderte, sagte Lucy: »Ich kann mir schon denken, warum du hier bist.«

»Ich mache mir Sorgen um Ginny«, sagte Clarice. »Ich habe gehört, was passiert ist. Es passt einfach nicht zu ihr, einfach so zu verschwinden. Sie ist immer so selbstbeherrscht. Es gibt nur wenig, was sie aus der Ruhe bringen kann.« Sie schaute Lucy tief in die Augen.

»Paula hat dich doch nicht zu mir geschickt, oder?« Lucys Stimme nahm einen gehässigen Tonfall an.

»Um Himmels willen!«, erwiderte Clarice und schnappte nach Luft. »Hältst du mich wirklich für Paulas Lakai?«

»Und Vita schickt dich auch nicht? Ihre Ladyschaft?«

»Ich bin zwar mit Vita befreundet, aber ich würde mit Sicherheit nicht für sie spionieren. Wenn du das glaubst, kennst du mich nicht.«

»Tut mir leid. Das war dumm. In letzter Zeit war so viel los. Da bin ich einfach ein wenig gereizt.«

»Was ist denn in Winterby passiert? Ich bin sicher, Ginny hätte nichts dagegen, wenn du es mir erzählst. Immerhin sind wir Freundinnen.«

Schweigen senkte sich zwischen die beiden Frauen und zog sich unangenehm in die Länge.

»Ja, da hast du wohl recht«, seufzte Lucy schließlich. »Ich denke, wenn es schon jemand erfährt, dann jemand, dem sie wirklich am Herzen liegt. Und ich weiß, dass sie dich mag. Sie hasst es, dass Harry und Jack wegen ihr eifersüchtig aufeinander sind.«

»Das ergibt keinen Sinn. Sie ist doch gar nicht an Harry interessiert.«

»Das wissen wir alle, aber aus irgendeinem Grund hat Harry entschieden, dass Jack seine neue Spinne ist.«

»Seine Spinne?«

Lucy grinste und zog die Beine unter der Decke an, um

ihre Arme darauf zu legen und darauf wiederum das Kinn. »Harry war die Art kleiner Junge, die es genossen hat, Spinnen die Beine auszureißen – jedenfalls habe ich das gehört. Dann hat er zugeschaut, wie sie verzweifelt versuchten, zu fliehen. Und als er zehn Jahre alt gewesen ist, hat er der Maus der Tochter des Gärtners den Schwanz ausgerissen. Als Harry das letzte Mal in den Semesterferien hier war, war es ein Junge mit Namen Matthew. Er hat mit Reg Lam gearbeitet, dem alten Gärtner.«

»Er war die Spinne?«

»Harry hat ihn sich als Ziel ausgesucht.« Lucy nickte. »Der arme Matthew war wirklich ein lieber Junge. Achtzehn Jahre alt, glaube ich. Er war zwar nicht der Hellste, aber er liebte es, draußen zu sein, und er genoss die Arbeit. Harry hielt es für witzig, ständig Sachen zu verstecken, wohlwissend, dass alle glauben würden, der dumme Matthew hätte wertvolle Gartenwerkzeuge verloren. Harry hat dem Jungen das Leben zum Albtraum gemacht.«

»Warum hat niemand was gesagt?«

»Etwas gesagt?« Lucy hob ungläubig die Augenbrauen. »Den goldenen Jungen mit Dreck bewerfen? Sei doch nicht dumm. Jeder, der das macht, fliegt sofort.«

»Was ist mit Matthew passiert?«

»Er wurde entlassen. ›Feuern‹ sagt natürlich niemand. Es heißt immer nur: Wir mussten ihn leider freistellen.«

»Das ist ja furchtbar. Wir sind im 21. Jahrhundert. Diese Art von Verhalten darf nicht toleriert werden. Arbeitgeber haben Verantwortung! Wusste Tom davon?«

»Falls ja, dann hat er zumindest nichts gesagt.«

»Und jetzt ist Jack die neue Spinne?«

»Ja, genau«, bestätigte Lucy. »Und wenn man Jack das Leben zum Albtraum machen will, was wäre dazu die beste Möglichkeit?«

»Man macht sich an Ginny ran.«

»Du hast es erfasst.« Lucy schaute finster drein. »Ginny hat nicht das geringste Interesse an Harry, und Jack weiß das. Aber Harry bleibt stur. Die Schlafzimmertüren in Winterby haben keine Schlösser, die der Angestellten eingeschlossen. Die arme Ginny muss jede Nacht einen Stuhl unter die Klinke klemmen.«

»Hat er sie angefasst?«

»Nein, nein. Ich glaube nicht, dass er überhaupt jemanden anfassen würde. Harry ist zwar ein Proll, aber auch ein Feigling. Für ihn sind das nur Psychospielchen. Doch letzte Woche ist sie nachts mal aufgewacht, und er saß im Bademantel am Fuß ihres Bettes und beobachtete sie im Schlaf.«

»Wie furchtbar!« Clarice schnappte nach Luft. »Sie hat sich sicher total erschreckt.«

»Als sie ihn gesehen hat, ist er aufgestanden und gegangen, aber an der Tür hat er ihr noch einen Kuss zugeworfen.«

»Und ich nehme an, sollte sie sich beschweren, stünde ihr Wort gegen seins.«

»Ja.« Lucy nickte. »Natürlich hat sie Jack davon erzählt.«

»Und genau das war ja auch der Sinn des Ganzen.«

»Das ist ein Spiel, und die Sache mit dem Bett ist nur eins davon.«

»Das kann ich mir denken«, sagte Clarice. »Es ist zwar offensichtlich, aber wäre Ginny nicht besser dran, wenn sie sich einen neuen Job suchen oder schlicht ausziehen würde?«

»Sie und Jack haben schon darüber diskutiert, aber warum sollte sie sich verändern?« Lucy setzte sich auf, straffte die Schultern, und ihr Gesicht nahm einen wütenden Ausdruck an. »Die beiden lieben es, gemeinsam in der Fischerei zu arbeiten. Sie sind den ganzen Tag zusammen.«

»Und wenn sie geht, hat Harry gewonnen.«

»Ja.« Lucy seufzte frustriert.

Fünfzehn Minuten später, nachdem alle Fakten auf dem Tisch lagen und sie nichts mehr hatten, worüber sie plaudern konnten, machte Clarice sich zum Aufbruch bereit. »Bitte bestell Ginny alles Gute von mir, wenn du mit ihr sprichst.«

Lucy nickte. »Ich denke, wir sollten ihr einfach ein wenig Freiraum lassen, ihr ein paar Tage Ruhe gönnen.«

Gedankenverloren humpelte Clarice zum Wagen. Es war offensichtlich, dass Ginny die Probleme schlicht leid war, die Harry verursachte. Am liebsten hätte Clarice das öffentlich gemacht. Sie hatte auch Mitleid mit Jack, der genauso ein Opfer von Harrys Spielchen war wie Ginny. Aber mit Lucys Meinung, dass Harry niemandem schaden würde, stimmte sie nicht überein – nicht ganz jedenfalls. Wenn man Lucys Geschichten Glauben schenkte, dann hatte Harry die Maus und die Spinnen als Kind nicht einfach nur gequält, er hatte sie physisch verletzt und dann zerstört.

Als Clarice am Dog and Pheasant vorbeikam, fühlte sie jemanden hinter sich, der immer näher kam.

»Hallo, Süße.«

Clarice drehte sich um. Pete Smith stand keine drei Fuß hinter ihr. Er war genauso gekleidet wie zuvor, aber er sah noch heruntergekommener aus. Sein Gesicht glühte förmlich, und sein Geruch war noch intensiver als bei ihrer letzten Begegnung. Es war der Gestank von Tabakrauch, gemischt mit dem Geruch von ungewaschener Kleidung und Schweiß. Der krude Gestank eines Gewohnheitstrinkers drang ihm aus allen Poren.

»N… nette Überraschung«, lallte er.

»Hallo.« Clarice musste sich zu dem Gruß zwingen. Sie versuchte, sich so normal wie möglich zu verhalten, und drehte sich wieder in Richtung Auto um.

»W… Willst du nich' reinkommen?« Pete deutete auf den Pub. »Trink einen mit mir und meiner Frau. Ich kauf dir auch einen Cidre oder was auch immer ihr schicken Vögelchen so sauft.«

»Nein, danke. Ich muss heim.«

»So eilig kann das doch nicht sein.« Pete versuchte sich an einem Lächeln, doch Clarice fühlte sich an ein tollwütiges Tier erinnert, das seine faulen Zähne fletschte.

»Ich habe Nein gesagt.« Angewidert versuchte sie, ein Schaudern zu unterdrücken.

»Warum das, Liebes?« Petes Stimme hätte freundlich geklungen, wäre da nicht dieser drohende Unterton gewesen. »Deine Freunde haben sich doch bestimmt um die Viecher gekümmert, sind Gassi gegangen und was weiß ich noch für einen Scheiß. Und wenn sie dann weg sind, bist du allein … die ganze Nacht.« Wieder fletschte er die Zähne. »Es gibt keinen Grund für dich, nach Hause zu laufen, Mädchen. Niemand kümmert sich auch nur einen Scheiß um dich … wenn man mal von den Katzenviechern absieht.«

Clarice starrte ihm in die Augen.

Pete lachte leise und kehrte Clarice den Rücken zu. »Dann Gut' Nacht, Mädchen. Schlaf schön.« An der Tür des Pubs blieb er noch mal stehen und wedelte mit dem Zeigefinger. »Lass dich nicht von den Flöhen beißen.« Dann ging er rein.

Clarice wartete noch einen Moment, bevor sie sich wieder umdrehte und gegen das Verlangen kämpfte loszurennen.

Als sie daheim aus dem Wagen stieg, bemerkte sie etwas aus den Augenwinkeln und blieb stehen, um es sich genauer anzusehen.

Dank Pete war ihr das beim Einsteigen gar nicht aufgefallen.

Auf beiden Seiten des Fahrzeugs waren tiefe Kratzer zu sehen. Irgendjemand hatte einen Schlüssel durch den Lack gezogen.

Kapitel 16

Um sechs Uhr abends humpelte Clarice durch den Garten und verfluchte stumm Pete Smith und die Krücke, dank derer sie nur langsam vorankam. Sie hatte nur eine mitgenommen, denn in der anderen Hand hielt sie eine Taschenlampe. Die Hunde folgten ihr, und hinter denen schlich Ena in den tiefsten Schatten.

Nachdem sie die Katzen gefüttert und die Scheune für die Nacht verschlossen hatte, kehrte Clarice wieder ins Haus zurück und klopfte Ena den Rücken, die vorausgelaufen war und schon auf sie wartete. Anschließend fütterte sie die Katzen und Hunde, die im Haus lebten, dann ging sie zum Küchenschrank und holte eine Flasche chilenischen Rotwein heraus. Sie entzündete ein Feuer im Kamin, schenkte sich ein Glas Wein ein, und schließlich rief sie Bob und Sandra an.

»Der Bastard!«, explodierte Sandra, nachdem Clarice ihr von der Begegnung mit Pete Smith und dem Schaden an ihrem Wagen erzählt hatte.

»Ich habe ihn allerdings nicht gesehen. Das ist nur eine Vermutung.«

»Jetzt vergiss deine Fairness mal, Liebes. Wir wissen beide, wer das war, und dabei ist das noch nicht einmal dein verdammtes Auto!«

Clarices Laune hellte sich ein wenig auf. Wenn es eines gab, worauf sie sich in einer Krise verlassen konnte, dann war das Sandras Unterstützung.

»Unglücklicherweise«, sagte Clarice, »liegt dieser Teil der Stadt knapp außerhalb des Zentrums mit seinen Kameras. Und ich frage mich, woher er meine Gewohnheiten kennt.« Sie hielt inne. »Und nicht nur meine, sondern er weiß auch, wann ihr kommt und geht. Zählt er etwa immer die Autos, wenn er hier vorbeifährt?«

»Er versucht nur, dich nervös zu machen. Hast du Rick angerufen?«

»Nein, dem armen Kerl steht die Arbeit auch so schon bis zum Hals.«

»Du solltest es ihm erzählen.«

Bei Sandras Worten sah Clarice Rick vor sich, blass und blutleer. »Das werde ich … morgen … wenn ich wieder nach Hause komme. Und am Montag werde ich Jim das mit dem Wagen erzählen … An einem Samstagabend rufe ich ihn bestimmt nicht zu Hause an.«

»Wenn du wieder nach Hause kommst?«

»Das ist der Hauptgrund, warum ich anrufe«, antwortete Clarice. »Ich muss nach Norfolk.«

»Hat das etwas mit Roses Ermordung zu tun?« Sandra war die Sorge deutlich anzuhören.

»Ja. Ich weiß, dass ihre Tante Peggy regelmäßig in die Kirche gegangen ist. In Denham, wo sie gewohnt hat, gibt es nur eine Kirche, und sonntags beginnt der Gottesdienst um halb zehn. Ich will mal nachhorchen, ob sich jemand an sie erinnert und ob ich etwas über Rose und ihre Schwestern herausfinden kann. Würde es dir was ausmachen, etwas früher zu kommen und dich um die Tiere zu kümmern? Ich muss spätestens um halb acht los, aber wenn alles nach Plan läuft, bin ich am frühen Nachmittag wieder zurück.«

»Ist es wirklich eine gute Idee, nach Norfolk zu fahren?« Sandra klang immer besorgter. »Ist vielleicht nur Zeitverschwendung, vom Benzin ganz zu schweigen.«

»Aber ich könnte dort auch eine Spur finden.«

Es folgte ein langes Schweigen. Clarice wartete geduldig. Sie wusste, was nun kommen würde. »Wir werden uns um die Tiere kümmern«, sagte Sandra schließlich. »Aber bitte pass auf dich auf.«

»Das werde ich, Sandra. Und kein Wort zu Rick, falls er anrufen sollte, wenn ich weg bin. Sobald ich wieder zurück bin, werde ich ihm von Norfolk und dem Auto erzählen.«

Als Clarice sich früh am nächsten Morgen zum Aufbruch bereitmachte, folgte sie einem Gefühl, schloss kurz die Augen, stand neben dem Wagen und lauschte. Was war anders?

Es war vollkommen still. Nur das leise Seufzen des Windes war zu hören. Clarice öffnete die Augen wieder und schaute zu den Wipfeln der Bäume und dem Dach des Hauses hinauf. Schließlich entdeckte sie, was sie suchte, auf dem Telefondraht: einen Zwergsperber. Zwergsperber waren nicht ungewöhnlich in Lincolnshire, und dieser spezielle hier – ein Männchen vermutlich – suchte nach seinem Frühstück. Mit seiner Gegenwart hatte er sämtliche Gartenvögel zum Schweigen gebracht. Als Clarice den Motor anließ, stieg der kleine Raubvogel in die Luft und glitt majestätisch über den winterlichen Garten.

Auf dem Weg den Hang hinauf zur Long Road fiel Clarice auf, wie nass die Straße war, eine Folge des nächtlichen Regens. Rechts und links der asphaltierten Einfahrt wuchsen hohes Gras und Schilf. Vorne, auf der gegenüberliegenden Seite der Hauptstraße, lagen offene, hügelige Felder. Um diese Jahreszeit waren sie mit einem unregelmäßigen Muster blonder Stoppeln bedeckt, den Überresten der letzten Ernte. Nach links verlief die Straße gerade. Am Himmel wiederum waren nur graue Wolken zu sehen, die von mehr Regen kündeten. Clarice spielte mit dem Gedanken, an ihrem Haus eine Überwachungskamera zu installieren. Sie kannte mehrere isoliert lebende Farmer, die ebenfalls welche hatten. Aber die Installation und Wartung solch eines Kamerasystems waren teuer. Außerdem würde das heißen, dass Pete Smith mit seinen Drohungen gewonnen hätte. Natürlich könnte sie auch einfach alle Autos in einer der Scheunen parken anstatt im Freien. Das würde nichts kosten, und man könnte von der Long Road aus nicht sehen, ob jemand daheim war oder nicht. Clarice beschloss, Sandra und Bob zu fragen, ob sie etwas dagegen hätten. Sicher nicht.

Clarice sinnierte über den Stand ihrer Beziehung zu Sandra. Als sie sich kennengelernt hatten, war sie zehn Jahre alt gewesen. Clarices Mutter Mary und Sandra hatten sich bei einem Abendkurs zum Thema ›Historische Gebäude in Castlewick‹ kennengelernt und gemeinsam für einen Kurs für Weinkenner eingetragen. Nach der ersten Stunde dieses Kurses war Mary zu dem Schluss gekommen, dass Sandra es unmöglich mit dem Bus nach Hause schaffen würde, und sie hatte auch nicht mehr herausfinden können, wo Sandra wohnte. Also hatte sie sie in den Wagen gepackt und war mit ihrer sturzbetrunkenen neuen Freundin in die Stadt gefahren, um Clarice bei einer Nachbarin abzuholen. Daheim angekommen, hatte Mary Robert Todds Telefonnummer herausgesucht, ihn angerufen und ihn gebeten, seine Frau wieder einzusammeln. »Du sollst den Wein nur verkosten und dann ausspucken«, hatte er geknurrt, als er schließlich angekommen war. »Nicht saufen.«

Clarice hatte das Ganze aus ihrem Zimmerfenster heraus

beobachtet und gesehen, wie Bob die schwankende Sandra zum Wagen geführt hatte. Michelle und Susan hatten in ihren Schlafanzügen auf dem Rücksitz gesessen. In Clarices Erinnerung war Sandra eine attraktive Frau gewesen, das Haar hochgesteckt, elegant gekleidet und die Lippen knallrot geschminkt. Auf Pink war sie erst umgeschwenkt, als sie die Sechzig überschritten hatte. Damals hatte Sandra auch noch geraucht und stets eine Zigarette griffbereit gehabt. Als Zehnjährige hatte Clarice besonders gefallen, dass Sandra ihr zugehört und sie als gleichberechtigt behandelt hatte. Sie war ihr von Anfang an eine gute Freundin gewesen.

Gedankenverloren schob Clarice die Disc Stompin' at the Savoy des verstorbenen Jazz-Saxophonisten Zoot Sims in den Player.

Auf den Straßen war es ruhig, das Wetter kalt und trüb. Hinter King's Lynn führte das Navi Clarice von der Hauptstraße, und als sie schließlich in dem Dorf Denhelm ankam, verkündete die Computerstimme: »Sie haben Ihr Ziel erreicht.«

Die Kirche lag an der High Street, neben einem Supermarkt und gegenüber einem Kriegerdenkmal. Es dauerte noch zwanzig Minuten bis zum Morgengottesdienst, doch die Leute kamen bereits zusammen. Auf der Eingangsterrasse war eine kleine Gruppe tief in ein Gespräch versunken. Clarice ging an ihnen vorbei hinein und blieb am Chor stehen, um sich die Buntglasfenster über der Kanzel anzuschauen, die allesamt aus dem 19. Jahrhundert stammten. In der Kirche war es sogar noch kälter als draußen, und Clarice war froh, dass sie ihren Schal, einen Hut und mit Fell gesäumte Stiefel angezogen hatte.

»Guten Morgen.« Eine ältere Frau trat neben sie. »Ich bin Norma Hollings. Willkommen in unserer Kirche.«

Clarice war einen guten Kopf größer als die kleine Frau.

»Hallo. Mein Name ist Clarice Beech.«

»Sind Sie neu im Dorf?«

»Nein, ich will eine Freundin in King's Lynn besuchen.« Auf dem Weg hatte Clarice sich eine Geschichte ausgedacht. »Ich glaube, eine Freundin meiner verstorbenen Mutter ist immer in diese Kirche gegangen. Mum hat sie oft besucht und viel von ihr gesprochen. Sie hatte schöne Erinnerungen an gemeinsame Gottesdienste, wann immer sie in der Gegend war.«

»So, eine Reise in die Vergangenheit.« Norma Hollings legte den Kopf zurück, um Clarice in die Augen zu schauen.

»In gewisser Hinsicht … Allerdings war ich selbst noch nie hier, und ich glaube, die Freundin meiner Mutter ist vor einer Weile gestorben.«

»Wie hieß sie denn?«

»Peggy Little.«

»Ah ja.« Norma erkannte den Namen sofort. »Du hast Peggy doch gekannt, nicht wahr, Sue?«, sagte sie und drehte sich zu einer älteren Dame mit schneeweißem Haar um, die ganz in der Nähe stand und ihnen zuhörte.

»Ja.« Sue schaute Clarice neugierig an. »Peggy ist vor zwei Jahren von uns gegangen.«

Clarice, die Euphemismen hasste, die mit dem Tod zu tun hatten, kämpfte gegen das starke Verlangen an zu fragen: ›Und wohin ist sie gegangen?‹ Stattdessen antwortete sie nur mit einem knappen Nicken.

»Warten Sie bis nach dem Gottesdienst«, sagte Sue, als die Leute sich auf die Bänke verteilten. »Ich bin sicher, Jane Taylor würde gerne mit Ihnen plaudern. Sie ist da drüben.« Sie deutete auf den Rücken einer Frau in der ersten Reihe, die einen roten Wollhut trug. »Auch wenn Peggys engste Freundin eigentlich Linda Bates war, aber die lebt nicht länger im Dorf. Sie ist in ein Heim in King's Lynn gezogen.«

»Das wäre nett«, sagte Clarice.

»Ja, und ich bin sicher, der Vikar würde Sie auch gern kennenlernen.«

»Sehr schön.« Clarice versuchte, so beglückt wie möglich zu klingen, dann setzte sie sich in eine der hinteren Reihen. Insgesamt nahmen gut dreißig Leute an dem sonntäglichen Gottesdienst teil, obwohl die Kirche ohne Probleme zweihundert hätte beherbergen können. Und nur eine Handvoll Gemeindemitglieder war jünger als sechzig.

Der Vikar hatte Lukas 10:25 zum Thema gewählt, das Gleichnis vom barmherzigen Samariter. Clarice hörte zu und beobachtete ihn. Der Vikar war ein kleiner, drahtiger Mann Anfang dreißig, der jedoch bei genauerem Hinschauen deutlich älter aussah. Ein Mensch, der in Kopf und Herz schon immer alt gewesen war. Seine Stimme war vollkommen leidenschaftslos, als hätte er vor lauter Langeweile auf Autopilot geschaltet. Clarices Gedanken kehrten zu ihrem gestrigen Gespräch mit Lucy zurück. Vielleicht war Gott für diesen Geistlichen ja auch nicht der Eine, musste aber reichen, bis er den Richtigen fand.

Am Ende des Gottesdienstes verkündete der Vikar, wenn jemand sich zu ihm und seiner Frau auf eine Tasse Tee gesellen wolle, so sei er willkommen. Die Hälfte der Gemeinde ging daraufhin zu der Tür, auf der *Büro* stand, woraus Clarice schloss, dass diese Einladung jede Woche ausgesprochen wurde. Sie selbst gesellte sich zu Sue, die mit Jane Taylor sprach.

»Da ist sie ja«, sagte Sue. »Clare, nicht wahr?«

»Clarice.« Clarice bot Jane die Hand an, die von vorne und ohne Hut betrachtet eine weitere kleine, ältere und weißhaarige Dame war.

»Kommen Sie. Trinken Sie eine Tasse Tee mit uns«, lud Jane sie freundlich ein.

»Sehr gerne.«

Während die Frauen miteinander sprachen, kam der Vikar vorbei. »Mark Peterson«, stellte er sich vor. »Wie schön, ein neues Gesicht zu sehen.«

Auf dem Weg ins Büro erzählte Clarice noch einmal ihre Geschichte, und bei jedem Schritt verstärkte sich das Gefühl, das sie schon während der Predigt gehabt hatte. Nachdem der Vikar festgestellt hatte, dass Clarice nur eine Besucherin war und seine Gemeinde nicht verstärken würde, verlor er rasch das Interesse an ihr. Sein Lächeln war rein professionell.

Der Raum, den sie betraten, war klein, aber es gab genug Sitzgelegenheiten und einen gut funktionierenden elektrischen Ofen, sodass es hier deutlich wärmer war als in der Kirche. Clarice setzte sich neben Jane Taylor, die sofort ihr Alter verkündete – »Ich bin schon vierundachtzig, wissen Sie?« –, so wie ein kleines Kind allen erzählt, dass es ja schon viereinhalb sei, also fast erwachsen. »Sie haben Peggy gekannt?«

»Unglücklicherweise nein«, antwortete Clarice und schaute sich um. Sie wollte sichergehen, dass Sue außer Hörweite war. »Meine Mutter aber schon. Aber ich glaube nicht, dass sie auch Linda Bates gekannt hat, Peggys Freundin. Zumindest hat sie sie nie erwähnt.«

»Linda.« Jane nickte. »Sie ist jetzt im Sunnydale-Heim.«

»Ja.« Clarice nickte. »In King's Lynn.«

»Das arme Ding«, seufzte Jane. »Sie ist noch einige Jahre jünger als ich, erst neunundsiebzig.«

»Gehen Sie sie oft besuchen?«, fragte Clarice.

»Nein. Niemals. Dafür bin ich viel zu alt. Jetzt besuchen die Leute mich. Und Sie müssen mich auch besuchen. Ich mag Besucher, besonders, wenn sie Kuchen mitbringen. Ich mag Schokolade und Sahne.«

Clarice lächelte. »Hat Peggys Familie sie je besucht? Die Nichten?«

»Peggy Little?« Jane dachte nach. »Nein, an die kann ich mich nicht erinnern, aber ich wohne auch erst zweiundzwanzig Jahre hier, seit dem Tod meines Mannes. Ich habe einen hübschen Bungalow.«

»Das ist schön.« Clarice nickte.

»Linda und Peggy kannten sich ewig. Sie haben schon als Kinder nebeneinander gewohnt und sind in dieselben Schulen gegangen.«

»Erstaunlich.« Hoffnung keimte in Clarice auf.

»Und? Lernen Sie sich gerade kennen, meine Damen?« Plötzlich stand Mark Peterson neben ihnen. »Lassen Sie mich Ihnen ein wenig Tee nachschenken, Clare.«

»Nein, danke.« Clarice stand auf. Sie machte sich gar nicht erst die Mühe, den Mann zu korrigieren.

»Es war nett, Sie kennenzulernen«, sagte sie zu Jane und lächelte.

»Sie wissen ja, wo Sie uns finden, wenn Sie wieder einmal in der Gegend sind.« Jane erwiderte das Lächeln.

»In der Tat. Sie haben mich wirklich sehr freundlich aufgenommen.« Clarice legte der alten Dame kurz die Hand auf den Arm und wandte sich dann zum Gehen.

»Sie wollen uns schon verlassen?«, merkte der Vikar das Offensichtliche an, während er Clarice zur Tür folgte.

»Ja, eine Freundin erwartet mich.«

Bevor sie aufbrach, erwiderte sie noch ein kurzes Winken von Norma Hollings. Der Vikar begleitete sie bis zur Kirchentür und wünschte ihr eine gute Fahrt.

Auf dem Weg zum Dorf hinaus hielt Clarice vor dem Pub. Jenseits der Hauptstraße war es außergewöhnlich ruhig. Vor dem Pubeingang wurde auf einer Schiefertafel das Kindermenü beworben. Bei Google suchte Clarice nach dem Seniorenheim mit Namen Sunnydale. Dann rief sie dort an. Nach mehrfachem Klingeln nahm jemand ab, und Clarice bat, mit einem Verantwortlichen zu sprechen.

»Worum geht es denn? Ich bin Mrs Freeman, die Leiterin.« Die Stimme der Frau war sachlich und freundlich.

»Wenn ich recht informiert bin, lebt bei Ihnen eine Linda Bates«, sagte Clarice.

»Stimmt.«

»Wenn möglich, würde ich sie gerne besuchen. Ich bin für ein paar Tage in der Gegend, und ich glaube, sie kannte eine Freundin meiner Mutter.«

»Heute können Sie leider nicht mehr kommen. Wir feiern den ganz besonderen Geburtstag einer anderen Bewohnerin. Sie ist hundert Jahre alt geworden.«

»Wie schön«, sagte Clarice. »Dann bekommt sie ja auch ein Telegramm von der Queen.«

»In der Tat, und morgen, nach all der Aufregung, wird Lindas Neffe sie besuchen, wie jeden Monat. Allerdings wird er nicht lange bleiben … Das tut er nie. Sie ist recht gebrechlich.«

»Geht es ihr denn gut genug, dass ich sie an einem anderen Tag besuchen kann?«

»Linda liebt Besucher. Sie mag zwar körperlich nicht mehr ganz fit sein, aber ihr Verstand ist messerscharf. Abgesehen von ihrem Neffen kommt nie jemand. Wie wäre es Dienstag um zwei? Unsere normalen Besuchszeiten sind wochentags zwischen zwei und vier.«

»Großartig«, antwortete Clarice. »Ich freue mich schon darauf.«

»Gut. Und wie heißen Sie?«

»Sie wird den Namen nicht kennen. Clarice Beech.«

»Ja, ich verstehe. Ich werde ihr sagen, dass Sie um zwei Uhr nachmittags am Dienstag vorbeikommen werden. Besuch ist immer etwas, worauf man sich freuen kann.«

Auf der Heimfahrt machte Clarice sich in Gedanken schon eine Liste von all den Dingen, die sie Linda Bates fragen wollte. Wichtig war ihr vor allem, die Fragen so zu formulieren, dass die alte Dame keinen Grund zur Besorgnis fände.

Kapitel 17

Clarice schaute noch einmal auf ihr Handy, bevor sie losfuhr. Sie hatte eine Textnachricht von Laura empfangen, in der stand, sie habe für nächsten Donnerstag einen Tisch beim Thailänder reserviert. Außerdem noch vier Nachrichten von Georgie. Es war normal, dass Georgie eine Woche vor einer Wohltätigkeitsveranstaltung in Panik geriet. Hatte sie genug Freiwillige? Gab es genug Preise für die Tombola? Und würde Clarice die Einnahmen überwachen und am Ende alles zählen? Clarice nahm sich vor, Georgie anzurufen, sobald sie wieder zu Hause wäre.

Die Heimfahrt zog sich in die Länge, denn kurz hinter King's Lynn verengte ein liegen gebliebener LKW die Straße auf eine Fahrspur, und als Folge hatte sich ein Stau gebildet. Kurz nach zwei Uhr nachmittags war Clarice dann endlich daheim und fuhr den Hang zu ihrem Haus hinunter. Zwei Autos parkten nebeneinander vor der Tür, und das hieß, dass erstens Bob und Sandra noch nicht wieder gefahren waren und Rick sich zweitens zu ihnen gesellt hatte.

Sandra trat aus der Tür, bevor Clarice sie erreichen konnte. Blue folgte ihr mit Bobs Schal in der Schnauze, und Jazz huschte aufgeregt hin und her, bestrebt, Teil des Empfangskomitees zu sein.

»Er ist vor einer Stunde gekommen. Also habe ich ihn gefüttert«, murmelte Sandra. »Ich habe ihm aber nicht gesagt, wo du gewesen bist.« Nachdem sie ihre Botschaft überbracht hatte, drehte sie sich um und ging wieder hinein.

»Hallo, du.« Clarice lächelte Rick warmherzig an. »Was für eine schöne Überraschung.«

»Du hast gesagt, ich müsse nicht vorher anrufen.«

Rick saß auf seinem Stuhl, hatte die Beine ausgestreckt und schaute Clarice an. Auf dem Tisch vor ihm standen die Reste des Lunchs: Käse, Biskuits und Obst. Da Clarice niemanden erwartet hatte, hatte sie nur Obstkuchen und Salat zum Abendessen da.

»Und? Wie geht es deinen Freunden?«, fragte Rick und schaute zu, wie Clarice ihre Jacke aufhängte.

»Bist du auf der Pirsch?«, erwiderte sie trocken.

»Irgendwo muss ich ja anfangen.« Rick schaute zu Sandra und Bob und grinste schlitzohrig. »Die beiden hier haben über eine Stunde dichtgehalten.«

»Du bist ganz schön gerissen«, schnaubte Sandra, »und das, nachdem wir dich durchgefüttert haben!«

»In der Tat.« Rick lächelte sie an. »Das habt ihr.«

»Es ist wohl an der Zeit, dass wir gehen«, sagte Bob und stand auf.

»Was? Wir sollen sie allein streiten lassen, ohne sie zu belauschen?« Sandra lachte.

Nachdem Clarice ihnen hinterhergeschaut hatte, als sie zur Straße hinaufgefahren waren, kehrte sie wieder ins Haus zurück. Rick hatte ihr einen Kaffee eingeschenkt und ihn auf den üblichen Platz auf den Tisch gestellt. Sich selbst hatte er ebenfalls noch einen eingegossen. Dabei schaute er sich suchend um.

»Keine Kaffeesahne heute?«, fragte er.

»Da ist noch welche im Kühlschrank. Ich wusste ja nicht, dass du kommst.«

»Aaah … Es hat also doch seine Vorteile, wenn man vorher anruft.«

Ein paar Minuten lang saßen sie in freundschaftlichem Schweigen beisammen, und Clarice fragte sich unwillkürlich, warum das nicht immer so sein konnte.

»Und?«, sagte Rick schließlich.

»Norfolk«, antwortete sie.

Rick nickte stumm. Und als Clarice ihm erzählt hatte, warum sie dort hingefahren war und was sie herausgefunden hatte, nickte er erneut.

»Und da ist noch etwas.« Sie zögerte.

»Und das wäre?«

»Ich glaube, Pete Smith hat mir das Auto mit einem Schlüssel zerkratzt … oder um genauer zu sein, Jims Auto.«

Rick setzte sich sofort auf. Clarice erzählte ihm von ihrem Besuch bei Lucy und dem Treffen mit Smith.

»Dieser Scheißkerl.« Rick spie die Worte förmlich aus. »Ich hab dich doch vor ihm gewarnt!«

»Es ist ja nicht so, als wäre ich auf die Suche nach ihm gegangen …«

Rick schüttelte den Kopf. »Ich weiß, dass es nicht deine Schuld ist.« Er stand auf und lief aufgeregt in der Küche auf und ab. »Solange der Typ in Castlewick bleibt, stehen die Chancen gut, dass ihr euch noch einmal über den Weg lauft.«

Clarice nickte.

»Wie du gesagt hast, gibt es keinen Beweis, dass er es war … Wir können ihn ja nicht dafür verhaften, dass er sich in der Stadt aufhält.«

»Nein, das ist mir schon klar.«

»Aber um noch mal auf Ginny zurückzukommen …« Rick setzte sich wieder an den Tisch. »Wenn Harry nur mit ihr geflirtet hat …«

»Das klingt nach mehr als Flirten«, unterbrach Clarice ihn.

»Nach dem zu urteilen, was Lucy mir erzählt hat, hat er versucht, Ginny einzuschüchtern, um Jack eins auszuwischen.«

»Aber wie du auch schon gesagt hat, gibt es keinen Beweis dafür. Das ist nur Hörensagen. Lucy hat dir nur weitererzählt, was Ginny ihr gesagt hat.«

»Ich weiß«, seufzte Clarice. »Ginnys Wort steht gegen seins.«

»Ginny und Jack sollten damit wirklich zu ihrem Arbeitgeber gehen, aber …« Rick ließ den Satz unvollendet. »Es wird wohl nichts nützen, sich über Harry zu beschweren.«

Clarice nickte.

»Da ist noch etwas, was ich dir sagen wollte.« Rick zögerte kurz. »Wir haben herausgefunden, wo Rose getötet worden ist.«

»Und wo?«

»Gut eine Viertelmeile vom Pfarrhaus entfernt liegt eine abgeschiedene Straße, über die sie immer in die Stadt gegangen ist.«

»Wie habt ihr das denn plötzlich gefunden? Ihr habt da doch schon gesucht.«

»Aber nur ganz allgemein, nicht im Detail. Als wir jedoch Zoll für Zoll alle möglichen Wege abgegangen sind, die sie hätte nehmen können, da haben wir das große Los gezogen.«

»Und das steht fest?«

»Ja, nur war das Wetter in letzter Zeit ziemlich schlecht, und auf dem Weg finden sich Spuren vieler Fahrzeuge. Wir werden also keine Reifen- oder Stiefelspuren bekommen, die wir verwerten könnten. Aber wir haben genug Blut, um festzustellen, dass sie dort erschlagen wurde. Dann hat der Täter die Leiche weggeschafft.«

»Sonst noch was?«

»Eine Tasche oder Schlüssel haben wir leider auch nicht gefunden. Die sind mit Sicherheit schon lange weg.«

»Wer auch immer ins Pfarrhaus eingebrochen ist, muss einen Schlüssel gehabt haben«, sagte Clarice nachdenklich. »Wenn jemand, den sie erpresst hat, nach kompromittierendem Material suchte, dann sollten wir uns überlegen, wer Zugriff auf so einen Schlüssel gehabt haben könnte.«

Rick nickte, dann wechselte er das Thema. »Was hast du eigentlich in Norfolk zu finden gehofft?« Er legte die Ellbogen auf den Tisch und beugte sich vor. »Vergiss nicht, Julie Buckley von der Opferhilfe ist dafür verantwortlich, die Familienmitglieder zu kontaktieren. Sie ist eine gute Beamtin, sehr gründlich. In der Opferhilfe geht es oft um die Beziehungen des Opfers zu anderen Menschen, einschließlich der Familienmitglieder. In den meisten Mordfällen hat das Opfer den Täter gekannt.«

»Ja, dessen bin ich mir durchaus bewusst, Rick.« Clarice versuchte, vernünftig zu klingen. Rick musste ihr nicht das Offensichtliche erklären. »Aber hat Julie auch Linda Bates erwähnt? Für mich war es jedenfalls das erste Mal, dass ich den Namen hörte. Sie könnte immerhin ein wenig Licht in die Beziehung der drei Schwestern bringen. Habt ihr noch was über Maggie herausgefunden?«

»Ich werde mal bei Julie nachhorchen, aber an den Namen Linda Bates kann ich mich nicht erinnern. Vielleicht ist sie ja schon vor dem Tod von Peggy Little ins Heim gezogen. Und was Maggie betrifft, so stecken wir in der Sackgasse. Es ist natürlich möglich, dass sie ins Ausland gezogen ist. Es würde schon helfen, wenn wir wenigstens den Namen ihres Freundes oder Mannes kennen würden, aber auch da gilt: nichts.«

»Ich frage mich, ob Jackie mir wohl etwas verraten kann.«

Rick hob protestierend die Hand und schüttelte vehement den Kopf. »Pete Smith würde durchdrehen, und es braucht nicht viel, um seine Aggression zu wecken. Du hattest übrigens recht, was den Alkohol betrifft … In seiner Akte findet sich eine ganze Menge, was mit Alkoholkonsum und Kontrollverlust zu tun hat. Außerdem wird ein Gespräch mit seiner Frau dir gar nichts bringen. Ich bezweifle, dass sie weiß, in welchem Jahr wir leben.«

»Okay«, sagte Clarice. »Ich glaube dir. Aber denkst du nicht, dass sie etwas mit Roses Ermordung zu tun haben?«

»Nein. Ich denke, sie haben sich bei irgendeinem dubiosen Geschäft vor zwei Jahren zerstritten und sich seitdem nicht mehr gesehen – genau, wie Smith gesagt hat. Erst als die Opferhilfe sie kontaktierte, haben sie sich wieder für Rose interessiert. Es geht nur darum, wie viel ihr Besitz wert ist und wen auch immer sie erpresst haben mag. Smith und seine Frau wollen genau da weitermachen und die Kuh melken, solange sie noch Milch gibt.«

»Aber findest du es nicht auch seltsam, dass die drei sich an genau dem Tag zerstreiten, da die Tante gestorben ist?«

»Das könnte durchaus relevant sein, aber ich halte es für viel wahrscheinlicher, dass sie sich über die Vermietung von Ferienhäusern zerstritten haben, die nicht existieren.«

Clarice dachte über seine Worte nach. »Und Bill Whittle ist jetzt völlig außen vor, ja?«

»Rose ist an dem Morgen nach seinem Besuch noch von zwei Leuten gesehen worden. Außerdem haben die Kriminaltechniker sein Haus und seinen Wagen untersucht. Gleiches gilt für den seiner Frau, seines Sohnes und seiner Schwiegertochter. Nichts, aber …«

Clarice wartete. »Aber?«

»Der Grund für unser Interesse an ihm war ja, dass er schon einmal wegen schwerer Körperverletzung verurteilt worden ist.«

»Bill?«

»Ja. Das kann man sich nicht wirklich vorstellen, nicht

wahr? Es war vor über vierzig Jahren. Er selbst hat sein damaliges Ich als Hitzkopf beschrieben. Als Jean mit ihrem Sohn schwanger gewesen ist, ist er zu einer Prostituierten gegangen, die ihm offensichtlich die Börse gestohlen hat, und da war ein ganzer Wochenlohn drin. Als sie das geleugnet hat, hat er sie geschlagen.«

»Hat er sonst noch etwas über den Vorfall gesagt?«, hakte Clarice nach.

»Er war angepisst.« Rick lächelte schief. »Vor allem, weil die Nutte das Geld behalten hat. Er hatte ja keinen Beweis dafür, dass sie ihn beklaut hatte. Und dann galt er auch noch als vorbestraft, weil er ihr eine gescheuert hat.«

»Dann ist der Freundschaftsclub also auch eine Sackgasse, und jetzt läuft wieder alles auf Erpressung hinaus.«

»Nein, nicht ganz. Da sind immer noch Frank und Lydia Pembroke.« Rick hob die Augenbrauen.

»Hast du nicht gesagt, Frank hätte ein wasserdichtes Alibi? Einen Herzinfarkt? Und Lydia ist viel zu zierlich, um es mit jemandem wie Rose aufzunehmen.«

»Dem stimme ich zu, und Frank hat tatsächlich ein Alibi … sein Enkel Ollie aber nicht.«

»Aaah … Habt ihr ihn einbestellt?«

Rick verzog das Gesicht. »Nein, dazu müssten wir ihn erst finden. Er ist neunzehn und eine richtige kleine Sau. Er hat schon eine eigene Strafakte mit vielen kleinen Sachen. Aber er steht seinen Großeltern sehr nahe.«

»Führt er den Herzinfarkt auf den Streit mit Rose zurück?«

Rick schnalzte mit der Zunge. »Genau darauf will ich hinaus.«

»Und wo, glaubt ihr, ist er hin?«

»Die Großeltern schweigen, aber wir wissen, dass er öfter bei Freunden in Skegness ist.«

»Skegness? Da kriegen mich um diese Jahreszeit keine zehn Pferde hin.«

Rick nickte und lächelte schwach. »Und was jetzt? Willst du wieder nach Norfolk?«

»Ja. Ich habe einen Besuch bei Linda Bates arrangiert. Schaden kann das nicht.«

»Gibst du mir Bescheid, wenn sie irgendetwas Relevantes berichtet?«

»Natürlich, aber es ist, wie du sagst. Die Opferhilfe ist schon am Ball. Vermutlich werde ich nichts herausfinden, was du nicht ohnehin schon weißt.«

»Verlass dich einfach auf dein Bauchgefühl.« Wieder lächelte er sie an.

»Ja, das habe ich auch vor.«

Nachdem Rick Clarice geholfen hatte, den Tisch abzuräumen, schickte er sich an, zu gehen.

»Hast du eigentlich noch immer dasselbe Haus gemietet?«, fragte sie, als Rick sich den schweren Wollmantel anzog.

»Ja.« Seine Antwort kam zögerlich, gefolgt von einem Schweigen, das die letzten zwei Stunden Offenheit Lügen strafte. Er warf Clarice einen Blick zu, den sie nicht deuten konnte; dann küsste er sie auf die Wange und marschierte in den dunkler werdenden Abend hinaus.

Mit Ella, dem Tabby, auf dem Schoß saß Clarice allein im Zimmer und fragte sich, warum es Rick so schwergefallen war, ihre Frage zu beantworten. Hatte sie ihre Treffen und Gespräche falsch gedeutet, und war das, was sie bis jetzt als Traurigkeit betrachtet hatte, in Wahrheit Unbehagen? Seit dem Vorfall in der Scheune hatte Rick sich ehrlich Sorgen ums sie gemacht, und nun erkannte Clarice, dass seine Fürsorge wieder Hoffnung entfacht hatte. Aber Hoffnung auf was? Dass er weiterhin Gefühle für sie hegte und eine Versöhnung anstrebte? Ja, zuerst mit Sicherheit. Egal, in welche

Richtung sich ihre Beziehung auch entwickeln mochte, Rick würde ihr immer am Herzen liegen, und sie wünschte sich seine Freundschaft. Aber Versöhnung?

Eine Stunde lang saß Clarice einfach nur da und ging jedes noch so kleine Detail ihrer letzten Begegnungen durch. Sicher, sie hatten sich wieder angenähert. »Wir beide waren mal ein gutes Team«, hatte Rick im Krankenhaus gesagt. Clarice hob Ella vom Schoß, nahm die Krücken und verließ das Haus. Die Hunde folgten ihr. Sie durchquerte den Garten, betrat die Werkstatt und schaute auf das Regal, wo die wunderschöne Clarice-Cliff-Vase stand. Sie trat näher heran und ließ die Finger über die Oberfläche gleiten. Die Vase war von einem echten Experten repariert worden, und Clarice konnte keinen Riss mehr ertasten; aber sie wusste, dass, wenn man hineinschaute, im Inneren noch immer Haarrisse zu sehen waren. *Wie gut*, sinnierte sie, *kann man etwas reparieren, das einmal zerbrochen ist?*

Kapitel 18

Am folgenden Morgen war Clarice in der Werkstatt, und ihre Gedanken wanderten noch immer von einem Extrem zum anderen. Die Nacht über hatte sie nicht durchschlafen können. Sie hatte versucht, herauszufinden, was da zwischen ihr und Rick passierte, ob sie tatsächlich noch eine Zukunft hatten, und sie war jede noch so kleine Möglichkeit durchgegangen, wie ihre Beziehung sich entwickeln könnte. Schließlich kam sie zu dem Schluss, dass das unmöglich war. Als versuchte man, den Wind einzufangen.

Um sich abzulenken, hatte Clarice mit einem Großputz begonnen. Ein blauer Plastiksack quoll bereits von zerrissenen Papieren über, und die Spüle war voller Spülwasser. Ein Anruf von Jonathan, der sie um Hilfe bei einem verwahrlosten Hund bat, riss sie schließlich aus ihren Gedanken.

»Soll ich schon heute Nachmittag hin?«

»Wenn es dir passt, Liebes. Aber dann wirst du allein fahren müssen. Ich kann nicht.«

»Was weißt du denn über den Hund?« Während sie sprach, legte Clarice den Putzschwamm in die Spüle und zog die gelben Plastikhandschuhe aus. Dann zog sie die Jacke an, und die Hunde erkannten sofort, dass der Aufbruch kurz bevorstand, und rasch liefen sie zur Tür.

»Er ist ein wenig von allem, ein kleiner Kerl mit Namen Micky. Ist vermutlich zwischen zwei und drei Jahren alt. Er war in einem furchtbaren Zustand, als ich ihn zu mir genommen habe. Am Freitag habe ich ein vereitertes Gelenk bei ihm operiert, und natürlich kann er sich jetzt auf drei Beinen nur noch langsam bewegen. Ich habe ihn zwei Nächte bei mir behalten und dann ins Tierheim gebracht. Unglücklicherweise hat Leanne gesagt, er brauche jede Menge Streicheleinheiten, und das geht im Tierheim nun mal nicht. Der arme kleine Kerl hat furchtbare Angst.«

»Meinst du Leanne vom Dog and Puss Purple Mansion?«

»Ja, genau die.«

»Sie leitet das Heim schon seit Jahren. Es ist eines der Besten in der Gegend. Wenn sie sagt, das Tierheim ist nichts für ihn, dann glaube ich ihr das«, sagte Clarice. »Wer ist denn von der Stadt dafür zuständig? Chris oder Mark?«

»Du weißt doch, wie ich immer das Leben im Allgemeinen beschreibe, oder?«

»Ja, du bist da recht eindeutig.«

»Genau, Liebes … Das Leben ist entweder Scheiße oder zuckersüß, und heute ist ein Scheißtag.«

»Dann also Inspector Chris.«

»In der Tat.«

Clarice lächelte. Sie wusste, dass Jonathan sogar noch höflich war. Für gewöhnlich bezeichnete er Chris Cane einfach nur als den ›Fettsack‹. Chris war als gierig bekannt. Wann immer es etwas umsonst gab, war er nicht weit, ob es um Obst bei Clarice oder Fasane nach einer Jagd ging. Mark Snell hingegen war das genaue Gegenteil. Er war Mitte dreißig und mit seiner Frau und den Töchtern vor einem Jahr von London nach Lincoln gezogen. Er hatte sich rasch an das Landleben gewöhnt und war bei den Einheimischen sehr beliebt. Doch diesmal war es Chris, der sich regelmäßig melden und sich nach dem Wohlbefinden des Hundes erkundigen würde. Man konnte ihm einfach nicht entkommen.

Das Handy zwischen Ohr und Schultern geklemmt, redete Clarice, während sie auf den Krücken durch den Garten und zurück zum Haus hüpfte. Es war schon nicht mehr ganz so kalt, und gelegentlich ließ sogar ein Sonnenstrahl das nasse Glas glitzern.

»Das Paar, dem Micky und noch ein anderer Hund gehörten, weigerte sich, sie den Beamten vom Tierschutz zu übergeben«, fuhr Jonathan fort. »Also hat man die Polizei gerufen. Kurz darauf kam ein Constable mit Namen Lenny. Ich habe mit Inspector Cane darin übereingestimmt, dass die Tiere aus dem Haus geholt werden mussten … Warte mal ab, bis du den armen Micky siehst. Der andere Hund hat es leider nicht überlebt. Ich musste ihn einschläfern.«

»Das ist immer so herzzerreißend. Ich nehme an, in dem Fall kommt es auch zu einer Anzeige, oder?«

»Ja, sieht so aus. Aber du weißt, was auf dem Spiel steht. Wenn wir den Fall verlieren, muss Micky wieder zu seinen Besitzern zurück, zu eben den Leuten, die ihm das angetan haben.«

»Aber da stehen die Chancen doch eher schlecht, nicht wahr?«

»Ja, und wenn es doch hart auf hart kommt, sind da die Fotos, die der Inspector und ich gemacht haben. Die beweisen eindeutig, wie ausgemergelt und krank die Tiere waren. Ich bezweifle, dass das Gericht gegen uns entscheiden wird.«

»Gelenke können aus verschiedenen Gründen eitern«, warf Clarice ein.

»Micky hatte diese Verletzung schon lange. Er hätte schon längst behandelt werden müssen. Er und der andere Hund sind schwer vernachlässigt worden. Ich würde dich ja nicht bitten, Clarice – ich kenn ja deine Situation –, aber es gibt niemand anderen. Chris hat gesagt, ihm gingen die Optionen aus, und Leanne ist ziemlich sicher, dass Micky viel zu nervös für ein Tierheim ist. Es ergibt also auch keinen Sinn, ihn in ein anderes zu verlegen. Und Chris wäre froh, wenn du ihn nehmen würdest.«

»Klingt, als wären Micky und ich wie füreinander gemacht – er auf drei Beinen und ich auf Krücken.«

»Das wollte ich jetzt nicht aussprechen.«

»Im Augenblick ist Micky also im Niemandsland, bis sein Fall entschieden ist, und meine Aufgabe besteht darin, ihn wieder aufzupäppeln.« Clarice sprach aus Erfahrung. »Solange der Fall vor Gericht nicht gewonnen ist, kann er nicht vermittelt werden, es sei denn, die Besitzer geben ihn freiwillig ab. Vor dem Gesetz gehört er ja noch ihnen.«

»Genau. Nimmst du ihn?«

»Ja, kein Problem«, antwortete Clarice. »Team Clarice steht Gewehr bei Fuß. Ich werde Sandra und Bob erst später sehen, aber ich weiß, dass sie mir helfen werden.«

Clarice beendete das Gespräch mit einem reumütigen Lächeln und ging in den kleinen Raum am Ende der Küche, den sie als Lager benutzte. Hier drin war es warm genug für Micky, und der Raum war nicht allzu weit entfernt, sodass sie ihn verwöhnen konnte. Clarice hatte gerade begonnen, verschiedene Dinge umzuräumen, als ihr das Bellen der Hunde verriet, dass jemand gekommen war.

Clarice schaute hinaus und sah einen blauen Volvo, den sie nicht kannte. Sie beobachtete den Wagen durch das Fenster, bis schließlich die große, schlanke Gestalt von Jack Lyme ausstieg. Das war neu. Jack war noch nie bei ihr gewesen, doch Clarice verbarg ihre Überraschung und ging mit den Hunden raus.

»Hi, Jack.« Sie lächelte ihn breit an.

»Hallo, Clarice. Ich hoffe, ich komme nicht ungelegen.«

Als sie ihn so anschaute, verstand Clarice sofort, warum Lucy ihn als attraktiv und Daisy ihn als verdammt gut aussehend bezeichnet hatte.

Aber heute wirkte er auch ungewöhnlich hager und nervös. Der auf ihm lastende Druck war ihm deutlich anzusehen.

»Schön, dich zu sehen«, sagte Clarice, als sie ihn erreichte. »Komm rein. Möchtest du einen Kaffee?«

»Danke, aber das ist nicht nötig«, antwortete er auf dem Weg zum Haus. »Ich nehme an, du kannst dir schon denken, warum ich hier bin.«

»Wegen Ginny?«

Er nickte. »Ich weiß, dass du Lucy besucht hast.«

»Ja, ich war bei ihr.«

Clarice setzte sich an den Küchentisch und Jack nahm ihr gegenüber Platz.

»Und was hat sie dir erzählt?«

»Sie hat gesagt, dass es Ginny gut geht. Sie braucht nur ein wenig Freiraum.«

»Es war meine Idee, dass sie sich eine Auszeit von Winterby nehmen soll. Harrys Verhalten war unerträglich in letzter Zeit.« Kurz verzog Jack das Gesicht, dann fuhr er fort: »Ich möchte nicht, dass jemand schlecht über Ginny denkt. Sie ist echt mit den Nerven am Boden.«

»Das kann ich mir denken, aber ihm eine reinzuhauen, ist nicht gerade der beste Plan«, erwiderte Clarice.

»Ich weiß. Mum und Dad haben gesagt, damit würde ich ihm nur in die Hände spielen.«

»Und da haben sie recht.«

»Das Problem ist, Dad ist der gelassenste Mann im Land, aber Mum ist genau das Gegenteil. Sie ist außer sich vor Wut. Es könnte durchaus sie sein, die Harry das Licht ausknipst. Die Atmosphäre in Winterby ist richtig Scheiße.«

»Der Beschützerinstinkt einer Mutter neigt bisweilen zu Übertreibungen.«

»Da hast du wohl recht …« Jack hielt kurz inne. »Aber du kennst ja Mum.«

Clarice dachte an Paula, ihr Konkurrenzdenken, die an Grobheit grenzende Art, wie sie Angestellte behandelte, und daran, wie sie ihre eigenen Kinder herumzuschubsen pflegte. Paula kannte keine Kompromisse. Sie kam niemandem auf halbem Weg entgegen. Doch es überraschte Clarice, dass Jack so offen darüber sprach. Hatte er nun den Punkt erreicht, da es ihm nichts mehr ausmachte, seiner Mutter gegenüber illoyal zu sein?

»Mag Paula Ginny?«

Jack hob die Hände zum Zeichen seiner Machtlosigkeit. »Ich glaube nicht, dass in ihren Augen überhaupt jemand gut genug für Laura oder mich ist. Aber sie weiß, wenn sie sich nicht mit Ginny arrangiert, ziehe ich aus.«

»Das klingt diplomatisch.« Clarice versuchte, die Stimmung zu heben. »Immerhin würde es zwischen dir und deiner Mum nicht zur Katastrophe kommen, wenn du wegziehst. Und du würdest auch nicht die gute Beziehung zu deinem Dad und Laura gefährden.«

»Ja«, Jack schaute sie an, »das stimmt.« Er verzog die Lippen zu einem Hauch von Lächeln, doch mied ihren Blick. »Als Laura geheiratet hat, ist sie mit ihrem Mann in die Stadt gezogen. Du weißt ja, wie das ausgegangen ist. Mum hat ständig bei ihnen vor der Tür gestanden. Am liebsten würde ich mit Ginny weit weg von Castlewick leben, ganz von vorn anfangen.«

»Wie auch immer du dich entscheidest, ich hoffe, es funktioniert.« Clarice lächelte ihn an. »Ginny ist ein tolles Mädchen.«

»Ja.« Diesmal war Jacks Lächeln verträumt. »Das ist sie.«

»Ich komme am Donnerstag nach Winterby Hall.«

»Während der Jagd?«, hakte Jack nach.

»Ja, aber damit habe ich nichts zu tun. Ich habe Vita versprochen, einen Kaffee mit ihr zu trinken.«

Schweigen. Clarice wusste nicht so recht, was sie als Nächstes sagen sollte.

»Ich sollte besser wieder zurück«, sagte Jack schließlich.

Während Clarice Jack hinterherschaute, dachte sie, wie verzweifelt er sein musste. Jack hatte offenbar furchtbare Angst, Ginny zu verlieren. Glaubte er wirklich, dass Harry ihre Beziehung zerstören könnte?

Eine halbe Stunde später fuhr Clarice los, nachdem sie eine Notiz für Sandra und Bob wegen Micky geschrieben und Leanne im Tierheim angerufen hatte.

Als sie über die Long Road fuhr, schaute sie nach links zu der dunklen Silhouette der Galgenscheune. Sie würde nie wieder an diesem Ort vorbeifahren können, ohne an Rose und an ihre eigene Rolle bei der Entdeckung der fauligen Leiche zu denken.

Zwanzig Minuten später bog Clarice auf den Hof des Tierheims ein. Das Gebell von wenigstens zwanzig Hunden begrüßte sie. *Der arme Micky*, dachte sie. Es musste eine furchtbare Erfahrung für ihn sein, nachdem er schon so viel durchgemacht hatte.

Leanne kam heraus, um Clarice zu begrüßen. Sie war eine große Frau Ende sechzig und mit einem dunklen Schatten über der Oberlippe wie von einem Schnauzbart. Sie trug eine alte Jeans, eine Steppjacke und Gummistiefel. Den lilafarbenen Hut hatte sie bis zu den Augenbrauen heruntergezogen.

»Hi, Leanne«, rief Clarice. »Ist Micky bereit?«

»Ja, aber lass mich dir erst sein Spezialfutter geben. Ich glaube, allein mit dir wird es ihm schnell besser gehen. Die großen Zwinger hier machen ihn richtig nervös.«

Nachdem sie das Futter in Clarices Kofferraum geladen hatte, führte Leanne sie zu einem Zwinger mit Auslauf. Die Luke zum Innenraum stand offen, und sie konnten die Umrisse eines kleinen, knochigen Hundes sehen. Die PVC-Türen jedes Zwingers waren leuchtend violett gestrichen. Gleiches galt für den Gartenzaun und die Eingangstür des Hauses. Gerüchten zufolge war Leanne in jungen Jahren ein Hippie gewesen, ein Blumenkind, und Violett erinnerte sie an ihre Jugend.

Als Clarice Mickys Zwinger betrat, sah sie, dass er ein langhaariger brauner Mischling war, der keiner bestimmten Rasse angehörte. Sein Gesicht war eckig, sein Körper erinnerte an einen Whippet, und die Ohren standen aufrecht. Sein Zustand war genau so, wie Jonathan ihn beschrieben hatte: Micky hatte überall kahle Stellen und war so dünn, dass man die Rippen zählen konnte. Er erwiderte Clarices Blick mit traurigen braunen Augen. Resigniert verfolgte er, wie Clarice sich ihm näherte. Dann senkte er den Blick und leckte sich die Lefzen als Friedenszeichen. Sein linkes Hinterbein steckte komplett in einem blauen Verband. Er war so fest, dass der Hund das Bein nach hinten ausstrecken musste.

Nach zehn Minuten Streicheln und Säuseln hob Clarice ihn sanft hoch, um ihn zum Wagen zu tragen, wo sie ihn im Fond in ein Nest aus alten Decken legte. Der Himmel war schwarz, und als Clarice Leanne winkte und losfuhr, fielen die ersten Regentropfen. Rasch regnete es immer heftiger. Als Clarice erneut die Galgenscheune erreichte, sah sie trotz des vielen Wassers auf der Windschutzscheibe eine Bewegung. Eine geduckte Gestalt marschierte entschlossen am Straßenrand entlang.

Clarice fuhr links ran und öffnete das Beifahrerfenster. »Hallo!«, rief sie. »Alles in Ordnung?«

Die durchnässte Gestalt blieb stehen und drehte sich zu ihr um. Es war Jackie Smith.

»Hallo … Sie sind Jackie, nicht wahr? Alles okay?«

Jackie hielt sich den Kragen ihres Regenmantels zu und zog ihn bis zum Kinn. Das Haar klebte an ihrem Kopf. Sie starrte Clarice ins Gesicht, als könnte sie sie nicht erkennen. Der Regen prasselte weiter.

»Ich habe Ihre Schwester gekannt … Rose … Tut mir leid, ich meine natürlich Sharon.«

»Ich weiß, wer du bist«, schnappte Jackie und starrte Clarice weiter ohne zu blinzeln an.

»Haben Sie sich verirrt? Sie sind ja vollkommen durchnässt.« Clarice wusste nicht so recht, was sie sagen sollte.

»Du bist diese komische Frau … die Freche mit den Katzen …«

»Wo ist Ihr Mann?«, fragte Clarice. Panisch schaute sie sich um. Konnte das ein Trick sein? Ob Pete Smith sich hier irgendwo versteckte, bereit, rauszuspringen und in ihren Wagen zu steigen? Andererseits, woher sollte er wissen, dass sie um diese Zeit hier vorbeifahren würde?

»Er kommt wieder zurück.« Jackie hielt kurz inne und sah sich um. »Er hat gesagt, ich soll eine halbe Stunde warten. Er wollte sich mit jemandem treffen. Er hat mich hiergelassen.« Sie warf einen Blick in Richtung Scheune. »Aber er ist nicht zurückgekommen.«

»Es ist ein langer Weg bis Castlewick«, sagte Clarice.

Jackie zögerte. Dann traf sie eine Entscheidung, öffnete die Wagentür und setzte sich auf den Beifahrersitz. Zu guter Letzt warf sie die Tür hinter sich zu.

Micky stieß ein leises Knurren aus.

»Was ist das?«

»Das ist ein Hund, aber da ist ein Gitter vor ihm. Er tut Ihnen nichts.«

Aus der Nähe betrachtet war Jackies Gesicht kreidebleich und wirkte krank. Das Make-up um ihre Augen war im Regen verlaufen und bildete nun verschmierte Panda-Flecken. Die Hände, die sie in den Schoß gelegt hatte, waren klein wie die eines Kindes und die Nägel abgekaut. Clarice hätte sie nie als Roses Schwester identifiziert. Rose mochte ja 50er-Jahre-Klamotten getragen haben, aber sie hatte zumindest Stil gehabt.

Clarice trat aufs Gaspedal und fuhr zügig los. Falls Pete doch in der Nähe lauern sollte, wollte sie so schnell wie möglich wegkommen.

»Wohnen Sie noch immer im Pub?«

Wieder starrte Jackie sie stumm an, bevor sie antwortete: »Was anderes können wir uns nicht leisten.« Ihr Akzent war reines Norfolk, die Stimme behäbig.

»Okay. Ich lasse Sie dann da raus«, sagte Clarice.

Jackie schien sich zu entspannen. Sie zog den Mantelkragen herunter und strich sich gedankenverloren übers Haar. »Er ist schon lange weg.«

»Wen wollte er denn treffen?«

»Das geht dich nichts an«, knurrte Jackie. »Aber ich weiß es eh nicht. So was sagt er mir nicht.«

Clarice nickte. Rick hatte sie richtig beschrieben: Die Frau war träge und definitiv kalt.

»Sie haben Maggie nicht gekannt?«

»Nein«, antwortete Clarice. Die Frage überraschte sie. »Ich habe Ihre andere Schwester gekannt. Sharon.«

»Nun, hättest du gesagt, dass du Maggie kennst, hätt ich gewusst, dass du lügst. Pete hat sie auch nicht gekannt. Sie ist schon lange gegangen.«

»Ist sie tot?«

»Wie kommst du denn darauf?«

»Sie haben gesagt, sie sei schon lange gegangen.«

»Sie ist nach Schottland gegangen. Aber Tante Peggy hat uns nicht viel erzählt. In jedem Fall hat sie nichts davon gesagt, dass sie tot sei!«

»Das war nicht gut. Sie hätte Ihnen alles erzählen sollen. Sie sind ihre Schwester.«

»Da hast du verdammt noch mal recht.« Die Worte sprudelten förmlich aus Jackie heraus. »Ich bin ihre Schwester, aber Maggie war immer Tante Peggys Liebling. Die feine Dame hat ja niiie was falsch gemacht … Und ich konnte ihr nichts recht machen.«

»Das ist nicht fair.«

Jackie starrte Clarice wieder an. »Pete hat gesagt, du machst nur Ärger.«

»Warum?«, fragte Clarice überrascht. Sie konzentrierte sich weiter auf die Straße, um im Regen zu sehen, trotzdem fühlte sie Jackies Blick auf sich.

»Ich weiß nicht. Ich nehme an, weil du neugierig und rechthaberisch bist. Pete mag das nicht … besonders nicht bei Frauen.«

»Ich weiß nicht, wie er darauf kommt.« Clarice hatte Probleme, die richtigen Worte zu finden. »Ich habe nur zweimal mit ihm gesprochen.«

»Mehr sag ich nicht«, erklärte Jackie. Sie klang wie ein trotziges Kind. »Ich hab einen Mann, und du hast nur einen Haufen Katzen. Die stinken!«

Clarice dachte über diese seltsame Antwort nach. Sie nahm an, dass Jackie einfach nur Pete nachplapperte. Jackie schaute stur geradeaus und sagte tatsächlich kein Wort mehr, bis sie vor dem Pub ankamen.

»Du wirst ihm doch nichts sagen, oder?«, fragte sie, nachdem sie ausgestiegen war.

»Wem soll ich was nicht sagen?«, fragte Clarice.

»Pete … Du wirst ihm doch nicht sagen, dass ich mit dir gesprochen habe.«

»Haben Sie nicht«, erwiderte Clarice.

Jackie zeigte eine seltsame Mischung aus spöttischem Grinsen und Lächeln. »Nein, hab ich nicht«, sagte sie, schlug die Tür zu und rannte zum Pub.

»Sie als ›seltsam‹ zu beschreiben, wäre noch untertrieben«, sagte Clarice eine Stunde später zu Sandra und Bob, als sie alle bei Micky im Lagerraum saßen.

Der Hund war unterwürfig ins Haus geschlichen, und nachdem er das Wenige gefressen hatte, was er hatte fressen dürfen, hatte er sich in seinen Korb zurückgezogen und halb unter den Decken versteckt. Verängstigt wanderte sein Blick von einem Menschen zum anderen.

Micky stank nach Zwinger, und Clarice wusste, dass Sandra ihn am liebsten gebadet hätte, aber jetzt würden sie erst einmal mit dem Gestank leben müssen. »Das wäre zu viel für ihn, Sandra. Lass ihn sich heute Nacht einfach ausruhen«, sagte sie.

Sandra nickte zustimmend. »Wenn wir ihn gebadet haben, können wir auch die Decken wechseln«, erwiderte sie und blickte auf die kleine, zusammengerollte Kreatur hinunter. »Dann werden wir diesen furchtbaren Gestank endlich los.«

»Wir haben uns schon Sorgen gemacht.« Bob schaute Clarice besorgt an. »Besonders bei dem Wetter.«

»Ich wollte Jackie nicht da draußen lassen.«

»Du bist einfach zu weich, Liebes«, sagte Sandra.

»Sie tut mir schlicht leid. Ich glaube, sie hat irgendeine Art von geistiger Behinderung … Das Leben muss ziemlich verwirrend und schwer für sie sein.« Clarice klang düster.

»Sie ist nicht dein Problem.« Während sie sprach, hielt Sandra den Blick fest auf Micky gerichtet. Dann beugte sie sich langsam vor, um ihn zu streicheln. »Tante Sandra wird sich um dich kümmern.« Clarice beobachtete, wie Micky vorsichtig den Kopf in Sandras Hand schmiegte.

»Wir sollten jetzt besser gehen.« Bob stand auf. Widerwillig folgte Sandra ihm aus dem Raum, um ihre Mäntel zu holen.

»Danke, dass ihr mir morgen wieder helft«, sagte Clarice.

»Das macht uns nichts aus, solange du vorsichtig bist«, erwiderte Bob in strengem Ton.

»Das werde ich«, versicherte Clarice ihnen, »und ich fahre auch erst zur Mittagszeit. Also sehen wir uns vorher noch.« Wie schon öfter in der Vergangenheit fragte Clarice sich, ob Sandra und Bob sich als ihre Ersatzeltern betrachteten. Sie zumindest hatte immer nur gute Freunde in ihnen gesehen … unersetzliche, gute Freunde.

Kapitel 19

»Vergiss nicht, aufzupassen, Liebes.« Kurz konzentrierte Sandra sich nicht mehr darauf, Micky zu waschen, sondern rief nach Clarice. Um den kleinen Hund nicht zu verängstigen und damit er nicht irgendwo hinpinkelte, hatte sie ihn in eine trockene Wanne gesetzt und wusch ihn nun sanft mit einem Schwamm und Hundeshampoo. Mickys große, liebenswerte Augen blieben die ganze Zeit über auf ihr Gesicht gerichtet.

»Das werde ich«, rief Clarice zurück, als sie den Raum verließ. Auf dem Weg zum Wagen schaute sie sich noch einmal die tiefen Kratzer auf beiden Seiten an. Sie hatte Jim davon erzählt, und er hatte vorgeschlagen, sie erst in der nächsten Woche reparieren zu lassen, wenn sie beide weniger zu tun haben würden.

Als Clarice den Motor startete, klingelte ihr Handy. Georgie fiel ihr als Erstes ein, doch die Nummer war ihr unbekannt. Sie drückte auf ›Annehmen‹.

»Du Schlampe!« Sie erkannte die kehlige, aggressive Stimme sofort. Das war Pete Smith.

»Woher haben Sie meine Nummer?« Clarice versuchte, ruhig zu bleiben, als würde sie seine Wut nichts angehen.

»Lass deine dreckigen Finger von meinem Eigentum!«

»Eigentum? Wenn Sie damit meinen, dass ich Ihre Frau

mitgenommen habe, dann wollte ich nur freundlich sein. Es hat geschüttet wie aus Eimern.«

»Sie wartet da, wo ich ihr sage, dass sie warten soll. Hätte sie das getan, wäre sie auch nicht nass geworden.«

»Es wäre nicht gut für sie gewesen, ausgerechnet in der Scheune zu warten, wo man die Leiche ihrer Schwester gefunden hat. Außerdem ist es da drin auch nicht trocken, das Dach ist kaputt.«

»Das geht dich einen verdammten Scheißdreck an, Schlampe! Wenn du deinen Hunden ›Sitz‹ sagst, dann willst du doch auch nicht, dass irgendein Penner ihnen was anderes befiehlt.«

»Okay. Wenn ich sie noch mal sehe, werde ich ihr nicht mehr anbieten, sie mitzunehmen.« Clarice erkannte, dass Smith sie in eine Falle locken wollte, aber sie würde nicht darauf eingehen, dass er seine Frau mit einem Hund verglich.

»Das reicht mir aber nicht.«

Ein kaltes Schweigen breitete sich zwischen ihnen aus. Sie hatten ein Patt erreicht. Clarice legte einfach auf.

Als sie wenige Minuten später auf die Hauptstraße fuhr, schaute sie in den Rückspiegel und dann rasch nach rechts und links. Sie wollte es nicht zugeben, aber sie war verängstigt. Pete Smith hatte mit Vernunft nichts am Hut. Sie war fest davon überzeugt, dass er bereits Rachepläne schmiedete, um seine Wut zu nähren. Nach dem Gespräch mit Jackie hatte er einen wahren Hass auf sie entwickelt, dessen war Clarice sicher. Sie erinnerte sich daran, was Rick über Petes Probleme mit dem Alkohol und über seine Wut gesagt hatte.

Doch die Fahrt verlief ereignislos, und der Gedanke, dass Pete Smith sie verfolgen könnte, schwand langsam. Nach dem Regenguss gestern war es trocken, und ein paar Stunden später fuhr Clarice auf dem Weg zum Sunnydale Seniorenheim durch King's Lynn und ließ sich dabei von ihrem Navi leiten.

Das Heim war ein lang gestrecktes, einstöckiges Gebäude in einer ruhigen Straße direkt neben einer Grundschule. Beide waren vermutlich in den Siebzigern gebaut worden.

Jetzt, um kurz nach zwei Uhr nachmittags, war der Parkplatz bereits voll. Tatsächlich bekam Clarice den letzten freien Stellplatz. Schon von außen war deutlich zu sehen, dass das Gebäude für Menschen mit Behinderung gebaut worden war. So gab es eine breite Rampe neben der Eingangstreppe, und als Clarice sich der Tür näherte, sah sie durch die Fenster eine lange Reihe Rollstühle. Clarice drückte die Klingel, und ein paar Augenblicke später erschien eine elegant gekleidete Frau Mitte vierzig und öffnete die Tür mittels einer Zahlentastatur.

»Hallo.« Clarice lächelte. »Ich bin Clarice Beech. Ich bin hier, um Linda Bates zu besuchen.«

»Ja, wir haben miteinander telefoniert. Ich bin Mrs Freeman.«

Clarice nahm beide Krücken in die linke Hand und streckte die rechte aus.

»Sie Arme. Hatten Sie einen Unfall?« Mrs Freeman schaute auf Clarices Krücken.

»Ich bin gestürzt.« Mehr sagte Clarice nicht dazu. Sie folgte dem Geruch von Haarspray, der von dem perfekt frisierten Kopf der Frau ausging.

»Stürze sind für uns nichts Ungewöhnliches«, bemerkte Mrs Freeman. »Das ist hier Alltag.«

»Das kann ich mir denken.«

»Linda freut sich schon auf Ihren Besuch. Sie hat den anderen Bewohnern erzählt, Sie seien die Nichte einer alten Freundin.«

»Ist sie verwirrt?«

»Nur, wenn es ihr passt.« Mrs Freeman sprach über die Schulter hinweg und hob bedeutungsvoll die Stimme. »Wie ich Ihnen ja schon am Sonntag gesagt habe, ist ihr Körper zwar schwach, aber ihr Verstand ist noch immer scharf. Tatsächlich ist sie alles andere als verwirrt.«

Mrs Freeman marschierte entschlossen vor, und Clarice versuchte, in dem gefühlt endlosen beigen Gang mit ihr mitzuhalten. Auf beiden Seiten standen grüne Plastikstühle. Clarice stellte sich vor, wie die Bewohner ihre Tage auf den harten Stühlen verbrachten und die beigen Wände anstarrten. Sie kamen an einem langen Raum vorbei. Die Türen standen offen. Der Raum war voller Tische und Stühle, und es roch nach Essen … genau wie in Clarices alter Schulkantine. Im Raum daneben lungerten alte Leute vor einem Fernseher im Halbkreis auf ihren Sesseln. Trotz der hohen Lautstärke schienen viele zu schlafen. Andere wiederum saßen zu zweit oder zu dritt zusammen und schauten gelangweilt drein, als wären ihnen die Gesprächsthemen ausgegangen. Sie warteten nur darauf, dass sie endlich ihre Pflicht erfüllt hatten und gehen konnten.

Zwei junge Frauen, dem Aussehen nach zu urteilen von den Philippinen stammend, fuhren mit Rollwagen voller Teetassen, Biskuits und zwei großen Thermoskannen aus rostfreiem Stahl herum. In einem anderen, kleineren Wohnzimmer ohne Fernseher saß eine einsame, ältere Dame mit einer Decke über Schoß und Beinen.

»Das ist Clarice Beech, Linda«, stellte Mrs Freeman Clarice vor.

Clarice trat vor und bot Linda die Hand an, die sie mit beiden ergriff.

»Hier.« Mrs Freeman zog einen anderen Sessel heran. Clarice legte die Krücken auf den Boden und setzte sich Linda gegenüber. Ihre Knie berührten sich fast.

»Aclan wird Ihnen etwas Tee bringen.« Mrs Freeman lächelte professionell und ging.

Clarice schaute wieder zu Linda und sah, dass die alte

Dame sie nicht eine Sekunde aus den Augen gelassen hatte. Ihre arthritischen Hände waren wie Klauen. Jetzt lagen sie in ihrem Schoß, und ihre kleinen braunen Augen in dem faltigen, vom Alter gegerbten Gesicht waren voller Leben. Dann lächelte Linda unerwartet, und zwischen ihren Lippen zeigten sich zwei einsame Zähne.

»Ich kenne Sie nicht, oder?« Sie stellte die Frage leise und mit starkem Norfolk-Akzent. Linda kam direkt auf den Punkt, war dabei aber beileibe nicht unfreundlich.

»Nein, wir kennen uns nicht«, antwortete Clarice. »Ich würde Sie gerne nach den Nichten einer Freundin von Ihnen befragen ... Peggy Little.«

»Peggy und ich waren zusammen auf der Schule«, sagte Linda.

»Ja, ich weiß.« Während Clarice sprach, brachte eine der jungen Frauen, die sie vorhin gesehen hatte, ein Tablett mit einer kleinen Kanne Tee, Milch, Zucker und einem Teller, auf dem zwei Vollkornbiskuits lagen.

»Bekommen wir eine Sonderbehandlung?«, fragte Clarice, als sie wieder allein waren.

»Das liegt daran, dass Sie keine regelmäßige Besucherin sind und mit gutem Akzent sprechen«, antwortete Linda.

»Tue ich das?«

»Ihr Akzent ist nicht eingebildet, aber auch nicht primitiv – Queen's English.« Linda lächelte listig. »Das beeindruckt Mrs Freeman jedes Mal. Sie ist ein Snob.«

»Ich nehme an, nächstes Mal muss ich mir den Tee dann auch aus den Thermoskannen holen«, flüsterte Clarice verschwörerisch.

»In jedem Fall wäre es schön, wenn es ein nächstes Mal geben würde.« Linda starrte sie durchdringend an. »Haben Sie Peggy gekannt? Mrs Freeman hat mir erzählt, dass sie der Grund sei, warum Sie mich besuchen.«

»Nein«, antwortete Clarice. Sie mochte Linda. Die alte Dame war neugierig, hatte einen scharfen Verstand, und Clarice hatte den Eindruck, dass sie Ehrlichkeit zu schätzen wusste. Also beschloss Clarice, die Geschichte zu vergessen, die sie sich ausgedacht hatte. Linda hätte sie sowieso binnen Minuten durchschaut.

»Lassen Sie mich Ihnen erst einmal sagen, wer ich bin«, begann Clarice. Dann erklärte sie, was sie von Beruf machte und was ihr passiert war. Sie erzählte alles von der Entdeckung von Rose in der Scheune bis zu ihren Gedanken zu den Todesumständen.

»Nun«, seufzte Linda, als Clarice fertig war, »da haben Sie ja ein richtiges Abenteuer erlebt. Ich bin ganz neidisch.«

»Wenn ich könnte, würde ich Ihnen die Erinnerung an den Fund von Roses Leiche sofort überlassen.«

»Ja.« Linda nickte. »Sie armes Ding. Das verstehe ich.« Sie zögerte, als müsste sie erst mal nachdenken. »Es heißt immer, man solle nicht schlecht von den Toten sprechen, aber Sharon … Tut mir leid, ich kann sie nicht Rose nennen. Sharon war ein absoluter Horror, sowohl als Kind wie auch als Erwachsene. Es überrascht mich nicht, dass sie so geendet ist.«

»Ein Horror? In welcher Hinsicht?«, hakte Clarice nach.

»Schwarz und Weiß. Ich habe sowohl Peggy als auch ihre Schwester Barbara in der Schule gekannt, Sharons Mutter. Peggy und ich waren in derselben Klasse. Barbara war zwei Jahre älter als wir. Ich habe sie nie gemocht. Sie war das Schwarz zu Peggys Weiß, eine Diebin und Lügnerin. Sie hatte zwei Mädchen mit ihrem Mann Jerry, Sharon und Jackie. Eines Tages ist er einfach abgehauen. Er hatte herausgefunden, dass Barbara eine Affäre mit Ian hatte, dem Dorfmetzger. Als Barbara dann mit der jungen Maggie schwanger wurde, hat wiederum Ian seine Frau verlassen und ist bei ihr eingezogen.«

»Das hört sich doch nach einer zumindest einigermaßen stabilen Kindheit an«, bemerkte Clarice.

»Unglücklicherweise nein. Nach der Geburt von Maggie ist Barbara wieder ihren alten Lastern verfallen: Alkohol und Männer. Ian hat sie schließlich auch sitzengelassen und ist zu seiner Frau zurückgekehrt. Dann, als Maggie fünf war, ist Barbara gestorben.«

»Das ist traurig.«

»Sie war mit zwei Betrunkenen im Auto, und es gab einen Unfall. Die beiden Männer haben überlebt, doch Barbara war sofort tot.«

»Was ist danach mit den Mädchen passiert?«

»Jerry, der Ex-Mann, hatte wieder geheiratet, und seine neue Frau wollte sie nicht. Jerrys Mutter hat sie aufgenommen, aber die wollte nur ihre eigenen Enkel. Maggie hat sie abgelehnt.«

»Was für eine Schande, sie zu trennen. Hat Maggies Vater sie aufgenommen?«

»Dessen Frau wollte sie auch nicht. Also ist sie bei ihrer Tante Peggy eingezogen.«

»Ich wusste gar nicht, dass Maggie von Peggy großgezogen wurde«, sagte Clarice überrascht.

»Woher sollten Sie das auch wissen? Ich habe mir immer gedacht, dass Peggy von Glück sagen konnte, Maggie bekommen zu haben. Und da wären wir wieder bei Schwarz und Weiß: Sharon und Jackie waren wie ihre Mutter. Sie haben ständig Streit gesucht, haben geflucht, geklaut und waren furchtbare Lügnerinnen. Ich habe Peggy immer gebeten, sie nicht mit zu mir zu bringen, wenn sie bei ihr zu Besuch waren. Obwohl …«

»Ja?« Clarice beugte sich vor.

»Jackie war nie, was ich ›gesund‹ nennen würde.« Linda tippte sich an den Kopf. »Als Kind stand sie manchmal eine

Stunde mit offenem Mund einfach nur da und starrte ins Leere. Ich weiß nicht, was mit ihr nicht stimmt, aber sie war seltsam. Heutzutage kennt man sich mit solchen Sachen ja besser aus.«

»Ich habe sie kennengelernt.«

»Ja, das haben Sie. Sie haben es mir gerade erzählt.«

»Aber Maggie haben Sie doch gemocht, oder?«, hakte Clarice nach.

»Ein liebes Mädchen. Und so hübsch. Es hat Peggy das Herz gebrochen, als sie weggegangen ist. Peggy war mehr eine Mutter als eine Tante für Maggie, und sie hatte sie zu einer ehrlichen, gottesfürchtigen und anständigen jungen Frau erzogen.«

»Wie alt war Maggie denn, als sie weggezogen ist?«

»Mit sechzehn Jahren hat sie in einem Anwesen ungefähr zwanzig Meilen von hier gearbeitet, in Snarebrook Hall. Sie hat dort in den Dienerquartieren gelebt und so gut wie alles gemacht: in der Küche geholfen, geputzt … An ihren freien Tagen ist sie immer mit dem Bus zu ihrer Tante gefahren.«

»Ich kenne das Anwesen«, sagte Clarice. »Es gehört der Familie Fayrepoynt. Das ist ihr Landsitz. Ihr Hauptsitz ist Winterby Hall, nicht weit von mir entfernt in den Lincolnshire Wolds. Sie haben auch noch eine Wohnung am Eaton Square in London sowie ein kleines Haus in Schottland, das Lady Vita ›die Hütte‹ nennt. Allerdings wage ich zu bezweifeln, dass es wirklich eine Hütte ist.«

Linda schien diese Information zu faszinieren. »Ich war noch nie in Snarebrook Hall; also weiß ich auch nicht, wie es da ist. Peggy hat mir erzählt, Maggie habe sich verliebt. Es war jemand, mit dem sie zusammengearbeitet hat. Aber Peggy hat sich große Sorgen um sie gemacht, weil sie so naiv und viel zu vertrauensselig war.«

»Und?«, hakte Clarice nach. »Hat sie ihn geheiratet?«

»Peggy hat das zumindest geglaubt.«

»Sie klingen nicht so sicher.«

»Ich bin nicht einmal sicher, ob Peggy zu hundert Prozent überzeugt davon war. Es hat keinen Gottesdienst gegeben. Maggie trug keinen Ring, und Peggy hat auch nie eine Heiratsurkunde zu sehen bekommen.«

»Wie kam sie dann auf die Idee, dass Maggie verheiratet ist?«

»Weil Maggie nicht wie Sharon und Jackie war. Das Kind hat nie gelogen. Aber Peggy hat erzählt, Maggie werde immer verschlossener, und das war seltsam. Sie hat sie besucht und ihr erzählt, sie und ihr Freund hätten zusammen in Schottland Urlaub gemacht, und dort hätten sie dann auch geheiratet.«

»Ah«, steuerte Clarice bei. »Gretna Green.«

»Maggie hat nicht gesagt wo, aber sie war erst sechzehn«, erklärte Linda. »Sie hat gemeint, wenn der Junge das seiner Familie erzählen würde, wäre die nicht gerade glücklich darüber. Also hat er Maggie gesagt, sie dürfe niemandem etwas von ihm erzählen. Sie solle sich bedeckt halten, bis seine Familie sich an die Vorstellung gewöhnt hat.«

»Dann haben sie also nicht als Mann und Frau zusammengelebt.«

»Nein.«

»Der Mann klingt wie ein Schwächling.«

»Peggy war unglücklich, aber Maggie hat gesagt, sollte sie sich einmischen, würde sie weggehen, und Peggy würde sie nie wiedersehen.«

»Wie gemein!«

»Liebes …« Linda beugte sich vor und legte ihre knochige alte Hand auf Clarices. »Warst du schon mal verliebt?«

Clarice nickte. Das war sie. »Was ist dann passiert?«

»Peggy hat sie sechs, sieben Monate lang nicht mehr gesehen, aber Maggie hat sie sonntagnachmittags immer angerufen. Und dann kam sie zu Besuch. Das war das letzte Mal, dass Peggy sie traf. Maggie hat ihr erzählt, dass sie später an diesem Tag die Familie ihres Mannes kennenlernen würde. Peggy war deshalb richtig aufgeregt.«

»Wie hieß er denn? Der Mann, meine ich.«

»Das wusste ich an dem Punkt nicht. Maggie hat gemeint, er habe sie gebeten, nichts zu sagen, bevor nicht alles geregelt sei. Das hat sie ihm versprochen. Als Peggy sie gefragt hat, von was sie leben wollten, hat sie geantwortet, ihre Zukunft sei geregelt, und dass Geld kein Problem sei.«

»Das könnte heißen, dass er ein Student war, der seine Karriere schon geplant hatte. Vielleicht haben ihn auch seine Eltern unterstützt. Hat sie wirklich keinen Hinweis darauf gegeben, wer seine Eltern oder Geschwister sein könnten?«

»Nein. Nichts. Peggy hat geglaubt, da sie beide so jung waren, würden seine Eltern wollen, dass er sich erst einmal auf seine Ausbildung oder sein Studium konzentriert. Allerdings wusste sie nicht, wie sie das mit der Tatsache in Einklang bringen sollte, dass er in Snarebrook Hall gearbeitet hat.«

»Seltsam. Maggie muss über eine beachtliche Selbstbeherrschung verfügt haben, dass sie sich an ihr Versprechen gehalten hat. Außerdem war sie ja auch noch verliebt und gerade mal sechzehn.«

»Das sehe ich genauso.«

»Und das war's?«

»Sie hat Peggy gesagt, dass sie eine Zeit lang keinen Kontakt zu ihr aufnehmen würde. Sie solle sich aber keine Sorgen machen, das werde schon funktionieren. Und sie hat einen abgeschlossenen Koffer bei Peggy gelassen und gesagt, da seien private Sachen drin. Sie würde ihn später wieder abholen.«

»Und was war in dem Koffer?«

»Nun«, antwortete Linda nachdenklich, »das sollte ich eigentlich nicht sagen. Darüber habe ich noch nie gesprochen.«

Clarice wartete.

»Peggy hat einmal reingeschaut. Ich weiß nicht … vielleicht musste sie dazu sogar das Schloss aufbrechen.«

»Und?«

»Sie war ganz aufgeregt, als sie mir davon erzählt hat, denn sie hatte das Gefühl, Maggie hintergangen zu haben.«

»Was war denn drin?« Clarice konnte ihre Neugier nicht länger im Zaum halten.

»Nicht viel: ein Ehering, der in ein Tuch gewickelt war, und ein gerahmter Druck von einer schottischen Landschaft, eine Karte oder so was. Peggy dachte, dass sie da wohl in Urlaub waren, dass das ein Andenken war.«

»Hat sie nie versucht, sie aufzuspüren?«

»Natürlich. Ungefähr drei Monate, nachdem sie Maggie zuletzt gesehen hatte, rief sie in Snarebrook Hall an und sprach mit der Hausdame. Die hat ihr gesagt, Maggie sei mit ihrem neuen Mann nach Schottland gezogen, doch sie habe keine Kontaktdaten. Sie hat gesagt, der Mann sei ein Gärtner gewesen namens Brian Curtis und dass Maggie schwanger von ihm gewesen sei.«

»Und hat Peggy der Frau geglaubt?«

»Sie wusste nicht, was sie glauben sollte. Vergessen Sie nicht, das war vor vielen Jahren, und Peggy war nicht gerade das, was Sie eine weltgewandte Frau nennen würden. Sie konnte schlicht nicht verstehen, warum Maggie ihr nicht erzählt hatte, dass sie schwanger war. Wenn sie und ihr Mann sich liebten und wenn sie verheiratet waren, was gab es da zu verbergen? Und warum hatte sie niemandem gesagt, dass sie nach Schottland ziehen würde? Aber sie hat die Polizei eingeschaltet.«

»Und was hat die gemacht?«

»Sehr wenig.« Linda schniefte verächtlich. »Sie haben ihr gesagt, dass sie ebenfalls die Hausdame kontaktiert hätten, und die habe ihnen die gleiche Geschichte erzählt. Und obwohl das Ehepaar auf der Suche nach Arbeit durch die Gegend zog, habe die Hausdame ihnen eine Nachricht schicken können. Ein Polizist hat gesagt, sie hätten Telefonkontakt mit Mr und Mrs Curtis gehabt. Die hätten angegeben, dass sie tatsächlich in Schottland leben und dass es ihnen wirklich leidtue, dass Tante Peggy sich solche Sorgen mache. Aber sie hätten gemeinsam die Entscheidung getroffen, sich nicht bei ihr zu melden.«

»Das klingt gefühllos.«

»Peggy hat sich so sehr aufgeregt. Sie konnte nicht verstehen, warum Maggie sich so verhielt. Sie hat immer geglaubt, Maggie würde ihre Meinung irgendwann ändern und sie besuchen kommen. Sie hat nur noch in dieser Hoffnung gelebt … wie in einer Art Limbo.«

»Mal ganz abgesehen von Maggies seltsamem Verhalten«, sagte Clarice, »Gärtner werden nicht sonderlich gut bezahlt. Wie konnte sie da sagen, Geld sei kein Problem, zumal sie ja auf Arbeitsuche durch die Gegend zogen? Die Hausdame muss Denise Lyme gewesen sein. Entweder hat sie gelogen oder Maggie.«

»Ich weiß ihren Namen nicht mehr.« Linda schaute verwirrt drein. »Da war aber auch ein Mann, der Maggie mehrmals bei ihrer Tante abgesetzt hat. Er war älter als sie, in den Zwanzigern. Später hat er sie dann wieder abgeholt, ist aber nie ins Haus gekommen.«

Clarice nickte ermutigend.

»Sein Auto war alt, nichts Besonderes, aber er war gepflegt. Offenbar achtete er sehr auf sich, auch wenn seine Kleidung weder teuer noch modisch war. Peggy hat sie gefragt, ob das ihr Ehemann sei, doch laut Maggie war das nur ein Freund, der sie mitgenommen habe.«

»Was ist aus dem Koffer geworden?«

»Keine Ahnung. Nach Peggys Tod hat Sharon das Haus ausgeräumt und alles verkauft.«

»Nicht Jackie und Pete?«

»Nein, die Schwestern hatten sich offenbar zerstritten. Ein paar Jahre zuvor waren sie aneinandergeraten, als Pete mal wieder im Knast gesessen hat. Ich erinnere mich noch daran …« Linda hielt kurz inne. »Ich erinnere mich noch daran, wie Sharon einmal bei Peggy aufgetaucht ist, als Maggie auch da war. Unverschämt, wie sie war, hat sie Geld verlangt.«

»Und hat Peggy ihr was gegeben?«

»Nein. Sie hatte auch nichts. Und dann hat Sharon Maggie gefragt, aber natürlich hatte die auch nichts. Sie war ja noch sehr jung.«

»Hat Sharon sich Sorgen um ihre Schwester gemacht, als die Verbindung abgerissen ist?«

Linda antwortete nur mit einem Lachen.

»Aber sie war offenbar an Geld interessiert, als sie das Haus ihrer Tante ausgeräumt hat«, sagte Clarice nachdenklich. »Vielleicht war da ja was in dem Koffer, womit sie jemanden hat erpressen können.«

»Das könnte möglich sein.«

Die beiden Frauen schauten einander wortlos an, dann beugte Clarice sich vor und nahm Lindas Hand. »Ich danke Ihnen, Linda. Sie haben mir sehr geholfen.«

Linda lächelte sie an. Ihr verschrumpeltes Gesicht strahlte förmlich. »Und ich habe das sehr genossen«, sagte sie. »So viel habe ich schon seit Ewigkeiten nicht mehr geredet.«

Vor ihrem geistigen Auge sah Clarice wieder die lange Reihe von Plastikstühlen in dem beigen Korridor.

»Ich muss in ein paar Tagen noch mal in die Gegend hier. Darf ich Sie dann besuchen?«, fragte sie.

»Ja, bitte.« Linda strahlte noch mehr. »Weshalb müssen Sie denn noch mal kommen?«

»Abgesehen davon, dass ich Sie wiedersehen will?«, antwortete Clarice. »Ich habe den Schmuck in Sharons Haus fotografiert, und ich habe die zwei Herstellerzeichen in den goldenen Eheringen recherchiert. Eines führt zu einem Goldschmied in Birmingham. Das ist eine Sackgasse. Das andere stammt von einem in Norwich. Er ist umgezogen und inzwischen in Rente. Ich versuche noch immer, Kontakt zu ihm aufzunehmen, um ihm die Fotos zu zeigen.«

»Sie hoffen, dass er Ihnen was verraten kann, ja?« Linda war ganz aufgeregt.

»Genau.«

»Ich habe da vielleicht was für Sie.«

»Wirklich?«

»Ich habe Fotos, die Sie sich anschauen können, auch eins, das ich von den Mädchen und Peggy gemacht habe. Und ich glaube, da ist auch eines von Maggies letztem Besuch. Die guten Bilder habe ich natürlich Peggy gegeben, aber ein paar waren nicht so gut, und die habe ich noch.«

»Die würde ich wirklich gerne sehen«, erwiderte Clarice enthusiastisch. »Ich werde Mrs Freeman eine Nachricht zukommen lassen, sobald ich einen Termin mit dem Goldschmied habe.«

»Wunderbar«, sagte Linda. Plötzlich schaute sie schüchtern drein. »Ich habe den anderen Ladys gesagt, dass Sie die Nichte einer guten Freundin seien. Ich habe ihnen aber nicht gesagt, dass wir uns noch nie gesehen haben.«

»Ach, ja?« Clarice lächelte nachsichtig.

»Es wäre wirklich nett, wenn Sie wiederkommen würden.

Nicht jeder hier bekommt Besuch, und selbst in Gottes Wartesaal stehen die Leute in Konkurrenz miteinander.«

»Dann sagen Sie ihnen, ich werde in den nächsten Tagen wiederkommen«, sagte Clarice. »Dann werden wir ja sehen, ob wir wieder hier reindürfen, oder ob wir dann im Fernsehraum mit den Thermoskannen sitzen.«

Clarice beugte sich vor, um die alte Frau auf die faltige Wange zu küssen, und wurde dafür mit einem fast zahnlosen Lächeln belohnt.

Kapitel 20

»Ich bin so richtig angepisst von Jonathan!«, fluchte Rick.

Nachdem er angerufen hatte, um sich zu vergewissern, dass Clarice zu Hause war, hatte er ihr Angebot zunächst abgelehnt, zum Essen zu ihr zu kommen, doch am Mittwochabend hatte er dann trotzdem vor der Tür gestanden. Jetzt saßen sie vor dem Kamin im Wohnzimmer, neben sich Becher mit heißem Tee.

»Ich kann nur staunen, wie schnell er sich an die neue Umgebung gewöhnt hat«, sagte Clarice stolz und strahlte Micky an. »Sieh ihn dir doch nur mal an. Das ist erst sein dritter Tag hier, aber man könnte glauben, er hätte schon immer hier gelebt.«

Rick beobachtete den dürren Hund kühl, der mitten auf dem Teppich döste, das bandagierte Bein nach hinten ausgestreckt. Blue und Jazz hatten sich so nah wie möglich an Clarices Sofa zusammengerollt. Den Eindringling ignorierten sie geflissentlich. Von den Katzen war jedoch keine Spur zu sehen.

»Das ist nicht der Punkt, und das weißt du. Was auch immer in Jonathan gefahren ist … dich zu bitten, dich um ihn zu kümmern, wo du dich gerade kaum um dich selbst kümmern kannst …«

»Ich habe Micky aus freien Stücken zu mir genommen. Niemand hat mich gezwungen«, protestierte Clarice.

»In deinem Zustand? Jonathan nutzt dich schamlos aus.«

Clarice schaute Rick stumm an. Sie hatten kein Wort über ihre letzte Begegnung verloren. Es war, als hätte es sie nie gegeben, doch Clarice wusste es besser.

»Ich hätte ihn auch nicht genommen, wenn er irgendwo anders hingekonnt hätte. Es gibt einfach zu viele Tiere und zu wenige Menschen, die sich um sie kümmern … Das weißt du auch.«

»Ich verstehe das schon, Clarice.« Wie immer vergaß Rick seine Verärgerung rasch wieder und ergab sich der Situation. »Aber du kannst nicht die ganze Welt retten, und wenn du dich verausgabst, nützt du niemandem mehr.«

»Jonathan hat am Montag erwähnt, dass ihr Bill Whittle entlassen habt.«

»Warum überrascht mich das nicht?«

»Vielleicht hat Jonathan ja das Revier verwanzt, damit ihm bloß nichts entgeht.«

Ricks Gesichtsausdruck implizierte, dass ihr Versuch gescheitert war, ihn von dem Hundethema abzulenken. Rick blieb todernst.

»Allerdings hat er mir gegenüber noch nicht erwähnt, dass ihr den Tatort gefunden habt«, fuhr Clarice fort.

»Genug von Jonathan.« Ricks Stimme klang finster. »Ich will mehr von dir hören. Erzähl mir noch mal von deiner Begegnung mit Jackie. Warum zum Teufel hast du sie mitgenommen?«

»Ich wusste nicht, wer das war, bis ich das Fenster heruntergelassen habe. Es hat geschüttet wie aus Eimern, und da draußen ist es vollkommen einsam. Da ist es doch völlig normal, jemandem eine Mitfahrgelegenheit anzubieten.«

»Nicht, wenn es sich bei diesem Jemand um die Frau von Pete Smith handelt. Und sie hat da nicht festgesessen.«

»Was geschehen ist, ist geschehen.«

»Ja … und sie haben es dir mit diesem Anruf gedankt. Was hast du eigentlich erwartet? Blumen oder ein Dankschreiben?«

»Rick!«

»Okay.« Er schaute sie nachdenklich an. »Ich frage mich, mit wem er sich getroffen hat und warum er Jackie dort zurückließ.«

»Das habe ich mich auch schon gefragt. Weißt du, ich glaube, sie ist geistig behindert. Soweit ich sehen kann, hatten alle Menschen in ihrem bisherigen Leben schwere Fehler, aber ich habe nicht den Eindruck, dass sie über die intellektuellen Fähigkeiten verfügt, das zu erkennen. Sie kann nur überleben, indem sie weitergibt, was sie empfängt. Sie benimmt sich genauso, wie andere sich ihr gegenüber benommen haben. Ihre Mutter Barbara und ihre Schwester Sharon scheinen der reinste Albtraum gewesen zu sein, und dann ist da noch Pete!«

»Da hast du vermutlich recht.« Rick nickte. »Du sagst, ihre Mutter sei ein Albtraum gewesen. Ich nehme an, das hat Linda Bates dir erzählt. Sonst noch was?«

»Ja, da gibt es tatsächlich noch was«, antwortete Clarice.

»Wirklich?« Ricks Interesse war geweckt.

Eine halbe Stunde später und nachdem Clarice jede noch so kleine Kleinigkeit ihres Gesprächs mit Linda berichtet hatte, sagte Rick: »Diese Verbindung zum Familiensitz der Fayrepoynts interessiert mich sehr. Wenn Maggie für sie gearbeitet und einen der Gärtner geheiratet hat, dann besteht vielleicht die Möglichkeit, sie doch noch aufzuspüren, jetzt, wo wir ihren Nachnamen kennen.«

»Das Interessanteste ist jedoch die Tatsache, dass die Hausdame in Snarebrook Hall Toms Mutter war, Denise«, warf Clarice ein.

»Wirklich?«

»Ja«, bestätigte Clarice. »Allerdings sollte ich wohl besser sagen: seine verstorbene Mutter. Sie ist schon ein paar Jahre tot. Linda Bates schien übrigens nicht zu wissen, dass es eine Verbindung zwischen Snarebrook und Winterby gibt. Und dann ist da die Frage, ob Maggie überhaupt geheiratet hat. Linda erzählte mir, Tante Peggy hätte daran gezweifelt.«

»Aber sie hat doch gesagt, die Hausdame habe Peggy bestätigt, dass Maggie verheiratet und schwanger gewesen sei, als sie nach Schottland zog.«

»Ja«, antwortete Clarice, »aber entsprach das auch den Tatsachen?«

»Eine Schwester hat vor dreißig Jahren für die Fayrepoynts in Norfolk gearbeitet, und eine andere ist Opfer eines Mordes geworden ... und die Leiche wurde nur wenige Meilen vom Heim der Fayrepoynts in Lincolnshire gefunden.« Rick dachte laut nach.

»Hmmm.« Clarice grübelte ebenfalls. »Ich frage mich immer wieder, warum Maggie ihrer Tante nichts von ihren Plänen erzählt hat, obwohl sie doch so ein gutes Verhältnis hatten. Es könnte natürlich sein, dass Brian Curtis, ihr Mann, etwas zu verbergen hatte ... ein Vorstrafenregister vielleicht? Maggie hat mit Sicherheit gewusst, wie ihre Tante Jackies Mann Pete gesehen hat. Vielleicht hatte sie das Gefühl, dass Peggy genauso über Brian denken würde. Wenn das der Fall war, hatte sie womöglich Angst, sie könnte eine Enttäuschung für ihre Ziehmutter sein.« Clarice dachte kurz nach und fuhr dann fort: »Sie hat ihrer Tante erzählt, dass ihr Mann finanziell gut dasteht, und sie hat den Eindruck erweckt, dass er gute Berufsaussichten hatte. Aber der Mann, der sie manchmal bei ihrer Tante abgesetzt und wieder abgeholt hat, stand finanziell nicht gut da. Seine Kleidung war billig und sein Wagen alt. Die eigentliche Frage, die ich einfach nicht beantworten kann, ist jedoch, warum sie ihn ihrer

Tante nie vorgestellt hat. Wenn er nur ein Freund war, wo war da das Problem?«

»Das unterstützt deine erste Idee«, bemerkte Rick, »nämlich, dass sie sich für ihn schämte.«

Clarice nickte. »Andererseits war sie gerade mal sechzehn Jahre alt, als sie begonnen hat, auf dem Anwesen zu arbeiten. Und siebzehn, als sie weggegangen ist. In dem Alter geht manchmal die Fantasie mit einem durch.«

»Wie meinst du das?«

»Maggies Mann könnte einfach nur Durchschnitt gewesen sein, ein ganz gewöhnlicher Kerl. Aber er musste fantastisch sein, und er musste für sie kämpfen und den Drachen töten.«

»Den Drachen? Meinst du seine Familie?«

Wieder nickte Clarice. »Das klingt wie etwas aus einem Buch oder einem Film, in dem Maggie die romantische weibliche Hauptrolle spielt.«

Nun nickte auch Rick. »Aber ob das mit dem alten Goldschmied klappt … Du willst ihn nach einem einzelnen Kunden von vor dreißig Jahren fragen. Ist das die Fahrt wirklich wert? Warum rufst du ihn nicht einfach an? Das würde dir viel Zeit ersparen.«

»Ja, vermutlich führt das nicht sehr weit. Aber ich habe Linda versprochen, wieder vorbeizuschauen, und das hat ihr so viel bedeutet.«

»Clarice.« Rick setzte ein ernstes Gesicht auf. »Was habe ich vorhin gesagt? Von wegen ›die ganze Welt retten‹? Linda Bates ist nicht deine Mutter, und sie ist auch nicht deine Schwester oder Tante. Sie hat einen Neffen, verdammt. Sie ist nicht dein Problem.«

»Einen Neffen, der sie kaum besucht, und wenn er doch mal kommt, dann vermutlich nur aus Pflichtbewusstsein.« Clarice klang stur. »Ich habe ihr versprochen, vorbeizukommen, und dieses Versprechen werde ich auch halten.«

Rick setzte sein typisches halbes Lächeln auf, ein untrügliches Zeichen dafür, dass er wusste, dass die Schlacht verloren war. »Glaubst du, die gerahmte Karte von Schottland enthält irgendeinen Hinweis?«

»Vielleicht«, antwortete Clarice. »Die Karte zeigt die Gegend von Dumfries und Galloway, und da liegt auch …«

»Gretna Green«, beendete Rick den Satz für sie.

»Kann einer von euch sich das morgen mal ansehen? Den Rahmen öffnen? Vielleicht verbirgt sich ja etwas hinter dem Druck.«

»Nein«, erwiderte Rick und stand auf. »Das mache ich sofort. Was soll's? Bist du zu müde oder möchtest du mitkommen?«

»Ich komme«, antwortete Clarice. »Gib mir eine Minute, um Micky in seinen Lagerraum zu bringen.«

Kurz darauf stiegen sie in Ricks Wagen, trafen um acht Uhr abends am alten Pfarrhaus ein und gingen über den Weg zur Veranda. In der Wettervorhersage hatte es geheißen, in der Nacht sei mit Frost zu rechnen, und tatsächlich war es bereits kalt. Der Himmel war klar, und der Mond spendete ein wenig Licht. Rick hatte die Taschenlampe aus dem Auto mitgenommen, und damit leuchtete er jetzt den Weg aus.

Als sie das Haus betraten, sah Clarice vor ihrem geistigen Auge, wie Rose hier ein- und ausgegangen war, und sie überkam ein mulmiges Gefühl. Das war, wofür Rose gestorben war: für den Besitz eines Dings, von dem sie geglaubt hatte, es würde ihren Wert beweisen. Das Wissen über Roses Vergangenheit, das Clarice mittlerweile gewonnen hatte, machte ihr erst richtig bewusst, wie erbärmlich das alles war.

Rick drückte den Lichtschalter im Flur, doch es blieb dunkel. Die Wohnzimmervorhänge waren geschlossen, aber ein schmaler Streifen Mondlicht drang durch eine Lücke im Stoff und teilte den Raum. Clarice erinnerte sich an Roses Puppensammlung, und sie stellte sich vor, wie Hunderte von toten Puppenaugen sie und Rick nun beobachteten. Sie folgte Rick nach oben.

Das Licht der Taschenlampe fiel auf die leeren Stellen an der Schlafzimmerwand, wo die gerahmten Drucke gehangen hatten. Die Vorhänge waren geöffnet, und der Mond tauchte das Zimmer in ein mystisches graues Licht, in dem das von Ricks Taschenlampe wie eine verirrte Fee herumschwirrte. Clarice hörte das Knirschen von Glas unter seinen Füßen.

»Jemand ist uns zuvorgekommen.« Rick leuchtete mit der Taschenlampe über Holzsplitter, Papierfetzen und Glas. Sämtliche Drucke waren abgenommen worden, und die Rahmen lagen in Trümmern auf dem Teppich. Rick bückte sich und leuchtete auf die Karte von Schottland.

»Wenn da etwas war, so ist es jetzt weg.«

Clarice nickte. Nach dem Gespräch mit Linda war sie noch optimistisch gewesen, doch dieser Optimismus war nun wie weggeblasen. Sie drehte sich um und betrachtete das antike Büro. Rick schien die gleichen Gedanken zu hegen und drehte sich ebenfalls um. Die Schubladen, in denen der Schmuck gelegen hatte, waren überall verstreut, ihr Inhalt weg.

»Fass nichts an«, sagte Rick und ging zur Tür. »Lass uns runtergehen.«

Die Küchentür stand halb offen, und das Schloss hing nur noch an einer Schraube. Der Eindringling hatte sich mit Gewalt Zugang verschafft.

Rick zog sich zurück und holte sein Handy heraus. Clarice folgte ihm, allerdings nur bis in den Flur, lauschte seiner leisen Stimme und beobachtete das Licht seiner Taschenlampe. Sichtlich aufgeregt lief er im Wohnzimmer auf und ab.

»Was ist in den schwarzen Müllsäcken?«, fragte Clarice, als

Rick wieder zurückkam, und deutete auf die drei Säcke unter dem Garderobentisch.

»Das sind die Puppen, die wir aufs Revier mitgenommen haben. Die Beamtin, die sie überprüft hat, Meghan, hat sie heute Morgen zurückgebracht. Da war noch nicht eingebrochen worden. Damit bleibt ein Zeitfenster von zehn Stunden.«

»Und es war nichts drin?«

»Nein«, antwortete Rick und schaute zu den Säcken. »Ich habe den Einbruch gemeldet. Es kommt jemand.« Clarice fühlte, wie nervös er war. »Es wäre wohl besser, wenn du dann nicht hier wärst.«

»Ich werde im Wagen warten.«

Eine halbe Stunde später sah Clarice die Scheinwerfer eines eintreffenden Fahrzeugs. Vermutlich auf Ricks Anweisung hin parkte der Wagen hinter dem Haus. Sie fragte sich, was die Constables wohl denken würden, wenn sie erführen, dass ihr Boss das Haus noch so spät am Abend überprüft hatte, und das mit seiner Ex. Nannten sie sie überhaupt seine Ex oder noch immer seine Frau? Clarice erkannte, dass Ricks Nervosität von den potenziellen Gerüchten herrührte. Wenn sie mit ihm im Haus gesehen wurde, würde es morgen in der Kantine drunter und drüber gehen, und ein Gerücht auf dem Revier hielt sich genauso hartnäckig wie an jedem anderen Arbeitsplatz. Erneut überkam sie das Gefühl, das sie schon im Garten von Winterby Hall gehabt hatte. Die Grenzen ihrer Welt hatten sich so sehr verändert, dass sie keine Ahnung mehr hatte, wo genau ihr Platz darin war.

Rick fuhr sie nach Hause.

»Das waren Rob und Meghan«, erzählte er. »Ich habe sie allein zurückgelassen.«

»Wie geht es Rob?«

»Er ist wieder Single.«

»Nun, das überrascht mich nicht.« Clarice schwieg kurz. »Und was passiert als Nächstes?«

»Ich muss mit Tom reden und mir die Personalakten ansehen, wenn sie denn so weit zurückreichen.«

»Ich fahre morgen nach Winterby«, sagte Clarice, »auf einen Kaffee mit Vita.«

»Dann könnten wir uns begegnen. Ich werde Tom anrufen und einen Termin mit ihm ausmachen.«

»Morgen findet dort auch eine Jagd statt.«

»Na, toll!« Rick verzog das Gesicht. »Dann werde ich mich wohl durch die ganzen Tweed- und Barbour-Jacken drängen müssen. ›Bitte, entschuldigen Sie, Sir‹, ›Verzeihen Sie, Mylady‹ …«

Clarice schaute in sein Pokerface und begann zu kichern. Rick drehte sich mit einem Grinsen zu ihr um. Und in diesem einen Moment hatte Clarice das Gefühl, ihren Platz gefunden zu haben.

Kapitel 21

Als sie am nächsten Morgen um kurz vor elf in Winterby Hall eintraf, erkannte Clarice, dass sie ein Problem mit dem Parken hatte. Allradfahrzeuge aller möglichen Fabrikate besetzten den Kies vor dem Haupteingang.

Clarice sah Männer von ihren Autos zum Haus gehen, und alle trugen sie feinste Tweed- oder Barbour-Jacken sowie grüne Gummistiefel. Sofort fielen ihr wieder Ricks Worte vom letzten Abend ein, und kurz zeigte sich ein Lächeln auf ihrem Gesicht. Am Ende der Einfahrt hatten sich junge Männer versammelt, Teens und Twens, um auf die offenen Ladeflächen zweier Trucks zu klettern. Sie würden vorausfahren und auf den Befehl warten, in langen Reihen durchs hohe Gras zu marschieren und mit Stöcken um sich zu schlagen, um so die Vögel zu den Schützen zu treiben.

Clarice dachte an Jack und fragte sich, ob er schon etwas von Ginny gehört hatte. Sie warf einen kurzen Blick zu der Gruppe, und da sie ihn nicht unter den jungen Männern sah, hoffte sie, dass er diese Schlacht gewonnen hatte.

Schließlich fand sie noch einen freien Parkplatz am äußersten Rand der Einfahrt, weiter weg, als sie erwartet hatte. Da der Kies nicht sonderlich gut für Krücken geeignet war, hüpfte sie nur langsam in Richtung Haus. Als sie sich der Tür näherte, ging sie auf, und Tom trat heraus. Den Bruchteil einer Sekunde lang war sein Blick kalt, doch dann setzte er wieder seine professionelle Höflichkeit auf.

»Clarice.« Seine Stimme klang so warm wie immer. »Du hast deinen Mann gerade verpasst. Er war vorhin hier.«

»Wirklich?« Clarice fühlte deutlich, wie nervös Tom war.

»Ja, er wollte etwas über die Angestellten in Snarebrook Hall wissen, als meine Mutter dort die Hausdame war.« Er schien eine Antwort darauf zu erwarten.

»Ah, in dem Fall warst du wohl der Beste, an den er sich hat wenden können. Die jetzigen Angestellten haben bestimmt keine Ahnung mehr von damals.«

»Ich wage zu behaupten, dass du recht hast; aber meine Mutter hat mir nie etwas von dort erzählt. Daher habe ich auch keine Ahnung. Es herrschte eine hohe Fluktuation bei den Angestellten und es gab ja auch noch mehr Jobs.«

»Aber du hast damals doch dort gelebt, oder?«

»Nein, Clarice«, erklärte Tom mit fester Stimme. »Ich habe meine Mutter da besucht, aber ich war schon verheiratet und habe mit Paula zusammengelebt.«

Clarice fiel die Härte seines Tonfalls auf. So hatte sie ihn noch nie gehört. Tom war stets nur der ruhige, gepflegte und professionelle Verwalter des Anwesens gewesen. Clarice hielt es für klug, das Thema zu wechseln. »Du trägst ja keine Schlinge mehr«, sagte sie und schaute auf Toms rechten Arm. »Ist alles verheilt?«

Tom legte verschwörerisch den Zeigefinger auf die Lippen. »Eigentlich darf ich sie nicht abnehmen, aber ohne ist es schlicht bequemer für mich. Nur für ein paar Stunden. Solange ich so viel zu tun habe. Verrat's keinem.«

»Ich werde schweigen wie ein Grab.« Clarice lächelte und humpelte zur Tür.

»Lass mich dir helfen.« Tom trat vor und öffnete sie mit dem linken Arm.

»Danke.« Als Clarice an ihm vorbeiging, wanderte ihr Blick zu seiner Hand. Sein Hemdsärmel war ein Stück hinaufgerutscht, und auf seiner Haut waren mehrere lange, rote Striemen zu sehen. Clarice fragte sich, wie weit die wohl seinen Arm hinaufreichten. Waren das Kratzer von menschlichen Fingernägeln? Oder stammten die von einem Arbeitsunfall? Vielleicht von einem Tier, mit dem er zu tun gehabt hatte? Tom war zudem ein leidenschaftlicher Gärtner, aber nach den Spuren von Dornen sah das nicht aus. Auch waren sie blutrot, was hieß, dass sie nicht alt waren. Sie konnten unmöglich etwas mit Roses Tod zu tun haben.

Aus der Orangerie kam der Lärm der versammelten Männer. Jeder versuchte, sich Gehör zu verschaffen, und ab und an war lautes Lachen oder Grölen zu vernehmen. *All dies*, dachte Clarice, *ohne dass auch nur ein Schuss gefallen wäre oder jemand was getrunken hätte.*

»Clarice.« Sie drehte sich um und sah Lucy. Sie trug ein schwarzes Kleid mit weißer Schürze und hielt ein leeres Tablett in der Hand. »Hi! Ich habe den Männern gerade Kaffee gebracht … ein wenig Koffein, bevor sie mit dem Töten anfangen.« Letzteres sagte sie in theatralischem Flüstern und schaute zur Orangerie. Ihre Wangen waren rot.

»Gibt es was Neues von Ginny?«, fragte Clarice.

»Ja. Sie ist heute Morgen aus Spanien wiedergekommen. Sie hat gesagt, vier Tage ohne Jack seien genug. Sie will sich am Bahnhof von Lincoln ein Taxi nehmen. Du könntest ihr noch über den Weg laufen, es sei denn, sie ginge direkt zu Jack zu den Teichen.«

»Das ist ja großartig.« Clarice strahlte. »Weiß Jack, dass sie wieder da ist?«

Lucy lächelte. »Nein, und sag ihm auch nichts, wenn du ihn siehst. Das soll eine Überraschung werden.«

Genau wie Tom zuvor legte Clarice den Finger auf die Lippen. »Und was für eine schöne Überraschung das wird.«

»Du sollst schon mal in den Salon gehen«, sagte Lucy. »Lady Vita wird gleich da sein.«

Als die schwere Tür sich hinter Clarice schloss, herrschte sofort Stille. Einen Augenblick lang stand Clarice einfach nur da und bewunderte den wunderschönen Raum. Alles hier drin war blank poliert. Holz und Silber strahlten förmlich, und im Kamin waren die Scheite ordentlich aufgeschichtet und warteten nur darauf, angezündet zu werden. Frische Blumen – weiße Astern und Große Spinnen-Ragwurz – standen auf dem Tisch hinter dem Sofa. Womöglich hatte Laura das alles arrangiert.

Während Clarice weiter auf Vitas Ankunft wartete, ging sie durch den Raum und betrachtete das Porträt von Horace Fayrepoynt. Auf dem Bild trug er einen Smoking und schien Mitte vierzig zu sein. Sein Haar war nach der Mode der 50er-Jahre geschnitten, kurz und nach hinten gekämmt. Er hielt den Kopf hoch und schaute mit durchdringenden blauen Augen auf den Betrachter hinab. Eine Adlernase, die seinen beiden Söhnen erspart geblieben war, verstärkte den hochmütigen Eindruck noch. Clarice nahm an, dass der Künstler versucht hatte, das fehlende Kinn zu verbergen, doch allzu viele Korrekturen hätten das Porträt schlicht unrealistisch gemacht.

Clarice legte die Zeigefinger und Daumen zu einem Rechteck zusammen und betrachtete das Bild wie durch ein Okular. Hätte das Porträt auch einen ganz gewöhnlichen Mann zeigen können? Einen Klempner vielleicht oder einen Lehrer? Nein. Sie nahm die Hände wieder runter. Arroganz und Eitelkeit des Mannes waren perfekt eingefangen.

Clarice dachte an Mary, ihre Mutter, die für ein paar Jahre Unterricht in Aquarell-Malerei genommen hatte. Zwei ihrer damaligen Versuche hingen nun Seite an Seite in Clarices Schlafzimmer, und beide zeigten sie Wildblumen: leuchtend rote Mohnblumen, Glockenblumen, Kornblumen und Rittersporn.

Eine Bewegung draußen lenkte Clarice ab. Sie ging zum Erker, setzte sich auf die Bank und beobachtete die Männer, die erfrischt vom Kaffee langsam nach draußen kamen. Gehorsam wie Schuljungen saßen die Treiber inzwischen auf den Ladeflächen, und die Fahrer warteten auf das Zeichen zum Aufbruch. Clarice versuchte sich vorzustellen, wie es sich wohl anfühlte, zwischen den Körpern anderer eingequetscht zu sein, die sich bei jedem Schlagloch an einem rieben. Kurz bekam sie Platzangst. Ihr waren schon Aufzüge zu viel, und wann immer möglich nahm sie die Treppe. Clarice nahm an, dass die Männer auf den Lastern keine derartigen Probleme hatten.

Clarice hörte, wie die Tür sich öffnete, und in Erwartung von Vita drehte sie sich um. Doch stattdessen kam Harry in den Raum und rief über die Schulter zurück: »Bin gleich da, Pa! Ich hol nur was!« Er trug eine braune Cordhose, grüne Gummistiefel, einen Barbour-Mantel und dazu einen braunen Schal und einen grünen Hut. Als Mitveranstalter der Jagd war er wichtig. Nur sein Vater war noch wichtiger als er.

Da Clarice gezögert hatte, hatte Harry sie nicht bemerkt, und jetzt wollte sie sich auch nicht so plötzlich zu erkennen geben. Stattdessen schaute sie zu, wie er zu einem antiken Stuhl neben dem Kamin ging. Er beugte sich dahinter und schnappte sich das, was er hatte holen wollen: eine reich verzierte, doppelläufige Schrotflinte. Da Clarice mit Rick schon beim Tontaubenschießen gewesen war, wusste sie, dass eine solche Waffe einen atemberaubenden Wert haben konnte. *Eigentlich sollte das Ding weggeschlossen sein, bis es wirklich gebraucht wird*, dachte sie. Laut Gesetz mussten Schusswaffen aller Art ohnehin in einem sicheren Schrank aufbewahrt werden – ungeachtet ihres Wertes –, doch das hier war typisch für den faulen Harry.

Nachdem er den Raum wieder verlassen hatte, ging Clarice noch einmal zu dem Porträt.

»Er hat das angeblich gehasst«, sagte Vita, als sie in den Raum trat. Wie immer sah sie äußerst gepflegt aus. Ihr Haar schwang glänzend um das Gesicht, und ihr blutroter Lippenstift passte farblich perfekt zu ihrem Top und der engen dunkelblauen Freizeithose.

»Wer? Horace?«, hakte Clarice nach.

»Ja«, antwortete Vita. »Er hat immer gesagt, das werde ihm nicht gerecht.«

»War er groß?«

»Ja, das war er. Tom hat seine Größe geerbt, aber nicht der arme Rolly. Sie hat allerdings nur eine Generation übersprungen. Harry ist genauso groß wie sein Großvater.«

»Was denkt Roland denn über das Porträt?«, fragte Clarice und lächelte. »Betrachtet er es als gutes Abbild seines Vaters?«

Vita schürzte die Lippen und dachte kurz nach. »Er hat eigentlich nie eine Meinung dazu geäußert«, sagte sie schließlich. »Aber er hat immer gesagt, sein Vater sei ein schwieriger Mann gewesen. Man konnte ihm so gut wie nie etwas recht machen. Ich kann mir vorstellen, dass es eine ziemliche Herausforderung gewesen ist, einen ausreichend geduldigen Künstler für das da zu finden.«

»War er ein starker Charakter?«

»Oh, ja. Mit ihm hätte man sich lieber nicht anlegen wollen. Aber ich glaube, er hat Rolly regelrecht vergöttert.« Vita wählte ihre Worte mit Bedacht. »Horace war ein wenig exzentrisch, und er hat seine Schweine geliebt.«

»Wirklich?« Clarice hob die Augenbrauen. »Ich wusste gar nicht, dass ihr Schweine habt.«

»Haben wir jetzt auch nicht mehr. Horace aber schon, wie sein Vater vor ihm. Natürlich hat er sich nicht selbst um sie gekümmert, aber er hat ihnen oft mal einen Apfel gebracht. Offenbar waren es Gloucestershire Old Spots, eine fast ausgestorbene Rasse, aber Horace hat sie immer bei ihrem alten Namen gerufen: Obstschweine. Rolly hat erzählt, seit der Schweinestall geschlossen worden sei, habe er keinen Schinken mehr wie damals gegessen.«

»Warum sind die Schweine denn abgeschafft worden?«

»Das war nach Horaces Tod. Rolly hat zu der Zeit in Devon gelebt. Ben, einer von Horaces Vettern, hat ihm die Grundlagen der Fischzucht beigebracht. Horace hat immer gesagt, es sei wichtig für Rolly, jeden Aspekt der Arbeit seiner Angestellten zu verstehen. Nur so könne er lernen, ein Anwesen zu leiten.«

»Das war sehr weise«, bemerkte Clarice.

»Nach dem zu urteilen, was Rolly mir erzählt hat, wollte Tom nicht die Leitung der Schweinezucht übernehmen. Er hat gesagt, den Rest würde er gerne leiten, aber das nicht.« Vita seufzte. »Rolly hat sich wohl von Tom einschüchtern lassen. Dabei hätte Tom einfach tun sollen, was Rolly ihm befiehlt!« Sie schnaubte verächtlich. »Na ja, manchmal vergesse ich, wie jung Rolly da noch war, genauso alt wie Harry jetzt.«

»Und dann musste er auch noch so viel Verantwortung übernehmen«, ergänzte Clarice.

»In der Tat.« Vita drehte sich zur Tür um. »Lass uns nach oben in mein privates Wohnzimmer gehen. Mrs Ray hat uns Kaffee dorthin gebracht. Hast du die Fotos deiner neuen Werke dabei?«

»Natürlich«, antwortete Clarice und folgte Vita.

»Ich möchte gerne so weit wie möglich weg von den Jägern. Was mein Mann und mein Sohn so faszinierend daran finden, entzieht sich mir zur Gänze.«

Als sie oben ankamen, stand die Tür zum Wohnzimmer offen. Clarice wehte der Duft von Zitronen entgegen, und ihr fiel das Wort wieder ein, mit dem Vita ihren verstorbenen Schwiegervater beschrieben hatte: exzentrisch. Clarice wusste, wie hart Vita an ihrem Image arbeitete und wie sehr sie es genoss, von hochklassigen Zeitschriften fotografiert und interviewt zu werden, und so fragte sie sich, wie weit ihre Verschrobenheit wohl reichen mochte.

Mrs Ray kam gerade heraus, als Clarice und Vita eintrafen. »Ich habe alles so angerichtet, wie Sie es mögen, Mylady«, sagte sie. »Ich habe sowohl warme als auch kalte Milch gebracht.«

»Danke, Mrs Ray. Sie sind ein Schatz.« Vita war so charmant, wie es nur ging. »Und dabei haben Sie heute so viel mit der Jagdgesellschaft zu tun. Lassen Sie sich nicht von uns aufhalten.« Und mit einem Nicken ging Vita an der Köchin vorbei, und Clarice folgte ihr.

»Es ist schön, mal wieder echte Fotos in der Hand zu halten«, bemerkte Vita. Sie schaute sich jedes einzelne Bild in Clarices Portfolio aufmerksam an und stellte Fragen zu Produktionsprozess und Glasur.

»Ich habe sie auch extra für dich ausgedruckt«, erwiderte Clarice selbstironisch.

»Und das weiß ich zu schätzen.« Vita klang hochmütig. »Du würdest staunen, wie viele aufstrebende Künstler dir nur ihre Handys unter die Nase halten. Das ist so unprofessionell. Und die Leute treten dann immer so nah an mich ran, dringen in meine Privatsphäre ein, und plappern über jeden noch so kleinen Aspekt ihrer Arbeit.« Sie erschauderte künstlich, gefolgt von einem amüsierten Kichern.

Das Kaffeetrinken, Bilderbetrachten und Plaudern der beiden Frauen wurde vom ständigen Knallen der fernen Gewehre untermalt. Plötzlich hörten sie jedoch kein Gewehr, sondern eine Autotür knallen und ein paar Minuten später eine männliche Stimme im Gang vor dem Wohnzimmer. Gleichzeitig fiel Clarice auf, dass das Schießen verstummt war.

»Sind die schon fertig?«, fragte Clarice und schaute auf die Uhr.

»Wohl kaum«, antwortete Vita. Sie stand auf und ging zum Fenster. »Sie sind doch erst seit einer Stunde dran. Lunch gibt es heute später. Die Männer werden erst nach zwei essen.«

Die Worte hatten kaum ihren Mund verlassen, als die Tür aufflog und Roland hereinstürmte. Tom folgte ihm dichtauf.

»Bist du sicher?«, verlangte Tom zu wissen. Clarice fiel auf, dass er wieder seine Schlinge trug.

»Was ist das denn für eine dämliche Frage?«, brüllte Roland Tom an, der ihm durch den Raum zu Vita folgte. Sein Gesicht und Hals waren knallrot. Der Schweiß stand ihm auf der Stirn und seine Hände zitterten.

»Was zum Teufel ist hier los?«, wandte Vita sich an ihren Mann.

»Am Waldrand«, sagte Roland. »Eine Frau.«

»Wer?«, fragte Tom und packte Roland am Arm. »Wer ist sie?«

»Was plappert ihr da?«, schnappte Vita. »Langsam und in zusammenhängenden Sätzen bitte.« Sie funkelte Tom an, dann schaute sie erneut zu ihrem Mann.

»Die Treiber haben sie gefunden. Es ist eine Frau … eine Leiche … Sie haben sofort die Polizei gerufen«, erklärte Roland und schaute zu Tom. »Ich weiß nicht, wer sie ist. Ihr halbes Gesicht war weggerissen.«

»Ein Unfall?« Vita schlug die Hände vor den Mund.

Das lange Schweigen, das nun folgte, wurde schließlich vom Heulen sich nähernder Polizeisirenen durchbrochen.

Kapitel 22

Sie waren wie erstarrt, bis der Streifenwagen und die Sirene verstummt waren. Dann, Schaufensterpuppen gleich, die plötzlich zum Leben erwachen, gingen sie zur Tür.

»Hat jemand Ginny gesehen?«, fragte Clarice.

Wieder kehrte Stille ein, und die vier schauten sich fragend an.

»Ginny?«, hakte Vita in scharfem Ton nach. »Die ist doch in Urlaub.«

»Lucy hat mir erzählt, dass sie heute Morgen zurückkommt«, sagte Clarice.

»Ich rufe sofort Jack an.« Tom holte das Handy aus der Tasche.

»Wir müssen runter und mit der Polizei reden.« Vita trat vor. Die drei Männer gingen voraus. Clarice bildete die Nachhut und versuchte, auf ihren Krücken so schnell wie möglich hinterherzukommen. Sie waren schon auf der Treppe, als Tom seinen Sohn an den Apparat bekam.

»Ist Ginny bei dir?«

Unten angekommen blieb die Gruppe erst mal stehen und wartete auf die Antwort.

»Clarice hat gesagt, dass Ginny geplant habe, heute Morgen wieder zurückzukommen.« Toms Blick wanderte zu DS Daisy Bodey und DC Rob Stanley, die auf sie zukamen.

»Okay, sie ist offenbar noch nicht angekommen. Kannst du bitte ins Haupthaus kommen, Jack?« Es folgte eine kurze Pause. »Ja, ich weiß von dem Streifenwagen. Bitte, komm sofort her!« Er legte auf.

Erneutes Sirenengeheul verriet die Ankunft weiterer Fahrzeuge.

»Können Sie mir sagen, wo sich das Opfer befindet, Sir?« Autorität lag in Daisys Stimme. Während sie sprach, strömten die Jäger ins Haus, und mit der ständig wieder offen stehenden Tür kam kalte Luft. Die Männer mit Schrotflinten trugen ihre Waffen offen über der Ellenbeuge, sodass die leeren Kammern zu sehen waren.

»Ich kann jemanden hier bitten, es Ihnen zu zeigen«, antwortete Roland, und ein Mann trat vor.

»Ist das in Fußreichweite?«

»Fahren wäre schneller.«

»Okay«, sagte Daisy, »dann werde ich mir den Tatort mal ansehen.« Sie wandte sich an ihren Kollegen. »Rob, sorg dafür, dass alle hier warten.« Sie deutete zur Orangerie. »Niemand soll das Anwesen verlassen.«

»Okay, Sarge.« Rob nickte.

»Meghan, du fährst mit mir.« Daisy wandte sich an eine frisch eingetroffene Kollegin. »Und Lenny …«, sagte sie und sprach den männlichen Beamten an, der Meghan begleitet hatte. »Sorg dafür, dass niemand verschwindet. Geh auf den Parkplatz. Keiner soll sich seinem Auto auch nur nähern, geschweige denn losfahren. Wenn jemand kommt, schick ihn rein.«

Der Mann, der sich freiwillig gemeldet hatte, um Daisy zum Tatort zu führen, trat vor. Clarice fiel auf, dass Roland sich in Richtung Salon zurückzog, vermutlich zur Whiskykaraffe.

»Und Sie bitte, Sir …«, hielt Daisy ihn auf, bevor er die Tür erreichte.

»Ich?« Roland klang erschrocken.

»Ja, das ist Ihr Heim, und das war Ihre Jagd.«

»Nun … ja, aber …«

»Soll ich nicht lieber mit?«, meldete Tom sich zu Wort.

»Haben Sie an der Jagd teilgenommen, Sir?«

»Nein.«

»Dann will ich Sie nicht.«

Roland drehte sich resigniert um und schlurfte hinaus.

»Der Boss ist auf dem Weg«, sagte Daisy zu Rob, bevor sie sich auf den Weg machte. Rob begann, die Männer, die ins Haus kamen, zur Orangerie umzuleiten.

»Die ist aber sehr direkt.« Vitas Stimme hatte einen aggressiven Unterton, und sie sprach laut. Daisy, die inzwischen an der Tür war, ignorierte sie jedoch und folgte den anderen hinaus. »Findest du nicht, dass sie sehr direkt ist?«, fragte Vita und drehte sich zu Clarice um. »Man könnte meinen, dass Roland irgendwie schuld an allem sein soll.«

»Angesichts der Umstände glaube ich, sie versucht nur, ihren Job zu machen«, erwiderte Clarice in dem Bestreben um größtmögliche Sachlichkeit. Es gefiel ihr nicht, da mit reingezogen zu werden. Als Vita die Schultern straffte, verriet ihre Körpersprache, dass Clarice nicht so geantwortet hatte, wie Mylady es gewünscht hätte.

»Was ist hier los, Ma?«

Vita drehte sich um und sah ihren Sohn auf sich zukommen. »Harry, Gott sei Dank, du bist in Sicherheit. Hast du von dem Unfall gehört?«

»Natürlich. Paul hat sie gefunden. Er hat mich zu ihr gebracht, und ich habe ihm gesagt, er soll die Polizei rufen. Draußen steht auch ein Rettungswagen. Angesichts der Umstände würde ich sagen: ziemlich nutzlos, das Ding.«

»Bist du sicher, dass sie tot ist und nicht nur verletzt?«

»Toter geht nicht.«

»Harry!«, tadelte ihn Vita.

»Was denn?« Harry breitete die Arme aus und schwenkte sein Gewehr. »Ich sage doch nur, wie es ist.«

»Bitte entschuldigen Sie, Sir.« DC Rob Stanley, kräftig und mit kurz geschorenen blonden Haaren, trat zu ihnen. »Ist diese Waffe geladen?«

»Wäre sie das nicht, wäre sie wohl ziemlich nutzlos!« Harry war seine Verachtung deutlich anzuhören.

»Ich werde das vorläufig an mich nehmen, Sir.« Rob streckte den Arm aus, packte den Lauf mit seiner großen Faust und zog sie aus Harrys Fingern. Dann richtete er den Lauf zu Boden, klappte die Flinte auf und nahm die Patronen heraus.

»Was fällt Ihnen ein!« Harry war außer sich vor Wut. »Sie war gesichert, und das ist eine Purdy. Zeigen Sie ein wenig Respekt. Die ist vermutlich mehr wert, als Sie im Jahr verdienen!« Seine Stimme hallte durch die Eingangshalle.

»Harry!«, hielt Vita ihn davon ab, noch mehr zu sagen. Mehrere Männer, die sich auf dem Weg zur Orangerie befanden, waren bereits stehen geblieben.

»Was gafft ihr so?«, rief Harry zu ihnen hinüber.

»Wären Sie bitte so nett, sich zu den anderen Jagdteilnehmern zu begeben, Sir?« Rob starrte Harry unnachgiebig an. Dann trat er beiseite und bedeutete ihm zu gehen.

Harry öffnete den Mund, um etwas darauf zu erwidern.

»Ja, das wird er«, erklärte Vita mit fester Stimme. »Mein Sohn ist heute einer der Gastgeber. Somit wird er sich in Abwesenheit seines Vaters um die Männer in der Orangerie kümmern.«

»Ja«, stimmte Harry ihr zu und schaute seiner Mutter in die Augen. »Ich werde mich darum kümmern.«

Falls Vita klar war, dass sich Harry dem Beamten gegenüber nicht viel anders benahm wie sie gegenüber dessen Kollegin wenige Minuten zuvor, dann zeigte sie es zumindest nicht. *Und um was genau*, überlegte Clarice, *soll Harry sich in der Orangerie kümmern?*

»Ist es okay, wenn wir dort warten?«, fragte Tom Rob und deutete auf den Salon.

Robs Blick huschte von Tom zu Vita und dann zu Clarice.

»Während der Jagd waren wir alle hier im Haus«, fügte Tom hinzu.

Das, dachte Clarice, *ist im Augenblick nicht zu beweisen.* Sie und Vita waren zwar zusammen gewesen, aber ob Tom ein Alibi hatte, musste erst noch festgestellt werden. Außerdem: Wo war Tom hingegangen, nachdem er Clarice an der Tür empfangen hatte? Und wo war Vita gewesen, bevor sie Clarice im Salon abholte?

»Okay«, sagte Rob. »Bitte, warten Sie dort drin. Aber verlassen Sie den Raum nur mit Erlaubnis.«

Vita schnaubte verächtlich, sagte aber nichts, als sie die Gruppe zur Tür führte.

»Dad!« Plötzlich rannte Jack herbei.

»Und wer sind Sie, Sir?«, verlangte Rob zu wissen.

»Das ist mein Sohn, Jack Lyme«, erklärte Tom, bevor Jack etwas sagen konnte. »Wir haben ihn gebeten, von seinem Büro bei den Fischteichen ins Haupthaus zu kommen.«

Rob schaute ihn fragend an.

»Dort sind nicht nur die Teiche, sondern auch die Unterkünfte für unsere Gäste«, erklärte Tom. »Jack verwaltet diesen Teil des Anwesens.«

»Und sind dort im Augenblick auch Gäste?«, fragte Rob.

»Ja.« Jack übernahm. »Wir haben elf Monate im Jahr geöffnet. Die Leute kommen nicht nur zum Angeln. Viele machen in den Ferienhäusern auch einfach nur Urlaub.«

»Und alle Gebäude sind in der Nähe der Wälder und Felder, wo heute die Jagd stattgefunden hat?«

»Ja«, bestätigte Jack.

»Okay.« Rob holte sein Handy heraus. »Sie können mit Ihrem Vater reingehen, aber bitte warten Sie auf Anweisungen, bevor Sie den Raum wieder verlassen.«

Als sie den Salon betraten, hörte Clarice Robs tiefe Stimme hinter sich, während er die neuen Informationen ans Hauptquartier weitergab. Ihr war klar, dass nicht nur die Jagdteilnehmer, sondern auch die Feriengäste Rechenschaft darüber würden abgeben müssen, wo sie wann gewesen waren. Die Polizei hatte viel zu tun, wenn sie die Aussagen so vieler Menschen aufnehmen wollte.

Vita setzte sich in ihren Lieblingssessel, den mit den Mahagonilehnen.

»Und jetzt sag mir, was los ist.« Kaum war die Tür geschlossen, wandte Jack sich an seinen Vater. In seiner Stimme lag ein Hauch von Panik.

»Wir wissen nicht viel. Nur, dass es bei der Jagd einen Unfall gab.«

»Jemand ist erschossen worden?«

»Ja.«

»Wer?«

»Das wissen wir noch nicht, Jack.« Tom sprach in beruhigendem Ton.

Jack schaute verwirrt drein. »Und warum hast du nach Ginny gefragt? Sie wird erst in drei Tagen zurückerwartet.«

Verlegenes Schweigen senkte sich über den Raum, während Tom verzweifelt nach den richtigen Worten suchte.

»Bei der getöteten Person handelt es sich um eine Frau.« Vitas Stimme füllte den Raum.

»Und ihr glaubt, das könnte Ginny gewesen sein?«

»Nein … nicht notwendigerweise.« Tom war sichtlich nervös. »Aber Lucy hat Clarice erzählt, dass Ginny ihre Pläne geändert hatte und schon heute Morgen zurückkommen wollte.«

»Wie viele der Jäger waren Frauen?«, fragte Jack. »Es sind doch nicht immer nur Männer.«

»Heute war keine Frau darunter.« Vitas Stimme klang kalt.

»Dann gehörte das Opfer offensichtlich nicht zur Jagdgesellschaft!«

»Wir wissen nicht, wer es ist«, meldete Clarice sich zu Wort, »und die Polizei kann uns das auch erst sagen, wenn sie es selbst weiß.«

»Aber es könnte Ginny sein«, sagte Jack. »Wo ist Harry?«

»Was hat das denn mit allem zu tun?«, verlangte Vita zu wissen und wirbelte zu Jack herum.

»Ich habe ihm gesagt, wenn er ihr wehtut, wird er es bereuen. Damit habe ich aber nicht gerechnet.«

»Was?!« Vita sprang auf.

»Jack!«, schnappte Tom. »Halt den Mund! Wir wissen nicht, wer die Frau ist. Setz dich und sei still. Ich kann mir nicht vorstellen, dass Harry so etwas tun würde.«

Jack und sein Vater starrten einander an. Dann wandte Jack sich ab, ging zu dem Erker, in dem Clarice früher am Tag gesessen hatte, und schaute aus dem Fenster.

Als Clarice zu ihm humpelte, sah sie, dass die Beamten eine Gruppe Treiber ins Haus führten, deren leere Trucks mitten auf dem Parkplatz standen. Clarice nahm an, dass die andere Gruppe bereits drinnen war. Bei der Jagd wurden die beiden Gruppen oft getrennt. Eine ging vor, während die andere das Jagdgebiet umrundete und eine zweite Position einnahm.

Jack schaute zu Clarice und dann wieder hinaus. Rick war gerade angekommen. Er stieg aus dem Wagen und ging zum Haus. Als er am Fenster vorbeikam, schaute er hinein, aber falls er Clarice sah, so zeigte er es zumindest nicht.

Schweigen senkte sich über den Raum. Tom hatte sich einen Platz weit weg von Jack und Vita gesucht, während Clarice vom Fenster zum Sofa ging. Die Anspannung im Raum war förmlich greifbar. Clarice schaute auf die Uhr. Erst vergingen zehn Minuten, dann noch einmal zehn und noch einmal … Jack lief lange auf und ab, bis er sich schließlich ebenfalls setzte.

Der Geruch von Möbelpolitur wurde plötzlich immer bedrückender. Dann und wann erweckte Sonnenlicht den Raum für mehrere Minuten zum Leben, doch nur, um rasch wieder in Trübsinn zu versinken, wenn Wolken sich vor die Sonne schoben. Es fühlte sich an, als wären sie in einem Zeitstrudel gefangen, in dem Minuten zu Stunden gerannen.

Eine gute Dreiviertelstunde, nachdem Clarice ihn hatte ankommen sehen, trat Rick in den Raum, gefolgt von DC Rob Stanley. Jack sprang auf, während Tom sich nur langsam erhob. Vita, die die ganze Zeit über eisig geschwiegen hatte, blieb zwar sitzen, drehte sich aber mit Clarice zu Rick um.

»Mylady«, grüßte Rick, bevor er Clarice zunickte und seinen Blick durch den Raum schweifen ließ. »Wenn ich DC Stanley richtig verstanden habe, waren sie alle hier im Haus, als es zu dem Vorfall gekommen ist. Abgesehen von Ihnen, Sir.« Er deutete auf Jack. »Sie waren in Ihrem Büro bei den Fischteichen.«

»Was ist mit der Frau?«, platzte Jack heraus. »Ginny, meine Freundin, wollte offenbar heute wieder zurückkommen, aber ich habe sie nicht gesehen. Wer ist die Frau, die erschossen wurde?«

»Unser Team ist vor Ort, aber noch nicht lange.« Rick wandte sich direkt an Jack. »Bis jetzt haben wir das Opfer noch nicht identifizieren können.«

»Das geht doch jetzt schon eine Stunde. Wissen Sie das denn nicht mehr?«

»Unser Team wird sich so viel Zeit nehmen, wie es braucht. Und diese Zeit müssen wir ihnen geben.«

»Und war es ein Unfall?«, fragte Vita. »Ein Jagdunfall?«

»Diese Frage kann ich auch nicht beantworten«, antwortete Rick, bevor sein Blick zu Tom, Jack und Clarice wanderte. »DC Stanley wird Sie einen nach dem anderen in ein anderes Zimmer bringen, wo Sie dann Ihre Aussagen machen können. Wir müssen wissen, wo jeder heute Morgen gewesen ist.« Erneut drehte er sich zu Vita um. »Wir brauchen mehrere Räume dafür. Schließlich müssen wir nicht nur die Jagdgesellschaft befragen, sondern auch die Gäste und Besucher an den Fischteichen sowie die Angestellten.«

Vita nickte. »Ich nehme an, das wird den ganzen Tag dauern.«

»Nein«, antwortete Rick. »Zuerst einmal müssen wir klären, ob es sich um einen Unfall handelt oder nicht, und wie auch immer das ausgeht, wir werden so lange hierbleiben, bis der Fall gelöst ist.«

»Was soll das heißen, ›Unfall oder nicht‹? Sprechen Sie von Mord?«, fragte Vita entsetzt.

Clarice bemerkte ein Zittern in Vitas Hand, doch rasch legte sie sie in den Schoß.

»Und wo ist mein Mann?« Vita klang quengelig. »Lord Fayrepoynt ist mit dieser Beamtin rausgegangen und noch nicht wieder zurück.«

»Doch, ist er. Er hat sich zusammen mit DS Bodey und der Hausdame, Mrs Lyme, um Räumlichkeiten für die Verhöre gekümmert. Jetzt ist er in genau einem dieser Räume, um zu erklären, wo genau er an diesem Morgen gewesen ist und wann.« Rick klang ruhig, aber hart. Es war klar, dass er keinen Widerspruch dulden würde. Er schaute Vita so lange in die Augen, bis sie den Blick senkte und wütend die Lippen aufeinanderpresste.

Rick ließ noch einmal den Blick durch den Raum schweifen und nickte Jack dann zu. »Sie, Sir … Bitte kommen Sie mit. Du auch, Clarice.«

Draußen winkte Rob Jack, ihm zu folgen, während Rick Clarice in einen kleinen Lagerraum neben der Küche führte, wo man einen schmalen Tisch mit zwei Stühlen aufgestellt hatte.

»Wer ist es?«, fragte Clarice sofort. »Ist es Ginny?«

»Das kann ich nicht sagen, Clarice«, antwortete Rick. »Der Frau ist mitten ins Gesicht geschossen worden.«

»Wirst du es mir sagen, wenn du es weißt?«

Er nickte.

»Und?«, sagte Clarice. Sie saßen einander gegenüber.

»Ich muss dich fragen.« Rick lehnte sich auf dem Stuhl zurück.

Clarice nickte. »Wie viel ich darüber weiß, was hier los ist?«

»Ja.«

Clarice berichtete Rick, was seit ihrer Ankunft passiert war. »Nicht viel also …«, schloss sie.

»Das sehe ich anders. Die Kratzer an Toms Arm sind ein Grund zur Sorge. Ich habe sie nicht gesehen, als ich vorhin mit ihm gesprochen habe.«

Eine Zeit lang saßen sie stumm beisammen. Beide waren sie in Gedanken versunken. Dann fragte Clarice: »Hast du neue Informationen zu dem Einbruch im Pfarrhaus?«

»Nein. Das Haus ist gesichert worden. Pete und Jackie Smith haben gestern morgen im Pub ausgecheckt.«

»Glaubst du, der Einbrecher war Pete?«

»Ich traue es ihm zumindest zu. Aber wenn man es genau nimmt, hätte er dann sein eigenes Zeug gestohlen … oder genauer Jackies und Maggies Zeug, da sie Roses nächste Verwandte sind.«

»Was soll ich jetzt tun?«

»Nichts. Fahr heim.«

»Willst du meine Aussage nicht aufnehmen?«

»Doch, aber wir müssen viele Leute befragen, und ich weiß, dass du ein Alibi hast. Du kannst auch später aussagen.«

»Kann ich mit Lucy sprechen? Sie wird sich furchtbare Sorgen um Ginny machen.«

»Nein, tut mir leid, aber das geht nicht. Lucy wird gleich verhört, und ich möchte, dass sie erst einmal mit einem meiner Beamten spricht.«

Clarice nickte.

»Ich werde dich zum Wagen bringen und Lenny Bescheid geben, dass du fahren kannst. Dann werde ich Daisy briefen. Sie verfügt über eine gute Verhörtechnik. Sie kann mit Tom sprechen.«

Als sie wegfuhr, schaute Clarice noch mal in den Rückspiegel und sah Rick, der ihr hinterherschaute. Dann drehte er sich um und ging wieder rein.

Kapitel 23

Als sie zu Hause eintraf, war Clarice vollkommen erschöpft. Auf dem Tisch lag ein Zettel von Sandra, der besagte, dass sie und Bob sich nicht nur um die Katzen im Gehege und Micky gekümmert hatten, sondern dass sie auch mit den Hunden spazieren waren. Aber Clarice fühlte sich rastlos und rief die Hunde zu sich und ging raus. Der Himmel war trüb und bewölkt, doch das passte zu Clarices Stimmung, während sie die Grenzen des Gartens abging. Die Vorstellung, dass Ginny tot sein könnte, deprimierte sie zutiefst. Natürlich könnte es sich bei dem Opfer auch nicht um Ginny handeln, aber … Wer auch immer die Frau war, sie tat Clarice leid. Blue und Jazz liefen hin und her, während Micky bei Clarice blieb, doch auch die Spielereien und Lebensfreude der Hunde konnten Clarices Pessimismus nicht vertreiben.

Es war fast vier Uhr nachmittags. Clarice war wieder im Haus, und ihr fiel auf, dass sie den Lunch vergessen hatte. Während sie ziellos im Kühlschrank herumstocherte und nichts fand, worauf sie Lust gehabt hätte, erkannte sie, dass das Gefühl in ihrem Bauch nicht Hunger, sondern Übelkeit war.

Plötzlich kam ihr ein Gedanke. Sie folgte ihm, holte Mehl und Trockenhefe und legte beides auf den Küchentisch. Doch nachdem sie auch eine große Schüssel aus dem Schrank geholt hatte, trat sie einen Schritt zurück und schaute sich die Sachen an. Dabei wurde ihr klar, dass sie einfach nicht die Energie aufbrachte, heute Brot zu backen. Also ging sie ins Wohnzimmer, um Sandra anzurufen. Sie hatte das Telefon noch nicht erreicht, als es plötzlich klingelte.

»Clarice?«

Clarice erkannte Lauras Stimme. Schuldbewusst erinnerte sie sich daran, dass sie eigentlich mit Laura im Buchclub verabredet war, um anschließend mit ihr essen zu gehen.

»Laura, wo bist du?«, fragte Clarice.

»Ich bin gerade vom College zum Buchclub gekommen. Clare Robbins hat mir erzählt, dass es einen Unfall in Winterby gegeben hat. Das kam wohl in den Nachrichten. Jemand ist erschossen worden.« Sie sprach schnell, war außer Atem. »Ich habe natürlich versucht, zu Hause anzurufen und meinen Dad übers Handy zu erreichen, doch da geht keiner rein. Als ich im Haupthaus angerufen habe, hat mir eine Polizistin gesagt, dass niemand nach Winterby darf!«

»Laura, es tut mir ja so leid, aber ich habe unsere Verabredung heute total vergessen.« Clarice stellte sich vor, wie Daisy Tom befragte, und sie dachte an die Kratzer auf Toms Arm.

»Du warst doch heute da. Jack hat gesagt, du wolltest dich mit Lady Vita auf eine Tasse Kaffee treffen.«

»Ja, ich bin noch nicht lange wieder hier.«

»Sind Dad und Mum okay? Jack auch?« Angst lag in Lauras Stimme.

»Ja, ich hab Paula zwar nicht gesehen, aber Rick. Und ich habe deinen Dad und Jack gesehen. Es geht ihnen gut.«

»Gott sei Dank. Ich habe mir solche Sorgen gemacht.« Laura verstummte, doch Clarice hörte sie noch immer atmen. »Kann ich zu dir kommen?«, fragte Laura. »Ich bin vor der Bücherei, aber ich will nicht mehr zum Buchclub zurück, und ich nehme an, das mit dem Essengehen hat sich für dich erledigt. Ich hab jedenfalls keine Lust mehr darauf.«

»Stimmt. Komm rüber, Laura. Ich werde im Restaurant anrufen und unsere Reservierung stornieren.«

»Okay«, sagte Laura. »Bin gleich da.«

Eine halbe Stunde später, nachdem Clarice im Restaurant angerufen und Micky zu den anderen Hunden im Wohnzimmer gebracht hatte, traf Laura ein. Wie immer war sie makellos gekleidet, diesmal in einen marineblauen Hosenanzug und eine Bluse mit Blumenmuster. Clarice fragte sich, ob die anderen Studenten auf ihrem College genauso gut auf ihr Aussehen achteten.

»Wolltest du Brot backen?« Laura stand mitten in der Küche und betrachtete die Sachen auf dem Tisch.

»Nein.« Clarice seufzte. »Ich bringe einfach nicht die Energie dafür auf.« Sie räumte Mehl, Hefe und Schüssel wieder in den Schrank.

»Mum backt gutes Brot«, bemerkte Laura und schaute Clarice zu. »Tatsächlich kaufen wir nie welches. Alles selbst gemacht.«

»Paula ist ja auch eine gute Bäckerin. Auf unseren Wohltätigkeitsveranstaltungen sind ihre Kuchen immer rasend schnell verkauft. Hat sie auch eine Lufttrockenkammer für das Brot?«

»Nein, sie steckt es immer in eine Plastiktüte vom Supermarkt. Darin geht es hervorragend auf.«

»Mit einem Spritzer Wasser?«, fragte Clarice.

»Nein, mit ein paar Samen. Wasser kommt erst später dazu.«

»Klingt, als hätte sie diese Kunst perfektioniert.«

»Wenn man einmal davon absieht, dass mein armer Dad die Nase voll von all den Tüten hat, die überall herumliegen.« Laura lächelte.

»Wie meinst du das?«

»Nun«, antwortete Laura, »ich sollte das eigentlich nicht sagen, aber jeder weiß, wie gemein Mum sein kann. Sie trennt sich nie von was, es sei denn, sie muss. Die Tüten, in denen Dad die Plastikdose mit seinem Nachmittagssandwich bekommt, sind immer schon benutzt. Mum hat da vorher Brot drin gemacht. Dad sagt, sie seien immer voller Mehlstaub und Samenkörner. Für jemanden, der so penibel ist wie er, ist es jedes Mal eine Katastrophe, wenn etwas davon auf seine makellose Hose fällt.«

»Er beschwert sich bei deiner Mum?«

»Oh, nein! Soll das ein Scherz sein? Er beschwert sich bei mir und Jack«, sagte Laura und ging ins Wohnzimmer. »Ist das der, den du aufgenommen hast?«, fragte sie, als sie Micky auf dem Teppich liegen sah.

Clarice erzählte ihr Mickys Geschichte.

»Der Arme«, sagte Laura und setzte sich neben ihn auf den Boden.

»Wenn du da sitzt, wirst du jede Menge Haare auf den Hintern bekommen«, warnte Clarice. »Vergiss nicht, dass ich nicht nur Hunde, sondern auch Katzen habe.«

Clarice wartete auf die übliche erschrockene Reaktion, doch stattdessen winkte Laura ab. »Ein paar Katzenhaare machen mir nichts aus. Du kannst dir gar nicht vorstellen, wie viel Sorgen ich mir gemacht habe, nachdem ich von der Schießerei hörte.«

»Das ist nur natürlich«, erwiderte Clarice.

»Mum hat angerufen und mir eine Nachricht hinterlassen, als ich zu dir gefahren bin. Ich habe zurückgerufen und ihr auf den Anrufbeantworter gesprochen. Kannst du mir erzählen, was passiert ist, als du dort warst?«

Während Laura Micky streichelte, berichtete ihr Clarice, was in Winterby geschehen war.

»Du weißt also nicht, wer die Frau ist«, sagte Laura schließlich. »Und Ginny ist weder aufgetaucht, noch hat sie angerufen?«

Clarice schüttelte den Kopf.

»Der arme Jack«, seufzte Laura.

»Der arme Jack, die arme Ginny und die arme Frau, wer auch immer sie sein mag«, fügte Clarice hinzu.

»Du glaubst nicht, dass es Ginny ist?«

Clarice hob die Schultern. »Ich weiß es nicht. Ich mach uns erst mal eine Tasse Tee. Wenn wir später Hunger haben, kann ich immer noch ein Omelette in die Pfanne hauen.« Sie stand auf. »Erzähl mir lieber was von dem Floristikkurs.«

»Ich liebe es«, sagte Laura voller Leidenschaft. »Die meisten glauben, es gehe nur darum, ein paar Blumen hübsch zu arrangieren, aber da steckt noch so viel mehr dahinter. Und ich habe angefangen zu joggen. Ich will abnehmen. Eine neue Karriere, ein neuer, schlanker Körper. Ich will die Vergangenheit hinter mir lassen.«

»Brillant. Warst du lange bei Jacob Printing?«

»Erinner mich bloß nicht daran«, antwortete Laura. »Mit sechzehn bin ich von der Schule gegangen. Ich wollte aufs Art College, aber Mum hat mich zu einem Bürojob gedrängt. Ihr Plan war, dass ich auf der Abendschule mein Abitur machen sollte, während ich gleichzeitig Geld verdiene. Anschließend sollte ich BWL studieren.«

»Aber das ist nie passiert, oder?«

»Das war auch nie, was ich gewollt habe. Ich hab den Job achtzehn Jahre lang gemacht, und in der Zeit habe ich auch noch geheiratet und mich wieder von meinem Mann getrennt – von einem Mann, den meine Mutter ohnehin nie gemocht hat.«

»Ich habe auch eine Zeit lang im Büro gearbeitet«, erzählte Clarice. »Ich brauchte Geld, aber ich hatte immer das Gefühl, in einer Tretmühle gefangen zu sein.«

»Genauso habe ich mich auch gefühlt. Du hattest Glück. Du bist entkommen und auf die Kunsthochschule gegangen. Ich nehme an, wäre ich früher gegangen und hätte ich nicht Geoff getroffen, dann hätte ich das auch gemacht. Schließlich war es das Ende meiner Ehe, was mich dazu bewegt hat, mein Leben zu ändern.«

Später saß Laura noch immer mit einem Becher Kaffee in der Hand neben Micky auf dem Boden und fragte: »Siehst du Rick oft? Kommt ihr noch miteinander aus? Als Freunde, meine ich.«

»Gut sechs Monate habe ich ihn nicht so oft gesehen, höchstens im Vorbeigehen, Castlewick ist ein kleiner Ort. Seit ich Roses Leiche in der Galgenscheune entdeckt habe, hat sich das jedoch geändert.«

»Das muss furchtbar gewesen sein«, bemerkte Laura.

»War es auch«, bestätigte Clarice. Sie wollte nicht darüber nachdenken. »Was ist mit dir und deinem Ex? Seid ihr noch befreundet?«

»Nicht wirklich.« Laura presste die Lippen aufeinander, und ihr Blick war kalt geworden. »Ich dachte allerdings, wir könnten Freunde bleiben. Ich glaube, das dachten wir beide.«

»Was auch immer ihr aneinander gemocht habt, bevor ihr geheiratet habt«, sagte Clarice, »es ist immer noch da. Ihr seid beide nach wie vor dieselben Menschen. Aber natürlich weiß man nie, was wirklich in den Ehen anderer vor sich geht. Oft halten Paare nach außen hin auch einfach nur eine Fassade aufrecht.«

»Ja«, seufzte Laura und senkte den Blick. Sie wirkte verlegen, und Clarice fragte sich, ob sie und Geoff auch noch lange so getan hatten, als würde ihre Ehe funktionieren, während sie in Wahrheit schon längst zerbrochen gewesen war.

Sie erinnerte sich daran, dass Jack ihr gesagt hatte, er würde nicht zulassen, dass seine Mutter die Beziehung zu Ginny genauso zerstörte, wie sie es bei Laura getan hatte.

»Ich glaube, es hätte funktioniert. Wir hätten Freunde sein können«, fuhr Laura fort. »Doch dann ist die neue Freundin gekommen.«

»Ah«, sagte Clarice.

»Wer will schon eine neue Beziehung beginnen, wenn die Ex noch immer im Haus rumhängt? Und dann ist mir klar geworden, dass ich das auch nicht wollen würde, wenn ich mal einen neuen Freund bekommen sollte. Wenn er Kinder mit seiner Ex hat, sollte er natürlich anständig mit ihr umgehen, mehr aber auch nicht.«

»Geoff hat also eine neue Beziehung, ja?«

»Hm.«

»Das muss hart für dich sein.«

»Nein, hart nicht. Ich kann ihm doch nicht vorwerfen, dass er sein Leben leben will. Ich bin einfach nur traurig.«

Clarice nickte.

»Was hast du am meisten daran gehasst, plötzlich allein zu sein?«, fragte Laura.

»Darüber habe ich viel nachgedacht«, antwortete Clarice, »und vor allem zwei Dinge sind mir eingefallen. Zum einen ist da dieses Gefühl von Verlust … Es fühlte sich an, als wäre jemand gestorben, aber es war natürlich kein Mensch, der gestorben war, sondern eine Beziehung. Und zum anderen war der Verlust von Freundschaften.«

»Meinst du die Leute aus eurem Freundeskreis, die sich für eine Seite entscheiden mussten?«

»Ja, das ist das Eine, aber ich hatte … nein, ich habe dieses Gefühl, nirgends hinzugehören. Ich war jahrelang mit Rick zusammen, und jetzt bin da nur noch ich. Ich fühle mich wieder genauso unsicher wie mit sechzehn. Ich versuche herauszufinden, wer ich bin und wo ich hingehe. Nur fehlt jetzt der freudig-erwartungsvolle Blick auf die Zukunft. Und mit Freundschaften ist es, als würde man über Treibsand laufen. Ich glaube, dass ich festen Boden unter den Füßen habe, doch dann muss ich feststellen, das stimmt nicht. Ist das für Männer leichter? Vermutlich nicht. Ich nehme an, wenn man mit einem Kerl darüber redet, sieht er das genauso, nur von der anderen Seite.«

»Ich bin nicht sicher, ob ich das verstehe.«

»Nun«, sagte Clarice. »Wie soll ich das erklären …? Ich war immer ein taktiler Mensch. Ich habe kein Problem damit, einem Freund einen Kuss auf die Wange zu geben oder ihn zu umarmen, aber jetzt ist das irgendwie seltsam.«

»Ja«, sagte Laura, »ich weiß, was du meinst.«

»Bei Freundinnen ist das egal, aber nicht bei Männern … vor allem nicht, wenn ich allein mit ihnen bin. Wenn die Zeit kommt, sich mit einem Kuss zu begrüßen oder zu verabschieden, bin ich wie erstarrt.«

»Ja, das kann ich nachvollziehen. Es ist einfach unangenehm. Plötzlich ist da eine Mauer, die vorher nicht da war.« Laura lachte. »Und dann denkt man: ›Oh, mein Gott, glaubt er vielleicht, ich will ihn anmachen?‹«

»Genau, und seine Frau ist vielleicht eine gute Freundin, doch die denkt dann womöglich auch, dass ich ihren Mann anmache, und nimmt mich auf einmal als Bedrohung wahr!«

Laura beugte sich vor und kicherte.

»Was ist?«, fragte Clarice.

»Es sind immer die Egoisten und Langeweiler.«

»Ja«, johlte Clarice, »die, die Sandra immer die ›kleinen Wichser‹ nennt.« Sie schüttelte tadelnd den Zeigefinger.

»Wirklich? So nennt sie die?« Lauras Kichern wuchs sich zu einem Lachkrampf aus. Micky schaute sie verwundert an.

»Ja«, antwortete Clarice. »Es sind nie die Anständigen. Den

Netten ist das peinlich. Es sind die, die man ja sooo heiß findet!«

»Stimmt!« Laura wischte sich eine Träne aus dem Auge, dann drehte sie sich um. Ihr Handy klingelte. Sie stand auf. Plötzlich war sie wieder todernst.

Clarice hörte zu und erkannte schließlich, dass Laura mit ihrer Mutter sprach. Sie verließ den Raum und ging in die Küche, um nachzusehen, ob sie genug Eier für zwei Omelettes hatte. Tatsächlich besaß sie sogar sechs mehr als nötig. Sandra musste ihren Vorrat aufgestockt haben.

»Das ist ja toll, Mum. Rufst du mich an und gibst Bescheid?« Laura folgte Clarice in die Küche.

»Mum glaubt, in ungefähr einer Stunde werde ich wieder nach Hause fahren können. Die letzten Verhöre sind durch.«

»Gott sei Dank. Sie hatten da echt eine Menge Leute zu befragen.« Clarice schaute auf die Uhr. »Es ist schon nach sechs. Sollen wir jetzt die Omelettes essen? Sind Käse und Tomaten okay?«

»Ja, bitte«, antwortete Laura. »Ich komme um vor Hunger.« Sie setzte sich an den Tisch, und Clarice holte die Pfanne heraus.

»So … Was gibt es Neues?«, fragte Clarice.

»Mum sagt, die Polizei wird noch länger dableiben. Sie packen wohl noch nicht zusammen. Ich glaube, sie wollen auch jemanden am Fundort der Leiche postieren.«

Clarice hörte aufmerksam zu, während sie die Tomaten schnitt und dann mit Butter in die Pfanne gab.

»Sie haben noch immer nicht gesagt, wer die Frau ist. Das heißt, sie haben auch nicht gesagt, dass es sich nicht um Ginny handelt. Mum sagt, Jack dreht durch!«

»Der arme Jack«, murmelte Clarice.

»Offenbar macht er Harry alle möglichen Vorwürfe. Mum besteht darauf, dass er mit ihr im Haus bleibt. Und Dad hatte eine schwere Zeit mit der Beamtin, die ihn verhört hat.« Gedankenverloren trommelte Laura mit den Fingern auf dem Tisch.

Clarice hob den Blick und bekam ein schlechtes Gewissen. Laura, die gerade noch so erleichtert gewesen war, bald nach Hause zu können, war plötzlich wieder völlig angespannt.

»Mum hat gesagt, Walter habe sich heute Morgen richtig eklig verhalten. Wegen der Jagd hat Dad ihn sich geschnappt und in der Scheune eingeschlossen, die wir als Lager benutzen.«

Clarice schaute sie fragend an.

»Walter hat ihn gekratzt.« Laura deutete auf ihre Hand. »An der Hand.« Erneut senkte sie den Blick. »DS Bodey hat Dad gefragt, woher die Kratzer stammen …« Ihre Stimme erstarb.

Clarice fühlte, dass Laura nicht ganz ehrlich zu ihr war. Es war, als würde sie lügen oder etwas verheimlichen; genau wie vorhin, als sie etwas in Bezug auf das Ende ihrer Ehe verschwiegen hatte.

Clarice richtete ihre Aufmerksamkeit wieder auf die Pfanne. »Das klingt alles ziemlich übel«, bemerkte sie. Als sie erneut den Blick hob, sah sie, wie Laura sich mit der Hand über die Augen wischte. Sie weinte.

»Laura«, sagte Clarice, nahm die Pfanne von der Platte und legte der anderen Frau den Arm um die Schulter. »Alles okay mit dir?«

»Ja, ja«, antwortete Laura und stand auf. Sie rang um Fassung.

Clarice löste sich von ihr.

»Es war ein aufregender Tag.« Laura sprach mit fester Stimme und zwang sich zu einem schwachen Lächeln. »Aber ich bin okay.« Sie riss ein Stück Küchenpapier von der Rolle auf dem Tisch und schnäuzte sich die Nase. Dann, als Clarice sich wieder zum Herd umdrehte, murmelte sie: »Familien … Wer braucht die schon?«

Die Bemerkung verwirrte Clarice. Laura litt unter starken Stimmungsschwankungen, und die Ereignisse des Tages hatten Spuren bei ihr hinterlassen. Clarice kam zu dem Schluss, wenn sie Laura jetzt fragen würde, was sie damit meine, würde sie nur wieder in Tränen ausbrechen. Also sagte sie stattdessen: »Lass uns essen.«

Später, nachdem Laura gegangen war, konnte Clarice nicht anders, als sich zu fragen, was ihre Freundin vor ihr verbarg. Versuchte sie, ihren Vater zu decken? Wusste sie etwas, das wichtig sein könnte? Etwas, das Rick erfahren musste …?

Kapitel 24

Clarice wälzte sich die ganze Nacht lang hin und her. Mehrmals wachte sie verschwitzt auf, ins Laken gewickelt wie eine ägyptische Mumie, während die Tagesdecke auf dem Boden lag. Als es hell wurde, fühlte sie sich völlig ausgepowert. Die düstere Vorahnung vom letzten Tag war noch immer da.

Nach dem Kaffee führte Clarice Blue, Jazz und Micky in den Garten. Es war sechs Uhr in der Früh und eiskalt. Der Himmel war weiß, und der Tau knirschte unter Clarices Füßen. Die Stille und das klinische Weiß ihrer Umgebung standen in starkem Kontrast zu dem Chaos in ihrem Kopf. Doch obwohl sie glaubte, gegen gute Laune immun zu sein, drang die beißende Kälte durch die Wand aus Melancholie in ihrem Herzen, während sie die Hunde beobachtete, die einander in unschuldiger Freude jagten. Clarices eigenes, eher gemächliches Tempo passte zu Mickys langsamen, dreibeinigen Schritten. Gemeinsam humpelten sie durch den Garten, gefolgt von Ena, dem Schatten.

Als Clarice wieder ins Haus zurückkehrte, erkannte sie das Geräusch von Ricks Wagen, der langsam den Hang hinunterfuhr. Sie wartete, bis er ausgestiegen war und zu ihr kam. Blue und Jazz wedelten wild mit den Schwänzen, doch Micky war verunsichert und drückte sich an Clarices Bein. Rick hockte sich hin, breitete die Arme für die Hunde aus und kraulte und knuddelte sie, bevor er Clarice ins Haus folgte.

»Du bist ja früh auf«, bemerkte Clarice.

»Du aber auch. Ich dachte, ich würde dich im Bademantel finden.«

Ena hatte sie überholt und saß bereits in der Küche. Normalerweise war das eine No-Go-Area für Katzen, doch sie hockte da und schaute Rick majestätisch an.

»Sie ist also noch immer die Burgherrin«, bemerkte Rick.

»Oh, ja«, erwiderte Clarice abgelenkt. »Wann bist du gestern Abend weggekommen?« Rick sah zerzaust aus. Er schien in den Klamotten geschlafen zu haben, hatte Ringe unter den Augen und war zwar rasiert, was er aber offenbar mit einem altmodischen Nassrasierer erledigt hatte, denn Clarice sah zwei kleine Schnitte.

»Nach elf«, antwortete Rick und gähnte.

Clarice nickte, öffnete den Schrank und holte die Futternäpfe heraus, die sie vorbereitet hatte. Den ersten Napf stellte sie vor Ena, die sofort heruntersprang. Zwei größere waren für Blue und Jazz. Anschließend verteilte Clarice die Näpfe für die anderen Katzen in der Küche, alle so weit entfernt voneinander wie nur irgend möglich. Sofort roch die gesamte Küche nach Tierfutter vermischt mit dem Duft von Kaffee und dem Geruch des Kaminfeuers von letzter Nacht. Der Kaffee war inzwischen kalt geworden. Clarice hatte ihn viel zu früh gekocht.

»Das ist der Letzte«, sagte Clarice und ging zum Lagerraum. Micky humpelte ihr ungebeten, aber voller Enthusiasmus hinterher. »Ich füttere ihn getrennt. Sonst würden die anderen von ihm klauen. Bin gleich wieder da.«

Als sie wieder in die Küche zurückkehrte, hatte Rick das Jackett ausgezogen und steckte gerade einen neuen Filter in die Kaffeemaschine. Dann löffelte er Pulver hinein.

»Möchtest du etwas essen?«, fragte Clarice. »Ich könnte ein paar Eier kochen.«

»Ich hab zwar keinen großen Appetit …«, erwiderte Rick. »Aber einen Toast vielleicht?«

»Sollst du bekommen«, antwortete Clarice und ging zum Brotschrank.

Sie erzählte Rick von Lauras Besuch am Tag zuvor und dass sie sich große Sorgen um sie mache, da Laura offensichtlich unter starken Stimmungsschwankungen leide. Sie hielt sich jedoch zurück, Rick Fragen zu stellen, bis sie schließlich gemeinsam am Tisch saßen. Rick schaufelte Butter auf seinen Toast, gefolgt von selbst gemachter Erdbeermarmelade vom letzten Jahr, während Blue und Jazz zwischen ihnen auf dem Boden lagen.

»Hast du schon Kontakt zu dem Goldschmied in Norwich aufgenommen?«, fragte Rick.

»Ich habe mit seiner Frau gesprochen … Helen … Er heißt Mike und ist gerade mit seinem Sohn in Frankreich. Sie renovieren dort ein altes Bauernhaus.«

»Das kann ja dauern.«

»Ja, aber sie werden am Montag wieder zurückerwartet, so gegen sechs Uhr abends. Helen hat ihm von mir erzählt, und ich werde um sieben rüberfahren für den Fall, dass er sich verspätet. Ich hab versprochen, ihn nicht lange aufzuhalten. Nachmittags bin ich bei Linda Bates.«

»Dann steht dir also wieder ein langer Tag bevor«, sagte Rick. »Bei allem, was hier los ist, stellt das aber auch ein wenig Ablenkung dar.«

»Das ist kein Problem für mich«, erwiderte Clarice in beiläufigem Ton. »Ich nehme an, du bist auf dem Weg nach Winterby, korrekt?«

Rick nickte. »Ich werde mich dort mit meinem Team treffen. Lady Vita hat uns gnädigerweise erlaubt, uns in der

Orangerie einzurichten.« Spöttisch hob er die Augenbrauen.

»Irgendwo müsst ihr ja unterkommen.«

»Ja, in jedem Fall ist das besser als unsere mobilen Einsatzzentralen, und ich glaube, in ihrer Logik glaubt Vita, so zumindest ihr Haus zurückzubekommen. Die Orangerie ist außerdem mit der Eingangshalle verbunden, mit den Toiletten, und dahinter kommt direkt die Küche. Was für ein Luxus!«

»Das ist gut«, sagte Clarice. »Da ist es auch warm. Außerdem kann man Vita ja wohl kaum zum Vorwurf machen, wenn sie nicht möchte, dass die halbe Polizei von Lincolnshire mit verdreckten Stiefeln durch ihr Haus stapft.«

Rick schaute Clarice über den Rand seines Bechers hinweg an und nippte an seinem Kaffee. »Die Frau, die erschossen wurde … Das ist nicht Ginny.«

Clarice schlug unwillkürlich die Hand vor den Mund. Sie war überrascht, wie groß die Erleichterung war, die sie überkam. Sie spürte sogar Tränen in den Augen. »Gott … Gott sei Dank«, krächzte sie.

»Der Flieger aus Spanien hatte Verspätung, und als sie schließlich wieder in Großbritannien war, hatte sie keinen Saft mehr im Handy. Doch da ihre Rückkehr eine Überraschung für Jack sein sollte, musste sie ihn ja auch nicht anrufen.«

»Das ist toll.« Clarice strahlte. »Jack ist sicher erleichtert.«

»Das ist er. Ginny ist mit dem Taxi gekommen. Die Beamten am Haupttor haben sofort Jack kontaktiert, damit er sie abholen und nach Hause bringen konnte.«

»Nach Hause? Ins Haus von Tom und Paula oder nach Winterby Hall?«

»Das weiß ich nicht. Ich weiß nur, dass sie in Sicherheit ist.«

»Und das Opfer? Habt ihr sie schon identifizieren können?«

Rick schaute Clarice in die Augen. »Das ist erst einmal nur für deine Ohren bestimmt. Erzähl es niemandem.«

»Ja?«

»Es ist Jackie Smith.«

»Nein!« Clarice schnappte nach Luft. Vor ihrem geistigen Auge erschien wieder das Bild von Roses verfaulendem Körper; dann dachte sie an Jackie und das seltsame Gespräch, das sie mit ihr geführt hatte.

»Gestern war einfach zu viel los, als dass ich dich hätte anrufen können, und kurz vor Mitternacht wollte ich auch nicht mehr vorbeikommen.« Rick beobachtete Clarice aufmerksam, während er sprach. »Ich frage mich immer mehr, wo Pete am Montagabend hingefahren ist, als er Jackie an der Galgenscheune zurückließ.«

»Darüber habe ich nachgedacht«, sagte Clarice. »Ich weiß, dass Jackie nichts für sich behalten konnte. Deshalb glaube ich, er hat sie dort gelassen, damit sie sich bei dem Treffen nicht verplappert.«

»Dann hätte er sie doch auch im Pub lassen können«, bemerkte Rick.

»Ja, das hätte er, aber wenn sie dort mit den Leuten gesprochen hätte, hätte ihm das auch nicht gefallen«, erwiderte Clarice. »Jackie ließ sich leicht manipulieren. Ich hatte dieses wirklich seltsame Gespräch mit ihr, und sie hat mich gebeten, ihm nicht zu sagen, dass sie mit mir gesprochen hat. Ich glaube, er hat sie immer an einer ganz kurzen Leine gehalten.«

Rick nickte bedächtig.

»Habt ihr Pete schon kontaktiert?«, fragte Clarice.

»Wir versuchen noch immer, ihn aufzuspüren.«

»Und Jackie ist erschossen worden?«

»Ja, und zwar aus kurzer Entfernung. Sie hatte keine Chance. Noch heute wird die Nachricht freigegeben, dass es kein Unfall, sondern Mord gewesen ist.«

»Und war das während der Jagd?«, fragte Clarice weiter.

»Nein, der Pathologe sagt, sie sei ungefähr vierundzwanzig Stunden vorher getötet worden.«

»Und ist ihre Leiche transportiert worden?«, fragte Clarice. »Genau wie Rose?«

»Nein, wo man sie fand, ist sie auch getötet worden. Der Tatort liegt weit genug vom Haupthaus entfernt, und der Schuss hätte auch von jemandem sein können, der die Raben von seinen Feldern vertreibt. Die Leiche war im hohen Gras verborgen. Einer der Treiber ist wortwörtlich über sie gestolpert.«

»Ich frage mich, ob Pete noch ein Treffen mit dem- oder derjenigen arrangiert hat, mit dem er auch Montag verabredet gewesen ist«, sagte Clarice. »Doch diesmal, weil sie ja aus dem Pub ausgecheckt hatten, könnte er geplant haben, direkt abzuhauen, sobald er das Geld in der Tasche hatte. In dem Fall hätte er auch Jackie mitgenommen.«

»Das ist eine Richtung, in die wir ermitteln.«

»Und die andere?«, hakte Clarice nach.

»Es könnte tatsächlich ein Unfall gewesen sein, und der Verursacher ist einfach abgehauen. Natürlich könnte auch Pete sie getötet haben, oder irgendjemand hat sie beide ermordet, und wir haben seine Leiche nur noch nicht gefunden.«

»Nichts davon hört sich sehr wahrscheinlich an.« Clarice war perplex. »Und warum hat der Mörder die Leiche nicht weggebracht wie bei Rose?«

»Und warum hat er diesmal eine Schrotflinte benutzt, wo Rose doch erschlagen und erwürgt worden ist?«, ergänzte Rick.

»Zwei Mörder?«

»Möglich.«

»Wenn ja, dann müssen sie aber miteinander in Verbindung stehen.«

Rick zuckte mit den Schultern. »Ich muss den Fall aus allen Richtungen betrachten. Die Presse wird sich auf uns stürzen, wenn sie herausfindet, dass es sich um einen Mord handelt. Da Roses Leiche ebenfalls erst vor Kurzem entdeckt worden ist und sie auch noch die Schwester der anderen Toten ist, ist es unvermeidlich, dass sich sogar die überregionale Presse einmischt. Ich kann mir gut vorstellen, dass sie Schlagzeilen über einen Serienkiller bringen werden. Aber wir geben Jackies Namen noch nicht frei, und ich werde alles daransetzen, dass das auch noch länger so bleibt. Ich brauche Zeit, um tiefer zu graben.«

»Was ist mit Tom?«, fragte Clarice.

»Er hat Daisy genau das Gleiche gesagt, was Laura gestern dir erzählt hat. Dass er Walter wegen der Jagd reingeholt hat, und der hat ihn dann gekratzt.«

»Und glaubst du ihm?«

»Die Geschworenen beraten noch. Aber von Jackie stammen die Kratzer in jedem Fall nicht.«

»Nein.« Clarice nickte. Sie erinnerte sich an Jackies kleine kindliche Hände mit den abgekauten Fingernägeln und unterdrückte ein Schaudern. »Jackie hatte keine Fingernägel.«

Rick schaute auf seine Uhr. »Ich sollte jetzt besser gehen. Dank dir für Kaffee und Toast.«

»Jederzeit.« Clarice lächelte. »Ich hoffe, der Tag läuft gut. Du hast viel zu tun.«

»Ha!« Rick schnaubte, stand auf und griff nach seinem Jackett. »Es wird verdammt lang und anstrengend. Wir müssen das Areal Zoll für Zoll absuchen, einschließlich der Wälder und Felder. Ich habe die größtmögliche Zahl an Verstärkungen angefordert. Sie kommen um acht. Ich will vor ihnen da sein.«

»Außerdem bekommst du so auch noch ein zweites Frühstück.«

»Du kennst mich viel zu gut«, lachte Rick.

»Ich muss irgendwann auch noch mal in Winterby Hall vorbei«, sagte Clarice.

»Heute?«

»Heute oder morgen. Gestern ging alles so schnell, dass ich das Portfolio vergessen habe, das ich Vita gezeigt habe. Es liegt oben in ihrem Wohnzimmer.«

»Wenn du schon rüberfährst, dann könntest du auch mal in der Orangerie vorbeischauen, um deine offizielle Aussage zu machen. Ich werde den Jungs sagen, dass du kommst.«

»Werden sie nicht zu beschäftigt sein?«

»Sie werden immer zu beschäftigt sein. Ein paar Leute müssen ständig dort sein. Sie werden sich schon ein paar Minuten Zeit für dich nehmen können. Und viel Glück mit Lady Vita. Gestern kam sie ein wenig mürrisch rüber.«

»Mir gegenüber war sie das in jedem Fall«, sagte Clarice. »Ich wollte mich nicht auf ihre Seite stellen, als Daisy Roland aufgefordert hat, ihr den Fundort der Leiche zu zeigen.«

»Das hat mir Daisy schon erzählt«, sagte Rick. »Sie hat das ignoriert, und das solltest du auch tun. Daisy hat nur ihren Job gemacht. Und Vita kann ja wohl kaum von dir verlangen, dich zu echauffieren, wann immer Mylady danach ist.«

Clarice lächelte. »In meiner Zeit habe ich schon schwierigere Fälle erlebt als Vita. Keine Sorge.«

Kapitel 25

Nachdem Rick gefahren war, und in dem Wissen, dass niemand wusste, wo Pete Smith steckte, wurde Clarice immer nervöser.

Als Sandra und Bob kamen, erzählte sie ihnen, was geschehen war. Nur die Identität des Opfers sowie den Todeszeitpunkt verschwieg sie.

»Wir haben gestern weder ferngeschaut noch Radio gehört«, sagte Sandra. Sie klang enttäuscht, weil sie so ein wichtiges lokales Ereignis versäumt hatte. »Du hättest uns anrufen sollen, Liebes«, fügte sie hinzu.

»Das hätte ich auch fast getan. Kurz bevor Laura dann anrief.«

»Glaubst du, jemand aus Winterby hat etwas damit zu tun?«, fragte Bob.

»Das ist unmöglich zu sagen.« Clarice zuckte mit den Schultern. »Laut Rick haben alle ein Alibi für die Zeit vor der Jagd.«

»In jedem Fall bin ich erleichtert, dass Ginny nicht das Opfer ist.« Sandra seufzte. »Ich habe sie zwar nur ein paarmal gesehen, als sie die Hunde ausgeführt hat, aber sie scheint ein nettes Mädchen zu sein.«

»Wer auch immer die Tote ist, sie ist auch jemandes Tochter oder Mutter!«, sagte Bob in scharfem Ton zu seiner Frau und drehte sich zu Clarice um. »Hat Rick noch nicht einmal angedeutet, wer das sein könnte?«

»Sei doch nicht so verdammt neugierig!«, schoss Sandra zurück. »Wenn Clarice sagt, sie weiß es nicht, dann weiß sie es nicht. Und falls doch, dann schweigt sie eben, weil Rick sie darum gebeten hat.«

»Ich werde mal in Winterby Hall anrufen«, sagte Clarice, ging zur Treppe und sinnierte, wie schwer es doch war, nur eine halbe Geschichte zu erzählen. »Ich will mal nachhören, ob ich vorbeikommen kann, um mein Portfolio zu holen. Bei der Gelegenheit kann ich auch meine Aussage machen.«

Paula meldete sich am Telefon.

»Oh, hallo, Clarice.« Die Hausdame von Winterby Hall klang so arrogant wie eh und je, und Clarice fragte sich, ob sie wohl Zuhörer hatte.

»Wie geht es Ginny?«

»Gut«, antwortete Paula kurz und knapp.

Clarice erzählte ihr von dem Portfolio, das sie gestern vergessen hatte, dann bat sie, mit Vita zu sprechen.

»Lady Vita hat heute viel zu tun, aber sie erwähnte, dass du wegen der Fotos vermutlich anrufen würdest.«

Vor ihrem geistigen Auge sah Clarice Vita neben Paula stehen, die ihrer Hausdame und Schwägerin mit einer energischen Geste bedeutete, sie zu verleugnen. Sie hatte das selbst schon öfter beobachtet, wenn Vita entschieden hatte, dass ihre Beziehung zu jemandem beendet war.

»Kein Problem«, sagte Clarice. »Ich werde sie später holen. Dann ist immer noch Zeit, mit Vita zu plaudern.«

»Natürlich«, sagte Paula. »Ich habe über die Veranstaltung am Sonntag nachgedacht. Nach allem, was passiert ist, sollte ich wohl lieber zu Hause bleiben.«

»Das liegt ganz bei dir, auch wenn natürlich alle dich und deine köstlichen Kuchen vermissen werden. Solltest du dich dazu entschließen, dann sag bitte Georgie Bescheid. Es sei denn, du willst, dass ich das für dich erledige.«

»Äh …« Paula hielt kurz inne.

»Man kann es natürlich auch anders sehen«, sagte Clarice. »Nach allem, was in Winterby passiert ist, wäre das eine gute Gelegenheit, mal für ein paar Stunden wegzukommen.«

»Das stimmt.«

»Und noch etwas, das man bedenken sollte: Zu der Veranstaltung kommt halb Castlewick, und nach allem, was diese Woche so los war, wird es sicher viele Gerüchte geben. Dem wirst du vielleicht lieber aus dem Weg gehen wollen.«

Clarices Überlegung lautete: Wenn ein Gedanke in einen elektrischen Impuls verwandelt werden konnte, dann war die Andeutung, dass Gerüchte über Winterby Hall die Runde machten, ohne dass Paula ihren Senf dazugeben konnte, der Impuls, der den Schalter umlegen würde.

»Ja, das stimmt, Clarice«, sagte sie dann auch rasch, »aber ich kann euch doch nicht im Stich lassen.« Sie sprach im Brustton der Überzeugung. »Und du warst gestern so gut zu Laura. Danke dafür. Ich werde wie geplant am Sonntag kommen. Ich lasse mich doch nicht von ein paar Gerüchten aufhalten.«

»Das ist ja so nett von dir, Paula.«

»Deine Bilder sind übrigens in Toms Büro. Vor zwei bin ich da, dann Tom.«

Clarice legte auf und beschloss, erst nach zwei zu fahren. Sie würde sich gerne mal in Toms Büro umsehen, doch wenn Paula da war, würde sie dazu sicher keine Gelegenheit bekommen.

Den Rest des Morgens verbrachte Clarice in ihrem Arbeitszimmer und erledigte Papierkram. Als sie fertig war, ging sie in die Küche, um sich zum Mittagessen zu Sandra und Bob zu gesellen, bevor die beiden nach Hause fuhren.

»Eine Tasse Tee, Liebling?« Sandra fragte Bob, nicht Clarice.

»Ja, bitte, meine Liebe«, antwortete Bob.

Clarice lächelte, schwieg aber. Die Neckereien waren offenbar vorbei, und jetzt waren sie wieder ein Herz und eine Seele.

Als Clarice bei den Toren von Winterby Hall vorfuhr, sah sie eine ganze Reihe von Autos und Vans, die zu beiden Seiten der Straße parkten, und eine Gruppe Leute drängte sich um den Eingang. Langsam rollte sie näher heran und erkannte, dass drei, vier von diesen Leuten sie entweder fotografierten oder filmten. Das war die Presse – genau wie Rick vorausgesagt hatte. Clarice konnte nicht anders, als sich zu fragen, wie es unter diesen Umständen noch möglich sein sollte, Reservierungen für die Fischteiche und Ferienhäuser aufrechtzuerhalten.

Clarice hielt an, als zwei Beamte, die sie von gestern wiedererkannte, sich dem Wagen näherten. Sie ließ das Fenster herunter. »Hallo«, sagte sie. »Ich bin Clarice …«

Meghan unterbrach sie. »Sie werden erwartet. Bitte, fahren Sie weiter.«

Clarice nickte und fuhr aufs Gelände. Der Parkplatz vor dem Haupthaus war halb gefüllt. Als sie zur Orangerie ging, entdeckte sie Rob.

»Hi, Clarice, bist du gekommen, um deine Aussage zu machen?«, fragte er.

»Ja«, antwortete Clarice. »Draußen stehen eine Menge Fahrzeuge. Wird noch immer das Land durchkämmt?«

Rob nickte. »Sie sind seit acht wieder dran.«

»Und? Was Neues?«

Robs Blick war eine Mischung aus Wissen und Vorsicht.

Clarice war klar, dass er versuchte abzuschätzen, wie viel sein Boss ihr schon verraten hatte. »Hast du die Presseleute gesehen? Es war gerade in den Nachrichten, dass es sich um einen Mord und nicht um einen Unfall handelt.«

»Ah … Nein, ich habe die Nachrichten nicht gesehen.«

»Da hast du's.« Sein Blick blieb gleich. »Was Neues.«

Rob führte Clarice in einen kleinen Raum neben der Küche, um ihre Aussage aufzunehmen. »Macht es dir etwas aus, wenn wir das mitschneiden?«, fragte er, bevor sie begannen.

Als sie das Verhör eine halbe Stunde später beendeten, war Clarice überrascht, Lucy neben der Tür zu sehen.

»Ich habe gesehen, wie du reingegangen bist«, sagte Lucy. »Da dachte ich, ich könnte dich abfangen, wenn du wieder rauskommst. Paula hat schon gesagt, dass du vermutlich erst kommen wirst, wenn sie weg ist.« Obwohl sie mit Clarice sprach, war Lucys Blick auf Rob gerichtet.

»Habe ich Paula verpasst?«, fragte Clarice unschuldig.

»Ja, und Lady Vita ist auch nicht hier. Sie ist kurz nach neun heute Morgen gefahren.«

Im Geiste entschuldigte sich Clarice bei Vita, und sie fragte sich, ob ihre Freundin inzwischen ein wenig überempfindlich wurde. »Bringst du mich dann in Toms Büro?«

»Ja.« Lucy schaute noch immer zu Rob. Es war klar, dass sie den hübschen Constable hatte sehen wollen, nicht Clarice. »Haben Sie auch alles, was Sie brauchen, Rob? Möchten Sie vielleicht noch welche von diesen Orangenschokoladenbiskuits?«

»Das ist wirklich sehr nett von Ihnen, Lucy«, antwortete er. »Die mit Zitrone schmecken mir aber besser.«

»Dann werde ich welche von denen für Sie suchen«, gurrte Lucy. »Clarice, du weißt doch, wo Toms Büro ist, oder? Schließlich kommst du ja öfter vorbei.«

»Schon gut, Lucy. Ich geh einfach.« Lucy würde in großen

Schwierigkeiten stecken, sollte Vita herausfinden, dass sie einen einfachen Constable mit selbst gemachten Zitronenbiskuits versorgte, dachte Clarice und lächelte.

»Tom ist gerade erst gekommen, und er sieht ziemlich griesgrämig aus.« Lucy zog die Mundwinkel nach unten, dann richtete sie ihre volle Aufmerksamkeit auf Rob und führte ihn in die Küche.

Clarice humpelte durch die Eingangshalle und die prachtvolle Treppe hinauf, die in den ersten Stock führte, wo Toms Büro zwei Räume einnahm. Dass er schlecht gelaunt war, überraschte sie nicht. Wenn jemand auf dem eigenen Gelände ermordet wurde, dann war das sicher kein Grund zur Freude. Es sei denn, man freute sich wie Lucy über die Präsenz der Polizei – oder genauer gesagt über die Präsenz eines bestimmten Beamten. Die Bürotür stand einen Spalt offen, und neugierig schob Clarice sie auf. Sie hatte zwar schon öfter einen Blick hineingeworfen, doch bis jetzt hatte sie nie einen Grund gehabt, auch reinzugehen.

Der Raum war weiß verputzt, und an den Wänden hingen Drucke von Jagdszenen und Hunden. Das war mehr Rolands als Toms Geschmack, doch Tom hatte vermutlich nicht viel zu sagen gehabt, was die Einrichtung betraf. Auf einem Schreibtisch lagen Stifte und Notizblöcke, und auf einem zweiten stand ein Computer. Bücher füllten die Regale. Alles war äußerst akkurat angeordnet. Auch hier gab es einen Kamin mit einem Schmuckgitter. Ohne Zweifel hatte Tom sich daran den Arm verletzt. Auf dem näherstehenden Tisch lag überdies eine Supermarkttüte. Da drin steckte mit Sicherheit die Plastikdose mit Toms Nachmittagssandwich.

Als Clarice weiter in den Raum trat, sah sie, dass die Verbindungstür zum nächsten Raum halb aufstand, und sofort erkannte sie die Stimmen von Tom und Roland.

»Verbrenn dir nicht die Finger«, schimpfte Roland. »Ich

habe dir nicht befohlen, die nächste Jagd abzusagen. Ich habe noch nie eine Jagd abgesagt. Wir haben immer drei, genau wie mein Vater. Wir können nicht nach zweien aufhören. Das reicht nicht!«

»Die Jagd ist die geringste unserer Sorgen. Das bringt nur mehr Leute hierher und damit Aufmerksamkeit … und das, während die Polizei noch hier ist.«

»Sag mir nicht, was ich tun soll! Du und Vita … Ich bin das allmählich leid!«

»Du musst Vita zurückpfeifen.« Toms Stimme klang eisig. »Und leg Harry an die Leine.«

»Es war dein verdammter Sohn, der damit angefangen hat. Er hat ihn bedroht.«

»Nein, der Grund dafür sind Harrys irre Spielchen, und jetzt sind sie außer Kontrolle geraten. Und Vita speit auch noch ihr Gift dazu.«

»Wie kannst du es wagen, so von meiner Frau zu sprechen?«

»Wenn du sie nicht zurückpfeifst, kann ich keine Verantwortung mehr für Paula übernehmen. Wie, glaubst du wohl, wird das dann ausgehen, Roland?«

»Was soll ich denn tun? Du kennst Vita doch. Sie hat Jack jetzt im Visier, und Paula ist dein Problem.« Roland klang verzweifelt.

»Sei doch nicht so dumm. Du weißt, dass sie nach Maggie fragen. Wessen Problem ist das denn? Die kleinen, schmutzigen Geheimnisse der Familie Fayrepoynt werden schon bald ans Tageslicht kommen, wenn du nichts unternimmst.«

»Das ist nicht meine Schuld. Nichts davon ist meine Schuld, und du wechselst das Thema. Ich will die dritte Jagd wie geplant abhalten.«

»Roland, vergiss die Jagd. Du musst intervenieren. Setz dich gegen Vita durch.«

»Ich kann nicht! Und was das betrifft, was vor dreißig Jahren geschehen ist? Da hatte ich keine Kontrolle drüber. Ich war ja noch nicht einmal da … Ich war in Devon, wie du gottverdammt noch mal weißt.«

Clarice drehte sich leise um und humpelte zur Treppe zurück. Sie stieg zwei Stufen hinab, blieb stehen und lauschte. Falls die beiden sich noch immer streiten sollten, so hörte sie sie zumindest nicht.

»Hallo!«, rief sie fröhlich. »Tom? Bist du da?«

Ein paar Sekunden später kam Tom aus seinem Büro.

»Clarice!«

»Hi«, sagte sie. »Genau der Mann, nach dem ich gesucht habe.«

»Toll. Du hast ihn gefunden.« Plötzlich tauchte Lucy hinter Clarice auf der Treppe auf.

»Du willst sicher deine Bilder abholen«, sagte Tom. »Lass mich sie dir holen.« Er ging wieder ins Büro und kam kurz darauf mit dem Portfolio zurück.

»Danke, Tom«, sagte Clarice.

Während sie Lucy wieder die Treppe hinunter folgte, versuchte Clarice, dem Gespräch, das sie gerade belauscht hatte, einen Sinn zu entnehmen.

Kapitel 26

»Ich wollte dir persönlich danken«, sagte Ginny.

Sie saß in dem Wohnzimmersessel, den Clarice immer noch als Ricks Platz betrachtete. Ein langer Zopf fiel ihr über die Schulter, und sie trug ein viel zu großes weißes Sweatshirt sowie eine modisch zerrissene Jeans. Auf dem Gesicht wiederum hatte sie nicht den Hauch von Make-up, es war vollkommen unbefleckt, milchweiß und gelassen. Micky hockte vor ihr, das bandagierte Bein ausgestreckt, und nicht weit von ihr entfernt lagen Blue und Jazz.

»Das ist das erste Mal, dass er das macht!« Clarice stimmte in Jacks Lachen ein, als sie sah, wie der kleine Hund fröhlich mit dem Schwanz wedelte und ungebeten auf Ginnys Schoß kletterte. »Und es gibt da nichts zu danken. Ich habe doch gar nichts getan.«

»Du hast dir Sorgen um mich gemacht, Clarice«, erklärte Ginny. »Lucy und Jack haben mir das erzählt.« Während sie sprach, streichelte sie Micky mit ihren langen, schlanken Fingern sanft den Kopf. Der Hund schaute sie mit großen Augen an. Er vergötterte sie bereits. »Ich kann es gar nicht erwarten, bis er gesund genug ist, um mit ihm spazieren zu gehen. Darf ich dann mit Lucy rüberkommen und ihn ausführen?«

»Natürlich. Es wäre wunderbar, euch beide zu sehen.« Wenn er Ginny ansah, glich Jacks Blick dem des kleinen

Hundes. »Und du scheinst auch endlich wieder glücklich zu sein.«

»Das bin ich auch.« Jack strahlte.

Ginny lächelte Jack sanft an und streckte die Hand aus, um ihn mit den Fingerspitzen an der Schulter zu berühren.

Es war spät am Sonntagabend, und Ginny hatte angerufen und gefragt, ob sie vorbeikommen könnten. Clarice hatte sie mit Kaffee und Croissants empfangen.

»Läuft es denn jetzt schon besser in Winterby Hall?«, fragte sie.

Das Pärchen schaute sich vielsagend an, und das Schweigen zog sich in die Länge.

»Es ist in jedem Fall besser, als es war«, antwortete Jack schließlich. »Dass Ginny sich ein paar Tage freigenommen hatte, hat die Sache auf die Spitze getrieben. Harry hält jetzt Abstand – von uns beiden. Aber …«

Ginny fuhr fort, wo Jack aufgehört hatte. »Aber es ist, als würde man einen Topf Milch beobachten, von dem man weiß, dass er gleich überkochen wird.«

Jack nickte zustimmend.

»Die Atmosphäre ist furchtbar«, fuhr Ginny fort. »Seit meiner Rückkehr hat Lady Vita kein Wort mit mir gesprochen. Ich warte die ganze Zeit darauf, dass sie mich … äh … freistellen.«

»Ja, Lucy hat mir schon erzählt, dass sie das Wort ›feuern‹ nicht benutzen«, bemerkte Clarice.

»Bis jetzt hat Dad Ginny vor Lady Vitas Zorn beschützt«, sagte Jack.

»Und«, warf Ginny ein und schaute Jack dankbar an, »es war auch dein Dad, der mir die Chance gegeben hat, die Dienerquartiere zu verlassen. Er hat mich in euer Haus eingeladen.«

»Aber so können wir nicht ewig weitermachen«, seufzte

Jack. »Deshalb haben wir uns entschlossen, neue Jobs zu suchen und von hier wegzuziehen.«

»Wollt ihr beide das wirklich?«, fragte Clarice.

Das Paar schaute einander kurz an, dann antwortete Jack: »Mum und Dad waren schon toll. Aber es wäre ihnen gegenüber nicht fair, sie weiter unter so viel Druck zu setzen. Es heißt: Sie gegen uns – Roland, Vita und Harry auf der einen und unsere Familie auf der anderen Seite. Und Dad muss weiter mit Roland zusammenarbeiten.«

»Wissen Roland und Vita, was für ein Arsch Harry gewesen ist?«

»Ja«, sagte Jack, »die Karten liegen offen auf dem Tisch.«

»Ich kann mir gut vorstellen, dass Vita sich auf Harrys Seite schlägt … bedingungslos«, sagte Clarice.

»Ja, aber das ist einfach ihr Mutterinstinkt«, erwiderte Jack. »Man könnte das Gleiche von meiner Mutter sagen. Sie regt sich Tag für Tag mehr auf. Es ist schon schwer genug, mit der ganzen Polizei und all den Reportern das Anwesen zu leiten. Wir haben ihnen noch nichts von unseren Plänen erzählt, aber hier und da habe ich schon mal angedeutet, dass wir wegziehen könnten, und jedes Mal ist Mum fast durchgedreht. Ihrer Meinung nach hat Harry gewonnen, wenn wir ein neues Leben anfangen.«

»Es tut mir leid, das zu hören«, sagte Clarice.

»Ich fürchte, sie könnte die Beherrschung mit Lady Vita oder Harry verlieren und etwas Unverzeihliches sagen. Dann wären es Mum und Dad, die ›freigestellt‹ werden!«

»Hallooo!«

Clarice erkannte Sandras Stimme. Sie und Bob ließen sich selbst herein, und Jazz und Blue begrüßten sie mit wildem Schwanzwedeln.

»Jetzt habt ihr uns aber wirklich überrascht. Wir haben euch gar nicht kommen hören«, bemerkte Clarice.

»Ja, hallo, Liebes!« Sandra strahlte Ginny an.

»Hi, Sandra«, erwiderte Ginny. »Schau mal. Ich bin adoptiert worden.« Sie blickte auf Micky hinunter.

»In der Tat!«, sagte Sandra. »Wirst du deiner Tante Sandra etwa untreu, Micky?« Der kleine Hund wälzte sich glücklich auf Ginnys Schoß.

»Da kommt noch jemand, Clarice«, sagte Bob, der Sandra folgte. »Soll ich noch mal rausgehen und nachsehen, wer das ist?«

»Nein«, antwortete Clarice. »Komm rein, Bob, und sag Hallo. Ich werde selbst nachsehen. Ich scheine heute sehr beliebt zu sein!« Sie griff nach ihrer Jacke und den Krücken und ließ die beiden Paare allein.

Ernie Jones, ein Farmer, stieg just in dem Augenblick aus seinem Range Rover, als Clarice die Tür erreichte. Sie wusste sofort, warum er vorbeigekommen war.

»Hi, Duck!«, begrüßte er sie auf typische Lincolnshire-Art. »Du siehst beschäftigt aus. All die Autos hier.«

»Das bin ich auch. Und ich kann mir schon denken, warum du hier bist«, fügte sie hinzu.

Ernie war Ende fünfzig, klein und kräftig und mit einem zerfurchten Gesicht und nur noch wenigen Haaren.

»Darauf möchte ich wetten, Ducky.«

»Die Jagd?«, hakte Clarice nach.

»Gut geraten, junge Lady.« Schwer atmend stapfte er auf Clarice zu.

»Und wann soll sie stattfinden?«, fragte Clarice. Sie wusste es zu schätzen, dass Ernie sie vorher informierte. Ernie war ein Hundefreund und sich durchaus bewusst, dass die Knallerei einige ihrer Tiere in Panik versetzen konnte. Sie würde dafür sorgen müssen, dass jemand im Gehege war, um die Katzen abzulenken. Clarice war nur froh, dass Sandra nicht wusste, wer der Besucher war. Vögel wurden manchmal nicht tödlich getroffen. Einigen riss der Schrot einfach nur die Flügel ab, und dann landeten sie oft in Clarices Garten, und Sandra machte Ernie jedes Mal schwere Vorwürfe deswegen.

»Nächsten Freitag, Clarice«, sagte er nun. »Es wird aber kein Vergleich zu der bei den Fayrepoynts!«

»Trotzdem bin ich sicher, dass deine Gäste sich amüsieren werden«, erklärte Clarice diplomatisch.

»Zumindest, solange sie bei uns keine Leiche finden«, erwiderte Ernie.

»Das wage ich zu bezweifeln.« Clarice wartete auf das, wovon sie wusste, dass es kommen würde.

»Du hast doch die Erste gefunden, nicht wahr?«, fragte Ernie. »Die in der Galgenscheune?«

»Ja, das habe ich, Ernie. Allerdings hätte ich es vorgezogen, diese Erfahrung nicht zu machen.«

»Deshalb läufst du also auch auf Stöcken rum, ja?«

»Ja, ich bin nicht gut gelandet.«

»Du bist auf der Leiche gelandet … oder zumindest habe ich das gehört.«

»Das stimmt.«

»Uff …« Er wedelte mit der Hand vor dem Gesicht, als wollte er einen üblen Geruch vertreiben. »Das muss doch gestunken haben.«

Clarice nickte einfach nur.

»Sie haben versucht, es dem armen Bill Whittle in die Schuhe zu schieben«, sagte Ernie.

»Wer hat das versucht?«

»Nun, nicht dein Mann – oder Ex sollte ich wohl sagen –; ,aber die Polizei hat ihn sich geholt.«

»Sie haben mehrere Leute einbestellt, Ernie. Ich glaube nicht, dass irgendjemand versucht hat, es Bill in die Schuhe zu schieben. Er wurde verhört, aber nicht angeklagt.«

»Das stimmt. Trotzdem tut mir Jean leid. Das hat sie sehr

aufgeregt, und Bill ist ein guter, anständiger Kerl. Wenn ich in der Erntezeit mal keinen Fahrer habe, springt er immer ein. Er war stets ehrlich zu mir und tut, was man ihm sagt. Guter, alter Junge.«

»Da hast du sicher recht.«

»Wenigstens hast du die Zweite nicht auch noch gefunden.«

»Eine hat mir gereicht.« Clarice nickte.

»Dann wissen sie also noch nicht, wer das war, oder?«

»Nein, Ernie. Wenn sie es wüssten, dann wäre es schon längst in den Nachrichten.«

»Ja, das stimmt wohl.« Nachdenklich kratzte sich Ernie das Kinn. »Ich dachte nur, da dein Ex ja bei der Polizei ist und man dich als Spürnase kennt …« Er ließ den Satz unvollendet.

»Tut mir leid, dich enttäuschen zu müssen, aber ich weiß rein gar nichts.«

Ernie nickte und kniff die Augen zusammen, als ob er ihr nicht glaubte.

»Und? Wie läuft das Geschäft?«, wechselte Clarice das Thema. »Hast du viel zu tun?« Rick sagte immer: Auch wenn sie jammerten, so etwas wie einen armen Farmer gebe es nicht. Ernie zum Beispiel umging den Zwischenhändler und verkaufte sein Getreide direkt an den Großhändler. Das brachte ihm einen beachtlichen Profit.

»Das ist eine ruhige Jahreszeit für uns«, sagte er und drehte sich wieder zu seinem Wagen um.

»Ich hoffe, du wirst diese friedliche Zeit genießen können«, sagte Clarice und winkte ihm zum Abschied zu.

Später am Nachmittag, nachdem Jack und Ginny gegangen waren, halfen Bob und Sandra Clarice, ihren Wagen mit allem möglichen Kram für die Tombola am nächsten Tag zu beladen.

»Sind wir fertig?«, fragte Sandra schließlich, als sie sich vorbereiteten, aufzubrechen.

»Ich glaube schon«, antwortete Clarice. »Georgie hat schon ein paarmal angerufen, aber ich nehme an, bis morgen fällt ihr noch was ein.«

Sie ging wieder hinein, um das Abendessen vorzubereiten, und Clarice dachte an ihr Gespräch mit Ginny und Jack zurück. Es hatte eine unerwartete Richtung eingeschlagen. Da war etwas gesagt worden, das mit etwas anderem in Verbindung stand. Aber was? Clarice sah die Verbindung einfach nicht.

Kapitel 27

Die Türen der Stadthalle von Castlewick standen offen. Sämtliche Wagen, die direkt davor parkten, hatten die Kofferräume geöffnet, und Menschen liefen hin und her und brachten Kisten und Taschen in die Halle. Die verschiedenen Stände würden Spielzeug und Kleider, Bücher, Pflanzen und Kuchen anbieten, allesamt Spenden. Dazu kam die Tombola. Erfrischungen gab es im Küchenbereich, wo bereits Tische und Stühle standen.

Clarice hatte ein schlechtes Gewissen inmitten all dieses Gewusels, denn infolge ihrer Verletzung konnte sie nicht wirklich helfen, und so saß sie nun in der Küche. Vor ihr standen ein Stapel Plastikschüsseln und Säckchen mit Kleingeld. Das verteilte sie auf die Schüsseln, eine für jeden Tisch, wo sie als Wechselgeld dienen sollten.

Im Hintergrund klapperte es munter hinter der Durchreiche, und die Freiwilligen lachten ausgelassen miteinander. Viele von ihnen kamen nur zu solchen Anlässen zusammen, und es war eine willkommene Gelegenheit, die neuesten Gerüchte auszutauschen. Von ihrem Tisch aus hatte Clarice bereits das Neueste über die Ereignisse in Winterby Hall gehört. Georgie hatte ihr zudem erzählt, dass eben diese Ereignisse dafür gesorgt hatten, dass sich dieses Mal weit mehr Freiwillige gemeldet hatten als sonst. Die Menschen waren neugierig.

Clarice beobachtete, wie die unterschiedlichsten Persönlichkeiten auf einmal die besten Freunde wurden. Events wie dieses hier wirkten wie eine Wegkreuzung. Hier kamen die Menschen miteinander in Kontakt, neue Beziehungen entstanden und alte wurden gefestigt. Mark Hurst, ein Freund von ihr und den Tieren, plauderte in einer Ecke mit Liam Nash, dem neuen Leiter des hiesigen Obdachlosenheims. In der Mitte der Halle hielt Jean Whittle ein Ende eines langen Tapeziertisches, während Clare Robbins das andere aufnahm. Offenbar redeten die beiden Frauen wieder miteinander. Sie stellten den Tisch ab, plauderten, und kurz darauf gesellte sich Lydia Pembroke zu ihnen. Clarice ermahnte sich, Lydia zu fragen, wie es ihrem Mann Frank ging, nachdem er aus dem Krankenhaus entlassen worden war. Ob Rick wohl ihren Enkel Ollie in Skegness gefunden hatte?

Nahe der Tür sprach Georgie mit Rosalind Harper und Chrissy Pine, zwei Frauen Anfang fünfzig. Wenn Clarice die beiden sah, fühlte sie sich immer an Mädchen aus ihrer Schule erinnert. Rosalind war nach außen hin die Zuckersüße, die Hübsche, klug und clever. Ihr schien alles zu gelingen. Chrissy hingegen war eher schlicht, die Nachahmerin, Rosalinds kleines Echo. Rosalind hätte gerne die Organisation von Georgie übernommen, und Chrissy wollte einfach nur Rosalind sein. Die beiden Frauen organisierten im Sommer ein ähnliches Event, allerdings für wohlhabendere Damen und in einem Hotel am Stadtrand. Und obwohl sie wussten, dass es Wochen dauerte, genügend ordentliche Sachen für eine Tombola zusammenzubekommen, klauten sie gewohnheitsmäßig das ein oder andere Stück, wenn Sandra ihren Stand mal unbewacht ließ. Doch Sandra war ihnen schon längst auf die Schliche gekommen. Zwar hatte sie die beiden nie auf frischer Tat ertappt, aber ihr war das Verschwinden einzelner Artikel natürlich aufgefallen und ebenso die Tatsache, dass ganz ähnliche Stücke kurz darauf an Rosalinds und Chrissys Stand auftauchten. Inzwischen war sie wachsamer denn je.

Clarice schaute noch mal zu Jean, Clare und Lydia, und sie dachte bei sich, dass die drei mindestens genauso kompetitiv waren wie Paula. Sie alle sahen sich selbst in den Augen der anderen. Der Schaden, den Rose angerichtet hatte, war durch die Gier der ›Freundinnen‹ überhaupt erst möglich geworden. Hatten sie je auch nur darüber nachgedacht, wer von ihnen schlussendlich sein Geld verloren hätte, wenn das so weitergegangen wäre? Und irgendeine hätte Geld verloren. Das war das Spiel. So waren sie alle zu Verlierern geworden.

Paula traf ein und brachte ihre Kisten mit Lauras Hilfe zu ihrem Stand. Sandra und Bob, denen Georgie tatsächlich einen Platz an der Tür gegeben hatte, hatten ihre Kisten erst einmal abgestellt, um den anderen beim Aufbau zu helfen.

Clarices Handy klingelte, und sie erkannte Ricks Nummer. Sie stellte die Schüssel beiseite, die sie gerade befüllte, und nahm den Anruf an.

»Hi, Clarice. Wo steckst du?«, fragte Rick.

»In der Stadthalle. Hörst du den Lärm nicht?«

»Ah, sie bauen schon auf«, sagte Rick. »Ich hoffe, du versuchst nicht, mit den Tischen zu helfen.«

»Nein, nein. Ich sitze in der Küche und sortiere das Kleingeld. Was gibt es Neues bei dir?« Clarice war neugierig. Sie wusste, dass Rick sie nicht ohne Grund anrief.

»Ich wollte dir nur erzählen, dass wir Jackie Smiths Namen an die Medien weitergegeben haben.«

»Konntet ihr das nicht länger zurückhalten?«

»Nein. Seit der Tat sind fast achtundvierzig Stunden vergangen, und einige Zeitungen hatten bereits herausgefunden, wer das Opfer ist. Allerdings haben sie sich bis jetzt auf unsere Bitten hin mit Einzelheiten zurückgehalten.«

»Das war sehr anständig von ihnen. Normalerweise interessiert sie nur die Schlagzeile. Was ist mit Pete? Habt ihr ihn gefunden?«

»Nein, aber sein Foto wird bald veröffentlicht.«

»Danke, dass du mich auf dem Laufenden hältst.«

»Ist Paula da?«

»Ja. Sie baut gerade mit Laura auf.«

»Ich bin auf dem Weg vom Haupthaus zu dem der Lymes. Daisy hat Roland und Vita vor gut zwei Stunden darüber informiert, dass wir die Informationen an die Medien weitergeben werden. Daisy hat gesagt, sie habe die Lymes nicht erreichen können. Ich wollte sicherstellen, dass Tom und Paula Bescheid wissen. Ich glaube, wenn die Presse erfährt, dass Paula, die Hausdame in Winterby, an eurer Wohltätigkeitsveranstaltung teilnimmt, dann könnten sie in der Stadthalle auftauchen und anfangen, Fragen zu stellen.«

»Soll ich mit ihr reden?«

»Ja. Frag sie einfach, ob sie die Information bekommen hat.«

»Mache ich«, erwiderte Clarice. »Aber Jack und Ginny waren gestern bei mir, und ich glaube, die beiden Familien reden gerade nicht viel miteinander. Laut Jack ist ihre Beziehung im Augenblick so mies wie noch nie.«

»Hier geht es um Polizeiarbeit.« Rick klang gereizt. »Irgendwelche Familienfehden interessieren mich nicht. Es ist wichtig, dass die Lymes wissen, was los ist. Die Presse wird sich auf jeden stürzen, der eine Verbindung zu Winterby hat. Und ich verstehe nicht, warum die Leute ihre Handys nicht eingeschaltet lassen.«

Clarice musste an die vielen Male denken, da sie Rick hatte erreichen wollen, während er das Handy abgestellt hatte. »Ich sorge dafür, dass Paula es erfährt«, sagte sie.

Clarice beendete das Gespräch und stand auf. Sie entdeckte Laura in der Nähe, rief sie zu sich und wiederholte rasch, was Rick ihr erzählt hatte.

»Oh, mein Gott«, sagte Laura. »Mum weiß nichts davon … Niemand hat ihr was gesagt.«

Ein paar Minuten später kehrte sie mit ihrer Mutter wieder zu Clarice zurück.

»Laura hat mir gerade erzählt, dass sie den Namen des Opfers freigeben werden. Weißt du sonst noch was? Steht sie in irgendeiner Verbindung zu dieser Rose?«, fragte Paula.

Clarice erklärte, dass die Person, die sie als Rose gekannt hatten, Jackies Schwester gewesen sei, und dass Jackies Mann Pete von der Polizei gesucht werde.

»Halten sie ihn für den Mörder?«, fragte Laura.

»Ich weiß es nicht«, antwortete Clarice. »Aber er ist Jackies nächster Verwandter, und sie können ihn nicht finden.«

»Das ist einfach zu viel.« Paula klang verärgert. »Warum zum Teufel haben weder Roland noch Vita uns was gesagt? Das wird so peinlich, wenn das übers Radio kommt. Und dann mit all den Leuten hier … oder schlimmer noch … die Presse … Was, wenn die mit mir reden wollen? Ich kann ihnen zwar nichts sagen, aber das wird sie wohl kaum aufhalten.«

»Aber Mum, wir sind schon früh aufgebrochen«, warf Laura ein. »Vielleicht hat Vita ja versucht, uns zu erreichen. Ich hab vergessen, das Handy aufzuladen, und du hast deins nicht dabei … und Dad ist mit Jack und Ginny unterwegs.«

»Wir haben ein Recht auf freie Tage«, erklärte Paula stur.

»Ja«, bestätigte Laura ruhig, »aber normalerweise nehmen wir uns nicht alle gleichzeitig frei. Und wir sorgen immer dafür, dass wir erreichbar sind.«

»Das war, bevor Vita so stur und unerträglich wurde. Sie muss das endlich lernen!«

Was lernen?, fragte Clarice sich. Wollte Paula es Vita heimzahlen? Ging es mit ihrer Beziehung immer schneller bergab?

»Was ist, Mädels?« Georgie hüpfte in die Küche wie ein Afghane mit zwei Schwänzen. Sie sprudelte förmlich über, so fröhlich war sie. »Alles okay? Bist du fertig, Paula?«

Stumm und regungslos schaute Paula sie hochmütig an. Laura hob verständnislos die Schultern.

»Leider können wir nicht bleiben«, erklärte Paula kühl. »Ich will keine Fragen über etwas hören, das nichts mit mir zu tun hat.«

»Okay, Mum«, sagte Laura. »Dann packe ich zusammen.«

»Gut, gut, es sei denn ...« Paula kehrte Georgie den Rücken zu und schaute zu Clarice. »Es sei denn, ihr wollt, dass wir die Kuchen hierlassen. Jemand anders kann sich ja um den Stand kümmern. In unserem Kühlschrank ist ohnehin kein Platz mehr, und es wäre eine Schande, wenn sie schlecht werden würden.«

»Müsst ihr wirklich gehen?«, bettelte Georgie. Clarice wusste, dass Georgie sich nicht um den Stand sorgte. Sie platzte schlicht vor Neugier.

»Ja, das müssen sie«, sagte Clarice. »Ich bin sicher, wir finden jemanden für deine Kuchen, Paula. Danke. Ich bringe euch dann die leeren Schüsseln und Tortenplatten.«

»Okay«, resignierte Georgie, nachdem die beiden Frauen verschwunden waren. »Wirst du mir denn sagen, was hier los ist?«

Clarice erklärte so knapp wie möglich, warum Paula und Laura hatten gehen müssen. Allerdings erwähnte sie nicht, dass Roland und Vita die Nachricht nicht weitergeleitet hatten.

»Und wer soll sich jetzt um den Kuchenstand kümmern?«, fragte Georgie.

»Ich bin doch sowieso als Springerin eingeteilt. Also mache ich das«, antwortete Clarice. »Die Einnahmen kann ich auch später noch zählen.«

»Aber du sollst dich doch schonen.«

»Wie schwer kann das schon sein?«, erwiderte Clarice.

Um ein Uhr öffnete die Stadthalle für die Öffentlichkeit, und Clarice stellte schnell fest, dass es einen großen Markt für Paulas Backwaren gab. Ihre erste Kundin kam schon mit den ersten Besuchern. Als wäre sie auf einer Mission, hielt sie direkt auf Clarice zu. Eine Frau Mitte dreißig, hübsch und schlank. Clarice erkannte sie sofort.

»Hallo, Clarice«, sagte die Frau, ohne zu lächeln und mit hartem Blick.

»Hallo.« Clarice hingegen lächelte. »Sie sind meine erste Kundin. Also haben Sie die Wahl.«

»Wie geht es Ihnen?«, fragte die Frau und ignorierte die Kuchen.

»Ich komme zurecht«, wich Clarice aus.

»Wissen Sie, wer ich bin?«

»Ja, das weiß ich«, antwortete Clarice. »Sie sind Sarah Cane, Inspector Chris Canes Tochter.«

»Das stimmt.« Sie lächelte noch immer nicht.

»Ich habe gerade einen Hund von ihm bekommen, Micky«, sagte Clarice.

»Das habe ich gehört.« Sarah schaute sie lang und stumm an. Ihr Gesichtsausdruck war nicht zu deuten. »Ich seh Sie dann«, sagte sie und wandte sich ab, ohne etwas zu kaufen.

Was für eine seltsame Frau, dachte Clarice. *Wie eine Perserkatze – schön anzuschauen, aber schwer zu halten und mit scharfen Krallen.* Clarice war froh, dass Daisy ihr von Sarahs Schwärmerei für Rick erzählt hatte.

Später, als mehrere Leute darauf warteten, bedient zu werden, gesellte sich Jean Whittle zu Clarice.

»Georgie hat gemeint, du könntest Hilfe brauchen«, sagte Jean.

»Danke, Jean«, erwiderte Clarice. »Ich hatte ja keine Ahnung, wie viel Paula an ihrem Stand immer zu tun hat.«

Als die Zahl der Kunden abnahm, sprachen die beiden Frauen über das Buch des Monats im Buchclub.

»Laura ist auch zu dem Meeting gekommen«, berichtete Jean. »Sie ist aber nicht geblieben.«

»Ich weiß. Sie hat mich aus der Bücherei angerufen und gesagt, dass es begonnen hat«, erwiderte Clarice.

»Donnerstag«, sagte Jean. »Der Tag des Mordes in Winterby Hall.«

»Was war da?« Lydia Pembroke, Mitte sechzig und mit kurzem blondierten Haar und großen Goldohrringen, trat zu ihnen.

»Wir reden gerade über den Buchclub«, sagte Clarice.

»Der Mord war an diesem Donnerstag«, fügte Jean hinzu.

»Ja«, sagte Lydia. »In den Mittagsnachrichten heute haben sie den Namen der Frau genannt. Es ist die Schwester der anderen Frau, die ermordet worden ist … von der, die du gefunden hast, Clarice.«

Jean schien das nicht zu überraschen, und sie bemerkte auch nichts dazu. Clarice erkannte, dass die Frauen das schon diskutiert hatten, denn Jean wusste offenbar von der Verbindung zwischen den beiden Opfern.

»Ich hoffe, die versuchen jetzt nicht, auch das noch dem armen Bill in die Schuhe zu schieben«, sagte Lydia zu Jean.

Die beiden Frauen schauten Clarice verstohlen an. Sie warteten auf ihre Reaktion. Vielleicht nahmen sie an, dass sie sich auf die Seite der Polizei stellen würde.

»Ich habe gar nicht gewusst, dass man deinen Mann wegen des Mordes an Rose angeklagt hat«, sagte Clarice in kaltem Ton.

»Hat man auch nicht.« Jean lief rot an. »Aber die Polizei hat ihn befragt, und die Leute haben geglaubt, er hätte etwas damit zu tun.«

»Aaah ...«, sagte Clarice. »Die Leute haben die falschen Schlüsse gezogen.«

Die beiden Frauen schauten verlegen drein.

»Sie wollten auch mit meinem Enkel Ollie sprechen.« Lydia klang entrüstet. »Er ist doch noch so jung ... und unschuldig ... Wir wissen außerdem nicht, wo er im Augenblick steckt.«

»Und Bill würde auch nicht lügen«, erklärte Jean. »Er ist der ehrlichste Mensch der Welt.«

»Genau wie du, Jean«, stimmte Lydia in das Loblied ein.

»Natürlich.« Jean nickte.

Mit einem Lächeln drehte Clarice sich von ihnen weg, um einem weiteren Kunden den letzten Rest von Paulas Kuchen zu verkaufen. Im Geiste kehrte sie wieder zu ihren Gedanken darüber zurück, wie die Menschen gerne wahrgenommen werden wollten. Sie wusste, dass Bill eine Vorstrafe hatte und dass Jean und Bill über ihre Lügen gesprochen hatten, als sie bei ihnen gewesen war. Und sie wusste auch, dass Ollie bereits Ärger mit der Polizei gehabt hatte. Er war also nicht ganz so unschuldig, wie Paula den anderen einzureden versuchte.

Kapitel 28

Am folgenden Nachmittag, nach einem späten Lunch mit Sandra und Bob, machte Clarice sich auf den Weg nach Norfolk. Sie hatte Mrs Freeman gebeten, Linda Bates Bescheid zu sagen, dass sie kurz nach drei in Sunnydale ankommen würde. Dann hätte sie noch eine Stunde mit Linda und drei Stunden vor dem Treffen mit Mike, dem Goldschmied.

Der vorhergesagte Regen ließ sich Zeit. Während Clarice über die grauen Landstraßen zur Hauptstraße fuhr, war sie entspannt und freute sich darauf, wieder mit Linda zu reden. Außerdem war die Wohltätigkeitsveranstaltung gestern ein voller Erfolg gewesen. Die Einnahmen würden an den Tierschutzverein von Castlewick gehen, um damit Futter zu kaufen und Tierarztkosten zu decken. Insgesamt waren die Einnahmen um zehn Prozent gegenüber dem Vorjahresbasar gestiegen, und auch wenn viele Gerüchte über die Morde die Runde gemacht hatten, waren zumindest peinliche Vorfälle mit der Presse ausgeblieben.

Später an jenem Abend hatte Clarice Laura angerufen, um ihr zu sagen, wie viel die Backwaren ihrer Mutter eingebracht hatten. »Sagst du Paula Bescheid?«, bat sie.

»Normalerweise wäre Mum sehr daran interessiert«, erwiderte Laura, »aber im Augenblick steht das wirklich nicht oben auf ihrer Liste.«

»Bei euch ist es wohl noch immer kompliziert.«

»Es wird jeden Tag schlimmer. Ich habe sie gebeten, Vita und Roland nicht darauf anzusprechen, dass sie die Nachricht der Polizei nicht weitergeleitet haben. Ich dachte, das würde die Situation ein wenig entspannen. Mum wollte jedoch nichts davon wissen. Sie ist direkt zum Haupthaus marschiert, kaum dass wir aus der Stadthalle zurück waren. Vita hat Lucy vorgeschickt, um Mum zu sagen, dass sie viel zu beschäftigt sei, um mit ihr zu reden. Sie würden morgen miteinander sprechen.« Laura klang niedergeschlagen.

»Ich wette, das ist nicht gut angekommen.«

»Nein. Ich halte den Kopf unten. Mum qualmt förmlich vor Wut.«

»Das ist wirklich nicht gut.«

»Nein, wenn sie sich so aufregt, lässt sie es an jedem aus, der ihr über den Weg läuft, besonders an Dad. Und das Ganze wird noch dadurch erschwert, dass wir jetzt eine Fremde im Haus haben. Andererseits ist das Ginny gegenüber nur ehrlich. So weiß sie wenigstens, worauf sie sich einlässt.«

»Ginny ist doch keine Fremde. Sie ist schon seit zwei Jahren mit Jack zusammen. Und sie arbeitet an der Seite deiner Mum. Sie weiß doch, wie sie so drauf ist.«

»Ich weiß, was du damit sagen willst, aber als Ginny sich ohne Einwilligung meiner Mutter ein paar Tage freigenommen hat, da hat das die Lage nicht nur für Jack, sondern für uns alle verschlimmert.«

»Gibt Paula ihr die Schuld?«, fragte Clarice.

»Nicht so richtig, aber es hat einen Welleneffekt. Ginny ist Teil des Problems, denn Harrys widerwärtiges Verhalten ist jetzt bekannt, und Vita toleriert nicht die geringste Kritik an ihrem Sohn. Dank des Streits zwischen Mum und Vita ist die Anspannung daheim förmlich greifbar.«

»Ich hoffe, bis morgen hat sich der Sturm wieder ein wenig gelegt. Falls nicht, wird es bestimmt nicht angenehm, wenn deine Mutter und Vita versuchen, wieder zusammenzuarbeiten.«

»Das sehe ich genauso. Mum muss täglich mit Vita reden und ihre Anweisungen an die Angestellten weiterleiten. In der Orangerie findet demnächst eine Hochzeit statt, und die Braut wünscht sich ungewöhnliche Extras, für die sie aber nichts bezahlen will. Mum muss die Einzelheiten eigentlich noch heute mit Vita klären, aber ich würde mich nicht darauf verlassen, dass das auch klappt. Die beiden sind sich einfach zu ähnlich. Beide sind stur bis zum Gehtnichtmehr. Mum wird keinen Schritt zurückweichen, und Vita ist fest entschlossen, ihr zu zeigen, wer der Boss ist.«

Während sie jetzt durch die trüben Straßen fuhr, ging Clarice das Gespräch im Kopf noch einmal durch. Inzwischen musste das Treffen zwischen Paula und Vita gelaufen sein. Entweder hatten sie Frieden geschlossen, oder die Lymes waren ›freigestellt‹ worden, familiäre Verbindungen hin oder her. Clarice hing hinter einem langsam fahrenden Laster fest, und ihre Gedanken wanderten wieder zu dem Gespräch mit Jack und Ginny zurück. Die Straße war schmal und der Truck lang. Es gab keine Überholmöglichkeit, und Clarice schaute zu, wie bei jedem Schlagloch Dreckwasser von den Hinterreifen spritzte. Dann begann es leicht zu regnen, doch es dauerte nicht lange, da hörte der Regen schon wieder auf, und für kurze Zeit schien die Sonne. Clarice suchte nach einem Regenbogen, fand aber keinen.

Schließlich wurde die Straße wieder breiter, und Clarice konnte den Truck überholen. Aber das Bild von Toms zerkratzter Hand blieb in ihrem Kopf hängen. Sie dachte erneut an das Gespräch mit Laura über die Supermarkttüten, in denen Paula das Brot aufgehen ließ, und an die Tatsache, dass Tom es hasste, wenn Mehlstaub oder Krümel auf seine makellose Kleidung fielen. Anschließend spulte sie zu einem früheren Gespräch mit Rick zurück. Rose war erstickt worden und hatte im Todeskampf Kornstaub eingeatmet. Tom hatte gesagt, er sei im Büro gestürzt, und das an Roses potenziellem Todestag. Ein Gedanke setzte sich in Clarice fest.

Die Fahrt nach Norfolk verging jetzt wie im Flug. Die eindeutigen Fakten zu den beiden Morden und den möglichen Mördern lagen im Kampf mit Vermutungen und Spekulationen. Clarice war so sehr in Gedanken versunken, dass sie kurz nach drei überrascht feststellte, dass sie bereits auf den Parkplatz von Sunnydale fuhr. Wie erwartet kam Mrs Freeman zur Tür, um sie hereinzulassen, doch anstatt sie in die Richtung zu führen, in die sie beim letzten Mal gegangen waren, brachte die Heimleiterin sie ins Büro.

»Bitte setzen Sie sich.« Mrs Freeman deutete auf einen Stuhl ihrem Schreibtisch gegenüber. Clarice tat, wie gebeten, und Mrs Freeman setzte sich auf ihren eigenen Stuhl. »Es tut mir leid, dass Sie umsonst gekommen sind, aber wenn ich richtig verstanden habe, haben Sie heute noch einen weiteren Termin in der Gegend.«

Clarice nickte.

»Mrs Bates ist heute Morgen verstorben. Einerseits war das unerwartet; andererseits war sie aber auch sehr gebrechlich.« Mrs Freeman sah müde aus und hatte ein Gesicht aufgesetzt, von dem Clarice annahm, dass es ihr professionelles Gesicht für schlechte Nachrichten war. Sie sprach leiser als beim letzten Mal, hatte die Hände auf den Tisch gelegt und sich leicht vorgebeugt, um Clarice in die Augen zu schauen. »Es tut mir sehr leid«, sagte sie.

Clarice dachte gerade, dass Mrs Freemans professionelles Mitgefühl ausgesprochen effektiv war, als die Frau plötzlich hinzufügte: »Aber Sie haben sie ja kaum gekannt.«

»Ja, ich habe sie nur einmal getroffen, aber es tut mir trotzdem leid, keine Gelegenheit mehr zu haben, mit ihr zu plaudern«, erwiderte Clarice steif. »Und wie ist sie gestorben? Sie haben gesagt, sie sei gebrechlich gewesen.«

»Ja. Aber Sie hat sich darauf gefreut, Sie wiederzusehen.« Mrs Freeman schaute Clarice argwöhnisch an. »Sie hat allen erzählt, dass Sie sie wieder besuchen würden. Als wären Sie eine lang verlorene Freundin.«

»Wir sind auf Anhieb gut miteinander ausgekommen«, erklärte Clarice.

»Gestern hat sie sich nicht wohlgefühlt«, fuhr Mrs Freeman fort. »Sie ist früh zu Bett gegangen, aber heute Morgen hat sie noch gefrühstückt. Eines der Mädchen fand sie dann in ihrem Sessel. Sie glaubte zunächst, Linda wäre eingeschlafen, aber …«

»Sie war tot«, beendete Clarice den Satz.

»Sie ist zweimal am Herz operiert worden.«

»Glauben Sie, es war ein Herzinfarkt?«

»Ja, aber das muss erst noch bestätigt werden«, antwortete Mrs Freeman. »Wenn es Sie tröstet: Sie ist friedlich eingeschlafen. Sie sah aus, als wäre sie nur ein bisschen weggedöst.«

»Ja, das ist ein Trost. Sie war wirklich eine liebenswerte Frau«, erwiderte Clarice.

Mrs Freeman schaute sie verständnislos an. Clarice fragte sich, ob die Frau ihr gegenüber je auch nur versucht hatte, mit Linda zu reden.

»Danke, dass Sie mir das erzählt haben. Ich nehme an, ihr Neffe kommt?« Clarice stand auf.

»Nein. Er hat heute zu viel zu tun. Er ist ein leidenschaftlicher Golfsportler. Er hat gesagt, er würde sich morgen um alles kümmern und irgendwann die Woche ihre Sachen holen.« Mrs Freeman schniefte verächtlich.

Clarice nahm an, dass Mrs Freeman mit ›sich um alles kümmern‹ die Beerdigung meinte, und mit ›ihre Sachen‹

persönliche Gegenstände wie Schmuck. Sie wollte einfach nur weg. Plötzlich war der Raum ihr viel zu klein. »Nun, denn … Noch einmal danke«, sagte sie.

»Da wäre noch das hier.« Mrs Freeman öffnete eine Schublade, holte einen Briefumschlag heraus und schob ihn über den Schreibtisch. Clarice sah ihren Namen. Handgeschrieben.

»Der lag auf ihrem Bett«, erklärte Mrs Freeman. »Ich nehme an, sie wollte Ihnen den später geben.«

Clarice überkam ein überwältigendes Gefühl von Traurigkeit.

»Er war nicht zugeklebt. Ich habe hineingeschaut, nur für den Fall.« Mrs Freeman schniefte erneut. »Es ist nur ein Brief und zwei alte Fotos. Ich kann gegenüber dem Neffen bestätigen, dass das nichts von Wert war.«

»Ja«, sagte Clarice, nahm den Umschlag und drehte sich zur Tür.

»Was ich einfach nicht verstehen kann«, Mrs Freemans Stimme ließ Clarice noch mal stehen bleiben, »ist, warum sie Ihnen einen Brief geschrieben hat, obwohl Sie doch heute kommen wollten. Das Datum ist von gestern. Seltsam. Es ist, als hätte sie gewusst …«

Clarice schaute sie an.

»… dass sie heute stirbt«, beendete Mrs Freeman den Satz.

Clarice steckte den Brief in die Tasche und ging.

»Ich habe ganz vergessen, Ihnen eine Tasse Tee anzubieten.« Mrs Freemans Worte hallten Clarice hinterher.

Eine Stunde später war Clarice von King's Lynn nach Norwich gefahren und saß in einem Café, vor sich einen Becher Kaffee. Sie holte den Umschlag aus der Tasche und zog ein einzelnes Blatt Papier heraus. Sie betrachtete die fast unleserlichen Worte und stellte sich vor, wie schwer das Schreiben Linda mit ihren arthritischen Händen gefallen sein musste.

Meine liebe Clarice,
ich kann Ihnen gar nicht sagen, wie sehr ich mich über Ihren Besuch letzte Woche gefreut habe. Er hat schon lange vergessene Erinnerungen an meine Schulzeit mit Peggy geweckt. Wir beide hatten solch eine wunderbare Freundschaft, sowohl als Kinder als auch als Erwachsene, und im Guten wie im Schlechten. Und ich erinnere mich noch so gut an die junge Maggie: was für ein liebes Kind. Ihre Tante hat sie immer als Gottesgeschenk betrachtet, als die Tochter, die sie nie hatte.
Ich hoffe, wir werden uns morgen wiedersehen. Wir haben uns zwar nur kurz kennengelernt, aber Sie werden nicht glauben, wie sehr ich mich darauf freue. Ich stecke diesen Brief zusammen mit den Fotos von Maggie in einen Umschlag, wie ich Ihnen versprochen habe – nur für den Fall. Ich bin sicher, dass Sie kommen werden und dass ich Sie empfangen kann, aber das, worauf wir uns am meisten freuen, soll oft nicht sein. Nennen Sie es die Intuition einer dummen, alten Frau.
Ihre Freundin
Linda

Was Mrs Freeman gesagt hatte, stimmte: Clarice hatte die alte Dame kaum gekannt. Ihr fielen Ricks Worte wieder ein: *Linda Bates ist nicht deine Mutter, und sie ist auch nicht deine Schwester oder Tante. Sie hat einen Neffen, verdammt. Sie ist nicht dein Problem.* Doch das hinderte Clarice nicht daran, um die Frau zu trauern, die so furchtbar allein gewesen war, gefangen im eigenen Körper und an einem Ort, der nichts als ein

Geschäft war. Mrs Freeman war vermutlich eine gute Heimleiterin. Sie sorgte dafür, dass alles sauber und ordentlich war, doch eine Verbindung zu den Bewohnern hatte sie offensichtlich nicht.

Clarice steckte den Brief wieder in den Umschlag, holte die beiden Fotos heraus und legte sie nebeneinander auf den Tisch. Obwohl sie dreißig Jahre alt waren und nicht ganz scharf, bekam Clarice sofort ein Gefühl für Maggie. Sie war ganz und gar nicht so, wie sie sie sich vorgestellt hatte. Clarice hätte sie zum Beispiel nie als hübsch beschrieben, aber tatsächlich war sie wunderschön. Ihre Wangenknochen waren wie gemeißelt, und ihr lockiges hellblondes Haar fiel ihr über die Schultern und auf ein ärmelloses Sommerkleid von Laura Ashley. Das breite Lächeln, mit dem sie in die Kamera schaute, war ganz natürlich. Clarice konnte ihre Augenfarbe zwar nicht erkennen, aber sie stellte sich vor, dass sie entweder blau oder grün waren. Neben ihr und mit dem Arm um Maggies Schultern stand eine rundliche, lächelnde Frau Mitte fünfzig, offensichtlich Tante Peggy. Sie schaute nicht in die Kamera, sondern himmelte ihre Nichte an.

Das zweite Foto war heller, vermutlich zu einer anderen Jahreszeit entstanden. Maggie trug Jeans und Sweatshirt und stand neben ihrer Tante. Ihre Schultern berührten sich, doch ihre Gesichter waren ernster. Ein Stück von dem Paar entfernt war Rose zu erkennen – oder Sharon, wie sie damals hieß. Sie trug ein kurzes weißes Kleid und hatte die nackten braunen Beine auseinandergestellt. Sie posierte mit einer Hand auf der Hüfte, und ihr langes, glattes Haar war rot gefärbt. Sie hatte Stil, dachte Clarice, auch damals schon. Das musste an dem Tag gewesen sein, von dem Linda gesagt hatte, dass Sharon gekommen sei, um Geld zu fordern. Und abseits der Gruppe, ein ganzes Stück entfernt, stand neben einem alten blauen Ford Cortina ein junger Tom Lyme.

Kapitel 29

Clarice wanderte durch die Straßen von Norwich und besuchte Galerien und Buchhandlungen, die sie kannte. Früher hatte sie das oft mit Rick gemacht, wenn sie einige ihrer Stücke an eine Galerie geliefert hatte. Anschließend hatten sie den Tag mit einem Essen bei ihrem Lieblingsitaliener gekrönt. Nachdem sie ihre Arbeiten in die Galerie gebracht hatte, waren sie Arm in Arm zum Restaurant gegangen und hatten sich jedes Mal über den rustikalen italienischen Eigentümer amüsiert, Alberto. Doch heute bog Clarice rasch ab, als sie sich Alberto's näherte. Unwillkürlich hob sie die Hand vor die Augen, als wollte sie die Geister der Vergangenheit nicht sehen.

Clarice ging zum Burgmuseum. Vielleicht gab es dort ja gerade eine Ausstellung, die sie von Lindas Tod ablenken würde. Und sie hatte Glück. Es fand tatsächlich eine statt. Sie lief nur noch vier Tage und widmete sich dem Werk von Henri Matisse. Auch wenn die Bilder heute nicht so ein Genuss waren, wie sie es unter anderen Umständen gewesen wären, so verschafften die lebhaften Farben Clarice doch die gewünschte Ablenkung. Als die Galerie um fünf Uhr schloss, wanderte sie noch eine halbe Stunde umher, bevor sie in ein kleines Restaurant ging und sich ein Sandwich und Kaffee bestellte. Wie erwartet, zog der Nachmittag sich in die Länge, vor allem dank der Verwirrung, die immer auf einen Tod folgte. Nichts fühlte sich noch normal an.

Um 18:40 Uhr ging Clarice wieder zu ihrem Auto zurück. Sie dachte darüber nach, wie schön es sein würde, endlich wieder nach Hause zu kommen; nur auf die Fahrt selbst freute sie sich nicht. Als sie den Wagen erreichte, klingelte ihr Handy. Es war Helen. Sie wollte sie wissen lassen, dass Mikes Flug Verspätung hatte.

»Tut mir leid, Clarice, aber er ist noch immer am Flughafen und wartet darauf, an Bord zu können. Er glaubt, dass er erst so gegen zehn hier eintreffen wird. Würden Sie lieber fahren und morgen mit ihm telefonieren?«

Clarice dachte darüber nach. Nachdem sie den ganzen Nachmittag darauf gewartet hatte, sich mit Mike zu treffen, mochte sie das ungern mit einem Telefonat beenden. Außerdem wollte sie ihm jetzt auch die Fotos zeigen, die Linda ihr hinterlassen hatte.

»Wäre es denn ein Problem für Sie, wenn ich so spät noch vorbeikommen würde?«, fragte sie. »Ich nehme an, nach einem langen Tag am Flughafen wird er keine große Lust mehr haben, mit mir zu reden.«

»Nein, nein«, antwortete Helen, »im Gegenteil. Er ist fasziniert und will Sie treffen. Er weiß, dass Sie nach dem Besuch bei Ihrer Freundin noch lange gewartet haben. Wenn Sie möchten, können Sie gerne kommen.«

»Das ist sehr freundlich von Ihnen«, sagte Clarice. »Ich rufe Sie dann später noch mal an, bevor ich mich auf den Weg mache.«

Clarice setzte sich in den Wagen und rief Sandra an, um ihr zu sagen, was passiert war.

»Komm nach Hause, Liebes«, sagte Sandra. »Sonst machst du dich nur verrückt.«

»Ich würde lieber bleiben«, erwiderte Clarice. »Nachdem

ich schon so lange gewartet habe, möchte ich nicht noch einen Tag verschwenden.«

»Sollen wir die Hunde mit zu uns nehmen?«, fragte Sandra. »So wie während deines Krankenhausaufenthalts?«

»Das wäre toll. Ich bleibe vielleicht über Nacht, wenn ich zu müde bin. Könnt ihr euch auch um Micky kümmern?«

»Natürlich«, sagte Sandra. »Wir können den Kleinen doch nicht zurücklassen. Außerdem kommt er mit deinen beiden ja gut zurecht.«

Clarice suchte sich ein kleines Hotel, Teil einer Kette, klinisch weiß und ohne jegliche Persönlichkeit, aber billig. Die Empfangsdame erklärte, dass es genügend Zimmer gebe. Clarice kaufte sich einen Orangensaft in der Bar und setzte sich an einen der kleinen Tische, von denen aus man dank offener Räume einen guten Blick auf die Bar, das Restaurant und die Rezeption hatte. Sie beschloss, erst einmal abzuwarten, wie sie sich später fühlen würde. Dann konnte sie sich immer noch ein Zimmer nehmen.

Die erste Stunde schaute sie sich die Gäste an. Paare unterschiedlichen Alters kamen aus dem Lift und gingen ins Restaurant oder raus auf die Straße. Eine Gruppe junger Männer, ihrer Lautstärke nach zu urteilen ein Junggesellenabschied, feuerte sich gegenseitig zum Trinken an. Ständig machten sie Witze über die sexuellen Fähigkeiten des Bräutigams und den Unfug, den er an diesem Abend noch würde ertragen müssen. Dann kam ein junges Paar aus dem Aufzug, eng umschlungen. Sie setzten sich an einen Tisch in der Ecke der Bar und bestellten jeder ein Glas Wein. Sie schauten sich unablässig in die Augen, und ihre Köpfe berührten sich fast. Ein älteres Paar wiederum, vielleicht in den Sechzigern, aß ein Drei-Gänge-Menü im Restaurant. Sie mussten nicht diskutieren, sondern kauten einfach und schauten sich mit leeren Blicken um, anstatt den jeweils anderen anzusehen. Nach dem Essen schauten sie beide auf ihre Uhren, standen auf, nahmen ihre Jacken, die sie über die Lehnen gehängt hatten, und gingen hinaus. Zehn Minuten später folgte der Junggesellenabschied. Die ersten Männer wankten schon. Ihr Lärm hallte noch lange nach, nachdem sie durch die Tür waren. Das junge Paar hingegen ging wieder zum Aufzug.

Während Clarice immer neue Leute kommen und gehen sah, bestellte sie einen weiteren Orangensaft, holte die Fotos wieder heraus und legte sie wie Spielkarten mit dem Bild nach unten vor sich auf den Tisch.

Erneut dachte sie an die Freiwilligen bei der Wohltätigkeitsveranstaltung gestern, an die Menschen, wie sie waren und was sie werden würden, und wie sie sich in jemanden verwandeln konnten, der sie nie hatten sein wollen. Sie lebten ein Leben in Schwarz und Weiß.

Dann spulte Clarice im Geiste wieder zu den drei Schwestern zurück. In der Bar war es jetzt ruhig. Noch einmal hatte Clarice die verfaulte Leiche in der Galgenscheune vor Augen: Rose, die Gierige, die so dringend ihrem gesellschaftlichen und wirtschaftlichen Status hatte entkommen wollen. Als sie im Heim eines wohlhabenden Arbeitgebers gearbeitet hatte, hatte sie Dinge gesehen, die sie hatte besitzen wollen. Sie wollte auch solch eine Person sein. Sie war zwar intelligent, aber ihr Weg sollte nicht über die Bildung führen. Stattdessen verließ sie sich auf ihren Verstand, um andere auszunehmen. Sie war eine Diebin, eine Erpresserin und eine Betrügerin. Reiche Menschen besaßen große Häuser. Und sie sammelten Dinge: Bücher, Gemälde, Artefakte. Als Sharon nach Castlewick gezogen war und sich in Rose, die wohlhabende Witwe verwandelt hatte, die in einem großen Haus lebte und Puppen sammelte, hatte sie geglaubt, sich ihren Traum erfüllt zu haben. Doch Sharon hatte nicht von ihren zwielichtigen Methoden lassen können. Während Rose die große Dame spielen wollte, brauchte Sharon den Adrenalinkick des Betrugs.

Jackie war die traurigste Schwester. Sie hatte das Pech gehabt, gänzlich ohne soziale Fähigkeiten geboren zu werden. Dazu kam, dass ihre familiären Umstände, ihre Vorbilder, sie noch weiter von allem entfernt hatten, was man als normal betrachten konnte.

Clarice betrachtete erneut das Foto der wunderschönen Maggie. Erzogen von ihrer Tante, war diese Frau ihrem Hintergrund entkommen. Sie hätte die Glückliche sein können, die einzige der drei Schwestern, die hätte werden können, was sie wollte. Doch Maggie war ebenfalls tot.

Regungslos und tief in Gedanken versunken ging Clarice sämtliche Informationen wieder und wieder durch; alle Gespräche, die sie seit Roses Tod geführt hatte. Die Suche nach der berühmten Nadel im Heuhaufen.

Um 22:10 Uhr, nachdem sie die Adresse ins Navi eingegeben hatte und den kurzen Weg gefahren war, traf sie endlich Mike und Helen Shore. Obwohl beide wesentlich jünger aussahen, waren sie bereits Ende sechzig.

»Ich nehme an, Sie haben mich durch den Herstellerstempel gefunden«, bemerkte Mike.

»Ja, dem Internet sei Dank.« Kurz erklärte Clarice den beiden, was sie wissen wollte.

»Sie klingen wie eine moderne Miss Marple.« Helen lachte. Sie war offensichtlich fasziniert.

»Lassen Sie mich Ihnen zeigen, was Helen ausgegraben hat, als ich in Frankreich war«, sagte Mike und brachte ein großes, altes Buch. »Ich habe immer alles aufgeschrieben, bis hin zu meinem ersten Kunden.«

»Bis Anfang dreißig war er angestellt«, erklärte Helen, »dann hat Mike sein eigenes Geschäft eröffnet.«

»Komischerweise erinnere ich mich sogar an das Paar«,

sagte Mike und blätterte vorsichtig durch die Seiten. »Sie waren nämlich ungewöhnlich jung und schienen bis über beide Ohren verliebt.«

»Und?«, neckte Helen. »Hast du nicht auch gesagt, das Mädchen sei das hübscheste gewesen, das du je gesehen hast?«

»Abgesehen von dir natürlich, meine Liebe«, erwiderte er.

Clarice lauschte ihrer Neckerei, schaute von einem zum anderen und erkannte, dass die beiden nicht nur Mann und Frau, sondern auch die besten Freunde waren. Das Gespräch verlief so entspannt, dass Clarice erst bemerkte, wie viel Zeit vergangen war, als sie auf die Uhr schaute. Es war schon halb zwölf.

Nachdem sie den beiden noch einmal gedankt hatte, fuhr Clarice wieder. Plötzlich verspürte sie den unbändigen Drang, doch noch nach Hause zu fahren. Sie dachte gar nicht mehr daran, die Nacht in Norwich zu verbringen, sondern fuhr sofort los. Ihre Gedanken kehrten noch einmal zum Altenheim zurück. Die Idee, die ihr dort zum ersten Mal gekommen war, hatte sich verfestigt.

Clarice wusste, wer Rose ermordet hatte.

Kapitel 30

Als Clarice daheim ankam, fühlte sich das Haus ohne die Begrüßung der Hunde irgendwie seltsam an. Sie dachte darüber nach, Rick anzurufen, aber es war schon weit nach Mitternacht, und sie wollte ihn nicht wecken. Andererseits war die Information viel zu wichtig. Clarice griff nach ihrem Handy und schickte eine SMS. Rick würde sie direkt morgen sehen.

Clarice ging zu Bett. Sie war völlig verspannt, als hätten sich sämtliche Muskeln zusammengezogen. Sie hatte kurz darüber nachgedacht, sich noch ein warmes Bad einzulassen, die Idee aber rasch wieder verworfen. Sie wollte einfach nur in den Schlaf fliehen.

Ein unvertrautes Geräusch weckte Clarice wieder, und kurz war sie desorientiert. Das Geräusch ertönte erneut. Die Dielen knarrten. Eine Katze konnte das nicht sein. Dafür waren die Schritte zu schwer. Clarice war augenblicklich hellwach, und ihr erster Gedanke galt den Hunden. Sie waren nicht da.

Clarice rührte sich nicht. Sie atmete noch nicht einmal. Irgendjemand schlich hier herum, aber war dieser Jemand oben oder unten? Clarices Handy lag unten in der Küche, das nächste Festnetztelefon stand im Arbeitszimmer. Clarice schlug die Decke beiseite, rollte sich nach links, setzte leise die Füße auf die Kieferndielen und schaute zur offenen Schlafzimmertür. Instinktiv wanderte ihre Hand zu den Krücken neben dem Bett, doch dann, im Bruchteil einer Sekunde, beschloss sie, sie zurückzulassen. Sie würden sie nur behindern.

Langsam stand Clarice auf und verlagerte ihr ganzes Gewicht auf den rechten Fuß. In den kurzen Momenten, die es gedauert hatte, bis sie aufgestanden war, war Stille ins Haus zurückgekehrt. Clarice schaute auf den Wecker: 06:02 Uhr. Das erste Morgenlicht fiel schwach durch die Spalten in der Jalousie. Clarice legte die Hand an die Wand, um kurz das Gewicht auf ihre linke Ferse zu verlagern, bevor sie einen Schritt nach vorn zur Tür machte und wieder das rechte Bein belasten konnte. In den letzten Tagen hatte sie sich auf diese Art immer im Arbeitszimmer bewegt, doch dabei hatte sie stets den Stützschuh getragen. Die Strafe dafür, es barfuß zu versuchen, war ein sofortiger stechender Schmerz in ihrem Knöchel und Unterschenkel.

Die Stille hielt an, doch Clarice wusste, dass sie die Geräusche gehört hatte, und diesmal war das nicht Rick. Verstohlen und ungeachtet der Schmerzen im linken Fuß bewegte sie sich vom Schlafzimmer in Richtung Treppe. Dabei stützte sie sich an der Wand ab und mied freie Flächen. So gelangte sie tatsächlich geräuschlos bis zur Tür des Arbeitszimmers. Das Zwielicht verwandelte die vertrauten Möbel in seltsame, stumme Kreaturen, die nur darauf warteten, zum Leben zu erwachen. Es gab unzählige Verstecke, wo sich ein Eindringling im Haus verbergen konnte. Neben Clarices Schlaf- und Arbeitszimmer gab es noch zwei weitere Räume hier oben: ein Gästezimmer und das Bad.

Eine gefühlte Ewigkeit rührte Clarice sich nicht und hoffte, dass der Eindringling sich bewegen und so seine Position verraten würde. Dann ließ ein Huschen sie herumwirbeln. Howlin' kam abrupt vor ihr zum Stehen. Seine Augen waren groß und voller Angst; dann rannte der Kater in die entgegengesetzte Richtung davon und verschwand im Badezimmer.

Clarice wartete noch ein paar Augenblicke, bevor sie sich an der Wand entlangtastete und ins Arbeitszimmer schlüpfte. Sie trat zwei Schritte hinein, streckte die Hand nach dem Telefon aus und hob es ans Ohr. Die Leitung war tot.

Plötzlich fühlte Clarice eine Gegenwart. Sie drehte sich um und sah eine Gestalt hinter der halb geöffneten Tür hervortreten. Selbst in diesem Licht erkannte sie den breiten Oberkörper von Pete Smith, und der Gestank von abgestandenem Bier und Zigaretten drang ihr in die Nase.

»Ohne das geht es nicht, Süße«, sagte er. Clarice sah etwas in seiner Hand, das wie ein Stück Seil aussah. Es war das Telefonkabel. Pete hatte es schlicht aus der Wand gerissen.

Pete atmete schwer, und als er vortrat, sah Clarice, dass sein Kopf verhüllt war. Er trug eine Art Skimaske, schwarz oder dunkelblau und mit Löchern für die Augen, die sie in wildem Hass anfunkelten.

»Warum tragen Sie das, Pete?«, fragte Clarice in spöttischem Ton. »Ist Ihnen nicht klar, dass ich Sie auch erkennen würde, wenn Sie sich als Mädchen verkleiden?«

Pete stieß ein tiefes Knurren aus und zog die Maske vom Kopf. In diesem Bruchteil einer Sekunde ergriff Clarice die Chance und sprang an ihm vorbei durch die Tür.

Ein wütender Schrei folgte ihr, als Pete herumschwang, doch zu spät. Clarice floh jedoch nicht zur Treppe, sondern in ihr Schlafzimmer. Sie schlug die Tür zu und drückte den Körper dagegen.

Ihre Gedanken wanderten zum Handy, und sie stellte sich vor, wo sie es gestern Abend zurückgelassen hatte: auf dem Küchentisch.

Clarice spürte einen Druck im Rücken, und sie wusste, dass sie Petes Kraft nicht lange würde standhalten können.

Sie schaute zum Fenster. Selbst wenn sie es bis dorthin schaffen sollte, würde sie es erst öffnen, rausklettern und springen müssen … und dann was? Selbst wenn sie da rauskam, ohne dass er sie vorher erwischt – was eher unwahrscheinlich war –, war das immer noch ein tiefer Fall. Landete sie falsch und konnte nicht einmal mehr humpeln, würde Pete sie sofort schnappen, selbst wenn er die Treppe nahm. Clarice schaute sich nach einer Waffe um, doch da war nichts.

Unter einem zweiten Brüllen bewegte sich die Tür, und Clarice wurde weggeschoben, als Pete mit seinem gesamten Gewicht dagegen drückte. Sie warf sich nach vorne, schnappte sich eine der Aluminiumkrücken und zog sich auf die andere Seite des Raums zurück, sodass das Bett zwischen ihnen war.

Pete stand in der Tür und starrte sie an.

Clarices Mund war wie ausgetrocknet, und ihr Fuß pochte vor Anstrengung. Sie zitterte am ganzen Leib, und der Puls dröhnte in ihren Ohren. Sie saß in der Falle.

»So, Süße …« Pete atmete noch immer schwer, aber er sprach langsam, um Clarice klarzumachen, dass er jetzt die Kontrolle hatte. »Du hast etwas, das mir gehört.«

»Was?« Die Kraft ihrer eigenen Stimme überraschte Clarice.

»Mach mich nicht wütend, Mädchen.«

»Ich kann Ihnen nichts geben, wenn ich nicht weiß, was.«

»Du warst letzte Woche dreimal in Norfolk.«

»Woher wissen Sie, wo ich gewesen bin?«

Pete fletschte die fauligen Zähne und verzog das Gesicht zu einer Grimasse, die wohl ein Lächeln sein sollte.

»Was wollen Sie von mir?«, verlangte Clarice zu wissen. »Sie haben sich doch schon geholt, was hinter der Karte von Schottland war. Das sollte reichen!«

Clarice hatte die Angewohnheit, in übergroßen T-Shirts

zu schlafen, in einem von Ricks alten, das ihr bis zu den Unterschenkeln reichte. Sie erkannte, dass Pete sie anstarrte. Sein Blick wanderte über ihren Körper und das weite Kleidungsstück, während immer mehr Licht durch das Fenster in den Raum fiel.

»Viel an hast du ja nicht, Mädchen«, verhöhnte er sie, fletschte erneut die Zähne und leckte sich zweideutig die Lippen.

»Ich habe auch keinen Besuch erwartet.« Clarice erwiderte seinen Blick. Sie packte die Krücke mit aller Kraft, sodass sich die Fingernägel in ihre Handflächen bohrten, und zwang sich, ruhig zu bleiben. Sie durfte sich ihre Furcht nicht anmerken lassen, zumindest nicht allzu sehr. Petes Gestank waberte zu ihr hinüber. Clarice war schweißgebadet, und sie hatte Angst, sich gleich übergeben oder einfach nur schreien zu müssen.

Plötzlich öffnete Pete seine Jacke, steckte die Hand hinein und zog einen weißen Umschlag heraus, den er zwischen ihnen aufs Bett warf. »Weißt du, was das ist?«

Clarice schaute nach unten. »Das ist, was Sie hinter der Karte gefunden haben«, antwortete sie. »Die Heiratsurkunde. Sie war in dem abgeschlossenen Koffer von Tante Peggy, und Ihre Schwägerin Sharon hat ihn dort entdeckt, Rose.«

Pete applaudierte träge. »Ich hab ja direkt gewusst, dass du 'ne kleine Klugscheißerin bist.«

Clarice schaute auf seine Hände. Zwischen den Fingern ragte eine lange, dünne Klinge heraus. Clarice kämpfte gegen die Panik an.

»Und jetzt, Mädchen«, sagte Pete. »Ich habe dir meins gezeigt, jetzt zeig mir deins.«

Clarice stand stumm da, den Kopf gesenkt, als würde sie nachdenken. »Aber«, sagte sie schließlich, »Sie haben mir nichts gegeben, was ich nicht schon längst gewusst hätte.

Wenn Sie einen Handel wollen, dann will ich auch etwas als Gegenleistung sehen.«

»Wie was zum Beispiel?«

»Wir wissen beide, wen Sharon erpresst hat, und warum.«

Er zuckte mit den Schultern.

»Sie wissen, wer Jackie ermordet hat.«

»Ja, und wenn ich erst einmal habe, was ich will«, er rieb Daumen und Zeigefinger aneinander, »dann schnappe ich mir dieses Stück Scheiße und ziehe ihm die Haut ab.« Kurz schwieg er. »Sie war nichts wert, gar nichts, aber sie hat mir gehört.«

»Nun«, sagte Clarice ruhig, »ich weiß, wer Sharon ermordet hat. Aber wer hat Jackie getötet? Sie waren doch dabei.«

Pete senkte den Kopf und hob den Blick, als wollte er kokettieren. »Aber das weißt du doch. Du bist doch ein kluges Mädchen.«

»Ja.« Clarice nickte. »Ich glaube schon, aber … Sagen Sie es mir.«

Stille senkte sich über den Raum. Pete starrte Clarice weiter an, als müsste er erst etwas abwägen. Überlegte er, über das Bett zu springen, oder wollte er darum herumlaufen? Sie musste bereit sein.

»Es war der Bastard.« Pete sprach langsam, zog jedes Wort in die Länge.

Clarice nickte erneut.

»Siehst du? Ich hab ja gesagt, dass du's weißt.« Er stupste den Umschlag mit dem Messer an. »Ich habe das und den Ring.« Er klopfte auf seine Tasche. »Und jetzt will ich, was auch immer Linda Bates, die alte Kuh, dir gegeben hat.«

»Das Einzige, was sie mir gegeben hat, sind Fotos von Maggie.«

»Nur von Maggie?«

»Nein, da war noch jemand.«

»Wer?«

Jetzt war es an ihr, ihn zu necken. »Das wissen Sie vermutlich.«

»Wo sind diese Fotos?« Pete verlor allmählich die Geduld.

»Unten. Ich zeige es Ihnen.«

»Willst du etwa, dass ich dich durchs Haus jage?« Er grinste. Dann beugte er sich vor, nahm den Umschlag und sprang, so schnell es sein riesiger Leib erlaubte, über das Bett, die Arme nach Clarice ausgestreckt. Doch Clarice war vorbereitet. Sie wich zur Seite aus, wand sich ums Bett herum und lief durch die offene Tür zur Treppe.

Nach nur zwei Schritten hinter der Tür spürte sie Petes Faust im Rücken. Mit dem Gesicht voran fiel sie zu Boden. Nur mit Mühe gelang es ihr, sich auf den Rücken zu drehen. Sie schrie vor Schmerz, als Pete ihren rechten Knöchel packte und sie zurückriss, sodass er zwischen ihr und der Treppe stand.

Instinktiv zog Clarice den rechten Fuß zurück, schob ihn unter sich und drehte das linke Bein weg, um ihren verletzten Knöchel zu schützen, sodass sie schließlich in einer seltsam verdrehten Position auf dem Boden saß. Immer mehr Licht drang ins Haus und ließ Petes Messer funkeln. Er starrte sie an.

»Mach, Mädchen«, schnaubte er. »Ich gebe dir eine Chance.« Als sie sich nicht rührte, sagte er: »Ich würde diese Chance ergreifen, bevor ich dir meine Methoden zeige – mein ›Muster‹, wie dein Ex es nennen würde. Du weißt schon, was ich auch mit dem Bastard machen werde, wenn ich hier fertig bin. Und dann werde ich mit all dem Geld wegfliegen. Ich werde einfach verschwinden …«

Clarice rührte sich noch immer nicht, und ihre Gedanken überschlugen sich. Sie konnte sich nicht wieder ins Schlafzimmer zurückziehen, und sie wusste, dass Pete nur mit ihr spielte. Wenn sie jetzt nach vorne sprang, würde er sie vermutlich wieder zu Boden treten. Plötzlich wurde ihr kalt, und ihr Kopf drehte sich. Sie hatte keinerlei Kontrolle über die Situation. Clarice spürte das harte Kiefernholz unter ihrem Hintern, und die Sekunden wurden immer länger, als sie sich an die Worte erinnerte, die sie in der Galgenscheune laut ausgesprochen hatte: *Walter, willst du wirklich, dass ich auch noch einen Splitter in den Arsch bekomme?*

Ein Teil von ihr war wie losgelöst, schaute auf sie herab in Erwartung des Unvermeidlichen. Das war also ihr letzter Gedanke: die Erinnerung an einen dreibeinigen Kater und ihre Angst vor Holzsplittern. Dann fielen ihr Ricks Worte wieder ein: *Wir waren mal so ein gutes Team, du und ich.*

»Mach schon, Mädchen«, drängte Pete. »Du hast jetzt nichts mehr zu verlieren. Du weißt, dass du tot bist.« Er beugte sich langsam vor. »Schau. Nutz deine Chance. Ich mach's sonst ganz langsam.« Er bewegte sich immer mehr in Richtung Boden, schaute Clarice in die Augen, und seine Finger umschlossen das Heft. Wieder sah Clarice die verfaulten Zähne, den Schweiß in seinem Gesicht, und sie roch seinen stinkenden Atem.

Dann hörte sie das Geräusch: ein Rasseln wie von einer Klapperschlange, doch es stammte von einer Zunge, die über einen Gaumen strich. Ein dunkler Schatten huschte herbei, und Ena schlug zu. Pete Smith schrie und versuchte, sein Gesicht zu schützen und sich aufzurichten, doch Ena war schnell und unaufhaltsam. Mit Krallen wie Stahl schlug sie noch ein zweites und drittes Mal zu. Clarice wischte sich mit der Hand etwas aus dem Gesicht, das sie in ihrer Verwirrung für Schweiß hielt, doch es regnete Blut.

»Meine Augen! Meine Augen!«, kreischte Pete. Er hielt sich die Hände vors Gesicht, stolperte auf Clarice zu, und dann, als Ena auch noch nach seinem Unterschenkel schlug, sprang er wie ein ungeschickter Tänzer vom Treppenabsatz weg und nach hinten … ins Nichts.

Clarice sah ihn fallen. Jenseits der gusseisernen Stufen verschwand er außer Sicht, und sie hörte den Aufprall, als er auf das Eisengeländer schlug. Da verstummte der Schrei.

Als der Lärm verhallt war, blieb Clarice, wo sie war; dann schmerzte ihr Rücken, und sie ließ sich seitwärts auf den Boden fallen. Später wusste sie nicht mehr, wie lange sie dort so gelegen hatte – fünf Minuten, zehn, zwanzig … Woran sie sich erinnerte, war, dass sie am ganzen Leib gezittert und die Knie an die Brust gezogen hatte. Die Anspannung war weg, die sie immer hatte weitermachen lassen. Ihr kam der Gedanke, dass Pete wieder die Treppe hinaufkommen könnte, und sie zwang sich, aufzustehen und nach unten zu schauen.

Clarice wusste sofort, dass er tot war. Er lag am Fuß der Treppe, die Arme über dem Kopf – eine lebensechte Puppe. Ein Fuß ruhte auf der untersten Stufe, und der Kopf lag fast im rechten Winkel zum Rest des Körpers. Pete hatte sich das Genick gebrochen. Und um ihn herum, als wollten sie die Leiche inspizieren, hatte sich ein Halbkreis aus fünf Katzen gebildet. Und auf der obersten Stufe thronte Ena.

Kapitel 31

Clarice kehrte ins Arbeitszimmer zurück, um das Telefon wieder einzustecken und zuerst die Polizei anzurufen. Danach Sandra und Bob. Anschließend ging sie ins Schlafzimmer und zog sich rasch an, während sie darauf wartete, dass ihr Geist und Körper wieder in Verbindung zueinander traten. Sie nahm die kleine Flasche Wasser vom Nachttisch, ging damit ins Arbeitszimmer, stützte sich auf den Schreibtisch und trank sie halb leer. Als das Plastik gegen ihre Zähne schlug, wurde ihr erst bewusst, wie sehr sie zitterte. Schließlich schlurfte sie wieder ins Schlafzimmer, fand eine große Wolldecke, wickelte sich darin ein und setzte sich auf den Boden, den Kopf auf den Knien. Sie zählte ihre Atemzüge und hielt die Luft so lange wie möglich an. Das Zittern wich Krämpfen, die in Wellen kamen und durch ihren ganzen Körper gingen. Schließlich, nach einer gefühlten Ewigkeit, glaubte sie, wieder die Kontrolle zu haben. In dem Augenblick hörte sie auch Sirenen in der Ferne.

Als Clarice die Treppe hinunterging, richtete sie ihren Blick auf die Leiche von Pete Smith, und plötzlich drohte die Angst erneut, sie zu übermannen. Die Krämpfe begannen wieder, und sie zog die Decke enger um sich, als sie zur Tür ging, um DC Rob Stanley und Constable Meghan Ryan hereinzulassen.

»Alles okay, Clarice?« Rob klang besorgt, obwohl nicht zu übersehen war, dass sie ganz und gar nicht okay war.

Meghan kam sofort zu ihr und legte die Arme um sie, um sie zu stützen.

»Hier rein.« Rob, der das Haus von vorherigen Besuchen kannte, leitete Meghan zum Wohnzimmer, während er den Blick nicht von der Leiche am Fuß der Treppe wenden konnte. Clarice ließ sich wortlos führen. Sie hörte, wie Robs Stimme hinter ihr wieder leiser wurde, als er das Revier informierte.

»Bist du verletzt?«, fragte Meghan leise.

Unfähig zu sprechen, schüttelte Clarice den Kopf. Sie erkannte, dass sie noch immer unter Schock stand und Mühe hatte, sich so zu verhalten, dass man es als ›normal‹ bezeichnen konnte. Es war, als wäre ein Teil von ihr noch immer losgelöst und beobachtete alles aus der Ferne: die Leiche am Fuß der Treppe und jetzt das Wohnzimmer, das noch genauso aussah, wie Clarice es letzte Nacht verlassen hatte. War es die Anspannung, die sie aufrecht hielt? Wie würde ihr Körper sich wohl anfühlen, wenn der Schock verflogen war?

Dann kamen ein Mann und eine Frau in irgendeiner Art von Uniform. Clarice schaute Meghan verwirrt an.

»Das sind die Sanitäter, Clarice«, erklärte Meghan.

Clarice schüttelte den Kopf und zuckte zurück.

»Hallo, Clarice.« Eine große Frau Ende zwanzig setzte sich neben sie. »Ist es okay, wenn wir Sie mal untersuchen? Sie sehen aus, als wären Sie im Krieg gewesen.« Sie lächelte freundlich.

Meghan verließ den Raum.

Später konnte Clarice sich nur noch daran erinnern, dass die Sanitäterin mit Birmingham-Akzent gesprochen und lockiges Haar besessen hatte. Und sie erinnerte sich daran, darauf bestanden zu haben, nicht ins Krankenhaus zu müssen.

Nachdem die Sanitäter wieder gefahren waren, durften Sandra und Bob zu ihr. Clarice fiel auf, dass dies das erste Mal in all den Jahren war, da sie die beiden kannte, dass Sandra ohne Lippenstift gekommen war. Sie sah wie eine verängstigte, kleine, alte Frau aus. Sandra setzte sich neben Clarice und legte den Arm um sie, während Bob ein Feuer im Kamin entzündete. Vor dem Wohnzimmer begannen die Kriminaltechniker, alles zu inspizieren und zu fotografieren, wo Pete Smith gewesen war. Bob gab die Information von Rob weiter, dass die Tür des Wintergartens hinten am Haus aufgebrochen worden war.

Als Bob das Feuer entfacht hatte, verschwand er in der Küche und kehrte kurz darauf mit einem Kessel, Teebeuteln, Milch und Bechern zurück. Dann brühte er für sie alle Tee.

»Ich brauche die Hand«, sagte Clarice zu Sandra, »um den Becher zu halten. Kannst du mich kurz loslassen?«

Sandra hatte bis jetzt nur wenig gesagt. Sie hatte sich fest an Clarice geklammert, und ihre Fürsorge hatte Clarice verdeutlicht, wie verwundbar sie war.

»Wir hätten dich verlieren können«, flüsterte Sandra.

»Haben wir aber nicht, Sandra«, sagte Bob ernst. »Lass sie in Ruhe.«

»Dieses böse, irre Stück Scheiße!«, heulte Sandra auf.

Jetzt schlang Clarice die Arme um ihre Freundin. Während sie sie tröstete, mischte sich die noch immer rohe Angst der letzten Nacht mit Erleichterung und einer unerklärlichen Welle von Freude. Pete Smith hatte sein Schlimmstes getan, aber sie hatte es überlebt.

Im Laufe der nächsten Stunde lauschte Clarice den Stimmen und Autos der Polizei. Langsam wich die Spannung aus ihrem Körper und wurde von Schmerzen in Rücken, Beinen und Fuß ersetzt. Rob war kurz hereingekommen, um ein paar Fragen zu stellen und sich Notizen zu machen. Er wollte genau wissen, was passiert war, und er meinte, es sei leichter, etwas zu erzählen, solange die Erinnerung noch frisch sei. Clarice hatte Rob gesagt, dass Sandra und Bob während der Befragung bleiben könnten. Doch als sie sah, wie Sandra beim Zuhören das Gesicht verzerrte, fragte sie sich, ob es nicht vielleicht doch besser gewesen wäre, sie rauszuschicken. Die Katzen waren jetzt vollkommen ruhig und lagen überall auf Boden und Stühlen verstreut. Nur Ena hatte sich auf die Fensterbank drapiert und beobachtete das Ganze verächtlich. Clarice streichelte BB, der sich auf ihren Schoß gelegt hatte. Die Berührung tröstete sie, aber sie vermisste auch die Energie der Hunde. Bob sagte, wenn die Polizei weg sei, würde er sie holen.

Später kam Rob wieder ins Zimmer und berichtete, dass Pete Smith jetzt weggebracht wurde. Clarice fragte: »Weiß Rick Bescheid?« Es war ihr peinlich, das zu fragen, als wäre sie darauf angewiesen. »Ich habe ihn nicht angerufen. Ich habe den Notruf gewählt, aber …«

Sandra warf Bob einen wissenden Blick zu, und Clarice fragte sich, ob die beiden es auch als seltsam empfanden, dass Rick noch nicht angerufen hatte.

Rob setzte sich neben sie. Clarice kannte ihn hauptsächlich privat, aus der Zeit, als sie noch mit Rick zusammen gewesen war. Mal hatten sie sich im Pub oder einem Restaurant getroffen, dann wieder hatten sie zusammen gefeiert. Rob war ausgesprochen lebhaft und hatte einen trockenen Sinn für Humor, aber er wusste auch, wann er still sein musste. Die ganze Situation fühlte sich irgendwie surreal an, als würde sie träumen.

»Ich habe extra gewartet, bis alles hier so weit wie möglich erledigt ist. Ich wollte dir ein wenig Zeit geben, bevor ich mit dir rede.« Er schaute Clarice an, als zweifelte er an ihrem Geisteszustand. »Rick hat mich gebeten, dir zu sagen, dass er noch anrufen wird, aber es hat einen Vorfall in Winterby Hall gegeben.«

»Ist es ernst?«, fragte Clarice.

»Ja. Es ist Paula Lyme … Sie ist tot.«

»Was? Wie?«

»Ich kann nicht darüber reden, Clarice. Tut mir leid«, antwortete Rob. »Aber du weißt ja, wie dünn wir besetzt sind. Mit dem Mord an Jackie Smith letzte Woche und jetzt dem an Mrs Lyme letzte Nacht und dann das hier …«

Sein Handy klingelte. »Ich muss da rangehen«, sagte er und ging zur Tür. Clarice nickte, doch einen Augenblick später kehrte Rob schon wieder zurück. »Das ist der Boss«, sagte er. »Er will mit dir sprechen.« Er reichte Clarice das Handy.

»Wie geht es dir?« Clarice hörte deutlich die Sorge in Ricks Stimme.

»Ich bin okay. Mach dir keine Sorgen um mich.«

»Bist du verletzt?«

»Es geht mir gut. Wie läuft es bei dir in Winterby Hall?«

»Es ist die Hölle.«

»Paula ist tot?«, fragte Clarice.

»Oh, das ist sie. Bei der Geschwindigkeit, mit der der Wagen sie erwischt hat, konnte sie das auch nicht überleben. Ihre Leiche klebte förmlich an der Mauer. Sie hatte keine Chance.«

»So … Die Katze ist also aus dem Sack.«

»Was?«

»Ich komme rüber.«

»Tu das nicht. Du bist nicht fit. Du würdest uns nur im Weg stehen.«

»Hast du die SMS bekommen, die ich dir letzte Nacht geschickt habe?«

»Ja, und ich habe entsprechend gehandelt.«

»Ich weiß, wer Jackie und Paula getötet hat, und ich weiß

auch warum.« Sie hörte, wie Rick die Luft einsog, gefolgt von einem langen Schweigen.

»Ich werde Rob bitten, dich zu begleiten«, sagte Rick schließlich. »Ich will nicht, dass du alleine fährst.«

»Er ist hier, steht direkt neben mir.«

Clarice gab Rob das Handy zurück, der dreimal Ja sagte, bevor er es ihr zurückgab.

»Er will noch mal mit dir reden.«

»Gibt es irgendwas, was ich wissen müsste, bevor du hier ankommst?«, fragte Rick.

»Ja. Lass weder Tom noch Jack Lyme aus den Augen.«

»Okay … Ist das alles, was du mir sagen willst?«

»Ich bin in einer halben Stunde da. Dann erkläre ich dir alles«, sagte Clarice und fügte nach kurzem Schweigen hinzu: »Aber eines noch …«

Rob fuhr stumm nach Winterby Hall. Von seiner typischen Ausgelassenheit war nichts übrig geblieben. Meghan saß neben ihm, Clarice hinten. Sie hatten die Kriminaltechniker im Haus zurückgelassen, die von jeder Oberfläche Proben nahmen.

Rick wartete auf dem Parkplatz. Er sah ausgemergelt aus, doch sein Blick war angespannt. Während er beobachtete, wie Clarice langsam und auf Krücken auf ihn zuhumpelte, hatte sie das Gefühl, als wollte er sich vergewissern, dass all ihre Gliedmaßen noch so funktionierten, wie sie funktionieren sollten. Erst dann schaute er ihr ins Gesicht.

»Geht, und sprecht mit Sue«, befahl er Rob und Meghan und nickte in Richtung einer Beamtin neben dem Haupteingang. »Sie wird euch auf den neuesten Stand bringen.«

Als die beiden weg waren, drehte Rick sich zu Clarice um. »Okay … Spuck's aus.«

Kapitel 32

Die Familie und die Angestellten hatten sich im Salon versammelt. Das Feuer war kräftig geschürt worden, und das Knistern der Flammen stellte das einzige Geräusch im Raum dar.

Sergeant Daisy Bodey, die in der offenen Tür gestanden hatte, trat beiseite, um Rick und Rob hineinzulassen, gefolgt von Clarice. Ein uniformierter Constable, den Clarice nicht kannte, hatte sich vor den Terrassenfenstern postiert. Sie erkannte, dass man Beamte aus ganz Lincolnshire mobilisiert haben musste, um der Lage Herr zu werden.

Roland saß mit einem halb leeren Glas Whisky in seinem Bergere-Sessel, und Vita lehnte mit einer Tasse in der Hand am Kamin. Auf einem Rollwagen standen weitere Tassen und zwei große Thermoskannen. Harry lungerte auf dem Sofa herum, nicht weit von seinem Vater. Er wirkte gelangweilt. Als Clarice ihren Blick von der Familie zu den Angestellten schweifen ließ, hatte sie den Eindruck, dass es da eine unsichtbare Grenze gab. Es war, als trennte ein straff gespanntes Seil die Familie auf der einen Seite von der auf der anderen. Nicht weit von der Tür entfernt saßen Jack und Ginny, ein Stück weiter Lucy und Mrs Ray. Dann kam Tom in einem Sessel und Laura auf einem Stuhl mit hoher Lehne. Tom hob nicht den Blick, als sie hereinkamen. Er starrte weiter auf seine Hände und spielte unablässig mit den Fingern herum wie bei einem geheimen Gruß.

»Das wurde auch verdammt noch mal Zeit«, donnerte Roland. Es war offensichtlich, dass er schon einiges getrunken hatte. Seine Stimme war laut und klang entrüstet, und er lallte leicht. »Wir sind hier schon seit Stunden eingesperrt wie Vieh.«

»Vierzig Minuten, Rolly. Übertreib nicht«, tadelte ihn Vita in scharfem Ton und ging zu dem Rollwagen.

»Das ist doch lächerlich!« Plötzlich erwachte Harry zum Leben. »Man hat uns hier mit Bastarden, Putzfrauen und Köchen zusammengepfercht.« Wütend ließ er den Blick durch den Raum schweifen.

»Harry!« Rolands Stimme klang hart. »Halt den Mund!«

»Pa, das ist nicht recht!«, kreischte Harry.

»Halt einfach den Mund, Junge!«

Das Wort ›Junge‹ traf Harry wie ein Schlag. Roland hatte es im selben Tonfall benutzt, wie er mit seinen Hunden sprach. Clarice hatte noch nie gehört, dass er so mit seinem Sohn geredet hätte. Harry bebte, und sein Mund klappte auf und zu. Eine eisige Stille legte sich über den Raum.

»Keine Sorge«, erklärte Rick in befehlsgewohntem Ton. »Wir wollen hier auch nicht länger als nötig mit Ihnen festsitzen. Komm rein, Clarice.« Er drehte sich halb zu ihr um und winkte.

»Was zum Teufel hat Ihre Ex denn damit zu tun?« Roland starrte sie an.

»Wenn Ihr Sohn endlich mal den Mund hält, werden Sie das schon bald herausfinden«, schnappte Rick.

»So … So können Sie nicht mit mir reden«, polterte Roland. »Der Chief Constable wird Ihnen die Eier abschneiden. Dafür sorge ich.«

»Das Risiko gehe ich ein.« Rick schaute zu Clarice. »Möchtest du dich setzen?«

»Ja«, antwortete sie. »Das wäre leichter.«

Jack stand sofort auf und brachte ihr seinen Stuhl.

»Danke, Jack.« Clarice setzte sich und legte die Krücken neben sich auf den Boden. Jack ging durch den stillen Raum und stellte sich hinter Tom und Laura.

»Ich habe mich gerade mit Clarice unterhalten«, begann Rick. »Ich schlug vor, dass sie Ihnen noch einmal erzählt, was sie mir gesagt hat.« Er ließ seinen Blick durch den Raum schweifen. Niemand reagierte.

»Für mich begann das alles, als ich auf der Suche nach Walter gestürzt und auf der Leiche von Rose Miller gelandet bin, die – wie wir alle wissen – ursprünglich Sharon Cocker hieß.« Clarice hielt kurz inne und schaute sich um. Alle Blicke waren auf sie gerichtet. »Aber die Umstände, die zu ihrem Tod geführt haben, nahmen ihren Anfang schon vor dreißig Jahren, und eure Familie hat eine große Rolle dabei gespielt.«

Die Blicke wanderten zu Roland, der in sein leeres Glas starrte.

»Als Roland neunzehn Jahre alt war, hat er seine Zeit zwischen hier und Snarebrook Hall aufgeteilt, wo er die sechzehnjährige Maggie Cocker kennengelernt hat. Er hat sich Hals über Kopf in sie verliebt. Ich habe Fotos von ihr gesehen. Sie war eine Schönheit: lockiges blondes Haar, eine fantastische Figur und große Augen. So jemand kann sich die Männer aussuchen.«

Roland stieß ein leises Grollen aus, hob aber nicht den Blick.

»Nach dem Tod ihrer Mutter kamen ihre Schwestern Sharon und Jackie zu ihrer Großmutter väterlicherseits, während Maggie von ihrer Tante Peggy großgezogen wurde, in ihrem Haus zwischen Huntingdon und King's Lynn.«

»Beides nicht weit entfernt von Snarebrook Hall«, ergänzte Laura.

Clarice nickte. »Dort hat Maggie dann einen Job mit Unterkunft gefunden. Sie hat geputzt, in der Küche geholfen, eigentlich alles gemacht, was man ihr aufgetragen hat.«

»Eine Putzfrau!« Harry schaute seinen Vater angewidert an und verzog das Gesicht.

»Nach dem zu urteilen, was ich gehört habe, war Tante Peggy eine wirklich liebe Frau. Sie wusste nicht, in wen sich Maggie verliebt hatte. Maggie hat ihr gesagt, dass sie nicht darüber reden könne, solange seine Familie die Probleme des Paars nicht gelöst und sie akzeptiert habe. Roland hat seinem Vater erzählt, dass er sich in Maggie verliebt habe, und als Reaktion darauf hat Horace ihn zu seinem Vetter nach Devon geschickt. Er hat ihn aus dem Weg geschafft. Dann hat er Maggie gefeuert und vom Anwesen geworfen.«

Im Raum herrschte vollkommene Stille. Alle hingen an Clarices Lippen.

»Was Horace jedoch nicht wusste, war, dass Maggie und Roland gemeinsam in Schottland gewesen waren, und als sie zurückkehrten, waren sie verheiratet. Nachdem sie gefeuert worden ist, hat Roland ihr das Versprechen abgerungen, nichts von ihrer Ehe zu sagen, bis er mit seinem Vater gesprochen hat. Das ist jedoch nie passiert. Er hatte einfach zu viel Angst.«

»Hör auf!«, spie Vita. Sie kochte vor Zorn. »Das ist doch vollkommen lächerlich!« Sie wandte sich direkt an Clarice. »Jetzt bist du wohl vollständig durchgedreht. Raus hier. Ich will dich nicht mehr sehen.« Sie wirbelte zu ihrem Mann herum. »Sag es ihr, Roland … Sag es ihr!«

Stille. Das Schweigen zog sich in die Länge, während Roland weiter in sein Glas starrte. Schließlich sprach er, und seine Stimme klang fest und leise. »Ich wusste, dass eines Tages … dass ich mich dem eines Tages würde stellen müssen.«

Vita stieß einen gequälten Schrei aus, griff sich theatralisch an den Hals und taumelte rückwärts zur Wand. Clarice hatte sie noch nie so außer sich gesehen. Ihre Freundin hatte vollkommen die Kontrolle verloren.

»Ma.« Harry sprang zu ihr und stand dann hilflos daneben. Er wusste nicht, was er tun sollte. Vita löste sich von ihm und setzte sich ihrem Mann gegenüber. Sie brachte kein Wort über die Lippen, starrte ihn nur durchdringend an.

Roland schwieg, der Blick gedankenverloren nach unten gesenkt.

Clarice wartete noch einen Augenblick, dann fuhr sie fort: »Zuerst hat es nicht Klick gemacht. Der Grund war der Ehering. Die Initialen waren falsch. Rolands Initialen sind RF, Roland Fayrepoynt, und Maggies MC, Margaret Cocker. Aber wir reden hier von zwei unreifen, jungen Leuten. Die Initialen gehörten zu den Namen, die sie sich im Geheimen gegeben hatten: RP, Rolly-Polly, und MM, Maggie-May.«

Sie schaute zu Vita. »Das mit dem Rolly-Polly habe ich von dir, Vita. Du hast ihn schon immer Rolly genannt, und von da ist es nicht mehr weit bis Rolly-Polly. Und der Goldschmied, der den Ring anfertigte, hatte Maggies vollen Namen in seinen Aufzeichnungen: Margaret May Cocker.«

Vita rührte sich nicht. Sie war wie erstarrt.

»Der Goldschmied lebt noch und arbeitet in Norwich. Das Herstellerzeichen im Ring hat mich zu ihm geführt, und in seiner Kundenkartei steht, dass Roland den Ring bestellt und bezahlt hat.«

»Was ist mit Maggie passiert?« Laura starrte Clarice an.

»Roland hat getan, was sein Vater von ihm verlangt hat. Er hat die Rolle des pflichtbewussten Sohns gespielt und sich nicht für Maggie eingesetzt.«

»Niemand hat sich meinem Vater widersetzt. Niemals. Das war unmöglich.« Roland starrte weiter nach unten.

»Aber du sagst mir doch immer, ich solle für mich selbst einstehen!«, protestierte Harry.

»Ich bin auch nicht dein Großvater.« Roland hob den Kopf und schaute seinen Sohn scharf an. »Hättest du dich ihm widersetzt, wärst du entweder tot oder würdest die Hölle auf Erden durchleben.«

»Im Falle von Maggie war es der Tod.« Der Raum war plötzlich viel zu klein. »Maggie war vollkommen unschuldig. Sie wusste nicht, an wen sie sich wenden sollte. Als ihr klar wurde, dass sie schwanger war, ging sie zu jemandem, den sie über die Familie kennengelernt hatte. Es war jemand, den sie als Freund betrachtete und der ebenfalls immer hatte tun müssen, was man ihm sagte. Jemand, der sich stets mit den Resten zufriedengeben musste, die man ihm zuwarf. Seine Mutter war die Hausdame von Snarebrook Hall. Maggie hat Tom kennengelernt, als er sie einmal besucht hat.«

»Sie war nicht schwanger«, erklärte Roland plötzlich. »Nein. Das ist falsch. Das hätte ich gewusst.« Während er durch den Raum starrte, schauten ihn die anderen kurz an und drehten sich dann wieder zu Clarice um, die ihrerseits Tom ansah.

»Tom war mit Paula verheiratet.« Clarice wandte sich an Laura. »Sie bekamen eine Tochter und arbeiteten nicht länger für die Familie Fayrepoynt.«

»Dad?« Laura sprach mit ihrem Vater, doch der ignorierte sie.

»Ich glaube, Tom hat Maggie aus Gutherzigkeit aufgenommen. Er ist ein lieber, anständiger Mann. Das ist mir klar geworden, als alles darauf hindeutete, dass er Rose ermordet hat. Er hätte nie jemanden töten können, geschweige denn, seinem Opfer dabei in die Augen zu schauen. Ich kann mir gut vorstellen, dass es Paula war, die das Potenzial der Situation erkannte, wenn sie Maggie aufnähme und sie ihr Kind bekommen ließe. Paula hat schon immer langfristig gedacht. Natürlich konnte sie das Ergebnis nicht vorhersehen, aber sie hat vermutlich geglaubt, dieses Wissen würde ihr Macht über Horace und Roland verleihen.« Clarice schaute zu Laura. »Es tut mir leid, Laura.«

»Dad?«, sagte Laura.

Langsam, als kehrte er aus einer anderen Welt zurück, hob Tom den Kopf und sah seine Tochter an. »Es stimmt, Laura. Das wissen wir beide.«

Laura schlug die Hände vors Gesicht und brach in Tränen aus.

Mrs Ray stand auf, ging durch den Raum und legte den Arm um sie. »Es tut mir leid, Ducky«, sagte sie leise, »aber sie war so herrisch. Ich mag es nicht, schlecht über die Toten zu reden, besonders nicht, wenn sie gerade erst verstorben sind. Aber … aber Paula war hinterlistig und rachsüchtig.«

»Sie hat mir jahrelang das Leben zur Hölle gemacht«, sagte Tom. »All die Witze darüber, wie ungeschickt ich doch bin … ›Der arme Kerl ist so blöd!‹ Oder: ›Er kann noch nicht einmal vernünftig geradeaus laufen.‹«

»Ich hab dir doch immer gesagt, du sollst ihr Kontra geben«, schluchzte Laura.

»Hätte ich ihr nur einmal Widerstand geleistet … aber ich konnte nicht«, sagte Tom.

Wieder senkte sich Schweigen über den Raum.

»Sprich weiter«, forderte Rick Clarice schließlich auf.

»Ich glaube, Maggie hat Roland geschrieben, um ihm von der Geburt ihres Sohnes zu erzählen. Aber Roland war noch in Devon, angeblich, um das Fischereiwesen zu erlernen, und er wusste nichts von dem Brief. Horace hat ihn abgefangen. Er hat von Tom verlangt, ihm Maggie und das Baby zu bringen.« Erneut schaute sie zu Tom. »Und du hast sie hingebracht, nicht wahr?«

Das Feuer brannte langsam herunter, und die Anspannung im Raum nahm immer mehr zu. Clarice schaute sich um. Roland war in den letzten Minuten zehn Jahre gealtert. Vita rührte sich noch immer nicht, und Jack war inzwischen zu Ginny gegangen und hatte ihre Hand genommen.

»Ich habe Maggie gesagt, dass Roland nach Devon geschickt worden sei, und sie hat ihm geschrieben«, erzählte Tom. »Aber diesmal war es Horaces Vetter, der den Brief abgefangen und ihn ungeöffnet an Horace geschickt hat. Das hatte der alte Herr ihm befohlen. Roland hat ihn nie gesehen. In dem Brief erwähnte Paula auch die Hochzeit in Schottland. So hat Horace es herausgefunden.«

»Ich muss zugeben, was jetzt kommt, ist nur eine Vermutung, Tom«, sagte Clarice ernst, »aber ich glaube, du hast sie zu Horace gebracht, und er hat sie getötet.«

»Sie war so ein unschuldiges, liebes Mädchen«, schluchzte Tom. »Sie hat mich überredet, sie zu ihm zu bringen. Sie hat geglaubt, Horace würde sich freuen, Großvater zu sein. Aber sie war nicht dumm, und ihr Mutterinstinkt verhinderte wenigstens, dass sie das Kind mitnahm. Sie glaubte, Roland würde auch dort sein, und sie hat darauf vertraut, dass er seinem Vater von der Hochzeit erzählt hätte.« Tom verstummte. Er kämpfte mit seinen Erinnerungen und rang mit den Händen. »Horace ist vollkommen durchgedreht. Sie war so ein winziges, kleines Ding und er ein großer Mann …« Seine Stimme war nur noch ein Flüstern. »Ein Schlag, nur einer, und sie war tot.« Er schaute zu Laura. »Deshalb habe ich nie auch nur daran gedacht, deine Mutter zu schlagen, egal, wie weit sie es auch getrieben hat.«

»Wo hat er sie begraben?«, fragte Rick.

Tom schaute zu Jack. Er flüsterte noch immer. »Er hat sie an die Schweine verfüttert.«

Laura sog zischend die Luft ein und schlug die Hände vor den Mund.

»Er hat mir erzählt, dass er die Eber seit zwei Tagen nicht mehr gefüttert hätte, und nun seien sie halb verhungert. Da habe ich erkannt, dass er Maggie nicht im Affekt getötet hat. Er hatte den Mord geplant. Deshalb habe ich Roland auch erklärt, dass ich mich nie um den Schweinestall kümmern würde.«

»Und ihr Sohn? Der Junge?«, fragte Clarice.

»Er hat mir befohlen, das Kind zu töten.«

»Aber das hast du nicht getan.«

»Natürlich nicht. Ich konnte es einfach nicht. So etwas würde ich nie tun. Wir haben ihn bei Paulas Eltern in Norfolk versteckt. Mein Vater …« Tom schaute zu Roland. »Unser Vater ist uns dorthin gefolgt, weil er wusste, dass ich den Jungen nie töten würde. Als er ihn nicht finden konnte, ist er wutentbrannt wieder zurückgefahren. Am nächsten Tag haben wir dann von dem Unfall gehört.«

»Das war der Tag, an dem er gestorben ist?«, fragte Roland.

Tom nickte.

»Mein Gott, du Bastard!« Roland erwachte plötzlich zum Leben, stand wankend auf und wedelte mit den Armen. »Du bist für den Tod meines Vaters verantwortlich. Und dann bist du mit deiner Brut auch noch hierhergezogen, um auf dem Anwesen zu arbeiten!«

Tom erwiderte nichts darauf.

»Angesichts dessen, was ich gerade gehört habe, ist diese Logik recht verdreht.« Das war Rick. Seine Stimme klang eiskalt.

Roland starrte ihn kurz mit offenem Mund an. Dann schaute er sich um und sah die eisigen Blicke der Polizisten und Angestellten.

»Viele Jahre später«, Clarice wandte sich an Roland, »ist

dann Sharon aufgetaucht, die du als Rose gekannt hast, und hat dich erpresst. Das war nach dem Tod von Tante Peggy. Rose hatte die Heiratsurkunde und den Ring gefunden, als sie Peggys Haus ausgeräumt hat. Sie hat dich erpresst, weil sie geglaubt hat, du wärest ein Bigamist. Hat gedacht, du wärst noch immer mit ihrer Schwester verheiratet. Sie wusste nicht, dass Maggie schon lange tot war. Die gerahmte Karte von Schottland … Dahinter war die Urkunde versteckt. Pete Smith hat das herausgefunden und sie aus dem Pfarrhaus geklaut.«

»Die verdammte Kuh«, zischte Roland. »Mehr, mehr, mehr … Sie wollte mir auch noch das letzte Hemd abnehmen … Aber ich habe sie nicht getötet.«

»Tom«, sagte Clarice und schaute zuerst zu Jack und dann zu Tom, »du hast Maggies Jungen also als deinen eigenen ausgegeben.«

Vita krächzte entsetzt. Die Stille wurde immer drückender.

»Du bist mein Sohn?« Roland starrte Jack an, als sähe er ihn zum ersten Mal. »Du bist Maggies Sohn … ihrer und meiner?«

Jack zuckte mit den Schultern. Er wirkte verwirrt. »Dad?«, sagte er zu Tom.

»Ja«, bestätigte Tom. »Der Grund, warum ich dich nicht aufgegeben habe, war, dass ich geglaubt habe, es Maggie zu schulden. Mir war nicht bewusst gewesen, dass mein Vater sie und dich hat töten wollen. Und mein Halbbruder Roland war zu der Zeit selbst noch ein Kind, dumm und unreif … Schau ihn dir doch mal an.« Er deutete auf Harry. »Das hätte auch aus dir werden können. Ich habe gelernt, dich wie mein eigenes Kind zu lieben, doch in Wahrheit bist du Rolands legitimer Sohn und Erbe.« Er drehte sich zu Harry und grinste spöttisch. »Du bist nur der Ersatzmann … der Zweitgeborene.«

Harry war wie erstarrt, hielt den Blick stur auf Jack gerichtet.

»Warum wollte Mum nach Horaces Tod nicht auspacken?«, fragte Laura. »Warum hat sie nicht allen gesagt, wer Jack ist?«

Tom schaute verwirrt zu seiner Tochter, als wüsste er es selbst nicht, oder aber er hatte Angst, die Antwort könnte sie verletzen.

»Zuerst hat sie gesagt, es sei viel zu kurz nach seinem Tod. Sie hat gesagt, Gerüchte könnten die Runde machen, dass es kein Unfall sei. Ich glaube allerdings, es ging ihr vor allem um Kontrolle. Sie hatte mich genau da, wo sie mich haben wollte. Dann hat sie gesagt, Roland würde sich ohnehin bald totsaufen … und dann sei sie am Zug.«

»Wer hat sie umgebracht?« Jack richtete die Frage an Rick. »Für mich war sie meine Mutter. Wer hat Mum getötet?«

Jemand bewegte sich – schnell –, und alle Köpfe folgten Rick und Clarice, die zu Harry schauten. Während sie sich auf Tom konzentriert hatten, hatte Harry hinter den Stuhl am Kamin gegriffen. Jetzt stand er wieder aufrecht und hielt die doppelläufige Schrotflinte in den Händen, mit der Clarice ihn auch am Tag der Jagd gesehen hatte.

»Harry!«, schrie Vita und sprang auf. »Leg das weg! Sofort! Mach keine Dummheiten!«

»Deine Mutter hat recht«, sagte Roland mit zittriger Stimme.

»Halt's Maul! Haltet alle euer Maul!« Harry schrie wie ein verwundetes Tier, und sein Blick huschte zwischen seinen Eltern hin und her. »Sie wissen es, du dumme Kuh!« Er schleuderte seiner Mutter die Worte förmlich entgegen. »Und du? Mein Vater? Du bist einfach nur schwach! Nutzlos! Das ist alles deine Schuld!«

»Harry.« Rick sprach mit ruhiger, aber strenger Stimme. »Du machst das alles nur noch schlimmer.«

»Wie könnte das denn noch schlimmer werden?«, spie

Harry. »Er hat es mir erzählt, nachdem sie die Leiche dieser Rose gefunden hatten, die ihn zwei Jahre lang ausnahm. Er hat sie bezahlt, dieser schwache, dumme, feige Mann!«

»Harry …« Rolands Stimme klang flehend.

»Dann sind diese anderen hier aufgetaucht – der schleimige Pete und sein dämliches Weib. Und wisst ihr was …?« Harry schwang die Waffe hin und her. »Dieser dämliche Kerl hier wollte ihn auch noch bezahlen!«

Sein Blick huschte durch den Raum. Er gierte förmlich nach Aufmerksamkeit. Der Wahnsinn funkelte in seinen Augen.

»Also ja – Überraschung! –, ich habe versucht, diesen verdammten Erpresser abzuknallen, aber er ist abgehauen, und ich hab nur die Frau erwischt. Und was ist dann passiert?« Er schaute zu Jack. »Dieses Weib, die, die du für deine Mutter gehalten hast, hat zu mir gesagt: Soll ich dir mal was Lustiges erzählen? Du bist nur der Zweitgeborene. Dein Vater war vor deiner Mutter mit einer anderen verheiratet. Jack ist sein Erstgeborener.«

»Harry«, flehte Vita. »Paula war eine Hexe. Du hättest es nicht so erfahren dürfen. Ich wusste das nicht. Ich habe dich nicht beschützen können.«

»Sie hat es herausgefunden, Ma! Sie hat gewusst, dass ich die fette Kuh erschossen habe!«

»Bitte leg das Gewehr weg, Harry«, bettelte Vita.

»Sie hat gesagt«, ignorierte er sie, »es sei ja so lustig, dass Jack jetzt alles erben würde.« Er schwenkte weiter die Waffe hin und her. »Und sie würde Lady Mucks Platz einnehmen – so hat sie dich genannt, Ma –, während ich wegen der Schießerei im Knast verrotte. Sie hat mir ins Gesicht gelacht. Ins Gesicht!«

Vita trat vor.

»Bleib, wo du bist!«, schrie Harry und riss die Waffe zu

Jack herum. »Aber wisst ihr was? Sie hat sich geirrt! Wenn ich es nicht bekomme, werde ich verdammt noch mal dafür sorgen, dass auch du nichts bekommst!«

Mit diesen Worten zielte er auf Jacks Brust und drückte ab.

Kapitel 33

»Woher wussten Sie, dass die Waffe nicht geladen war?«, fragte Ginny Rick.

Sie, Jack, Tom und Laura waren zusammen mit Clarice in Winterby Hall geblieben. Alle waren unterschiedlich erschöpft und standen unter Schock, wie sie da in dem mittlerweile sonnendurchfluteten Salon saßen. Nach Harrys Verhaftung hatten Roland und Vita darauf bestanden, ihn aufs Revier von Lincoln zu begleiten. Daisy hatte ihm seine Rechte vorgelesen, doch er hatte sich nicht gerade kooperativ gezeigt und sich sogar widersetzt, sodass Rob ihn schließlich zu Boden werfen musste, damit man ihm Handschellen anlegen und ihn fortschaffen konnte. Roland hatte seinen Anwalt angerufen und von ihm verlangt, sich sofort mit ihm auf dem Revier zu treffen. Den Angestellten hatten die Beamten gesagt, sie würden später noch gebraucht, um ihre Aussagen aufzunehmen.

Während Clarice zugeschaut hatte, wie man den widerspenstigen Harry zum Streifenwagen gezerrt hatte, war ihr ein Gedanke gekommen: Wäre er, wie ursprünglich geplant, nach St Andrews zurückgekehrt, um seinen Abschluss zu machen, er wäre nie in die Ereignisse in Winterby Hall verstrickt worden.

»Clarice hat mir erzählt, dass sie gesehen hat, wie Harry

am Donnerstag der Jagd sein Gewehr hinter dem Stuhl hervorholte«, sagte Rick. »Als wir heute Morgen telefoniert haben, hat sie mich daran erinnert, aber das musste sie gar nicht. Ich hatte meinem Sergeant schon befohlen, den Raum zu durchsuchen, bevor wir reingegangen sind. Daisy hat die Patronen herausgenommen und das Gewehr wieder zurückgelegt. Clarice hat auch noch vorgeschlagen, dass wir Tom und Jack nicht aus den Augen lassen sollen.«

Die beiden Männer drehten sich zu ihr um.

»Die Gründe dafür«, fuhr Rick fort, »sind jetzt wohl offensichtlich.«

Mit Ausnahme von Rick, der mit einem Kaffee in der Hand stand, saßen die sechs im Kreis: Ginny, Jack und Tom auf dem Sofa und der Rest auf Stühlen, die sie zusammengerückt hatten. Für Clarice schmeckte der Kaffee schlammig, als wäre er alt und aufgewärmt, aber ihre Sinne spielten auch verrückt. Vielleicht war der Kaffee ja doch in Ordnung.

Tom sah erschöpft aus, als wäre er vollkommen leer. Er spielte nicht mehr mit den Fingern, sondern rührte sich schlicht nicht. Vornübergebeugt und blass hockte er auf den Kissen. Clarice war sich durchaus bewusst, dass Rick auch ihn festnehmen musste, denn er hatte von Maggies Ermordung gewusst und das nicht gemeldet. Damit war er der Beihilfe schuldig. Und dass er Jack fälschlicherweise als seinen eigenen Sohn ausgegeben hatte, war ebenfalls eine Straftat.

Clarice war kalt. Da sich niemand mehr darum gekümmert hatte, war das Kaminfeuer heruntergebrannt. Der Wintersonnenschein, der unter den nur halb hochgezogenen Jalousien hereindrang, lenkte sie ab. Licht tanzte auf den blank polierten Möbeln. Laut dem von Paula Lyme entworfenen Reinigungsplan wurde dieser Raum jeden Morgen um sieben entstaubt.

»Eines will ich noch wissen«, sagte Laura, und alle drehten sich zu ihr um. »Danach zu urteilen, was Harry darüber gesagt hat, wie er herausfand, dass Rose seinen Vater erpresste … Wenn ich ihn richtig verstanden habe, hat er das erst nach ihrem Tod erfahren. Hat Roland Rose getötet?«

Rick und Clarice schauten einander an. »Darf ich es ihnen sagen?«, fragte sie.

»Nur das Wesentliche«, antwortete Rick.

»Nein«, sagte Clarice. »Das war nicht Roland. Wir glauben, es war ein Mann mit Namen Bill Whittle.«

»Der Mann, der ganz am Anfang nach Entdeckung der Leiche ins Polizeirevier bestellt worden ist?« Überrascht riss Laura die Augen auf.

Clarice nickte.

»Ich fürchte, mehr können wir nicht sagen. Die Ermittlungen laufen noch«, warf Rick ein. »Aber sein Name und seine Verhaftung werden noch heute bekanntgegeben. Die Presse wird alles rechtzeitig erfahren, damit es noch in die Sechs-Uhr-Nachrichten kommen kann.«

Die Tür öffnete sich, und Daisy steckte den Kopf herein. »Wir brauchen Sie, Sir«, sagte sie formell zu Rick.

»Wie habt ihr das herausgefunden?«, fragte Tom, kaum dass Rick den Raum verlassen hatte.

»Was herausgefunden?«, hakte Clarice nach.

»Dass meine Frau …« Er war sichtlich niedergeschlagen. »Dass meine Frau mich so herumgeschubst hat.«

»Dad!« Laura ergriff die Hände ihres Vaters.

»Ist schon gut, Laura«, sagte er. »Das Geheimnis ist keines mehr.«

Clarice wusste, wie peinlich das Tom war, und sie hatte Mitleid mit ihm. Tom war ein Mann, für den ›Würde‹ nicht nur ein Wort war. Dass nun allgemein bekannt war, dass seine Frau ihn misshandelt hatte, war eine große persönliche Demütigung für ihn.

»Das waren Kleinigkeiten, die mir immer wieder aufgefallen sind«, antwortete Clarice. »Du warst ständig verletzt. Niemand hat so viel Pech. Dann waren da Paulas Kontrollwahn und ihr Temperament. Die Schwierigkeiten in der Familie waren nicht zu übersehen. Nach Gesprächen mit Laura und Jack habe ich mir gedacht, oft sind es die Dinge, die die Menschen nicht sagen, die die Wahrheit verraten, nicht umgekehrt. Auch wenn du immer versucht hast, den Harten zu spielen, du bist ein durch und durch guter und anständiger Mann.«

»Das wird mir jetzt auch nicht helfen, nicht wahr?« Tom hob den Kopf und schaute ihr in die Augen. »Ich weiß, dass man mich dafür verhaften wird, dass ich den Mord nicht angezeigt habe. Und dann ist da noch die Entsorgung der Leiche …« Er verzog das Gesicht, als hätte er Mühe, seine Gefühle im Zaum zu halten.

»Es muss schrecklich gewesen sein, damit zu leben«, bemerkte Clarice in sanftem Ton.

»Sei ehrlich, Dad«, forderte Jack. »Sag einfach die Wahrheit, dann bleibt dir das Gefängnis womöglich erspart.«

Laura brach in Tränen aus.

»Und nur, um das klarzustellen: Es war Walter, der mich gekratzt hat, nicht Paula«, sagte Tom und schaute zu seiner Tochter.

»Es tut mir leid, Dad. Ich dachte, es wäre Mum gewesen.« Laura griff wieder nach seiner Hand.

Die Spannung im Raum war inzwischen verflogen und einem Gefühl der Unwirklichkeit gewichen. Clarice stellte sich vor, wie Jack versuchte, sich den neuen Umständen anzupassen. Seine leibliche Mutter war tot und ebenso die Frau, die er immer für seine Mutter gehalten hatte. Der Mann, den er stets Vater genannt hatte, war in Wahrheit sein Onkel, und seine Schwester war seine Cousine. Und Harry, sein Halbbruder, hatte versucht, ihn umzubringen.

»Darf ich dir eine Frage stellen, Tom?«, fragte Clarice.

Tom schaute sie an und wartete.

»Mir ist durchaus klar, dass Roland zu der Zeit nicht gewusst hat, dass sein Vater dich gebeten hat, Maggie zu ihm zu bringen – angeblich, um sich mit ihr zu versöhnen. Also … Wann hat er herausgefunden, dass Maggie tot war?«

»Ich habe es ihm gesagt, als er nach dem Unfall seines Vaters wieder nach Hause gekommen ist.«

Clarice nickte.

»Bis dahin hat er geglaubt, dass Maggie bei ihrer Tante lebt. Er hätte niemals verstanden, warum sie Peggy einfach nicht hatte sagen können, was wirklich los war. Als ich sie aufgenommen habe, wusste sie nicht, wohin sie noch gehen sollte. Roland hat gemeint, das habe sowohl etwas Gutes als auch was Schlechtes: Horace sei zwar tot, aber die gute Nachricht sei, dass er nun seine Frau suchen gehen könne. Er hat wörtlich gesagt, er wolle sie finden. Es war, als hätte er sie einfach verlegt. Wie einen Schlüssel, und als müsste man nur mal gründlich suchen. Ich war hin und her gerissen, ob ich ihm von Jack erzählen sollte, doch ich habe mich schlussendlich dagegen entschieden. Ich habe es Maggie geschuldet, ihren Sohn zu beschützen.«

»Hat er vorgeschlagen, zur Polizei zu gehen?«, fragte Clarice. »Als er wusste, dass Horace Maggie ermordet hat?«

»Nein, nein, definitiv nein.« Tom schnaubte verächtlich. »Es war getan. Für ihn ergab es keinen Sinn, den Namen seines Vaters und der ganzen Familie Fayrepoynt zu beschmutzen. Und mir war durchaus bewusst, sollte das herauskommen, würde auch bekannt werden, wer in Wirklichkeit Jacks Eltern waren. Nach all den Jahren als Bastard der Familie machte mich allein die Vorstellung schon wütend. Doch so würde Jack zwar nicht der rechtmäßige Erbe werden, aber ich hatte die Genugtuung, sein Vater sein zu dürfen.« Er schaute Jack an. »Ich weiß, dass ich nicht dein echter Vater bin, aber ich bin so stolz auf den Mann, der du geworden bist.«

Jack rang sich ein schwaches Lächeln ab.

»Eine Freundin von Tante Peggy hat mir ein Foto gegeben«, sagte Clarice. »Es zeigt dich im Hintergrund. Sharon ist auch auf dem Bild. Hast du sie damals schon gekannt? Durch Maggie?«

»Nicht wirklich«, antwortete Tom. »Ich habe sie nur dieses eine Mal getroffen. Sie war zu ihrer Tante gefahren und hat Geld von ihr verlangt. Sie hat Maggie auch gebeten, ihr einen Job in Snarebrook Hall zu besorgen, und Maggie hat versprochen, bei der Hausdame ein gutes Wort für sie einzulegen, meiner Mutter.«

»Und hat Maggie das getan?«

»Nein. Sie hat mir gesagt, ihre Schwester habe zwar Erfahrung, nachdem sie in einem guten Haus in Hertfordshire gearbeitet habe, aber sie sei wegen Diebstahls entlassen worden. Ich erklärte ihr, meine Mutter würde das herausfinden, denn sie würde Referenzen sehen wollen. Als ich Sharon das nächste Mal gesehen habe, nannte sie sich Rose und hatte bereits Kontakt zu Roland aufgenommen. Sie hatte ihm eine Kopie der Heiratsurkunde geschickt und ›Wir müssen reden‹ auf die Rückseite geschrieben.«

»Habt ihr euch jemals zusammen mit ihr getroffen?«

»Ja. Nach dem ersten Mal hat sie jedoch darauf bestanden, dass ich beim nächsten Mal allein kommen solle. Die Geldübergaben fanden immer auf einem Rastplatz bei Lincoln statt.«

»Und Pete Smith?«, hakte Clarice nach.

»Nein. Zu dem Zeitpunkt hatte Roland Harry bereits von der Erpressung erzählt. Meiner Meinung nach war das dumm, vor allem angesichts von Harrys gewalttätiger Natur. Als Pete Kontakt zu ihm aufgenommen hat, hat Roland sich in Begleitung von Harry mit ihm getroffen. Pete wollte eine große Summe, eine Einmalzahlung, wie er sagte … Ha!« Tom rollte mit den Augen. »Das galt jedoch nur so lange, bis er wieder pleite war, dann kam er wieder.«

»Aber Roland hat sich doch erneut bereit erklärt, ihn zu bezahlen, nicht wahr?«, sagte Clarice.

»Ja. Er hat das Geld besorgt, und Harry hat darauf bestanden, die Übergabe allein zu regeln.« Tom hielt kurz inne. »Pete kam mit seiner Frau, und den Rest kennst du ja.«

Als er aufhörte zu reden, senkte sich Schweigen über die kleine Versammlung. Jeder hing seinen eigenen Gedanken nach.

»Es ist schon seltsam, dass der Auslöser des Ganzen rein gar nichts mit der Familie Fayrepoynt zu tun hatte«, bemerkte Ginny. »Roses Mord, meine ich. Es war dieser Mann, dessen Frau sie übers Ohr gehauen hatte. Hätte er Rose nicht getötet, würde Roland sie noch immer bezahlen. Harry wäre der rechtmäßige Erbe, und Jack und ich wären irgendwann von Winterby weggezogen. Alles wäre normal gewesen.«

»Nein, das wäre es nicht. So darfst du nicht denken«, widersprach Tom. »Glaubst du wirklich, Paula hätte zugelassen, dass Jack wegzieht? Er war ihr Antrieb. Sie nährte sich förmlich daran … an dem Glauben, dass sie Vita eines Tages rauswerfen und selbst Herrin werden würde. Das war ihr Traum. Darauf hat sie ihr ganzes Leben lang hingearbeitet. Natürlich hätte sie abgewartet, bis ihre Zeit gekommen wäre, aber sie hätte eure Beziehung nach und nach vergiftet.« Er schaute von Jack zu Ginny. »Vergesst nicht, was sie mit Laura gemacht hat. Paula musste sich immer durchsetzen, und sie hat nie mit anderen geteilt … ihre Familie eingeschlossen. Ich habe versucht, Roland zu warnen. Ich habe gesagt, er solle Harry unter Kontrolle bringen. Ich wusste, wenn er es zu weit triebe, würde das schlecht enden.«

Sie schauten einander an.

»In gewisser Hinsicht ist es eine Erleichterung«, fuhr Tom fort. »Auch wenn es schrecklich ist, dass Paula ermordet worden ist. Und die anderen beiden, die Schwestern. Ich bin schlicht froh, dass die Wahrheit über Maggies Tod endlich herausgekommen ist. Das nimmt eine große Last von meinen Schultern.«

»Du hast Maggie wirklich gemocht«, bemerkte Clarice.

»Ich habe sie geliebt.« Toms Worte fielen in das surreale Wasser, die seltsame, neue Realität, die durch die Ereignisse der letzten Stunden entstanden war. »Ich war nie neidisch auf Roland, abgesehen von Maggie. Ich habe mir oft gewünscht, dass sie meine Frau geworden wäre, nicht seine.«

»Hat Paula das gewusst?«, fragte Clarice. Der Schock, der Laura kurz anzusehen war, war ihr nicht entgangen.

»Ja, ich habe zwar nie etwas gesagt, aber sie hat es gefühlt. Das war noch ein Grund, warum sie mich so gehasst hat.«

Draußen waren Schritte zu hören, und kurz darauf trat Rick durch die Tür, gefolgt von Daisy.

»Es tut mir leid, Tom«, sagte er und ging zur Gruppe, »aber mein Sergeant wird dich jetzt formell festnehmen und dir deine Rechte erklären.«

Bevor Clarice fuhr, musste sie bei Meghan noch ihre Aussage machen. Sie erinnerte sich daran, wie freundlich die junge Beamtin zu ihr gewesen war, nach dem Vorfall mit Pete … War das tatsächlich am gleichen Tag geschehen? Es kam ihr wie eine Ewigkeit vor.

Anschließend sagte Meghan, dass sie Clarice nach Hause fahren würde, und sie machten sich auf den Weg.

Clarice starrte stumm auf die hügelige Landschaft und

dachte darüber nach, wie verzweifelt Vita jetzt sein musste, wie dramatisch und plötzlich sich ihre Umstände verändert hatten. Und sie dachte auch über ihre verlorene Freundschaft nach.

Nach Harrys Festnahme war Clarice in die Eingangshalle gegangen und hatte zugeschaut, wie Roland steif wie ein Schlafwandler zum Telefon geschlurft war, um seinen Anwalt anzurufen. Als sie sich umdrehte, um sich wieder zu den anderen zu gesellen, war Vita von hinten gekommen und hatte ihr rot vor Wut den Weg versperrt.

»Du lächerliche, vorwitzige Hexe!«, spie sie Clarice ins Gesicht.

»Vita!« Clarice wich einen Schritt zurück. Sie sah nicht länger die schöne Frau, die sie einst gekannt hatte, sondern nur mehr eine leere, vergiftete Hülle.

»Du hast meinen Jungen in diesen Dreck gezogen. Er hat das nicht verdient. Du hast nicht die geringste Ahnung, wie wichtig Familie ist.«

»Du kannst offenbar nicht mehr klar denken«, erwiderte Clarice ruhig. »Wie kannst du mir die Schuld dafür geben, dass Harry zwei Menschen getötet hat?«

»Hättest du deine Nase nicht in unsere Angelegenheiten gesteckt, die dich schlicht nichts angehen, dann hätte mein Sohn auch nicht zu so drastischen Maßnahmen greifen müssen.«

»Und was ist mit Maggie? Roland hat sie geheiratet, und Horace hat das arme Mädchen umgebracht.«

»Du bist einfach zu sentimental. Das war doch nur eine kleine Schlampe. Die war doch nur auf Geld aus! Eine Familie wie die Fayrepoynts wegen so einer zu Fall zu bringen, ist einfach lächerlich!«

»Das kannst du doch nicht ernst meinen«, entgegnete Clarice.

»Oh, doch. Und wenn du glaubst, mein Junge würde ins Gefängnis gehen und dass einer der Diener Rolands Titel übernimmt, dann hast du dich geschnitten!« Vita trat einen Schritt zurück und funkelte Clarice gehässig an. »Wer bist du überhaupt?« Ihre Stimme klang schon ruhiger. »Du hast es ja noch nicht einmal geschafft, deinen Mann zu halten.« Ihr Blick huschte zu Rick auf der anderen Seite der Eingangshalle und kehrte dann wieder zu Clarice zurück. »Und was für ein Mann das ist … Müll von einem Londoner Hinterhof! Dreck!« Sie ahmte Ricks Akzent nach, schaute Clarice verächtlich an und huschte davon.

Wie benommen hatte Clarice sich wieder zu den anderen im Salon gesellt. Dass Vita glaubte, ihr Sohn würde trotz zweier Morde nicht ins Gefängnis kommen, konnte man ihr wohl kaum übel nehmen, sinnierte Clarice. Der Grund dafür war jedoch nicht nur Mutterliebe, sondern auch der Glaube an die eigenen Privilegien. In einem Punkt hatte Vita jedoch recht: Clarice verstand tatsächlich nicht, warum der Glaube an eine Familie jemanden dazu berechtigen sollte, zu tun, was auch immer er tun wollte, ohne Rücksicht auf Verluste. Und dann weigerte sich dieser Jemand auch noch, die Verantwortung für seine Taten zu übernehmen.

Kapitel 34

Bevor sie Winterby Hall verließ, hatte Rick ihr vorgeschlagen, sie solle Bob und Sandra fragen, ob sie nicht die Nacht bei ihnen verbringen könne. Georgie hatte ebenfalls schon angerufen und ihr ein Bett angeboten, teilweise aus Freundlichkeit, nahm Clarice an, teilweise aber auch, weil sie unbedingt wissen wollte, was los war. Clarice hatte beide Vorschläge abgelehnt. Irgendwann würde sie ohnehin damit zurechtkommen müssen, was in ihrem Haus geschehen war. Wenn sie es für eine Nacht beiseite schöbe, hieß das nur, dass sie sich morgen damit würde auseinandersetzen müssen.

Als sie endlich daheim war, sah sie, dass jemand das Sofa im Wohnzimmer ausgezogen und in ein Bett verwandelt hatte. Laken, Kissen und eine Decke lagen bereit. Nachdem die Polizei mit ihrer Arbeit fertig gewesen war, hatte Bob alles gründlich geputzt und sämtliche Spuren von Pete Smith entfernt. Die Decke von Clarices Bett hatte die Polizei ebenso als Beweis mitgenommen wie auch das T-Shirt, das sie letzte Nacht getragen hatte. Die aufgebrochene Tür im Wintergarten war vernagelt. Sandra und Bob waren noch immer da, und sie machten auch keinerlei Anstalten zu gehen, sondern drängten Clarice, sich erst einmal hinzulegen. Sie würden schon aufpassen.

Eingerahmt von Blue und Jazz und mit Micky auf der

Lehne und den Katzen auf dem Boden lag Clarice in dem improvisierten Bett und tat so, als würde sie schlafen. Dann und wann ging die Tür auf, wenn Sandra nach ihr sah. Was Clarice jedoch wirklich brauchte, waren ein paar Stunden Einsamkeit.

Später, als sie zusammen sowohl die regionalen als auch die überregionalen Nachrichten sahen, setzte Clarice sich auf ihrem Sofa-Bett auf, in der Hand eine Schüssel Gemüsesuppe.

»Alles okay, Liebes?«, fragte Sandra zum gefühlt tausendsten Mal. Sie hatte in der Küche Sandwiches für Clarice gemacht, während Bob die Tiere gefüttert hatte. Als die Nachrichten kamen, gesellte sie sich zu Clarice auf das Sofa, und Bob setzte sich in einen Sessel. Clarice lächelte gedankenverloren, dann konzentrierte sie sich auf die Nachrichten.

Das Medieninteresse war groß, besonders in Bezug auf Harry. Eine Kamera hatte eingefangen, wie Vita das Polizeirevier von Lincoln verließ, hinten in einen Wagen stieg und sich wegfahren ließ. Sie war allein. *Ist Roland nicht auf Kaution entlassen worden?*, fragte Clarice sich. Er und Tom, sie hatten beide gewusst, dass Horace Maggie ermordet hatte. Tom war wegen der Vernichtung von Beweismitteln und Beihilfe verhaftet worden, und für Roland hätte eigentlich das Gleiche gelten müssen.

»Sie sieht mir nicht gerade glücklich aus«, bemerkte Sandra, ohne den Blick vom Bildschirm zu nehmen. »Und wo ist seine Lordschaft?«

Der Nachrichtensprecher fuhr mit der Verhaftung von Bill Whittle fort. Bill war des Mordes an Sharon Cocker offiziell angeklagt worden. Sharons Schwester Jacqueline sei ebenfalls ermordet worden, fuhr der Sprecher fort, und beide Leichen seien in der Nähe von Winterby Hall entdeckt worden, dem Heim von Lord und Lady Fayrepoynt. Peter Smith, Jacquelines Mann, sei wiederum keine vierundzwanzig Stunden zuvor bei einem Sturz ums Leben gekommen. Aber auch wenn sein Tod als Unfall gelte, werde gegenwärtig ermittelt.

»Wenigstens haben sie dich nicht erwähnt, Liebes«, sagte Sandra.

»Schschsch«, zischten Clarice und Bob.

Die Polizei habe nun Beweise, fuhr der Nachrichtensprecher fort, dass die dritte Schwester, Margaret May Cocker, ebenfalls ermordet worden sei. Man gehe jedoch davon aus, dass dieser Mord schon dreißig Jahre zurückliege. Dafür würde man niemanden mehr verhaften, denn die Polizei habe Grund zur Annahme, dass der Täter inzwischen verstorben sei.

»Aber jemand hat Rose doch noch gesehen, nachdem Bill bei ihr gewesen ist. Also …« Verwirrt runzelte Sandra die Stirn. Sie war wieder ganz sie selbst, Lippenstift eingeschlossen.

»Ich weiß, was du sagen willst, Sandra«, unterbrach Clarice sie. »Dass alle Fahrzeuge der Whittles untersucht worden sind: das seiner Frau, seines Sohns, seiner Schwiegertochter und natürlich auch sein eigenes. Wie kann er es da gewesen sein?«

Sandra nickte.

»Auf meinem Weg nach Norfolk gestern habe ich längere Zeit hinter einem Truck festgesteckt und sah, wie hinten Körner unter der Plane rausgeflogen sind. Das Ding hatte Getreide geladen. Da habe ich gewusst, dass er es war. Alles ergab plötzlich Sinn, und es hat Klick gemacht. Als Bill das erste Mal verhört worden ist, wusste Rick nicht, dass er ab und an als LKW-Fahrer gearbeitet hat. Ernie Jones hat mir erzählt, dass Bill manchmal einspringt, wenn Not am Mann ist. Bezahlt wurde er natürlich bar auf die Hand, also hat Bill, vorsichtig, wie er war, kein Wort davon gesagt. Wenn Bill also Zugang zu Ernies Trucks hatte, hätte er Roses Leiche auch damit transportieren können.«

»Wie viele Trucks hat Ernie denn?«

»Drei. Er ist ein Gewohnheitstier. Die Trucks werden jeden Tag an derselben Stelle geparkt, und die Schlüssel hängen immer am gleichen Brett. Außerhalb der Erntesaison werden sie nicht benutzt. Noch in der Nacht, als ich aus Norfolk zurückgekommen bin, habe ich Rick eine SMS geschickt. Ich habe gesagt, da Rose in einem Zeitfenster von fünf Tagen getötet worden ist, ist es durchaus möglich, dass es erst nach der ersten Begegnung geschehen ist. Voller Wut könnte Bill noch einmal zum Pfarrhaus zurückgekehrt sein. Sie ist auf einem ihrer üblichen Wege nach Castlewick gestorben. Wenn Bill wusste, welche Wege sie nahm, dann musste er nur warten und anschließend ihre Leiche wegschaffen.«

»Das klingt nach Vorsatz«, bemerkte Sandra.

»Ich glaube auch, dass es das war«, erwiderte Clarice. »Und er hat sie von vorne angegriffen. Sie sollte wissen, wer ihr Mörder war. All die Bitterkeit, die er nach dem Vorfall mit der Prostituierten mit sich herumgeschleppt hat, jahrzehntelang, richtete sich nun gegen Rose, die ihn ebenfalls bestohlen hatte.«

»Jean war doch fest davon überzeugt, dass Bill nichts damit zu tun hat«, sagte Sandra. »Das muss ein schwerer Schock für sie sein.«

»Bei der Wohltätigkeitsveranstaltung hat Jean immer wieder betont, dass sie und Bill nie lügen und wie ehrlich ihr Mann doch ist, aber mich haben sie beide angelogen. Das wusste ich. Da frage ich mich schon, ob sie nicht zumindest eine Ahnung hatte.«

»Hat Rick schon etwas Handfestes?«, fragte Bob.

»Er hat gesagt, dass sein Team die Trucks auf Beweise untersucht, und egal wie gründlich Bill ihn auch geschrubbt haben mag, wenn Roses Leiche dort war, dann werden sich auch Spuren davon finden. Den Container mit den weggeworfenen und beschädigten Kornsäcken haben sie bereits durchsucht und tatsächlich einen mit Blutspuren gefunden. Er ist zur Analyse ins Labor geschickt worden. Glücklicherweise wird der Container nur geleert, wenn er voll ist, und außerhalb der Erntezeit passiert das nicht oft. Ich selbst habe mir überlegt, dass Bill Rose den Plastiksack über den Kopf gezogen hat, als er dachte, sie wäre tot. Er wollte ihr Blut nicht im Truck haben. Im Truck ist sie dann erstickt und hat in ihrem Todeskampf den Staub eingeatmet.«

»Wie schrecklich.« Sandra schauderte.

»Sie hat sich einfach mit dem falschen Kerl angelegt«, bemerkte Bob. »Sie hat ihr ganzes Leben lang gestohlen. Vielleicht war so was unvermeidlich. Es ist nur seltsam, dass ausgerechnet diese Tat die ganze unglückliche Geschichte von Maggies Tod ans Tageslicht befördert hat.«

»Ginny hat das auch schon gesagt.« Clarice nickte und nippte an ihrer Suppe.

»Aber als Pete Smith dir gesagt hat, ›der Bastard‹ habe Jackie getötet«, fragte Sandra neugierig, »woher hast du da gewusst, dass er von Harry gesprochen hat? Warum nicht Tom?«

»Weil Pete nicht gewusst haben kann, dass Tom ein Bastard ist. Aber er hatte Rolands und Maggies Heiratsurkunde, und er wusste, dass das eine große Sache war. Er wusste zwar nicht, dass Maggie tot war, aber ich nehme an, er hat sich das gedacht. Und wenn Vita und Roland geheiratet hätten, als Maggie noch am Leben war, dann wäre Harry ein illegitimer Sohn, also ein Bastard.«

»Aber Maggie war doch schon tot, als die beiden geheiratet haben. Sowohl Roland als auch Tom wussten das. Er war also Witwer und seine Ehe mit Vita legitim.«

»Da hast du recht«, bestätigte Clarice. »Aber da er auch wusste, wie Maggie gestorben war, konnte Roland Rose nicht einfach herausfordern und die Zahlung verweigern. Ich muss sagen, mal abgesehen von den Morden denke ich hauptsächlich an die Demütigung, die Vita durch Roland erfahren hat. Ihre Welt ist zusammengebrochen, in nur einer Sekunde. Die Ehe von Roland und Maggie war legal; also ist Jack, nicht Harry, der rechtmäßige Erbe des Fayrepoynt-Besitzes und eines Tages auch des Titels.«

»Ich habe ja schon immer gesagt, dass du viel zu gutherzig bist, Liebes«, sagte Sandra. »Wäre die Situation andersherum, Lady Vita hätte einen Dreck um dich gegeben.«

»Vielleicht«, sagte Clarice. Sie beschloss, den beiden lieber nichts von ihrem letzten Gespräch mit Vita zu erzählen.

Ein paar Stunden später, als Clarice sich auf Sandras Befehl hin mit einem Glas Rotwein unter die Decke zurückgezogen hatte, ging Bob mit Blue und Jazz spazieren, während Sandra den langsameren Micky ausführte. Nach einer Weile hörte Clarice das Schlagen der Tür und das freudige Bellen der Hunde.

»Schau mal, was wir draußen gefunden haben«, sagte Sandra, als sie gefolgt von Bob und Rick wieder ins Wohnzimmer kam. Blue lief neben Rick her, einen zerquetschten Tennisball im Maul.

»Hallo, du«, sagte Clarice überrascht.

»Hallo, du«, echote Rick und zeigte sein halbes Lächeln.

»Wir fahren jetzt, Liebes.« Sandra umarmte Clarice, und Bob tat es ihr nach.

Clarice schaute zwischen den beiden hin und her. »Danke, ihr zwei. Ohne euch hätte ich den heutigen Tag nicht überstanden.«

Bob, der Sentimentalitäten hasste, schaute verlegen drein, doch Sandra hatte Tränen in den Augen, als sie sich von den Hunden verabschiedete.

»War das dein Plan, dass sie bleiben?«, fragte Clarice, nachdem Rick die beiden zum Auto gebracht hatte und wieder zurückgekommen war. Ihr fiel auf, dass er auf dem Rückweg das Jackett ausgezogen und sich ein Glas geholt hatte. Der Farbe nach zu urteilen, enthielt es Whisky.

Rick zuckte mit den Schultern; dann zog er die Schuhe aus und nahm zwei Kissen vom Sessel. Die legte er aufs Sofa neben Clarices Kissen und ließ sich darauf nieder. »Prost!« Er hob das Glas.

»Prost!« Clarice hob ihr eigenes.

»Möchtest du heute Nacht hier schlafen?« Sie nickte zu seinem Whisky.

»Wenn du weiter so stur bist und die Nacht nicht bei Freunden verbringen willst, dann bleibt mir keine andere Wahl«, antwortete Rick. »Und wenn du mich rauswirfst, dann werde ich wohl ein Taxi rufen müssen«, ergänzte er mit einem Blick auf seinen Whisky.

»Jetzt bist du dran«, sagte sie. »Es sei denn, du hast genug für einen Tag.«

Rick schaute sie fragend an.

»Spuck's aus.«

Rick zeigte weiter sein Pokerface und sagte kein Wort.

»Im Kühlschrank ist ein ganzes Glas mit schwarzen Oliven«, sagte Clarice. Sie wusste, dass Rick dem nicht widerstehen konnte.

»Genau, was ich hören wollte«, erwiderte er, stand auf und kehrte kurz darauf mit besagtem Glas wieder zurück.

»Sie sind wirklich dreist, DI Beech«, sagte Clarice. »Vor allem, wenn man bedenkt, dass Sie die ganze letzte Nacht auf den Beinen waren.«

»Und du bist nach allem, was du durchgemacht hast, schon wieder bemerkenswert entspannt«, erwiderte er. »Die meisten Menschen, die so etwas durchgemacht haben, plappern nur noch unzusammenhängendes Zeug.«

»Ich betrachte das jetzt einmal als Kompliment.« Clarice hob das Glas.

Ricks Gesicht nahm einen ernsten Ausdruck an. »Auf dem Revier ist Vita völlig durchgedreht. Mit Händen und Füßen hat sie allem und jedem einzuhämmern versucht, dass die Morde die Schuld von allen anderen waren, nur nicht von Harry.«

»Ich nehme an, das schließt mich mit ein.«

»Das wollte ich dir eigentlich nicht erzählen«, sagte er, »aber dein Name ist in der Tat gefallen.«

Clarice nickte.

»Vita lebt in einem anderen Jahrhundert«, fuhr Rick fort, »als eine Familie wie die Fayrepoynts ganz anders handeln konnte und behandelt wurde. Ihrer Meinung nach müssen Lords und Ladys sich nicht rechtfertigen. Gegenüber niemandem. Das hat sie auch Harry beigebracht. Sie hat mich ›Müll von einem Londoner Hinterhof‹ genannt.«

»Ja, das hat sie auch mir gegenüber erwähnt.«

»In der Tat?« Rick schaute sie entrüstet an. »Wie ungezogen!«

»Und sie hat dich nachgeäfft.« Clarice beschloss, nicht hinzuzufügen, dass Vita sie auch dafür verspottet hatte, dass sie nun getrennt lebten.

Rick brüllte vor Lachen.

»Und wie ist es mit Harry gelaufen?«, fragte sie.

Rick hörte sofort auf zu lachen. »Er hat geweint wie ein kleines Kind.«

»Ich wette, er hat einen verdammt guten Anwalt.«

»Nicht gut genug, um ihn gegen Kaution wieder aus dem Knast zu holen, und das Gefängnis wird die Hölle für Harry werden.«

»Was ist mit Tom und Roland?«

»Du weißt ja, dass Tom angeklagt worden ist und Roland

auch. Sie wussten beide von Maggies Ermordung und dass ihr Vater die Leiche beseitigt hat. Sie sind aber beide gegen Kaution wieder auf freiem Fuß. Sie sind aber auch nicht des Mordes angeklagt, und ich kann mir auch nicht vorstellen, dass einer von ihnen versuchen könnte zu fliehen.«

»Und Bill Whittle?«

Rick schaute Clarice an und kaute auf einer Olive. »Du hast genau richtig gelegen. Nachdem wir ihm gesagt haben, wir hätten Beweise, ist er zusammengebrochen.«

»Er hat gestanden?«

Rick nickte. »War es wirklich nur der Laster, dem du hinterhergefahren bist, der dich davon abgebracht hat, dass Tom der Täter ist? Ich weiß ja, wie du ursprünglich auf Tom gekommen bist. Du hast geglaubt, die Armverletzung stammte von einem Kampf mit Rose in seinem Büro, und dann hätte er sie mit einer der Plastiktüten erstickt, in denen Paula immer das Brot aufgehen ließ und in denen sein Sandwich kam.«

»Ja, aber diese Theorie hatte schlicht zu viele Fehler«, sagte Clarice. »Zunächst einmal hätte Tom sie dafür in sein Büro holen müssen, und dann hätten die anderen Angestellten sie gesehen. Und wie hätte er dann ungesehen die Leiche zum Auto schaffen sollen, noch dazu mit einem gebrochenen Arm?« Sie hielt kurz inne. »Ja, zumindest zum Teil war der Laster daran schuld. Dazu kam, dass Paula immer ganze Körner für ihr Brot verwendet hat, während die Reste in einem Transportsack eher fein sind. Rose hatte ja Staub eingeatmet.«

»Und?«

»Und egal, wie viel auf Tom hingedeutet hat, ich konnte einfach nicht glauben, dass er es war. Bill Whittle hingegen hat nicht nur Rose umgebracht, sondern es vor vierzig Jahren auch bei dieser Prostituierten versucht. Du hast gesagt, wie sehr es ihn geärgert hat, dass die Nutte das Geld behalten konnte. Das wurde sogar extra im Polizeibericht vermerkt. All die Jahre hat er seine Verbitterung mit sich herumgetragen, und dann bestiehlt ihn Rose und lacht ihm auch noch ins Gesicht, als er das Geld zurückfordert.«

»Das Interessanteste an seinem Geständnis«, sagte Rick, »war, dass er auch Roses Handtasche mit den Schlüsseln geklaut hat. Daraufhin ist er ins Pfarrhaus eingebrochen und hat nach Geld gesucht.«

»Aber er hat doch nichts mitgenommen.« Clarice war verwirrt. »Geld und Schmuck waren doch noch da!«

»Er hat gestanden, exakt zweitausend Pfund genommen zu haben, die er in der Garderobe versteckt gefunden hat. Er hat gesagt, das Geld habe ihm und seiner Frau gehört.«

»Was sollte das dann sein? Ein moralisches Statement? Wollte er damit sagen, es sei okay, zu morden, aber nicht, zu stehlen?«, sinnierte Clarice laut.

»Ja, das ist bizarr«, seufzte Rick. Er stand auf und ging mit dem leeren Olivenglas in die Küche. Kurz darauf kam er mit zwei Flaschen wieder zurück, eine mit Whisky, die andere mit Rotwein. Dann schenkte er Clarice nach und gönnte sich selbst auch einen kräftigen Schluck.

»Ich könnte uns etwas zu essen machen«, schlug Clarice vor.

»Nein.« Rick schüttelte den Kopf. »Ich habe den ganzen Tag immer mal wieder was gegessen.« Er hob das Glas. »Was ich brauche, ist das hier.«

Clarice lächelte unverbindlich.

»Jetzt bist du dran«, sagte er.

»Du weißt doch schon alles. Ich hab's dir heute Morgen erzählt.«

»Erzähl mir von Linda Bates und in allen Details von Pete Smith. Ich weiß, Letzteres steht in deiner Aussage, aber wir hatten noch keine Zeit, persönlich darüber zu reden.«

Im Laufe der nächsten Stunde erzählte Clarice Rick von ihrem Treffen mit Mrs Freeman, der Nachricht von Lindas Tod, dem Besuch bei Mike und Helen und jede noch so schreckliche Einzelheit ihrer Begegnung mit Pete Smith.

Rick trank weiter, hörte aber aufmerksam zu. Clarice wollte nicht, dass er wütend wurde oder sie mit Mitleid übergoss, und sie fühlte, dass er das wusste.

Als sie mit Pete Smith fertig war, wandte Clarice sich Walter zu. Die Rolle, die der dreibeinige Kater bei dem allen gespielt hatte, war noch immer ein Mysterium. »Habt ihr herausgefunden, bei wem Walter mitgefahren ist, um in die Galgenscheune zu kommen?«, fragte sie.

»Nein. Es hat sich zumindest niemand gemeldet«, antwortete Rick. »Vielleicht ist er ja auch gelaufen, und da er dort eine ergiebige Futterquelle gefunden hat, ist er schlicht geblieben.«

»Das klingt plausibel.« Clarice nickte. »Aber ich glaube immer noch, dass er in ein Auto gestiegen ist. Vielleicht hat der Fahrer ja an der Scheune angehalten, um sich zu erleichtern, und Walter ist rausgesprungen. Oder der Fahrer ist stehen geblieben, weil er Walter entdeckt hat, und warf ihn da raus.«

»Das werden wir wohl nie erfahren«, sagte Rick und wechselte das Thema. »Hast du von Rob und Lucy gehört?« Er leerte den letzten Rest Whisky aus der Flasche ins Glas.

»Sind sie ein Pärchen?«

»Was für ein altmodischer Ausdruck.« Rick lachte. »Ich wusste noch vor dir von ihnen. Endlich bin ich mal Erster!«

»Na ja …«

Später, nachdem Clarice Rick erklärt hatte, warum sie auch dieses Mal schneller gewesen war als er, dachte sie bei sich, dass Rick nicht nur erschöpft aussah, sondern auch betrunken.

»Okay«, sagte sie. »Wo würdest du gerne schlafen? Das Bett im Gästezimmer ist frisch gemacht.«

»Mir gefällt es hier«, lallte er, stellte das Glas ab und streckte sich auf dem Sofa aus.

»Ich hole dir eine Decke«, sagte Clarice und stand auf.

»Willst du deine nicht mit mir teilen?«

»Oh, nein«, antwortete sie. »Ich habe nicht vergessen, dass du einem die Decke klaust. Du bekommst deine eigene.«

Als sie mit der Decke wieder zurückkehrte, fragte sie: »Willst du morgen in den Klamotten wieder arbeiten?«

»Warum nicht?« Rick schaute an sich hinab.

»Dann zieh sie aus«, befahl Clarice. »Schlaf nicht da drin.«

Rick schaute sie an und versuchte, sich zu konzentrieren. »Sie sagen immer sooo liebe Sachen, Mrs Beech.«

»Flirtest du mit mir?«, fragte Clarice und half ihm, Hemd und Hose aufzuknöpfen.

»Vielleicht.«

Die Antwort wäre ja schmeichelhaft gewesen, wäre Ricks Blick nicht vom Alkohol verschleiert. Als er sich auf die Seite rollte und die Socken auszog, zog Clarice ihm die Unterhose runter.

»Aaah … du … du willst meine Situation wohl ausnutzen«, gluckste er betrunken.

»Ich denke, würde ich das tun, würde mich heute nicht mehr viel erwarten«, lachte Clarice, warf die Unterhose auf den Boden und ging auf ihre Seite.

»Ich bin froh, dass wir Freunde sind«, murmelte er. »Du wirst immer mein bester Kumpel sein.«

Als Clarice sich schließlich ein T-Shirt übergezogen hatte, schnarchte Rick bereits.

Bester Kumpel, dachte sie, bevor sie einschlief. Das war zwar nicht schlecht, aber nicht das, was sie eigentlich im Sinn gehabt hatte.

Kapitel 35

Als Clarice aufwachte, war sie verwirrt. Jazz war mit kalten, nassen Pfoten auf sie gesprungen. Sie setzte sich auf, hörte, wie die Haustür sich schloss, und spürte die kalte Luft, die ins Haus gedrungen war. Dann rannte Blue herein, gefolgt von Ena, die sich würdevoll umschaute und zufrieden feststellte, dass alles noch so war, wie es sein sollte.

»Gut. Du bist wach.« Rick strahlte sie an.

Scheißfrühaufsteher, dachte Clarice. Sie hatte Ricks Gesellschaft die letzten sechs Monate vermisst, doch nicht die Tatsache, dass er morgens immer so aufgedreht und vor allem laut war.

»Schau mal, wer uns begleitet hat.« Rick schaute zu Ena. »Unsere Heldin.«

»Ich werde uns erst mal Kaffee kochen«, stöhnte Clarice und erhob sich von ihrem improvisierten Bett.

»Keine Sorge. Das habe ich schon erledigt, bevor ich mit den Viechern in den Garten gegangen bin.«

»Es hat geregnet.« Die beiden Hunde waren nass an Bauch, Brust, Beinen und Pfoten, und der Raum, der ohnehin schon nach Schlaf und Alkohol roch, stank nun auch noch nach nassem Hund.

»Ja, letzte Nacht hat es geregnet, aber inzwischen hat es

wieder aufgehört. Ich hol den Kaffee.« Rick griff nach seiner Decke und schüttelte sie aus.

»Wie lange bist du denn schon auf?«

»Lange genug, um mich zu duschen, mit den Hunden spazieren zu gehen und Kaffee aufzusetzen«, antwortete er und schaute sich die Decke genauer an.

»Hast du was verloren?«, fragte Clarice.

»Äääh …« Rick räusperte sich scherzhaft. »Meine Unterhose. Abgesehen davon, dass mein Arsch friert, kann ich doch nicht ohne Unterwäsche zur Arbeit gehen.«

»Warum nicht?«, erwiderte Clarice todernst.

Rick verzog das Gesicht in gespieltem Schock, schüttelte die Decke weiter aus und ließ seinen Blick über den Boden schweifen.

»Glaubst du, jemand hat sie gestohlen?« Sie schauten beide zu Blue, die unschuldig mit dem Schwanz wedelte. »Wie habe ich es überhaupt geschafft, mich auszuziehen?«, fuhr Rick fort. »Normalerweise schlafe ich in meinen Klamotten, wenn ich mich besaufe … Nicht, dass das häufig passieren würde.«

»Hast du nicht«, sagte Clarice.

»Aha.« Rick stellte die Suche ein.

»Du hast noch Klamotten im Gästezimmer. In der Kommode«, sagte Clarice. »Da ist auch Unterwäsche.«

»Wirklich?« Rick klang überrascht. »Ich habe gedacht, du hättest alles weggeschmissen, was ich hiergelassen habe. Immerhin sind es jetzt schon sechs Monate.«

»Es ist nicht meine Aufgabe, deine Sachen wegzuwerfen. Außerdem habe ich mir gedacht, dass du vielleicht wieder zurückkommen würdest … irgendwann.« Die Worte waren Clarice einfach rausgerutscht, aber gesagt war gesagt.

Rick rührte sich nicht. Eine ganze Flut von Gefühlen spiegelte sich auf seinem Gesicht.

»Es war schön, dass du geblieben bist«, fügte Clarice verlegen hinzu, »zu wissen, dass du dir Sorgen um mich gemacht hast.«

»Ich hol mal den Kaffee«, sagte er.

Rick brachte Clarice einen Becher, als sie gerade ein großes Sweatshirt über das T-Shirt zog. Er stellte den Becher auf den Tisch vor dem heruntergebrannten Kamin und deutete nach oben, bevor er wieder den Raum verließ. Er ging die Unterwäsche holen.

»Mission vollzogen«, verkündete Rick bei seiner Rückkehr und grinste verlegen.

Clarice fühlte eine Traurigkeit in ihm, als wäre er irgendwie in sich zusammengefallen. Etwas Ähnliches hatte sie auch bemerkt, als sie ihn gefragt hatte, ob er noch immer im selben Haus lebte.

»Kommst du zurecht?«, fragte Rick.

Clarice nickte und schaute auf die Uhr. Es war halb sieben. »Möchtest du kein Frühstück?«

»Nein, danke. Ich werde mir was in der Kantine holen. Ich will um sieben auf dem Revier sein. Das wird wieder ein langer Tag.« Er hielt kurz inne. »Kann ich später noch mal wiederkommen?«

»Klar.« Clarice lächelte.

Rick erwiderte ihr Lächeln nicht, sondern beugte sich vor, um sie auf die Wange zu küssen. »Dann reden wir heute Abend weiter.«

Nachdem er gefahren war, fiel Clarice auf, dass er vor lauter Eile keinen Kaffee getrunken hatte.

Später rief Sandra an, um zu fragen, ob sie und Bob rüberkommen sollten. Clarice wusste, dass die beiden heute schon lange mit ihrer Tochter Michelle zu einem Geburtstagsessen verabredet waren, und trotz Sandras Protest, dass sie schon beides schaffen würden, bestand Clarice darauf, dass sie ihre Verabredung einhielten.

Gegen neun Uhr erhielt Clarice gleich drei besorgte Anrufe: zuerst von Jonathan, dann von Georgie und schließlich von Laura. Alle wollten sie wissen, ob sie später am Morgen vorbeikommen könnten.

Nach dem letzten Anruf ging Clarice nach oben. Es war erst das zweite Mal nach dem Überfall, dass sie sich hier oben aufhielt. Sie setzte sich auf die Bettkante und konnte nicht anders, als darüber nachzudenken, was wohl geschehen wäre, wenn Ena nicht gewesen wäre …

Abgesehen vom Wind, der an den Fenstern rüttelte, war es vollkommen still. Clarice zwang sich, sich aufs Bett zu legen, den Körper auszustrecken und durch das Fenster auf die sich hin und her wiegenden Zweige des Weidenbaums zu schauen, der von starken Böen durchgeschüttelt wurde. Auch wenn er sein Sommerkleid verloren hatte, stellte Clarice sich das Leben vor, das den Baum unterstützte: die Vögel und Insekten. Ihr Geist klammerte sich verbissen an dieses Leben, während ihr Körper immer schwächer wurde und sie langsam im Stich ließ. Sie beschloss, diese Nacht wieder hier zu schlafen.

Als sie draußen ein Auto hörte, nahm sie an, dass das Laura war. Sie kam ein wenig zu früh. Clarice stand auf und erkannte, dass sie nicht länger Panik und Angst empfand, wann immer sie einen Motor hörte. Pete Smith war tot. Er konnte ihr nicht länger wehtun.

Die Hunde bellten in einer Tour, als Clarice nach unten ging und die Tür öffnete. Draußen stand Inspector Chris Cane.

»Hallo, Clarice«, sagte er. »Ich bin gerade vorbeigefahren und dachte, ich schaue mal rein. Ich hoffe, ich komme nicht ungelegen.«

Während er sprach, schob er bereits seine massige Gestalt durch die Tür und ließ seinen Blick durch den Raum schweifen.

»Darf ich Ihnen einen Tee anbieten? Oder Kaffee vielleicht?«, erkundigte sich Clarice.

»Normalerweise würde ich nicht Nein sagen«, antwortete Cane, »aber ich habe in zehn Minuten einen Termin. Ich bin gerade die Long Road entlanggefahren und dachte, wenn ich jetzt vorbeikomme, muss ich nicht extra morgen fahren.«

Micky war in die Küche gekommen und stand hinter Blue und Jazz. Während die beiden mit den Schwänzen wedelten, hielt der kleine Mischling sich zurück und beobachtete den Beamten misstrauisch.

»Da ist ja der Hund, den ich sehen wollte.« Er hielt ein paar Papiere in die Höhe. »Er schaut gut aus. Hat Jonathan ihn in den letzten Tagen gesehen?«

»Wir haben morgen Nachmittag einen Termin«, antwortete Clarice. »Aber Jonathan hat mir schon gesagt, dass es Monate dauern wird, bis er sich wieder richtig erholt hat.«

»Das ist bei Gelenkproblemen, wie er sie hat, nicht ungewöhnlich«, erklärte Cane und ging zum Küchentisch. »Und Sie haben selbst Probleme.« Er deutete auf die Krücken.

Clarice nickte.

»Ich habe von den Leuten gehört, denen wir Micky und den anderen Hund abgenommen haben.«

»Sie werden doch noch immer angeklagt, oder?«, fragte Clarice.

»Ja«, antwortete Cane, »und sie haben uns Micky überschrieben.«

»Das ist ja großartig!«

»So … Was werden Sie nun tun? Wollen Sie ihn behalten, bis er eine neue Familie findet, oder möchten Sie ihn in eines unserer Tierheime geben, sobald ein Platz frei wird?«

»Ich werde ihn erst einmal behalten«, erklärte Clarice. Sie

wusste, dass all die Arbeit umsonst gewesen wäre, das Vertrauen des Hundes zu gewinnen, wenn sie ihn jetzt in ein Heim geben würde. Und sie wollte persönlich sicherstellen, dass er ein gutes Heim bekam, wo man seinen stillen Charme zu schätzen wusste.

»Okay. Jonathan kann die Untersuchung morgen noch mit uns abrechnen, dann ist er Ihre Angelegenheit. Wenn Sie hier unterschreiben, gehört er Ihnen.« Cane setzte sich auf einen Stuhl. Das Holz knarrte protestierend.

Clarice nahm den Stift, den Cane ihr anbot, und unterschrieb.

Der Inspector gab ihr den Durchschlag. »Nun ist es Ihr Hund.«

Als er den Stift wieder in die Jackentasche steckte, kam Blue mit einem Geschenk und ließ ein braunes Stück Stoff in seinen Schoß fallen.

»Ist das für mich?«

»Sie hat viel Labrador in sich und liebt es, Dinge durch die Gegend zu schleppen«, erklärte Clarice.

»Ich glaube allerdings nicht, dass das meine Größe ist«, bemerkte Cane süffisant und hielt eine beige Herrenunterhose in die Höhe.

»Ach, da ist die gelandet.« Clarice blieb so cool wie möglich und versuchte, ihre Verlegenheit zu verbergen.

Es folgte ein kurzes Schweigen, dann schaute Cane sie an. »Ich mache Ihnen keine Vorwürfe, Clarice. Sie sind jetzt schon eine ganze Weile allein. Da war es nur eine Frage der Zeit, bis Sie wieder einen Freund haben.«

»Wie meinen?« Clarice war entsetzt.

»Tut mir leid. Ich wollte Ihnen nicht auf die Füße treten«, fuhr er in herablassendem Tonfall fort. »Manchmal rutschen mir solche Sachen einfach raus.« Er schaute sich um. »All das zu verkaufen, das Haus und alles andere …«

»Was?« Nur mit Mühe hielt Clarice ihren Ärger im Zaum.

»Nun, sie müssen schließlich alles Fifty-Fifty aufteilen. Ich weiß, das ist das Haus Ihrer Mutter, aber Ihr Mann hat dennoch Anspruch auf die Hälfte.«

Clarice hatte den Eindruck, als ob Cane gerade den Wert des Besitzes abschätzte. »Haben Sie nicht gesagt, Sie hätten einen Termin?« Sie ging zur Tür.

»Ja, ja, habe ich.« Cane stand auf. Er war nicht im Mindesten verlegen. »Ich wollte Sie nicht beleidigen«, fügte er hinzu.

»Haben Sie aber.« Clarice funkelte ihn an. »Nicht, dass Sie das etwas angehen würde, aber die Unterhose gehört meinem Mann. Ich habe sie ihm letzte Nacht von seinem knackigen, geilen Arsch gerissen.«

Cane blieb mitten in der Tür stehen, und ihm klappte der Mund auf.

»Auf Wiedersehen«, sagte Clarice, schob ihn raus und schloss die Tür hinter ihm.

»Was für ein Arsch«, sagte sie laut, bereute aber sofort, dass sie sich von ihm so hatte provozieren lassen.

Als Laura eine Stunde später eintraf, war Clarices Wut verraucht. Morgen würde sie Sandra und Bob von Canes Besuch erzählen, und sie würden gemeinsam darüber lachen.

Als Clarice mit Laura in der Küche saß, wurde ihr schließlich bewusst, dass ihr Problem mit Chris Cane nichts im Vergleich zu dem war, dem ihre Freundin sich stellen musste. Sie hörte zu, während Laura ihr von der Verzweiflung ihres Vaters berichtete.

»Er regt sich tierisch auf wegen Mum, obwohl sie ihn immer so mies behandelt hat. Es ist offensichtlich, dass er an ihr hing, ganz egal, was er sonst auch sagen mag.«

»Außenstehenden fällt es immer schwer, zu verstehen, wenn jemand bei seinem Partner bleibt, obwohl dieser ihn misshandelt«, bemerkte Clarice. »Egal, was für eine Beziehung sie auch geführt haben mögen, er wird um sie trauern.«

Laura hatte den Kopf in die Hände gelegt, als müsste sie nachdenken. »Vita ist weg«, sagte sie.

»Weg? Wohin?«

»Sie ist nach London gefahren, in ihr Haus dort. Roland hat Dad erzählt, dass sie über den Anwalt mit Harry in Kontakt bleiben wird. Sie sagt noch immer, dass man ihn gegen Kaution hätte freilassen sollen.«

»Das wird nicht passieren!«

»Nein, aber sie wird langsam verrückt. Sie glaubt, dass er provoziert worden ist und dass man ihn höchstens wegen Totschlags anklagen könne.«

»Zweimal?«

Laura nickte, und Clarice sah, dass sie den Tränen nahe war.

»Wenigstens reden Tom und Roland noch miteinander«, bemerkte Clarice.

»Das haben sie nicht getan, solange Vita noch hier war. Aber jetzt, wo sie weg ist, hat Roland schlicht niemanden mehr.«

»Sie sind Halbbrüder, und sie haben viel zusammen durchgemacht«, sagte Clarice. »Und dann sind da die Geheimnisse, die sie all die Jahre gemeinsam bewahrt haben.«

Laura nickte und riss sich wieder zusammen. »Da gibt es noch etwas, den eigentlichen Grund, warum ich gekommen bin …« Sie klang verlegen.

»Schieß los.«

»Vita hat Roland befohlen, diesen Kater loszuwerden.«

»Walter?«

Laura nickte. »Tut mir leid, aber Dad hat gesagt, dass Vita und Roland nach allem, was geschehen ist, recht seltsam geworden sind. Roland sagt ständig: ›Wenn Vita das will.‹ Als würde alles wieder wie früher, wenn er ihr nur zu Willen ist. Dad hat gesagt, er würde sich um Walter kümmern, dass Roland sich keine Sorgen machen müsse. Aber Roland hat erklärt, Vita wolle, dass der Kater verschwinde, also weg damit.«

»Ja, das ist ein Problem.«

»Dad hat gesagt, das sei reine Boshaftigkeit, dass Vita dich dadurch treffen will, Clarice. Und er vertraut Roland nicht, weil er – und das muss ich dir ja nicht sagen – es liebt, Tiere mit seiner Knarre wegzuschießen. Walter wurde ja nur für Vita angeschafft. Roland mag Katzen noch nicht einmal.«

»Und wo ist Walter jetzt?«, fragte Clarice.

»In einem Transportkorb auf der Rückbank meines Wagens.«

Eine Stunde später, nach Lauras Abfahrt, saß Clarice mit Walter in dem großen Raum am Ende der Scheune. Es würde ihm nicht gefallen, hier drinbleiben zu müssen, aber für ein paar Tage würde er schon zurechtkommen. Wenn Clarice ihn rausließe, würde Ena ihn vermutlich terrorisieren. Im Haus tolerierte sie andere Katzen zwar, aber nicht im Garten. Das war ihr Revier. Morgen würde Clarice dann herumtelefonieren, um ein neues Heim für Walter zu finden, wo er kommen und gehen konnte, wie er wollte, und wo man ihn fütterte und sich um ihn kümmerte. Vorzugsweise sollte es dort auch eine Scheune oder ein anderes Nebengebäude geben, das er als sicheren Rückzugsort für sich beanspruchen konnte.

Clarice fütterte die Tiere, und als sie für den Tag fertig war, stand sie noch eine Weile draußen und schaute zu, wie die Dunkelheit sich über das Land legte, während der kalte Wind sie bibbern ließ. Plötzlich hatte Clarice Lust auf einen Zigarillo. Sie hatte allerdings schon vor über zehn Jahren mit dem Rauchen aufgehört, und so überraschte sie das Verlangen.

Am Abend, im Wohnzimmer, pressten sich Blue und Jazz rechts und links an Clarice auf ihrem Sofa, und Micky lag an seiner neuen Lieblingsstelle, dem Teppich vor dem Kamin. Das Feuer knisterte, und Clarice nippte an einem Glas Rotwein. Als Dave Brubeck um kurz nach neun zum dritten Mal »Take Five« spielte, verkündete das freudige Bellen der Hunde Ricks Ankunft.

Rick sah müde und abgespannt aus. »Hallo, du«, grüßte er zaghaft.

»Komm rein«, forderte Clarice ihn auf. »Möchtest du einen Drink?«

»Einen Kaffee bitte«, antwortete er. »Ich glaube nicht, dass ich es mir leisten kann, drei Tage hintereinander in denselben Klamotten zur Arbeit zu gehen.«

»Ich habe gerade eine frische Kanne aufgesetzt. Bedien dich.«

Rick ging in die Küche und kehrte kurz darauf mit einem Becher in der Hand zurück. Dann setzte er sich in den Sessel, der einst sein Lieblingsplatz gewesen war.

»Du hast das Sofa ja wieder zusammengebaut«, bemerkte er.

»Ja. Wie war's heute?«

»Wie immer«, seufzte er. »Was ist mit dir?«

»Toll war es nicht. Eins kam zum anderen.« Clarice sprach in bewusst sachlichem Ton.

»Bist du okay?«

»Ja und nein …«

»Erzähl.« Rick beugte sich zu ihr.

Clarice erzählte ihm von Walters Rückkehr.

»Das tut mir leid«, sagte Rick, »aber überrascht bin ich nicht. Du?«

»Nein«, antwortete Clarice und berichtete ihm von Canes Besuch.

»Dieser dämliche Fettsack.« Rick spie die Worte förmlich aus. »Was geht den dein Privatleben an?«

»Wenn ich richtig informiert bin, bist du mit seiner Tochter gut befreundet. Sarah.«

»Oh, nein«, widersprach Rick nachdrücklich. »Wer hat dir das erzählt?«

»Hm … Das ist mir entfallen.« Clarice lächelte Rick schelmisch an.

»Ich wette, das war Daisy.« Rick lachte.

Clarice erzählte ihm von Sarahs Besuch auf der Wohltätigkeitsveranstaltung und von ihrem seltsamen Verhalten.

Rick verzog das Gesicht. »Das hört sich an, als wollte sie dich mal abchecken. Ich habe ihr nie auch nur eine Sekunde lang Hoffnung gemacht.«

»Das weiß ich. Tatsächlich hast du wohl genau das Gegenteil getan. Das hat Daisy mir erzählt.«

»Und das war gut«, sagte Rick. »Sie hat mir gesagt, dass du ihr gegenüber nicht hast zugeben wollen, dass ich dir egal bin … Das hat mir Hoffnung gemacht.«

Clarice erinnerte sich an den verstohlenen Blick, den Daisy ihr zugeworfen hatte.

»Sarahs alter Herr hat mir einen Gefallen getan«, sagte Rick. »Jetzt dauert es sicher nicht lange, und jeder weiß, dass Blue ihm eine alte Unterhose zum Geschenk gemacht hat.«

Als Blue ihren Namen und das Lachen hörte, schlug sie glücklich den Schwanz auf den Boden.

Rick starrte in seinen Kaffee. Als Clarice schwieg, fragte er: »Was sonst noch?«

Sie antwortete erst, als Rick den Blick hob und ihr in die Augen schaute.

»Du hast gesagt, Daisys Worte hätten dir Hoffnung gemacht.«

»Ah …«

Clarice lächelte ob seiner Verlegenheit.

»Ja … Ah …« Jetzt war es an ihr zu warten, und als auch er nichts sagte, fragte sie: »Gibt es jemanden in deinem Leben? Ich weiß, dass es nicht Sarah ist, aber hast du jemanden kennengelernt?«

»Nein«, erklärte Rick mit fester Stimme. »Wie kommst du darauf?«

»Es sind jetzt schon sechs Monate. Wir sind kein Paar mehr. Du bist ein freier Mann.«

»Ist es das, was du glaubst?«

»Ich weiß nicht, was ich glaube. Die Zeit der Trennung war nicht leicht, und dich wieder um mich zu haben, hat schon seine Vorteile.« Clarice grinste theatralisch.

»Abgesehen von den Morden, den versuchten Morden und all den Leichen.« Rick blieb vollkommen ernst.

»Ja, abgesehen davon.«

»Aber …«, sagte er.

»Du weißt schon.« Sie schauten einander in die Augen, und Clarice fragte sich, ob Rick die gleichen Ängste hatte wie sie.

»Ja.« Traurigkeit lag in seinem Lächeln.

»Ich hatte das Gefühl, wir kämen wieder gut miteinander aus, dass wir eine Verbindung hätten«, sagte sie, »und dann … dann ziehst du dich wieder zurück.«

Rick nickte. »Ich fühle genau wie du. Es ist, als hätten wir uns parallel zueinander bewegt, Seite an Seite, doch wir haben uns nie berührt. Glaubst du, unsere Beziehung könnte wieder so sein wie früher?«

»Nein.« Clarice antwortete mit Bedacht. »Früher war früher, jetzt ist jetzt. Wir haben uns verändert.«

»Aber ich liebe dich noch immer, Clarice, und es schmerzt höllisch, dich nicht zu sehen.«

»Ich liebe dich auch«, erwiderte sie sanft. »Und ich habe dich so sehr vermisst.«

»Ich habe nicht gewusst, ob du mir je verzeihen könntest«, sagte Rick, »und ob sich irgendetwas verändern würde, wenn wir wieder zusammenkommen.«

»Dein verdammter Job und meine verdammten Katzen.« Sie lächelte. »Die Trennung war genauso sehr mein Fehler wie deiner, und ja, unsere Beziehung würde sich ändern, aber wer sagt denn, dass sie nicht besser wird? In jedem Fall wären wir beide toleranter.« Sie hielt kurz inne. »Ich dachte, dass du mich einfach als Freundin haben willst.«

»Natürlich will ich dich als Freundin haben, und ich werde immer dein bester Freund sein, aber ich wünsche mir auch mehr als nur Freundschaft. Die Wahrheit ist, dass ich Angst hatte, etwas zu tun. Ich hatte Angst, dass du mich zurückweisen würdest. Hättest du überhaupt gewollt, dass ich wieder einziehe?«

»Willst du das denn?«, hakte sie nach.

»Ich bin nicht sicher.«

»Ich auch nicht.«

Rick starrte sie an. Sein Mund stand leicht offen.

»So«, sagte er. »Ich liebe dich, und du liebst mich, und wir wollen beide keine Scheidung.«

»Aber«, nahm Clarice seinen Gedanken auf, »wir wollen auch nicht zusammenleben.«

»Noch nicht«, korrigierte Rick sie.

»Noch nicht«, bestätigte sie. »Also … Wir denken beide das Gleiche.«

»Das haben wir schon immer«, sagte Rick. Er stand auf. »Lass mich den Wein holen und dir nachschenken.« Als er an Clarice vorbeiging, strich er ihr sanft übers Haar und beugte sich vor, um sie auf den Mund zu küssen. »Mir ist gerade eine große Last von den Schultern gefallen.«

»Mir auch«, sagte sie. Und dann: »Holst du dir auch ein Glas?«

»Jep.«

»Soll ich dir ein Taxi bestellen?«

»Ich denke nicht.« Er lächelte zärtlich.

»Ich habe gehofft, dass du das sagst.«

Danksagung

Ein großes Dankeschön meiner Agentin Anne Williams, ohne deren Unterstützung es diesen Roman nicht gäbe. Gleiches gilt für Krystyna Green und Constable/Little Brown.

Mein Dank gilt meinen guten Freunden, die immer für mich dagewesen sind, bei langen Mittagessen, Küchensnacks, Yoga, Gassigehen, Wochenendurlauben, Abenden im Pub und regelmäßigen Telefongesprächen. Danke auch meinen Verbündeten im Tierschutz, die meine Sorge um jene teilen, die keine eigene Stimme haben.

Danke auch meinen Schreibkumpanen bei Faber für ihre Unterstützung und ihre Ermutigung. Gleiches gilt für all die anderen Literaturliebhaber im Buchclub, mit denen ich viele lange, faule Stunden verbracht und über Bücher geplaudert habe.

Danke auch an die Polizei von Lincolnshire, die mir viele wertvolle Informationen zu ihren Verfahren und Methoden gegeben hat: A/Insp. Ed Delderfield, DI Jim Hodgeson, DS Tina Kennedy, DS Jon Shields, DC Glenn Wright, DC Debra Charlesworth, DC Maria Horner und DC Nicholas Jones.

Ein großes Dankeschön geht auch an Nigel Turner, Partner in der Tierarztpraxis Allen, Briggs and Turner, für seinen Rat wie auch seine Fürsorge und Unterstützung für unzählige Tiere – meine eigenen und die in den Heimen des Tierschutzes. Seit über fünfzehn Jahren steht er uns zur Seite.

Dem Fotografen David Hart danke ich für seine professionellen Fähigkeiten, sowie auch John Snowdon – Freund, Hundefreund und Töpfer.

Ein großes Dankeschön geht ebenfalls an Stephen, der nicht nur mein bester Freund und Bruder ist. Danke für all die wunderbaren Tage und Abende in Großbritannien und im Ausland, an denen wir Whisky, Erinnerungen und Lachen geteilt haben.

Und mein letzter Dank gilt Ted, meinem Ehemann und Seelenverwandten seit fast vierzig Jahren, der mich immer ermutigt hat, meine Träume zu erfüllen. Er ist noch immer bei mir, in glücklichen Erinnerungen.

Date mit dem Tod – zu diesem Treffen kommt man gern zu spät!

Julia Chapman
RENDEZVOUS MIT TODESFOLGE
Die Dales Detective Agentur
Aus dem Englischen von Axel Franken
400 Seiten
ISBN 978-3-404-18410-1

Nachdem Samson O'Brien aus dem Polizeidienst entlassen wurde, kehrt er in seinen Heimatort Bruncliffe zurück, um dort eine Detektivagentur zu gründen – äußerst argwöhnisch beäugt von den Dorfbewohnern, nicht zuletzt von Delilah Metcalfe! Diese hat eh schon alle Hände voll zu tun, ihre Dating-Agentur am Leben und ihren Hund Tolpuddle unter Kontrolle zu halten. Die Dinge nehmen eine überraschende Wendung, als Samson den angeblichen Selbstmord eines Einheimischen untersuchen soll und eine Spur ihn direkt zu Delilah führt. Die beiden streitbaren Nachbarn müssen sich notgedrungen zusammentun, um den wahren Mörder zu finden. Doch beides ist leichter gesagt als getan!

Lübbe

Mit Schirm, Charme und Krone – Queen Elizabeth II. auf den Spuren eines Mörders

C. C. Benison
TOD IM BUCKINGHAM PALAST
Ihre Majestät ermittelt
Aus dem kanadischen Englisch von Heike Rosbach
336 Seiten
ISBN 978-3-404-18406-4

Die Queen ist definitiv »not amused«, als sie eines Morgens über die Leiche eines ihrer Lakaien stolpert. Da das Opfer Robin Tukes als depressiv bekannt war, geht man schnell von einem Suizid aus, und es werden keine weiteren Ermittlungen angestellt. Doch weder die Queen noch das Hausmädchen Jane Bee, eine gute Freundin von Robin, glauben an diese Theorie. Sie vermuten: Mord! Da die Queen ihren eigenen Leuten nicht so recht über den Weg traut, bittet sie Jane, die Augen und Ohren offenzuhalten und sie an ihren Recherchen teilhaben zu lassen. Denn für die Queen ist sofort klar: Gemeinsam werden sie diesen heimtückischen Mord aufklären!